BIOGRAFÍA

Nora Roberts

Nora Roberts, autora que ha alcanzado el número 1 en la lista de superventas del *New York Times*, es, en palabras de *Los Angeles Daily News*, «una artista de la palabra que colorea con garra y vitalidad sus relatos y personajes». Creadora de más de un centenar de novelas, algunas de ellas llevadas al cine, su obra ha sido reseñada en *Good Housekeeping*, traducida a más de veinticinco idiomas y editada en todo el mundo.

Pese a su extraordinario éxito como escritora de ficción convencional, Roberts continúa comprometida con los lectores de novela romántica de calidad, cuyo corazón conquistó en 1981 con la publicación de su primer libro.

Con más de 127 millones de ejemplares de sus libros impresos en todo el mundo y quince títulos en la lista de los más vendidos del *New York Times* sólo en el año 2000, Nora Roberts es un auténtico fenómeno editorial.

Las Estrellas de Mitra: Volumen 1

Editado por HARLEQUIN IBÉRICA, S.A.
Hermosilla, 21
28001 Madrid

© 1997 Nora Roberts. Todos los derechos reservados.
UNA LUZ FURTIVA
Título original: Hidden Star
Publicada originalmente por Silhouette® Books
Traducido por Victoria Horrillo Ledesma

© 1997 Nora Roberts. Todos los derechos reservados.
ESTRELLA CAUTIVA
Título original: Captive Star
Publicada originalmente por Silhouette® Books
Traducido por Victoria Horrillo Ledesma

ISBN: 0-373-82770-9
www.eHarlequin.com/Spanish
Printed in U.S.A.

ÍNDICE

Una luz furtiva

A los caballeros andantes y sus damiselas

Cade Parris no se hallaba en su mejor momento cuando la mujer de sus sueños entró en su despacho. Su secretaria se había despedido el día anterior. Como secretaria no valía gran cosa, desde luego, pues prestaba más atención a su manicura que al teléfono, pero aun así Cade necesitaba a alguien que mantuviera las cosas en orden y se ocupara de los archivos. Ni siquiera el ascenso que le había prometido, movido por la desesperación, había hecho tambalearse la repentina decisión de la chica de convertirse en una estrella de la canción country.

De modo que en ese momento su secretaria iba en una camioneta de segunda mano rumbo a Nashville, y su oficina estaba tan llena de obstáculos como los veinte kilómetros de socavones que Cade le deseaba sinceramente a la cantante de marras, la cual, por cierto, parecía llevar uno o dos meses con la cabeza en otra parte, impresión que Cade confirmó cuando,

al abrir un cajón del archivador, encontró un empa-
redado de mortadela. Por los menos, eso le pareció
aquel engrudo metido en una bolsa de plástico y ar-
chivado bajo la letra *A*. ¿De «almuerzo»?

No se molestó en maldecir, ni en contestar al teléfono, que sonaba insistentemente sobre el escritorio
vacío de la recepción. Tenía que mecanografiar unos
informes, y, dado que escribir a máquina no se con-
taba entre sus más consumadas habilidades, quería ponerse cuanto antes con ello.

Investigaciones Parris no era lo que llamaríamos
una empresa boyante, pero a Cade le convenía, al
igual que le convenía aquella destartalada oficina de
dos habitaciones embutida en la última planta de un
angosto edificio de fábrica de ladrillo y cañerías ma-
lolientes, situado en la parte noroeste de Washington
D.C. Él podía prescindir de mullidas alfombras y
muebles pulimentados. Había crecido entre pompas y
oropeles, y se había hartado de todo ello antes de al-
canzar los veinte años. Ahora, a los treinta, con un pé-
simo matrimonio a sus espaldas y una familia a la que
su modo de vida seguía escandalizando, era un hombre sobradamente satisfecho. Disponía de una licencia de detective, una reputación intachable y suficientes ingresos para mantener a flote la agencia.

Aunque, a decir verdad, las ganancias del negocio
le estaban dando algunos quebraderos de cabeza últimamente. Cade se hallaba en lo que a él le gustaba
llamar «un momento de calma». Sus trabajos, en su
mayoría casos relacionados con seguros y conflictos
domésticos, se hallaban unos peldaños por debajo de

las emociones fuertes que imaginaba cuando decidió convertirse en detective privado. Acababa de resolver dos casos, dos fraudes de seguros de poca monta para los que no había tenido que derrochar ni esfuerzo ni inventiva, y no había recibido ningún otro encargo. El avariento vampiro de su casero amenazaba con subirle el alquiler, el motor de su coche hacía ruidos extraños y el aire acondicionado de la oficina se había escacharrado. Y, para colmo, el tejado volvía a tener goteras.

Cade agarró el esmirriado filodendro que la traidora de su secretaria se había dejado al irse y lo colocó sobre el suelo desnudo, debajo de la copiosa gotera, confiando en que se ahogara. Oyó el zumbido de una voz en el contestador automático. Era su madre. Señor, pensó, ¿es que no podía librarse de ella ni a sol ni a sombra?

—Cade, querido, espero que no hayas olvidado el baile de la embajada. Ya sabes que tienes que acompañar a Pamela Lovett. El otro día comí con su tía y me dijo que ha vuelto guapísima de su viaje a Mónaco.

—Sí, ya, ya —masculló Cade, y miró el ordenador achicando los ojos. Sus relaciones con las máquinas eran más bien escasas y recelosas. Pese a todo, se sentó frente a la pantalla mientras su madre seguía parloteando.

—¿Has llevado el frac al tinte? Acuérdate de cortarte el pelo, que la última vez que te vi estabas hecho un adefesio.

«Y no olvides lavarte bien las orejas», pensó él agriamente, y desconectó el contestador. Su madre no aceptaría jamás que el estilo de vida de los Parris no era para él, que él no quería pasarse la vida yendo a cenar al club de campo o paseando por Washington a aburridas ex debutantes, y que su opinión no cambiaría por más que ella se empeñara en convencerlo.

Él siempre se había sentido atraído por la aventura, y aunque luchar a brazo partido para pasar a máquina un informe sobre el leñazo que había fingido un pobre diablo a fin de cobrar un seguro no era precisamente una tarea a la altura de Sam Spade, a él le bastaba. Sobre todo, no se sentía inútil, ni aburrido, ni fuera de lugar. Le gustaba oír el ruido del tráfico al otro lado de su ventana, a pesar de que sólo la había abierto porque el avaro de su casero se empeñaba en no poner aire acondicionado central, y la unidad de la oficina estaba rota. Hacía un calor sofocante y entraba la lluvia, pero con la ventana cerrada la oficina le hubiera resultado tan opresiva y asfixiante como una tumba.

El sudor que le corría por la espalda lo sacaba de quicio. Se había quedado en vaqueros y camiseta y sus largos dedos trastabillaban un poco sobre el teclado. De cuando en cuando tenía que apartarse el pelo de la cara, lo cual contribuía a empeorar su humor. Su madre tenía razón. Tenía que cortárselo. De modo que, cuando volvió a caerle un mechón sobre la cara, procuró hacer caso omiso, lo mismo que procuraba ignorar el sudor, el bochorno, el rugido del tráfico y el goteo incesante del techo. Allí sentado, golpeando metódicamente una tecla tras otra, era un hombre sumamente guapo con cara de malas pulgas.

Había heredado el físico de los Parris: los astutos ojos verdes que podían volverse tan afilados como el cristal de una botella rota o tan suaves como la bruma del mar, dependiendo de su humor; su pelo marrón oscuro, que tendía a ondularse y que en ese momento se le rizaba sobre la nuca y por encima de las orejas, poniéndolo furioso; su nariz recta, distinguida y un tanto larga; su boca firme y rápida para sonreír cuando estaba de buen humor y para bramar cuando no lo estaba. Aunque su rostro se había afilado desde los tiempos de su vergonzante adolescencia de querubín, todavía presentaba hoyuelos. Estaba deseando hacerse mayor por si, con un poco de suerte, se convertían en viriles arrugas. Él siempre había querido tener cara de malo, pero le había tocado en suerte aquella fisonomía untuosa y lánguida propia de una portada de *GQ*, revista para la que, por imperativo familiar y a pesar de sus muchas protestas, había posado cuando tenía unos veinticinco años.

El teléfono volvió a sonar. Esta vez Cade oyó la voz de su hermana, muy alterada porque se había perdido un tedioso cóctel en honor de cierto panzudo senador al que ella respaldaba. Cade pensó en arrancar el puñetero aparato de la pared y tirarlo, junto con la insidiosa voz de su hermana, por la ventana que daba a la bulliciosa avenida Wisconsin.

Justo en ese momento, la lluvia, que hacía aún más insoportable aquel bochorno, comenzó a gotear directamente sobre su coronilla. El ordenador se apagó por pura malicia, y el café que estaba calentando rompió a hervir y rebosó emitiendo un malicioso siseo. Cade se levantó de un salto y al agarrar la cafetera se quemó la mano. Tiró la cafetera al suelo, el cristal se hizo añicos, el café caliente se derramó en todas direcciones y Cade lanzó un juramento. Abrió un cajón y, al sacar un montón de servilletas de papel, se cortó el pulgar con el filo letal de la lima de uñas de su ex secretaria.

Cuando la mujer de sus sueños entró en la oficina, Cade, que seguía maldiciendo, estaba sangrando y acababa de tropezarse con el filodendro colocado en medio del suelo, ni siquiera levantó la mirada. Ella se quedó donde estaba, mojada por la lluvia, con la cara pálida como una muerta y los ojos como platos.

—Disculpe —su voz parecía oxidada, como si hiciera días que no la usaba—, creo que me he equivocado de oficina —retrocedió ligeramente y fijó sus grandes ojos castaños en el nombre impreso sobre la puerta. Vaciló y luego volvió a mirar a Cade—. ¿Es usted el señor Parris?

Él se quedó sin habla un instante. Sabía que estaba mirando fijamente a la chica. No podía evitarlo. Sencillamente, se le había parado el corazón. Las rodillas le flaqueaban. Y lo único que pensaba era: «Ahí estás, por fin. ¿Por qué demonios has tardado tanto?». Pero, dado que aquello era ridículo, procuró poner cara de avezado detective.

—Sí —recordó que llevaba un pañuelo en el bolsillo y lo enrolló alrededor de su dedo manchado de sangre—. Acabo de tener un pequeño accidente.

—Ya lo veo —dijo ella, a pesar de que seguía mirando fijamente su cara—. Creo que he llegado en mal momento. No tenía cita. Pensé que tal vez...

—Me parece que tengo la agenda libre.

Cade no quería que la chica se fuera bajo ningún concepto. A pesar del absurdo efecto que había surtido sobre él nada más verla, era una cliente en potencia. Y, francamente, nunca una mujer tan perfecta habría cruzado la sagrada puerta de Sam Spade.

Era rubia y preciosa, y parecía desconcertada. Tenía el pelo largo hasta los hombros, mojado y recto como la lluvia. Sus ojos eran castaños como el bourbon, y su tez era delicada como la de un hada, a pesar de que no le habría ido mal un poco de color. Su rostro tenía forma de corazón, sus mejillas formaban una suave curva y su boca sin pintar era carnosa y de expresión seria.

La lluvia le había arruinado el traje y los zapatos. Cade observó que eran de la mejor calidad y que tenían ese aire discretamente exclusivo que sólo podía encontrarse en los salones de los mejores diseñadores. La bolsa de loneta que agarraba con las dos manos contrastaba vivamente con su traje de seda azul.

Una damisela en apuros, pensó Cade, y sus labios se curvaron. Justo lo que le había recetado el médico.

—¿Por qué no entra y cierra la puerta, señorita...?

Ella apretó con más fuerza la bolsa y sintió que el corazón le daba un vuelco.

—¿Es usted detective privado?

—Eso pone en la puerta —Cade sonrió de nuevo, exhibiendo con descaro sus hoyuelos mientras observaba cómo se mordisqueaba la chica su encantador labio inferior. A él si que le hubiera gustado mordisqueárselo. Lo cual, pensó con cierto alivio, era mucho

más compresible que el pasmo que había experimentado al verla. La lascivia era un sentimiento que podía
comprender fácilmente—. Vayamos a mi despacho
—observó un momento los desperfectos: el vaso roto
de la cafetera, los posos desparramados, las manchas
de café—. Creo que por ahora he acabado aquí.

—Está bien —ella respiró hondo, dio un paso adelante y cerró la puerta. Imaginaba que debía empezar
por alguna parte.

Pasó por encima de los restos de la cafetera y siguió a Cade a la habitación contigua, amueblada con
poco más que un escritorio y un par de sillas de saldo.
Pero, en fin, no podía ponerse puntillosa con la decoración, se dijo ella, y aguardó mientras Cade se sentaba tras su mesa y le lanzaba una rápida sonrisa.

—¿Tiene...? ¿Podría...? —ella cerró los ojos con
fuerza y procuró concentrarse—. ¿Tiene algún tipo de
identificación que pueda enseñarme?

Intrigado, Cade sacó su licencia y se la entregó.
Notó que ella llevaba un bonito anillo en cada mano.
Uno era una piedra cuadrada de cuarzo citrino, con
un engarce antiguo; el otro tenía tres piedras de diversos colores. Ella se sujetó el pelo tras la oreja mientras observaba la licencia como si sopesara cada palabra, y Cade advirtió que sus pendientes iban a juego
con el anillo de las tres piedras.

—¿Le importaría decirme cuál es el problema, señorita...?

—Creo... —ella le devolvió la licencia y agarró de
nuevo la bolsa de loneta con las dos manos—..., creo
que quiero contratar sus servicios —fijó de nuevo la

mirada en él con la misma intensidad con que había mirado la licencia–. ¿Se ocupa usted de casos de personas desaparecidas?

«¿A quién has perdido, cariño?», se preguntó él. Confiaba en que no fuera a su marido.

–Sí, así es.

–¿Y su, eh, su tarifa?

–Veinticinco dólares al día, más gastos –al ver que ella asentía con la cabeza, Cade abrió un cuaderno y tomó un bolígrafo–. ¿A quién quiere que encuentre?

Ella inhaló una profunda bocanada de aire.

–A mí. Necesito que me encuentre a mí.

Cade la miró fijamente mientras daba golpecitos con el bolígrafo en el cuaderno.

–Creo que eso ya lo he hecho. ¿Quiere que le envíe la factura o prefiere pagarme ahora?

–No –ella sintió que se resquebrajaba por dentro. Había aguantado mucho tiempo, o al menos eso le parecía, pero de pronto sentía que la rama a la que se había estado aferrando desde que el mundo se hundiera bajo sus pies empezaba a romperse–. No recuerdo nada. Yo no... –se le quebró la voz. Apartó las manos de la bolsa que sujetaba sobre el regazo y se tapó la cara–. No sé quién soy. No sé quién soy –sollozó–. No sé quién soy.

Cade conocía los síntomas de la histeria. Se había criado con mujeres que lloraban a lágrima viva y sollozaban hasta asfixiarse por cualquier motivo, ya fuera una uña rota o un matrimonio deshecho. Así que se levantó de su mesa armado con una caja de pañuelos de papel y la puso delante de la chica.

—Ten, cariño. No te preocupes. Todo se arreglará —mientras hablaba, le secó la cara con delicada destreza. Le dio unas palmaditas en la mano, le acarició el pelo y observó sus ojos llorosos.

—Lo siento, no puedo...

—Desahógate —le dijo él—. Te sentirás mejor —Cade se incorporó, entró en el cuarto de baño, que era del tamaño de un armario, y llenó de agua un vaso de plástico.

Tras empapar un buen puñado de pañuelos y aplastar tres vasitos de plástico, ella dejó escapar al fin un suspirito tembloroso.

—Lo siento. Gracias. Ya me siento mejor —se sonrojó ligeramente mientras recogía los pañuelos y los vasitos arrugados.

Cade lo tiró todo a la papelera y apoyó la cadera en el pico de su mesa.

—¿Quieres contármelo ahora?

Ella asintió con la cabeza, entrelazó los dedos y empezó a retorcérselos.

—Yo... No hay mucho que contar. Simplemente no recuerdo nada. Ni quién soy, ni a qué me dedico, ni de dónde procedo. No recuerdo a mis amigos, ni a mi familia. Nada —se le quebró de nuevo la voz y exhaló lentamente—. Nada —repitió.

Cade pensó de pronto que aquello era un sueño hecho realidad: una mujer hermosa y sin pasado que salía de la lluvia y entraba en su despacho. Lanzó una mirada a la bolsa que ella seguía sujetando sobre las rodillas.

—¿Por qué no me cuentas qué es lo primero que recuerdas?

—Esta mañana me desperté en la habitación de un pequeño hotel de la calle Dieciséis —reclinó la cabeza contra la silla, cerró los ojos e intentó concentrarse—. Incluso eso está confuso. Estaba acurrucada en la cama, y había una silla apoyada bajo el pomo de la puerta. Estaba lloviendo. Oía la lluvia. Estaba aturdida y desorientada, pero mi corazón latía tan fuerte como si acabara de despertarme de una pesadilla. Todavía tenía los zapatos puestos. Recuerdo que me pregunté por qué me había metido en la cama con los zapatos puestos. La habitación estaba a oscuras y el aire parecía viciado. Todas las ventanas estaban cerradas. Me sentía muy cansada y aturdida, así que entré en el cuarto de baño para lavarme la cara —abrió los ojos y miró a Cade—. Vi mi cara en el espejo. Un espejito feo, con picaduras negras donde faltaba el azogue. Y no me sonaba de nada. La cara —alzó una mano y se la pasó por la mejilla y la mandíbula—. No reconocía mi cara. No recordaba el nombre que iba con aquella cara, ni sus ideas, ni sus planes, ni su pasado... No sabía cómo había llegado a aquella horrible habitación. Busqué en los cajones y en el armario, pero no había nada. Nada de ropa. Me daba miedo quedarme allí, pero no sabía adónde ir.

—¿Y esa bolsa? ¿Era lo único que tenía?

—Sí —apretó de nuevo la bolsa—. No tenía monedero, ni cartera, ni llaves. Esto estaba en mi bolsillo —metió la mano en el bolsillo de su chaqueta y sacó un pedacito de papel arrancado de un cuaderno. Cade lo tomó y leyó la nota garabateada con prisa: *Bailey, quedamos a las 7, ¿de acuerdo? M.J.*—. No sé qué significa. Vi un periódico. Hoy es viernes.

—Mmm. Escríbelo —dijo Cade, dándole un cuaderno y una pluma.

—¿Qué?

—Escribe lo que pone la nota.

—Ah —ella se mordisqueó de nuevo el labio y obedeció.

Cade le quitó el cuaderno y lo colocó junto a la nota.

—Bueno, está claro que no eres M.J., así que yo diría que eres Bailey.

Ella parpadeó y tragó saliva.

—¿Por qué?

—Yo diría que, por su letra, M.J. es zurdo o zurda. Tú eres diestra. Tienes una letra pulcra y sencilla. M.J. hace unos garabatos impacientes. Y, además, la nota estaba en tu bolsillo. Lo más probable es que seas Bailey.

—Bailey —ella intentó asumir aquel nombre, confiando en encontrar en él la textura y el gusto de su identidad. Pero le supo seco y extraño—. No significa nada para mí.

—Significa que ya podemos ponerte un nombre. Algo es algo. Cuéntame qué hiciste luego.

Ella parpadeó, distraída.

—Oh, yo... Había un listín telefónico en la habitación. Busqué las agencias de detectives.

—¿Por qué elegiste la mía?

—Por el nombre. Tenía garra —consiguió esbozar una débil sonrisa—. Empecé a marcar, pero luego pensé que quizá me dieran largas y que tal vez si me presentaba aquí... Así que esperé en la habitación hasta que llegó la hora de abrir las oficinas. Caminé un rato y luego tomé un taxi. Y aquí estoy.

—¿Por qué no fuiste al hospital o llamaste a un médico?

—Lo pensé —ella se miró las manos—. Pero no lo hice.

Se estaba dejando algo en el tintero, pensó Cade, y, rodeando la mesa, abrió un cajón y sacó una chocolatina.

—No me has dicho si te paraste a desayunar —la vio observar la chocolatina con perplejidad y cierto regocijo—. Esto te sostendrá en pie hasta que consigamos algo mejor.

—Gracias —ella desenvolvió la chocolatina con movimientos pulcros y precisos. Quizás el cosquilleo que notaba en el estómago fuera en parte de hambre—. Señor Parris, puede que haya personas preocupadas por mí. Familiares o amigos. Puede incluso que tenga hijos. No lo sé —sus ojos se ensombrecieron, fijos en un punto más allá del hombro de Cade—. Creo que no. No creo que nadie pueda olvidar que tiene hijos. Pero quizás haya gente preocupada por mí, preguntándose qué me ha pasado. Por qué no fui a casa anoche.

—Podrías haber acudido a la policía.

—No quería hacerlo —su voz sonó crispada y firme—. No hasta que... No, no quiero implicar en esto a la policía —se limpió los dedos en un pañuelo limpio que a continuación comenzó a rasgar en tiras—. Puede que me esté buscando alguien que no sea un amigo, ni un familiar. Alguien a quien no le preocupe mi bienestar. Ignoro a qué se debe esa impresión, pero sé que tengo miedo. No es sólo que haya perdido la memoria. Es que no podré entender nada, nada en absoluto, hasta que no sepa quién soy.

Tal vez fuera por aquellos grandes ojos llorosos que se alzaban hacia él, o por sus manos inquietas de damisela en apuros. Fuera cual fuese la razón, el caso es que Cade no pudo evitar exhibirse un poco.

—Yo puedo decirte un par de cosas para empezar. Eres una chica inteligente, de veintipocos años. Tienes estilo y buen gusto para el color, y dinero suficiente para permitirte zapatos italianos y trajes de seda. Eres limpia y posiblemente muy ordenada. Prefieres lo sutil a lo obvio. Dado que no pareces muy astuta, yo diría que no se te da bien mentir. No pierdes los estribos fácilmente. Y te gusta el chocolate.

Ella hizo una bola con el envoltorio de la chocolatina.

—¿Por qué ha llegado a esa conclusión?

—Porque hablas bien, incluso cuando estás asustada. Pensaste en cómo podías afrontar esta situación y procediste paso a paso, de manera lógica. Vistes bien. Prefieres la calidad a la ostentación. Llevas hecha la manicura, pero tu laca de uñas no es llamativa. Tus joyas son raras, originales, pero no ostentosas. Y me estás ocultando algo desde que entraste por esa puerta porque todavía no has decidido si puedes confiar en mí.

—¿Puedo hacerlo?

—Tú dirás.

Ella asintió, se levantó y se acercó a la ventana. La lluvia tamborileaba, sofocando el vago dolor de cabeza que rondaba tras sus párpados.

—No reconozco la ciudad —murmuró—, pero tengo
la impresión de que debería hacerlo. Sé dónde estoy
porque vi un periódico, el *Washington Post*. Sé cómo
son la Casa Blanca y el Capitolio. Conozco los mo-
numentos, pero podría haberlos visto en la televisión,
o en un libro —apoyó las manos en la repisa de la ventana, a pesar de que estaba mojada por la lluvia—.
Tengo la impresión de haber salido de la nada y haber aterrizado en esa fea habitación. Sin embargo, sé
leer y escribir, andar y hablar. El taxista llevaba la radio encendida y reconocí la música. Y los árboles. No
me sorprendió que la lluvia mojara. Al entrar aquí olí
a café quemado, y el olor no me resultó extraño. Sé
que sus ojos son verdes. Y sé que, cuando escampe, el
cielo será azul —suspiró—. Así pues, no he surgido de
la nada. Hay cosas que sé, cosas de las que estoy segura. Pero no reconozco mi cara, y lo que hay detrás
está en blanco. Puede que haya herido a alguien. Que
haya hecho algo malo. Puede que sea egoísta y calculadora, incluso cruel. Puede que tenga un marido al
que engañé o vecinos con los que me haya peleado
—se volvió, y su rostro, crispado y firme, contrastaba
vivamente con la delicadeza de sus pestañas, todavía
mojadas por las lágrimas—. No sé si va a gustarme
quién soy cuando lo averigüe, señor Parris, pero necesito saberlo —puso la bolsa sobre la mesa, vaciló un
instante y luego la abrió—. Creo que tengo suficiente
dinero para pagar sus honorarios.

Cade procedía de una familia con dinero de ése que
crecía, se reproducía y envejecía de generación en generación. Pero, a pesar de ello, nunca había visto tanto

dinero junto. La bolsa de lona estaba llena de fajos de billetes nuevos de cien dólares. Fascinado, Cade sacó un fajo y lo aventó. Sí, pensó, todos y cada uno de ellos llevaban la cara respetable y familiar de Ben Franklin.

—Aquí habrá un millón, más o menos —murmuró.

—Un millón doscientos mil —Bailey se estremeció mientras cerraba la bolsa—. Conté los fajos. No sé de dónde lo he sacado, ni por qué lo tengo. Puede que lo haya robado —se le saltaron de nuevo las lágrimas al darse la vuelta—. Podría ser dinero de un rescate. Tal vez esté implicada en un secuestro. Podría haber un niño secuestrado en alguna parte y quizá yo me haya llevado el dinero del rescate. Yo...

—Añadamos una fértil imaginación a tus otras cualidades.

El tono despreocupado de Cade hizo que ella se volviera.

—Ahí hay una fortuna.

—Un millón doscientos mil dólares no es tanto hoy en día —volvió a guardar el fajo en la bolsa—. Y siento decepcionarte, Bailey, pero no tienes pinta de secuestradora.

—Pero usted podría comprobarlo. Podría averiguar discretamente si ha habido algún secuestro.

—Claro. Si la policía lo sabe, podría enterarme de algo.

—¿Y si hubiera habido un asesinato? —intentando mantener la calma, hurgó de nuevo en la bolsa. Esta vez sacó una pistola del calibre 38.

Cade apartó el cañón y se la quitó. Era una Smith and Wesson y tenía el cargador lleno.

—¿Qué sentiste al levantarla?

—No comprendo.

—¿Qué notaste cuando la agarraste? El peso, la forma...

A pesar de su perplejidad, ella procuró contestar con precisión.

—No me pareció tan pesada como creía. Pensé que algo con tanto poder debía pesar más, tener más empaque. Supongo que me sentí extraña.

—Pero con la pluma no.

Ella se pasó las manos por el pelo.

—No sé a qué se refiere. Le acabo de enseñar un millón de dólares y una pistola, y usted se pone a hablar de plumas.

—Cuando te di la pluma para que escribieras, no te sentiste extraña. No tuviste que pensártelo. Sencillamente, la tomaste y la usaste —sonrió un poco y se metió la pistola en el bolsillo—. Creo que estás mucho más acostumbrada a empuñar una pluma que un arma.

La lógica sencilla de aquel razonamiento produjo cierto alivio. Pero no despejó las nubes.

—Puede que tenga razón. Pero eso no significa que no la haya usado.

—No, claro. Y, dado que obviamente la has manoseado, no podemos demostrar que no lo hayas hecho. Puedo comprobar si está registrada y a nombre de quién.

Los ojos de ella se iluminaron.

—Tal vez sea mía —extendió el brazo, tomó la mano de Cade y se la apretó en un gesto inconsciente y natural—. Quizá averigüemos mi nombre. No sabía que pudiera ser tan sencillo.

—Puede que lo sea.

—Tiene razón —le soltó la mano y empezó a pasearse por la habitación. Sus movimientos eran suaves, contenidos—. Me estoy adelantando a los acontecimientos. Pero, verá, es un alivio poder hablar de esto con alguien. Con alguien que sepa cómo aclarar las cosas. Ignoro si se me dan bien los rompecabezas, señor Parris...

—Llámame Cade —dijo él, intrigado por encontrar tan seductores los movimientos discretos y elegantes de la chica—. Y tutéame. Así es más fácil.

—Cade —ella inhaló y exhaló un suspiro—. Es agradable llamar a alguien por su nombre de pila. Eres la única persona que conozco, la única persona con la que recuerdo haber hablado. No te imaginas lo extraño que es, y lo bien que me siento ahora.

—¿Qué te parece si me convierto en la primera persona con la que recuerdes haber comido? Una chocolatina no es mucho desayuno. Pareces exhausta, Bailey.

Resultaba tan extraño oír aquel nombre... Pero, dado que era lo único que tenía, procuró acostumbrarse a él.

—Estoy cansada —admitió—. Tengo la sensación de haber dormido poco. No sé cuándo fue la última vez que comí.

—¿Te gustan los huevos revueltos?

Ella esbozó de nuevo una sonrisa.

—No tengo la más mínima idea.

—Pues vamos a averiguarlo —él hizo ademán de recoger la bolsa de lona, pero ella puso una mano sobre la suya.

—Hay algo más —se quedó callada un momento, pero siguió mirándolo fijamente con expresión calculadora e indecisa—. Antes de enseñártelo, debo pedirte que me prometas una cosa.

—Me has contratado, Bailey. Trabajo para ti.

—No sé si lo que voy a pedirte es del todo correcto, pero aun así necesito que me des tu palabra. Si durante el curso de la investigación descubrieras que he cometido algún delito, quiero tu palabra de que averiguarás cuanto puedas antes de entregarme a la policía.

Él ladeó la cabeza.

—¿Crees que voy a entregarte?

—Si he quebrantado la ley, espero que lo hagas. Pero antes quiero saberlo todo. Necesito comprender el cómo, el porqué y el quién. ¿Me das tu palabra de que lo harás?

—Claro —él tomó la mano que ella le tendía. Era delicada como porcelana y firme como una roca. Y ella, pensó Cade, fuera quien fuese, constituía una fascinante combinación de fragilidad y dureza—. Nada de polis hasta que lo sepamos todo. Puedes confiar en mí, Bailey.

—Intentas que me acostumbre a ese nombre —sin pensarlo, en un movimiento tan innato como el color de sus ojos, besó la mejilla de Cade—. Eres muy amable.

Tan amable, pensó, que estaría dispuesto a abrazarla

si ella se lo pedía. Y necesitaba tan desesperadamente que la abrazaran, que la tranquilizaran y le aseguraran que recobraría su vida en cualquier momento... Sin embargo, debía mantenerse firme. Sólo esperaba ser capaz de encarar sus problemas y valerse sola.

—Hay una cosa más —se volvió de nuevo hacia la bolsa de lona, deslizó la mano dentro y buscó a tientas la bolsita de grueso terciopelo—. Seguramente, lo más importante.

Sacó la bolsita y muy cuidadosamente, con lo que a Cade le pareció reverencia, la desató y deslizó su contenido en la palma de la mano.

El dinero había sorprendido a Cade; la pistola lo había preocupado. Pero aquello lo dejó mudo de asombro. Su brillo majestuoso resultaba deslumbrante incluso en la habitación oscurecida por la lluvia.

La gema casi cubría por entero la palma de la mano de Bailey. Sus facetas límpidas y afiladas atrapaban la más leve brizna de luz y la rechazaban convertida en flechas fulgurantes. Parecía pertenecer a la corona de una reina mítica, pensó Cade, a una diosa antigua que se adornara los pechos con él.

—Nunca había visto un zafiro tan grande.

—No es un zafiro —al depositarlo en la mano de Cade, Bailey creyó sentir que su calor se le transmitía—. Es un diamante azul de unos cien quilates. Tallado en forma de brillante y casi con toda probabilidad procedente de Asia Menor. No tiene junturas visibles a simple vista, y tanto su tamaño como su color son muy raros. Calculo que su valor en el mercado triplicaría la suma que hay en esa bolsa —él había dejado de mirar la gema y la miraba a ella. Bailey alzó los ojos y sacudió la cabeza—. Ignoro cómo sé todo eso, pero así es. Del mismo modo que sé que eso no es todo…, que… falta algo.

—¿Qué quieres decir?

—Ojalá lo supiera. Pero es una sensación muy poderosa, casi una certeza. Sé que esa piedra es sólo parte de un todo. Y también sé que no me pertenece. En realidad, no le pertenece a nadie. A nadie —repitió con énfasis—. Debo de haberla robado —apretó los labios, alzó el mentón y cuadró los hombros—. Puede que haya matado por ella.

Cade se la llevó a casa. Fue lo único que se le ocurrió. Y, además, quería aquella bolsa a buen recaudo en su caja fuerte lo antes posible. Ella no opuso resistencia cuando la condujo fuera del edificio, ni hizo comentario alguno acerca del pequeño y elegante Jaguar estacionado en un angosto espacio del aparcamiento de asfalto cuarteado. Cade prefería usar su destartalado sedán para trabajar, pero, dado que lo tenía en el taller, tenía que conformarse con el llamativo Jaguar.

Ella tampoco abrió la boca cuando se internaron en un barrio antiguo lleno de hermosos árboles y pulcras praderas de césped ribeteadas de flores, y entraron en el camino de acceso a una soberbia casa de ladrillo de estilo federal. Cade tenía pensado explicarle que la casa se la había dejado en herencia una tía abuela suya que sentía debilidad por él, lo cual era bastante cierto, y que vivía allí porque le gustaba la tranquilidad y las comodidades de aquel lujoso barrio del corazón de Washington. Pero ella no preguntó.

Cade tenía la impresión de que se había quedado sin fuerzas. La energía que la había impulsado a salir en pleno aguacero en busca de un detective a quien contarle su historia se había agotado, dejándola inerme y frágil otra vez. Cade procuraba refrenar las ganas de alzarla en volandas y llevarla en brazos al interior de la casa. Se lo imaginaba con toda claridad: el leal caballero conduciendo a su dama al castillo, a resguardo de los dragones que la acosaban.

Tenía que dejar de pensar cosas así.

Tomó la bolsa de lona, agarró la mano inerte de Bailey y, cruzando el elegante recibidor, la condujo por un pasillo que desembocaba en la cocina.

—Huevos revueltos —dijo apartando una silla y tirando de Bailey para que se sentara a la mesa.

—Está bien. Sí, gracias.

Ella se sentía débil, aturdida y tremendamente agradecida. Cade no la acosaba con preguntas, ni parecía particularmente impresionado o perplejo tras escuchar su historia. Quizá se lo tomaba todo con distancia a causa de la propia naturaleza de su profesión, pero, en cualquier caso, ella le agradecía que le estuviera dando tiempo para rehacerse.

Cade se movía por la cocina como pez en el agua. Cascó unos huevos morenos sobre un cuenco blanco y metió pan en el tostador que había sobre la encimera de granito. Ella pensó que debía ofrecerse a ayudarlo. Le parecía lo más correcto. Pero estaba terriblemente cansada, y era tan agradable quedarse allí sentada, en aquella enorme cocina, con la lluvia tamborileando musicalmente en el tejado, mientras Cade preparaba el desayuno...

Bailey cerró los ojos y se preguntó si sería de esas mujeres que, siempre necesitadas de un hombre, disfrutaban con el papel de mujercitas incapaces. Sintió un deseo casi feroz de que no fuera así, y se preguntó por qué le preocupaba tanto un rasgo de personalidad que parecía insignificante comparado con la posibilidad de ser una ladrona o incluso una asesina.

Se sorprendió mirándole las manos inquisitivamente. Uñas cortas, limpias y redondeadas, pintadas con brillo. ¿Significaba eso que era una persona práctica? Sus manos eran suaves y delicadas. Era dudoso que trabajara con ellas, que realizara trabajos manuales del tipo que fuera.

En cuanto a los anillos... Eran muy bonitos, más originales que llamativos. Al menos, esa impresión tenía. Reconocía las piernas preciosas, que parecían lanzarle señales luminosas. Cuarzo amarillo, granate, amatista. ¿Por qué sabía los nombres de aquellas piedras de colores y no recordaba el de su mejor amiga?

¿Tenía acaso amigos? ¿Era una persona amable o arisca, generosa o ruin? ¿Se reía con facilidad y lloraba con las películas tristes? ¿Había un hombre al que quisiera y que la quisiera? ¿Había robado más de un millón de dólares y usado aquella repulsiva pistola?

Se sobresaltó cuando Cade, dejando el plato frente a ella, apoyó una mano sobre su hombro para tranquilizarla.

—Tienes que comer —se volvió hacia la encimera y recogió la taza que había dejado allí—. Creo que te sentará mejor un té que un café.

—Sí, gracias —ella tomó el tenedor, pinchó un poco de huevo revuelto y lo probó—. Me gusta —esbozó de nuevo una sonrisa tímida y vacilante que conmovió a Cade—. Algo es algo.

Cade se sentó frente a ella con su taza de café.

—Se me conoce en el mundo entero por mis huevos revueltos.

La sonrisa de Bailey se hizo más firme.

—No me extraña. Esos leves toques de tomillo y pimentón demuestran auténtica inspiración.

—Pues espera a probar mi tortilla de patatas.

—Ya veo que eres un maestro del huevo —ella siguió comiendo, reconfortada por la cordialidad que parecía fluir entre ellos—. ¿Cocinas mucho?

Bailey paseó la mirada por la cocina. Armarios de color piedra y madera cálida y ligera. Una ventana sin cortina sobre el fregadero de porcelana blanca con dos pilas. Cafetera eléctrica, tostador, secciones sueltas del periódico de esa mañana. Observó que la habitación estaba limpia, pero no impecable. Y que contrastaba vivamente con el desorden que reinaba en su oficina.

—No te he preguntado si estás casado.

—Divorciado, y sólo cocino cuando me canso de comer fuera.

—Me pregunto qué haré yo, cocinar o comer fuera.

—Has reconocido el tomillo y el pimentón al probarlos —reclinándose hacia atrás, Cade bebió un sorbo de café mientras la observaba—. Eres muy guapa —ella alzó la mirada, sorprendida, y Cade advirtió al instante su expresión recelosa—. Sólo era una observación, Bailey. Tenemos que partir de lo poco que sabemos. Eres muy guapa, pero tu belleza es discreta y sutil. Carece de afectación. No te gusta llamar la atención, y no te tomas a la ligera los cumplidos sobre tu físico. De hecho, te estoy poniendo nerviosa.

Ella agarró su taza con ambas manos.

—¿Es eso lo que intentas? ¿Ponerme nerviosa?

—No, pero es interesante que te sonrojes y que al mismo tiempo me mires con recelo. Tranquilízate. No pretendo seducirte —lo cual no significaba que no pensara en ello—. Tampoco creo que te dejes impresionar fácilmente —continuó—. Dudo que ningún hombre llegue muy lejos contigo diciéndote que tienes los ojos como coñac caliente y que el contraste entre tu mirada y esa voz cultivada y fresca produce un efecto increíblemente sensual.

Ella alzó su taza y, pese a que le costó un ímprobo esfuerzo, logró sostenerle la mirada.

—Tengo la impresión de que intentas seducirme.

Él sonrió, exhibiendo sus encantadores hoyuelos.

—¿Lo ves?, no eres ninguna pusilánime. Pero eres educada, muy educada, y distinguida. Y tienes acento de Nueva Inglaterra.

Ella lo miró fijamente y bajó la taza de nuevo.

—¿De Nueva Inglaterra?

—Sí, de Connecticut, o de Massachussets, no sé exactamente de dónde, pero tu voz tiene un deje de alta sociedad yanqui. Sobre todo, cuando te enfadas.

—Nueva Inglaterra... —Bailey intentó encontrar una

relación, algún vínculo con aquel término geográfico–. El nombre no me dice nada.

–Sólo es una pieza más del puzzle. Eres una chica con clase. No sé si naciste con ella o la adquiriste, pero, en cualquier caso, está ahí. Se te nota en la cara –él se levantó y retiró el plato de Bailey–. Igual que el cansancio. Necesitas dormir.

–Sí –la idea de regresar a aquella habitación de hotel la hizo estremecerse–. ¿Debo llamar a tu oficina para fijar otra cita? Te anoté el número del hotel. Podrías llamarme si averiguas algo.

–No vas a volver allí –Cade la tomó de nuevo de la mano, la hizo levantarse y la condujo fuera de la cocina–. Puedes quedarte aquí. Hay sitio de sobra.

–¿Aquí?

–Creo que por el momento será mejor no dejarte sola –de vuelta en el recibidor, Cade la condujo escaleras arriba–. Este barrio es muy tranquilo, y, hasta que averigüemos por qué tienes todo ese dinero y un diamante del tamaño de un puño, no quiero que andes por ahí sola.

–Pero no me conoces...

–Ni tú a mí. Eso también habrá que arreglarlo.

Cade abrió la puerta de un dormitorio en cuyo suelo de pulida tarima de roble jugueteaba la luz tenue que se filtraba por las cortinas de encaje. Frente a la chimenea, en cuyo interior crecía un vigoroso helecho, había una pequeña zona de estar, con sillas de respaldo con botones y una mesita. Una colcha de retales tapaba la hermosa cama de cuatro postes, cubierta de mullidos almohadones.

—Duerme un rato —le aconsejó Cade—. El baño está allí. Te traeré algo de ropa para que te la pongas cuando te levantes.

Ella sintió que las lágrimas le cerraban de nuevo la garganta con una mezcla de temor, gratitud y cansancio.

—¿Invitas a todos tus clientes a vivir en tu casa?

—No —él le tocó la mejilla y bajó la mano—. Sólo a los que lo necesitan. Estaré abajo. Tengo cosas que hacer.

—Cade... —ella le agarró la mano y se la apretó un momento—. Gracias. Parece que acerté con el listín telefónico.

—Duerme un poco. Deja que me preocupe yo un rato.

—De acuerdo. No cierres la puerta —dijo Bailey rápidamente cuando él salió al pasillo.

Cade volvió a abrir la puerta de par en par y observó a Bailey, que, delicada y perdida, permanecía parada en medio de las filigranas que formaba la luz.

—Estaré abajo.

Ella oyó cómo se alejaban sus pasos antes de dejarse caer en el banquillo acolchado colocado a los pies de la cama. Tal vez fuera absurdo confiar en Cade, poner la vida en manos de un extraño, tal y como había hecho ella. Pero lo cierto era que confiaba en él, y no sólo porque no conociera a nadie más, sino porque su intuición la empujaba a ello. Tal vez se tratara únicamente de fe ciega o de loca esperanza, pero en ese momento necesitaba ambas cosas. Así pues, su porvenir estaba en manos de Cade Pa-

rris, de la capacidad de éste para encarar la situación y
de su destreza para desenterrar el pasado.

Bailey se descalzó, se quitó la chaqueta y la dejó
doblada sobre el banquillo. Aturdida por el cansancio,
se tumbó sobre la colcha y se quedó dormida en
cuanto su mejilla tocó la almohada.

Mientras tanto, en el piso de abajo, Cade tomó las
huellas de la taza que había usado Bailey. Sus contactos en la policía podían cotejarlas con rapidez y dis-
creción. Si Bailey tenía antecedentes o había traba-
jado para el gobierno, la identificarían de inmediato.

Él, por su parte, acudiría al departamento de Personas Desaparecidas y comprobaría si se había denunciado la desaparición de alguna mujer que encajara
con su perfil. Eso también era fácil. El diamante y el
dinero, en cambio, eran harina de otro costal. El robo
de una gema de ese tamaño sin duda habría causado
cierto revuelo. Debía verificar los datos que sobre la
piedra le había dado Bailey y hacer luego unas cuantas averiguaciones.

Todas aquellas cosas convenía hacerlas en persona.
Pero no quería dejarla sola todavía. Tal vez se asustara
y desapareciera, y Cade no quería arriesgarse a per-
derla. Por otro lado, también era posible que, al despertar de su siesta, recordara quién era y volviera a su
antigua vida antes de que él tuviera ocasión de salvarla. Y él quería salvarla.

Tras guardar la bolsa del dinero en la caja fuerte de
la biblioteca, mientras encendía el ordenador y gara-

bateaba unas notas, Cade se recordó que Bailey podía estar casada, tener seis hijos, veinte amantes celosos o unos antecedentes delictivos más largos que la avenida Pennsylvania. Pero eso no le importaba. Bailey era su damisela en apuros, y pensaba quedársela.

Hizo unas cuantas llamadas y preparó el envío de las huellas dactilares a su contacto en la policía. Aquel pequeño favor iba a costarle una botella de buen whisky escocés, pero Cade asumía que todo tenía su precio.

—Por cierto, Mike, ¿sabes algo de un robo de joyas? ¿De uno importante?

Cade se imaginaba claramente al detective Mike Marshall revolviendo entre sus papeles, con el teléfono vuelto hacia la oreja para evitar el ruido de la oficina, la corbata torcida y el pelo de alambre, rojo y puntiagudo, saliendo tieso de una frente siempre fruncida.

—¿Tienes algo, Parris?

—Sólo un rumor —dijo Cade despreocupadamente—. Si descubro algo interesante, podría echar mano de mis contactos en las compañías de seguros. Tengo que pagar el alquiler, Mike.

—Demonios, no sé por qué no compras de una vez esa ratonera y la derribas hasta los cimientos, niño pijo.

—Soy un excéntrico. Eso dicen de los niños pijos que se codean con gente como tú. Entonces, ¿sabes algo?

—No, no he oído nada.

—Está bien. Tengo una Smith & Wesson del 38 especial —Cade le dictó el número de serie, mientras giraba la pistola entre sus manos—. Compruébalo por mí, ¿quieres?

—Esto te va a costar dos botellas de whisky, Parris.

—¿Para qué están los amigos? ¿Qué tal está Doreen?

—Tan dicharachera como siempre. Desde que le llevaste esos condenados tulipanes, no oigo hablar de otra cosa. Como si yo tuviera tiempo que ir a recoger florecitas antes de volver a casa cada noche. Debería pedirte tres botellas de whisky.

—Si averiguas algo sobre una joya importante, Mick, te compraré una caja entera. Ya hablaremos.

Cade colgó el teléfono y miró malévolamente su ordenador. Aquella máquina y él tendrían que llegar a un acuerdo si quería averiguar algo.

Tardó aproximadamente tres veces más que un niño de doce años normal en meter el CD-ROM, buscar lo que quería y encontrarlo. Amnesia. Mientras se tomaba otra taza de café, aprendió más sobre el cerebro humano de lo que le apetecía saber. Durante un rato, bastante incómodo por cierto, temió que Bailey tuviera un tumor. Y él también. Luego experimentó una profunda aprensión por su bulbo raquídeo, y finalmente se afianzó en sus razones para no haberse metido a médico, como quería su madre. El cuerpo humano, con todas sus artimañas y sus bombas de relojería, daba miedo. Él, al menos, prefería enfrentarse a una pistola cargada antes que a la volubilidad de sus propios órganos internos.

Por fin llegó a la conclusión de que era improbable que Bailey tuviera un tumor, lo cual le produjo

cierto alivio. Todo indicaba que padecía un episodio
de amnesia histérica que podía resolverse en cuestión
de horas o de semanas. Incluso de años. Lo cual,
pensó, los situaba de nuevo en el punto de partida. La
enciclopedia médica en CD-ROM indicaba que la
amnesia era, más que una enfermedad, un síntoma
cuyo tratamiento exigía encontrar y eliminar la causa
que la había provocado. Y ahí era donde entraba él. A
su modo de ver, un detective estaba tan cualificado o
más que un médico para tratar la dolencia de Bailey.

Volviéndose de nuevo hacia el ordenador, se puso
a mecanografiar laboriosamente sus notas, preguntas
y conclusiones provisionales. Dándose por satisfecho,
subió al piso de arriba para buscar algo de ropa para
Bailey.

Ignoraba si era sueño o realidad..., o si era un
sueño suyo o la realidad de otra persona. Pero le parecía tan familiar, tan extrañamente conocido...

La habitación a oscuras, el desabrido sesgo del rayo
de luz de la lámpara del escritorio. El elefante. Qué
extraño... El elefante parecía sonreírle, con su trompa
levantada y sus relucientes ojos azules que brillaban
con secreto regocijo. Una risa femenina, conocida y
reconfortante. Una risa cordial e íntima.

«Tiene que ser París, Bailey. No vamos a pasar otra
vez dos semanas escarbando en la arena. Lo que necesitas es aventura, pasión, sexo. Lo que necesitas es ir
a París».

Un triángulo dorado y resplandeciente. Y una habitación llena de luz brillante y cegadora. Un hombre que no era un hombre, con un rostro tan amable, tan sabio, tan generoso que estremecía el alma. Y el triángulo dorado sostenido en sus manos abiertas como una ofrenda, con su asombroso poder y el impacto casi palpable de las piedras profundamente azules engarzadas en cada uno de sus ángulos. Y las gemas, que brillaban y palpitaban como corazones, y que parecían a punto de saltar al aire como estrellas, como estrellas fugaces que derramaran su luz. Su belleza hería los ojos.

Y ella las sujetaba en las manos, y sus manos temblaban. Ira, una ira profunda que se agitaba en su interior, y miedo, pánico, furia... Las piedras escapaban de sus manos, primero una, luego dos, revoloteando como pájaros engalanados. Y su mano abierta, protectora, apretaba la tercera contra su corazón. Destellos de plata, estallidos argénteos. Y un retumbar de tambores que sacudía el suelo. Sangre. Sangre por todas partes, manando como un espantoso río.

«Dios mío, está húmeda, es tan roja y húmeda, tan demoníaca...»

Correr, tropezar, el corazón latiendo a toda prisa. Está oscuro otra vez. La luz se ha ido, las estrellas también. Hay un corredor, y sus tacones retumban como el trueno que sigue al relámpago. Van tras ella, la persiguen en la oscuridad mientras las paredes se cierran a su alrededor.

Oye el bramido del elefante y el rayo estalla más cerca. Se arrastra hasta la cueva y se agazapa como un animal, temblando y gimiendo como una bestia mientras el rayo golpea junto a ella...

—Vamos, cariño. Vamos, cielo. Es sólo una pesadilla.

Bailey se abrió camino por entre la oscuridad hacia aquella voz firme y serena y escondió la cara pegajosa en un hombro ancho y fuerte.

—Sangre, mucha sangre... Golpeada por un rayo... Se acerca... Está cerca...

—No, ya ha pasado —Cade apretó los labios contra su pelo y la acunó. La había visto llorando en sueños al entrar en la habitación para dejarle una bata. Bailey se había aferrado a él, temblando. Cade la sentó sobre sus rodillas como si fuera una niña—. Ya estás a salvo. Te lo prometo.

—Las estrellas. Tres estrellas... —suspendida entre el sueño y la vigilia, ella se removía, inquieta, entre sus brazos.

—Tranquila. Estoy aquí —él le echó la cabeza hacia atrás y le besó la frente—. Justo aquí —repitió, esperando que sus ojos se aclararan—. Relájate. Yo estoy contigo.

—No te vayas —estremeciéndose, Bailey apoyó la cabeza en su hombro, tal y como Cade había imaginado.

A él el corazón le dio un vuelco. Supuso que el amor a primera vista existía, después de todo.

—No voy a irme a ninguna parte. Voy a cuidar de ti.

Eso bastó para que ella dejara de temblar. Se relajó de nuevo y cerró los ojos.

—Era sólo un sueño, pero tan confuso, tan aterrador... No entiendo nada.

—Cuéntamelo.

Cade escuchó mientras ella se esforzaba por recordar los detalles del sueño.

—Había mucha emoción, enormes oleadas de emoción. Cólera, incredulidad, una sensación de dolor y de angustia. Y luego terror. Un terror puro, irracional.

—Eso podría explicar tu amnesia. No estás preparada para afrontarlo, sea lo que sea. Por eso lo relegas al olvido. Es una especie de histeria producida por un profundo trauma emocional.

—¿Histeria? —el término hizo alzar la barbilla a Bailey—. ¿Estoy histérica?

—En cierto modo, sí —Cade pasó sus nudillos distraídamente por el mentón alzado de ella—. Pero te favorece.

Ella apartó la mano de Cade con un gesto firme y deliberado que hizo que él enarcara una ceja.

—No me gusta ese término.

—Lo estoy utilizando en un sentido estrictamente médico. No te has dado ningún golpe en la cabeza, ¿no?

Ella achicó los ojos.

—No, que yo recuerde, pero a fin de cuentas estoy histérica.

—Muy graciosa. Lo que quiero decir es que la amnesia también puede deberse a una conmoción cerebral —se enroscó un mechón del pelo de Bailey en un dedo sólo para sentir su tersura—. Siempre he creído que esas cosas no eran más que tonterías o patrañas de Hollywood, pero mi diccionario médico lo dice bien claro. Otra posible causa es un desorden funcional nervioso. La histeria, por ejemplo, y perdona que emplee ese término.

Ella hizo chirriar los dientes.

—Yo no estoy histérica, aunque creo que podría llegar a estarlo, si quieres que te haga una demostración.

—No, gracias, he visto más que suficientes. Tengo hermanas. Bailey... —tomó su cara en las manos con tanta ternura que los ojos de ella se agrandaron—. Lo que importa es que estás metida en un lío. Y vamos a solucionarlo.

—¿Cómo? ¿Sujetándome en tus rodillas?

—No, eso sólo es un aliciente —al ver que ella esbozaba una sonrisa, Cade la apretó con más fuerza—. Y me gusta. Mucho.

Ella advirtió en sus ojos algo que no era únicamente regocijo y que hizo latir su corazón con más fuerza.

—No creo que te convenga coquetear con una mujer que no sabe quién es.

—Puede que no, pero es divertido. Y así tendrás algo en que pensar.

Bailey se sintió de pronto cautivada por el modo en que se insinuaban los hoyuelos de Cade y por cómo se alzaba levemente la comisura de su boca para esbozar una sonrisa maliciosa. Cade tenía una buena boca para un amante: rápida, inteligente, llena de energía. Ella imaginaba a la perfección cómo se amoldaría a la suya. Un estremecimiento de emoción recorrió su espalda, quizás porque no podía imaginar ninguna otra boca, ni recordar otro sabor, otra textura, y quizá porque ello haría de él, en cierto modo, el primero en besarla.

Cade le echó la cabeza hacia atrás lentamente y su

mirada se deslizó de los ojos a los labios de Bailey, y viceversa. Estaba seguro de que un estallido de música acompañaría el primer encuentro de sus labios.

—¿Quieres probar?

El deseo embargó a Bailey, aguzando sus nervios y aflojando sus músculos. Estaba a solas con él, con aquel desconocido al que le había confiado su vida. Con aquel hombre al que conocía más que a sí misma.

—No puedo —puso una mano sobre el pecho de Cade y advirtió que, a pesar de que la voz de éste sonaba serena, su corazón latía tan aprisa como el de ella—. Me da miedo.

—Besarse no es peligroso, que yo sepa, a menos que a quien se bese sea a la abuela Parris, lo cual es sencillamente terrorífico.

Ella sonrió, y, viendo que se removía, inquieta, Cade la soltó.

—Será mejor no complicar más las cosas —Bailey se apartó el pelo con manos temblorosas y desvió la mirada—. Me gustaría darme una ducha, si no es molestia. Asearme un poco.

—Claro. Te he traído un albornoz y unos vaqueros. Puedes subirte los bajos de las perneras. Lo mejor que he encontrado para que te sirva de cinturón es un trozo de cuerda de tender la ropa. Así te sujetarás los pantalones y al mismo tiempo crearás una nueva moda.

—Eres un encanto, Cade.

—Eso dicen todas —Cade cerró el bolsillito interior de su deseo y se levantó—. ¿Podrás arreglártelas sola una hora? Tengo que salir a hacer un par de cosas.

—Sí, no te preocupes.

—Tienes que prometerme que no saldrás de la casa, Bailey.

Ella alzó las manos.

—¿Y dónde iba a ir?

Él le puso las manos sobre los hombros y esperó a ella alzara la mirada.

—Prométeme que no saldrás.

—Está bien, te lo prometo.

—No tardaré —se acercó a la puerta y se detuvo—. Y, Bailey, piénsatelo.

Ella advirtió el brillo de sus ojos antes de que se diera la vuelta, y comprendió que no se refería a las circunstancias que la habían llevado hasta allí. Se acercó a la ventana y lo vio meterse en su coche y alejarse. Para entonces, ya estaba pensándolo. Pensando en él.

Había alguien más que pensaba en ella. Con oscuros y vengativos propósitos. Bailey se le había escapado entre los dedos, y, con ella, el poder y la recompensa que más ambicionaba.

Ya se había cobrado el precio de la incompetencia, pero no le bastaba con ello. Encontraría a la chica y, cuando lo hiciera, le haría pagar un precio mucho más alto. Su vida, claro está. Pero eso era insignificante. Primero experimentaría el dolor, y el pánico. Con eso quedaría satisfecho.

El dinero que había perdido era una minucia casi tan insignificante como la vida de aquella estúpida mujer. Sin embargo, ella tenía lo que él deseaba, lo que le pertenecía por derecho. Y estaba dispuesto a recuperarlo.

Eran tres. El precio de cada una por separado era ya incalculable, pero juntas su valor superaba todo lo imaginable. Había dado los pasos necesarios para recuperar las dos que la chica había intentado hurtarle estúpidamente.

Tardaría algún tiempo, desde luego, pero las recuperaría. Tendría que proceder con cautela, cerciorarse de que eran recuperadas y procurar que la sangre que fuera necesario derramar no lo salpicara a él. Pero pronto dos piezas del triángulo estarían en sus manos, dos antiguas estrellas, en toda su belleza, su luz y su poder.

Se sentó en la estancia que había hecho construir para cobijar sus tesoros, ya fueran éstos comprados, sustraídos o adquiridos a fuerza de sangre. El esplendor de las joyas y las pinturas, de las estatuas y las piedras preciosas colmaba su cueva de Aladino particular. El altar que había diseñado para sostener su posesión más preciada estaba aún vacío. Pero muy pronto dos serían suyas. Y, cuando consiguiera la tercera, sería inmortal.

Y aquella mujer habría muerto.

III

El del espejo era su cuerpo, se dijo Bailey. Convenía que se acostumbrara a él. En el cristal, empañado por el vaho de la ducha, su piel parecía pálida y tersa. Turbada, apoyó una mano sobre su pecho.

Dedos largos, uñas cortas, senos más bien pequeños. Sus brazos eran algo delgados, pensó frunciendo el ceño. Tal vez tuviera que hacer un poco de deporte para desarrollar los músculos.

No parecía haber exceso de grasa en la cintura, ni en las caderas, de modo que tal vez hacía ejercicio. Y sus muslos parecían tonificados. Su tez era pálida, sin arrugas producidas por el sol. ¿Cuánto medía? ¿Un metro sesenta y dos? Le fastidiaba no ser más alta. Tenía la impresión de que, si se veía obligada a comenzar de cero a los veintitantos años, al menos debería poder elegir su tipo. Unos pechos más grandes y unas piernas más largas habrían estado bien.

Divertida, se dio la vuelta y giró la cabeza para ob-

servarse de espaldas. Y entonces se quedó boquiabierta. Tenía un tatuaje. ¿Por qué demonios llevaba en
el trasero un tatuaje de...? ¿Qué era eso? ¿Un unicornio? Una cosa era decorarse el cuerpo, pero tener un
tatuaje en aquella parte significaba que le había enseñado el trasero a un desconocido armado con una
aguja.

¿Acaso bebía demasiado? Levemente avergonzada,
se envolvió en una toalla y salió del cuarto de baño.
Pasó algún tiempo ajustándose los vaqueros y la camisa
que Cade le había dejado. Colgó cuidadosamente su
traje, alisó la colcha, y, luego, exhalando un profundo
suspiro, se pasó los dedos por el pelo mojado.

Cade le había pedido que se quedara en casa, pero
no que se quedara en su habitación. Si no buscaba
una distracción, empezaría a pensar en dinero, en
enormes diamantes azules, en asesinatos y tatuajes, y
acabaría poniéndose histérica de nuevo.

Al salir de la habitación, se dio cuenta de que se
sentía a gusto estando sola en aquella casa. Suponía
que ello era un reflejo de sus sentimientos hacia
Cade. Se sentía bien con él. Había sentido, casi desde
el primer momento, que podía hablar con él y otor-
garle su confianza. Suponía que ello se debía a que
no disponía de nadie más con quien hablar ni a quien
confiarse. Cade, no obstante, era un hombre amable y
considerado. Y también inteligente y metódico, o no
sería investigador privado. Tenía una sonrisa maravillosa, llena de alegría, y unos ojos que no pasaban
nada por alto. Era fuerte y tenía carácter. Y unos hoyuelos que daban ganas de tocarlos.

El dormitorio de Cade. Parada en la puerta, Bailey se mordió el labio. No estaba bien fisgonear. Se preguntó si sería una persona grosera y desconsiderada con la intimidad de los otros. Pero necesitaba algo, lo que fuera, para rellenar los espacios en blanco. Y él se había dejado la puerta abierta.

Traspuso el umbral. La habitación era muy grande y parecía impregnada por la presencia de Cade. Vaqueros tirados sobre una silla, calcetines por el suelo. Bailey refrenó el impulso de recogerlos y buscar el cesto de la ropa sucia. Monedas sueltas y un par de botones de camisa tirados sobre la cómoda. Un hermoso aparador antiguo que sin duda contenía toda clase de cosas. No tiró de las asas de bronce, a pesar de que le apetecía.

La cama era grande. Estaba deshecha y rematada por un sencillo cabecero y un piecero de estilo federal. Las sábanas revueltas eran de color azul oscuro, y Bailey no pudo reprimir el deseo de pasar los dedos por ellas. Seguramente olían a Cade, a aquel leve olor a menta. Se sorprendió preguntándose si dormiría desnudo y, poniéndose colorada, se dio la vuelta.

Había también una sencilla chimenea de ladrillo con repisa de madera de pino pulimentado. Y libros colocados de cualquier manera en una estantería empotrada en la pared. Bailey observó muy seria los títulos, preguntándose si habría leído alguno de aquellos libros. Saltaba a la vista que a Cade le entusiasmaban los libros de misterio y de crímenes reales, algunos de cuyos títulos conocía. Ello le hizo sentir mejor.

Sin pensarlo dos veces, recogió una taza de café usada y una botella de cerveza vacía y las llevó al piso de abajo. Al llegar no se había fijado en la casa. Estaba demasiado aturdida. Pero ahora observó atentamente la decoración sencilla y elegante, las grandes ventanas con sus marcos clásicos y las lustrosas antigüedades. El contraste entre la elegancia de aquella casa y la oficina de mala muerte de Cade no dejaba de asombrarla.

Aclaró la taza en el fregadero, encontró el cubo del reciclaje para la botella y luego se dio una vuelta por la casa. Tardó menos de diez minutos en llegar a una conclusión: Cade estaba forrado.

La casa estaba llena de tesoros dignos de un museo. De eso estaba segura. Tal vez no supiera qué significaba el unicornio que llevaba tatuado en el trasero, pero conocía el valor de un escritorio federal de madera de cerezo con frontis biselado. Ignoraba el porqué. Reconocía los jarrones Waterford, la cubertería georgiana, la porcelana de Limoges de la vitrina del comedor... Y tenía serias dudas de que el paisaje de Turner fuera una copia.

Miró por la ventana. Una pradera de suculento césped, árboles viejos y majestuosos, rosas en flor. ¿Por qué un hombre que llevaba aquel tren de vida trabajaba en una oficina estrecha y mal ventilada, en un edificio ruinoso? Entonces sonrió. Al parecer, Cade Parris era tan enigmático como ella misma. Lo cual resultaba tremendamente reconfortante.

Regresó a la cocina, confiando en poder hacer algo útil, como preparar té con hielo o cocinar algo para comer. Cuando sonó el teléfono, saltó como un gato escaldado. El contestador automático se puso en marcha, y, al oír la voz de Cade, Bailey se calmó de nuevo.

—Éste es el 555-2396. Deja tu mensaje. Te llamaré.

—Cade, esto se está volviendo un fastidio —dijo una voz de mujer tensa e impaciente—. Esta mañana te he dejado media docena de mensajes en la oficina. Lo menos que puedes hacer es tener la amabilidad de devolverme las llamadas. Dudo sinceramente que estés tan ocupado con lo que tú llamas «tus clientes» que no puedas hablar con tu propia madre —se oyó un suspiro—. Sé muy bien que no has llamado a Pamela para lo de esta noche. Me pones en una situación muy embarazosa. Me voy a casa de Dodie. Puedes llamarme allí hasta las cuatro. No me dejes en mal lugar, Cade. Por cierto, Muffy está muy disgustada contigo.

Se oyó un fuerte clic. Bailey se aclaró la garganta. Se sentía como si acabaran de echarle la bronca a ella, lo cual le hizo preguntarse si ella también tendría una madre refunfuñona y dominante. Una madre que quizá estuviera preocupada por ella.

Llenó la tetera, la puso al fuego y sacó una jarra. Estaba buscando las bolsitas de té cuando volvió a sonar el teléfono.

—Oye, Cade, soy Muffy. Mamá me ha dicho que todavía no ha podido hablar contigo. Es evidente que estás evitando nuestras llamadas porque no quieres afrontar tu comportamiento. Sabes muy bien que el recital de piano de Camilla fue anoche. Lo menos

que podías hacer era presentarte y fingir un poco de
interés por tu familia. Aunque, de todos modos, no
esperaba otra cosa de ti. Confío, naturalmente, en que
tendrás la decencia de llamar a Camilla para disculparte. No volveré a dirigirte la palabra hasta que lo
hagas.

Clic.

Bailey dejó escapar un suspiro y alzó los ojos al
cielo. Las familias, pensó, eran obviamente bienes
complicados y de difícil manejo. Claro que quizás ella
tuviera también una hermana que fuera tan... en fin,
tan quisquillosa como aquella tal Muffy.

Dejó que reposara el té y abrió la nevera. Había
huevos a montones. Eso la hizo sonreír. Había también un paquete de un *delicatessen* con jamón cocido
dulce y un poco de queso suizo. Al descubrir unos
tomates grandes y lustrosos, pensó que estaba de
suerte.

Tardó un rato en decidir si tenía que poner mostaza o mayonesa, y si el té llevaba azúcar o no. Cada
pequeño detalle era un ladrillo con el que se recons-
truía a sí misma. Mientras cortaba cuidadosamente los
tomates, oyó que la puerta de entrada se cerraba de
golpe, y se animó de pronto.

Sin embargo, cuando se disponía a llamar a Cade,
la voz se le heló en la garganta. ¿Y si no era Cade? ¿Y
si la habían encontrado? Agarró con fuerza el mango
del cuchillo y se acercó lentamente a la puerta trasera
de la cocina. El miedo hacía aflorar pegajosas gotas de
sudor a su piel. El corazón le latía en la garganta.

Correr, huir de aquel rayo afilado y cortante. En la

oscuridad, gritando a voz en cuello en su cabeza. Sangre por todas partes. Sus dedos se crisparon sobre el pomo de la puerta, girándolo, mientras se preparaba para huir o luchar.

Cuando Cade entró en la cocina, a Bailey se le escapó un sollozo de alivio. Tiró el cuchillo al suelo con estrépito y se lanzó en sus brazos.

—¡Eres tú! ¡Eres tú!

—Claro —él sabía que debía sentirse culpable, pues era el miedo lo que había lanzado a Bailey en sus brazos, pero a fin de cuentas sólo era un hombre. Y ella olía de maravilla—. Te dije que aquí estabas a salvo, Bailey.

—Lo sé. Me sentía segura. Pero cuando oí la puerta, me entró el pánico —se aferró a él, y, echando la cabeza hacia atrás, alzó la mirada—. Cuando oí la puerta y pensé que podía ser otra persona, deseé huir, sólo huir. Odio ser tan cobarde y no saber qué debería hacer. Parece que no puedo... pensar... —se interrumpió, azorada.

Cade le acariciaba la mejilla y la miraba fijamente. Ella le había rodeado la cintura con los brazos. Él había posado una mano sobre su nuca.

Cade aguardó, vio que la mirada de Bailey se transformaba. Sus labios se curvaron lo justo para que el corazón de Bailey se estremeciera antes de que él bajara la cabeza y la besara suavemente.

Oh, qué delicia, fue lo primero que pensó ella. Era maravilloso que la abrazaran tan fuerte, que la besaran con tanta delicadeza. Aquello era un beso, aquel dulce encuentro de los labios que hacía zumbar la sangre y suspirar al alma. Con un leve murmullo, deslizó las manos hacia arriba por la espalda de Cade, se puso de puntillas y salió al encuentro de las suaves demandas de Cade.

Cuando la lengua de éste trazó el contorno de sus labios y se deslizó entre ellos, Bailey se estremeció de placer. Y se abrió para él de manera tan natural como una rosa se abría al sol.

Él esperaba que lo hiciera. Sabía por alguna razón que ella se mostraría a un tiempo tímida y generosa, que su sabor sería fresco y su olor delicado. Le resultaba extraño pensar que la había conocido apenas unas horas antes. Tenía la impresión de que era suya desde siempre.

Y era emocionante y perturbador saber que ella no recordaba otros besos, que en su memoria él era el único hombre que la había abrazado de aquel modo. Él era el primero en hacerla temblar, el primero cuyo nombre susurraba, presa del deseo.

Y, al mismo tiempo, cualquier otra mujer se desvaneció de la memoria de Cade. Bailey también era la primera para él.

Cade la besó poco a poco, consciente de lo fácil que era asustarla. Y, sin embargo, ella pareció revivir de pronto en sus brazos, fogosa, ávida y ardiente, latiendo y esponjándose contra su cuerpo.

Bailey se sentía viva, gozosamente viva, y era consciente de cada latido de su corazón. Había hundido las manos entre el pelo de Cade y tiraba de él como si quisiera meterlo dentro de ella. Cade parecía llenar todos aquellos huecos vacíos, todos aquellos temibles espacios en blanco. Aquello era la vida. Aquello era real. Aquello importaba.

—Tranquila —dijo Cade, apenas capaz de pronunciar palabra. Temblaba tanto como ella y sabía que, si no se apartaba, si no lograba dominarse, la haría suya allí mismo—. Tranquila —repitió, y apretó la cabeza de Bailey contra su hombro para no sentir la tentación de devorar de nuevo aquella boca madura y ávida.

Ella se estremeció, sintiendo los nervios y el deseo a flor de piel.

—No sé si había experimentado esto alguna vez. No lo recuerdo.

Aquello devolvió a Cade a la tierra con excesiva brusquedad. Ella no lo sabía. Él sí. Para él, nunca había habido nada parecido.

—No te preocupes —se apartó de ella y le frotó los hombros, que tenía tensos otra vez—. Sabes que no ha sido algo corriente, Bailey. Eso debería bastarte de momento.

—Pero... —ella se mordió el labio cuando Cade se dio la vuelta para abrir la nevera—. He hecho... Estoy haciendo té.

—Quiero una cerveza.

Ella se azoró al sentir su tono brusco.

—Estás enfadado.

—No —Cade quitó el tapón y bebió tres largos tragos—. Sí. Conmigo mismo, un poco. La culpa es mía, a fin de cuentas —bajó la botella y observó a Bailey.

Ella estaba de pie, con los brazos cruzados sobre la cintura. Los vaqueros le quedaban anchos y la camisa le colgaba flojamente de los hombros. Estaba descalza y tenía el pelo enredado alrededor de los hombros. Parecía absolutamente indefensa.

—Vamos a aclarar esto, ¿de acuerdo? —Cade se apoyó en la encimera para mantener la distancia—. Sentí un clic en cuanto entraste en la oficina. Nunca me había pasado. Sólo clic, ahí está. Supuse que era porque estabas muy buena, te habías metido en un lío y habías acudido a mí. Siento debilidad por las personas en apuros, sobre todo si son mujeres bonitas —bebió otra vez, más despacio, mientras ella lo miraba muy seria, con gran atención—. Pero no es eso, Bailey, o al menos no todo. Quiero ayudarte. Deseo averiguar quién eres tanto como tú. Pero también quiero hacerte el amor muy despacio, para que cada segundo dure una hora. Y cuando hayamos acabado de hacer el amor y estés desnuda y exhausta debajo de mí, quiero que empecemos de nuevo.

Ella cruzó las manos sobre sus pechos para que no se le saliera el corazón.

—Ah —fue todo lo que logró decir.

—Y eso es lo que voy a hacer. Cuando te encuentres con fuerzas, claro.

—Ah —repitió ella—. Bueno —se aclaró la garganta—. Cade, puede que sea una delincuente.

—Ajá —más tranquilo, Cade inspeccionó los ingredientes para un sándwich que había sobre la encimera—. ¿Ésta es la comida?

Ella achicó los ojos. ¿Qué clase de respuesta era esa, cuando acababa de decirle que quería hacerle el amor hasta que se quedara exhausta?

—Puede que haya robado una fortuna, que haya

matado a alguien, que haya secuestrado a un niño inocente.

—Sí, ya —él puso un poco de jamón sobre una rebanada de pan—. Sí, eres un auténtico peligro, cariño. Está claro. Tienes en la mirada ese brillo calculador de los asesinos —luego, riéndose, se volvió hacia ella—. Por el amor de dios, Bailey, mírate. Eres una mujer educada y respetuosa, con una conciencia del tamaño de Kansas. Dudo sinceramente que tengas siquiera una multa de aparcamiento a tu espalda, o que hayas hecho algo más salvaje que cantar en la ducha.

Aquello escoció a Bailey. No sabía muy bien por qué, pero aquella descripción burlona la puso de mal humor.

—Tengo un tatuaje en el trasero.

Él bajó el sándwich pringoso que acababa de hacerse.

—¿Cómo dices?

—Tengo un tatuaje en el trasero —repitió ella con un brillo combativo en la mirada.

—¿De veras? —él estaba deseando verlo—. Bueno, entonces me temo que tendré que entregarte. Y si ahora me dices que tienes un piercing, me veré obligado sacar la pistola.

—Celebro que me encuentres tan divertida.

—Cariño, me tienes fascinado —Cade se movió para cortarle el paso antes de que ella saliera de la cocina—. Tienes carácter. Eso es buena señal. Bailey no es ninguna ñoña —ella dio un paso hacia la derecha. Él también—. Le gustan los huevos revueltos con tomillo y pimentón, sabe hacer té, cortar tomates en finas lonchas y hacer nudos marineros.

—¿Qué?

—El cinturón —dijo él con gesto distraído—. Seguramente fue *girl scout*, o aficionada a la navegación. Su voz se hiela cuando está enfadada, tiene un gusto excelente para la ropa, se muerde el labio inferior cuando está nerviosa…, lo cual, por cierto, produce en mí un deseo irrefrenable que no logró explicarme —sus hoyuelos aparecieron cuando Bailey dejó de morderse el labio y carraspeó—. Lleva las uñas cortas —continuó—. Y besa de maravilla. Una mujer interesante, nuestra Bailey —le tiró cariñosamente del pelo—. Ahora, ¿por qué no te sientas, comes un poco y te cuento lo que he averiguado? ¿Quieres mostaza o mayonesa?

—No lo sé —todavía enfurruñada, ella se dejó caer en la silla.

—Yo prefiero mostaza —llevó el frasco a la mesa, junto con los ingredientes para hacerle un sándwich a Bailey—. ¿Y qué es?

Ella empezó a untarse mostaza en el pan.

—¿El qué?

—El tatuaje. ¿Qué es?

Azorada, ella puso una loncha de jamón en el pan.

—No veo qué importa eso.

—Vamos —él sonrió y se inclinó para tirarle del pelo otra vez—. ¿Una mariposa? ¿Un capullo de rosa? ¿O eres en realidad una motera disfrazada y llevas una calavera y unas tibias cruzadas debajo de los pantalones?

—Un unicornio —masculló ella.

Él se mordió la punta de la lengua.

—Muy bonito —la miró cortar su sándwich en triángulos precisos, pero no dijo nada.

Ella cambió de tema.

—Ibas a decirme qué has averiguado.

Cade decidió olvidarse de los unicornios por el bien de su presión sanguínea.

—Está bien. La pistola no está registrada. Mi fuente no ha podido seguirle la pista. El tambor está lleno.

—¿El tambor?

—El cargador. Estaba lleno, lo cual significaba que, o no ha disparado últimamente, o ha sido recargada.

—No ha disparado —ella cerró los ojos, aliviada—. Puede que no la haya usado.

—Yo diría que es improbable que la hayas usado. A decir verdad, me choca que tengas una pistola sin registrar, pero si tenemos suerte y encontramos su pista, tal vez aclaremos algo.

—Ya has averiguado muchas cosas.

Él se encogió de hombros y mordió con ganas su sándwich.

—Casi todo es información negativa. No se ha denunciado ningún robo que incluya un diamante como el tuyo, ni esa cantidad de dinero. La policía no tiene noticia de ningún secuestro, y la semana pasada no se cometió ningún homicidio con ese tipo de arma —tomó otro trago de cerveza—. Tampoco se ha denunciado la desaparición de una mujer que responda a tu descripción.

—Pero ¿cómo puede ser? —ella dejó su sándwich a un lado—. Tengo el diamante. Y el dinero. Estoy desaparecida.

—Hay varias posibilidades —Cade fijó los ojos en ella—. Puede que alguien no quiera que esto se sepa. Bailey, dijiste que creías que el diamante forma parte de algo. Y, al despertar de esa pesadilla, hablaste de tres estrellas. Estrellas. Diamantes. Puede que sea lo mismo. ¿Crees que puede haber tres piedras como ésa?

—¿Estrellas? —ella se apretó las sienes con los dedos—. ¿Hablé de estrellas? No recuerdo nada de eso —le inquietaba pensar en sus sueños, de modo que intentó concentrarse en algo menos vagoroso—. Sería muy raro que hubiera tres gemas de ese tamaño y de esa calidad. En conjunto, aunque las otras fueran de menor pureza, su precio sería incalculable. No te puedes imaginar lo... —empezó a jadear—. No puedo respirar.

—Está bien —él se levantó y, haciéndole bajar la cabeza entre las rodillas, empezó a frotarle la espalda—. Ya es suficiente por ahora. Relájate, no te fuerces —mientras le frotaba la espalda, se preguntó a qué respondía la mirada de pánico que había advertido en los ojos de Bailey.

—Lo siento —logró decir ella—. Quiero ser útil.

—Y lo estás siendo —le alzó la cabeza de nuevo y aguardó mientras ella se apartaba el pelo de las pálidas mejillas—. Sólo ha pasado un día.

—Está bien —ella respiró hondo—. Cuando he intentado pensar en lo que me estabas diciendo, me ha dado una especie de ataque de ansiedad. Una mezcla de culpa, espanto y miedo. Se me ha acelerado el corazón y han empezado a palpitarme las sienes. No podía respirar.

—Entonces, nos lo tomaremos con más calma. Cuando hablamos del diamante, ¿no sientes ese miedo?

Ella cerró los ojos un momento y rememoró cautelosamente la gema. Era tan hermosa, tan extraordinaria... Sentía preocupación, sí. Y congoja. Y una pátina de miedo también, pero más concreto y en cierto modo menos debilitante.

—No, no siento lo mismo —sacudió la cabeza y cerró los ojos—. No sé por qué.

—Ya lo averiguaremos —él le puso delante el plato—. Come. Ésta va a ser una noche muy larga. Vas a necesitar combustible.

—¿Qué vamos a hacer?

—De camino para acá me pasé por la biblioteca. He sacado un montón de libros sobre piedras preciosas: datos técnicos, fotografías, monografías sobre piedras y joyas raras, historia de los diamantes..., todo lo que se te ocurra.

—Puede que encontremos el diamante —aquella idea la animó hasta tal punto que le dio un mordisco a su sándwich—. Si pudiéramos identificarlo, tal vez podamos encontrar a su dueño y entonces... Oh, pero tú no puedes.

—¿Cómo que no puedo?

—Estás ocupado. Tienes que ir a no sé dónde con Pamela.

—¿Ah, sí? Ah, demonios... —Cade se apretó los ojos con los dedos al acordarse.

—Lo siento, se me había olvidado decírtelo. Ha llamado tu madre. Yo estaba aquí y oí el mensaje. Está enfadada porque no le has devuelto las llamadas ni te has puesto en contacto con Pamela para lo de esta noche. Estará en casa de Dodie hasta las cuatro. Puedes llamarla allí. Muffy también está muy enfadada contigo. Llamó poco después que tu madre y parecía muy molesta porque no fuiste al recital de piano de Camilla. No piensa volver a dirigirte la palabra hasta que te disculpes.

—No caerá esa breva —masculló él, y bajó las manos—. Oye, menudo informe. ¿Quieres trabajar para mí? —al ver que ella se limitaba a sonreír, Cade sacudió la cabeza, inspirado—. No, lo digo en serio. Te organizas mucho mejor que mi última secretaria. Me vendría bien un poco de ayuda en la oficina, y a ti conviene mantenerte ocupada.

—Pero si ni siquiera recuerdo si sé escribir a máquina.

—Bueno, yo sé que no sé, así que ya vas un paso por delante de mí. Sabrás contestar al teléfono, ¿no?

—Claro, pero...

—Me harías un gran favor —consciente de su debilidad, Cade intentó aprovechar la ocasión. Era el modo de perfecto de estar cerca de ella y, al mismo tiempo, de mantenerla ocupada—. Ahora no tengo tiempo de poner anuncios y hacer entrevistas. Te agradecería mucho que me ayudaras un par de horas al día.

Ella pensó en la oficina y llegó a la conclusión que lo que necesitaba no era una secretaria, sino una apisonadora. Sí, tal vez le hiciera falta un poco de ayuda.

—Me encantaría echarte una mano.

—Estupendo. Genial. Por cierto, te he comprado unas cosas cuando venía para acá.

—¿Unas cosas?

—Ropa y tal.

Ella lo miró mientras se levantaba y empezaba a recoger los platos.

—¿Me has comprado ropa?

—Sí, pero nada del otro mundo. He tenido que adivinar la talla, pero tengo buen ojo para esas cosas —la sorprendió mordiéndose otra vez el labio y estuvo a punto de suspirar—. Sólo son unas cosas básicas, Bailey. Aunque estás muy guapa con mi ropa, necesitas tener algo tuyo. No puedes ponerte el mismo traje todos los días.

—No, supongo que no —murmuró ella, conmovida—. Gracias.

—De nada. Ha dejado de llover. ¿Sabes qué te vendría bien? Un poco de aire fresco. Vamos a dar un paseo, a ver si te despejas.

—No tengo zapatos —Bailey agarró los platos que él había dejado en la encimera y empezó a meterlos en el lavavajillas.

—Te he comprado unas zapatillas de deporte. ¿Gastas un treinta y siete?

Ella se echó a reír suavemente.

—Tú sabrás.

—Pruébatelas, a ver qué tal te quedan.

Bailey metió la bandeja y cerró la puerta del lavavajillas.

—Cade, tienes que llamar a tu madre.

Él le lanzó una sonrisa.

—Sí, ya.

—Está enfadada contigo.

—Mi madre siempre está enfadada conmigo. Soy la oveja negra de la familia.

—Sea como sea —Bailey mojó una bayeta y empezó a pasar metódicamente la encimera—, es tu madre y está esperando que la llames.

—No, lo que está esperando es que pique el anzuelo para echarme una bronca y obligarme a hacer algo que no quiero hacer. Y, cuando lo consiga, llamará a Muffy, esa lagarta de mi hermana, y se lo pasarán en grande haciéndome picadillo.

—Ésa no es forma de hablar de tu familia. Y, además, has herido los sentimientos de Camilla. Supongo que será tu sobrina.

—Eso dicen.

—La hija de tu hermana.

—No, Muffy no tiene hijos, tienes seres. Y Camilla es un mutante mofletudo y llorón.

Ella se negó a sonreír, escurrió la bayeta y la colgó pulcramente sobre el fregadero.

—Qué modo tan deplorable de hablar de tu sobrina. Aunque no te gusten los niños.

—Me gustan los niños —él se inclinó sobre la encimera y la observó limpiar—. Te lo estoy diciendo: Camilla no es humana. Mi otra hermana, Doro, tiene dos niños, y no sé cómo pero el más pequeño ha escapado a la maldición de los Parris. Es un niño fantástico, le gustan el béisbol y los bichos. Doro cree que necesita un psicólogo.

A Bailey se le escapó la risa.

—Te lo estás inventando.

—Créeme, cariño, nada que pudiera inventar sobre

el clan Parris se acercaría a la espantosa realidad. Los Parris son egoístas, egocéntricos y taimados. ¿Vas a fregar el suelo?

Ella se quedó parada un momento y miró desconcertada las baldosas relucientes del suelo.

—Yo... eh... sí... bueno, está bien. ¿Dónde...?

—Bailey, era una broma —Cade la agarró de la mano y la sacó de la cocina mientras el teléfono empezaba a sonar otra vez—. No —dijo antes de que ella abriera la boca—, no pienso contestar.

—Debería darte vergüenza.

—Lo hago en defensa propia. Lo de salir con Pamela no fue idea mía, y no pienso hacerlo.

—Cade, no quiero que te enfades con tu familia y rompas una cita por mi culpa. No te preocupes por mí.

—Ya te he dicho que no fui yo quien arregló esa cita. Fue mi madre. Y, además, puedo utilizarte como excusa cuando me toque aguantar el chaparrón. Te estoy muy agradecido. Tan agradecido que te perdono un día entero de mis honorarios. Ten —recogió una de las bolsas que había dejado junto a la puerta de entrada y sacó una caja de zapatos—. Tus zapatitos de cristal. Si te quedan bien, podrás ir al baile.

Dándose por vencida, Bailey se sentó en el primer peldaño de la escalera y abrió la caja. Sus cejas se enarcaron al instante.

—¿Rojas?

—Me gustan. Son muy sexys.

—Unas zapatillas sexys —mientras deshacía los lazos, Bailey se preguntó cómo era posible que le hiciera tanta ilusión tener un par de zapatillas rojas estando metida en aquel lío. Al ver que le quedaban como un guante, sintió ganas de reír y de llorar al mismo tiempo—. Me quedan perfectas.

—Ya te he dicho que tenía buen ojo —Cade sonrió al ver que ella igualaba cuidadosamente los cordones de las zapatillas y los ataba en pulcros lazos—. Tenía razón, son muy sexys —tiró de ella para que se pusiera en pie—. Estás guapísima.

—Pero si lo único que me queda bien son las zapatillas —Bailey hizo amago de ponerse de puntillas para darle un beso en la mejilla, pero de pronto cambió de idea.

—Eres una gallina —dijo él.

—Tal vez —le tendió la mano—. Me encantaría ir a dar un paseo —cruzó la puerta que Cade había abierto y alzó la mirada hacia él—. ¿Es guapa Pamela?

Él se quedó pensando y al cabo de un momento llegó a la conclusión de que le convenía decir la pura verdad.

—Guapísima —cerró la puerta tras ellos y deslizó un brazo alrededor de la cintura de Bailey—. Y, además, está loca por mí.

El dulce zumbido que emitió Bailey le hizo sonreír de contento.

IV

Los puzzles le fascinaban. Buscar las piezas, revol-
verlas, probar una y otra vez hasta que encajaban, todo
ello era un reto que siempre le proporcionaba satisfacción. Ése era uno de los motivos por los que había
abandonado la tradición familiar para dedicarse a la
investigación privada. Aunque, de todos modos, tenía
una vena tan rebelde que habría elegido cualquier oficio con tal de mandar al cuerno la tradición familiar.
Sin embargo, abrir su propia agencia de detectives tenía el aliciente añadido de permitirle resolver unos
cuantos rompecabezas y enmendar de paso algunos
entuertos sin tener que rendirle cuentas a nadie.

Cade tenía opiniones muy claras acerca del bien y
del mal. Estaban por un lado los buenos y por otro
los malos. La ley y el crimen. No era, sin embargo, un
ingenuo, ni lo bastante simplista como para no apreciar el valor de los diversos tonos del gris. De hecho,
frecuentaba a menudo las zonas grises, y disfrutaba

con ello. Había, no obstante, ciertas líneas que nunca se permitía cruzar. Tenía, además, una capacidad lógica que de vez en cuando se perdía en caprichosos derroteros. Pero, más que nada en el mundo, le gustaba resolver misterios.

Esa mañana, después de dejar a Bailey, había pasado largo rato en la biblioteca revisando microfichas y buscando cualquier noticia, por breve que fuera, acerca del robo de un diamante azul. No había tenido valor para decirle a Bailey que ignoraba por completo de dónde procedía ella. Podía haber llegado a Washington hacía tan sólo un par de días, procedente de cualquier parte. El hecho de que ella, el diamante y la pasta estuvieran allí no significaba que hubieran emprendido en Washington su singladura. Ninguno de los dos sabía cuánto tiempo hacía que Bailey había perdido la memoria.

Había estado leyendo de nuevo sobre la amnesia, pero no había encontrado nada que le sirviera de ayuda. Al parecer, la memoria de Bailey podía activarse por cualquier motivo azaroso, o podía permanecer en blanco eternamente, de tal modo que ella habría empezado una nueva vida poco antes de irrumpir en la de él.

Estaba seguro, sin embargo, de que Bailey había sufrido o presenciado un acontecimiento traumático. Y, aunque pudiera considerarse uno de aquellos virajes caprichosos de su imaginación que a veces le reprochaban, estaba seguro de que Bailey no había hecho nada malo. ¿Cómo iba a cometer un delito una mujer con esos ojos?

Fueran cuales fuesen las respuestas, el caso era que estaba empeñado en proteger a Bailey. Incluso estaba dispuesto a aceptar que se había enamorado de ella nada más verla. Fuera quien fuese, era la mujer que estaba esperando. De modo que no sólo pensaba protegerla: también pensaba quedarse con ella.

Había elegido a su primera mujer tal y como mandaba la tradición: por razones prácticas. O, mejor dicho, había sido empujado a ello ladinamente por sus suegros y su propia familia. Y, al final, aquella desangelada unión había sido un completo desastre.

Desde su divorcio, el cual había escandalizado a todos menos a los dos implicados, había evitado comprometerse, demostrando un consumado talento para el regate. Suponía que la razón de todo ello se hallaba sentada con las piernas cruzadas en la alfombra, a su lado, mirando con ojos de miope un libro sobre piedras preciosas.

—Necesitas gafas, Bailey.

—¿Mmm? —ella tenía la nariz prácticamente pegada a la hoja.

—No sé por qué tengo la impresión de que usas gafas para leer. Si acercas un poco más la cara al libro, te vas a meter en él.

—Ah —ella parpadeó y se frotó los ojos—. Es que la letra es muy pequeña.

—No, no es eso. Pero no te preocupes, nos ocuparemos de eso mañana. Llevamos así un par de horas. ¿Te apetece una copa de vino?

—Creo que sí —ella se mordió el labio e intentó enfocar el texto—. El Estrella de África es el diamante pulido más grande conocido en la actualidad, con 530,2 quilates.

—Menudo tocho —comentó Cade mientras sacaba la botella de Sancerre que guardaba para una ocasión especial.

—Está engarzado en el cetro real británico. Es demasiado grande, y además no es azul. De momento no he encontrado ninguno que se parezca al nuestro. Ojalá tuviera un refractómetro.

—¿Un qué?

—Un refractómetro —repitió ella, apartándose el pelo—. Es un instrumento que mide las características lumínicas de una piedra preciosa. Su índice de refracción —su mano se detuvo mientras Cade la miraba con curiosidad—. ¿Cómo sé todo eso?

Él agarró dos copas y volvió a sentarse en el suelo, junto a ella.

—¿Qué es el índice de refracción?

—Es la capacidad relativa de refracción de la luz. Los diamantes tienen refracción simple. Cade, no comprendo por qué sé todas estas cosas.

—¿Cómo sabes que no es un zafiro? —él tomó la piedra, que reposaba sobre sus notas como un pisapapeles—. A mí me parece un zafiro.

—Los zafiros tienen refracción doble —ella se estremeció—. Soy una ladrona de joyas. Seguramente lo sé por eso.

—O tal vez seas joyera o gemóloga, o una niña bien a la que le gusta jugar con piedrecitas de colores —le tendió una copa—. No te precipites, Bailey, o pasarás por alto los detalles.

—Está bien —ella bebió un largo trago—. Ojalá recordara por qué sé ciertas cosas. Refractómetros, *El halcón maltés*...

—¿*El halcón maltés*?

—La película... Bogart, Mary Astor... Tenías el libro en tu habitación y me acordé de la película. Y luego están las rosas. Sé cómo huelen, y en cambio no recuerdo cuál es mi perfume favorito. Sé qué es un unicornio, pero no sé por qué tengo uno tatuado en el trasero.

—El unicornio —los labios de Cade se curvaron, y aparecieron sus hoyuelos— es símbolo de inocencia.

Ella se encogió de hombros y apuró rápidamente el resto del vino. Cade le pasó su copa y se levantó para llenar la de ella otra vez.

—Cuando estaba en la ducha me rondaba la cabeza una canción. No sé qué es, pero no consigo quitármela de la cabeza —bebió de nuevo, frunció el ceño, concentrada, y empezó a tararear.

—Es el *Himno a la alegría*, de Beethoven —dijo Cade—. Beethoven, Bogart y un animal mitológico. Nunca dejas de sorprenderme, Bailey.

—¿Y qué clase de nombre es Bailey? —preguntó ella, haciendo aspavientos con la mano en la que sujetaba la copa—. ¿Es un apellido o un nombre de pila? ¿Quién le pone a una niña un nombre como Bailey? Preferiría ser Camilla.

Él sonrió otra vez, preguntándose si debía quitar el vino de su alcance.

—No, nada de eso. Te doy mi palabra. Háblame de los diamantes.

Ella se apartó el pelo que le caía sobre los ojos de un soplido e hizo un mohín.

—Son el mejor amigo de una mujer —ella se echó a reír y a continuación le lanzó una sonrisa radiante—. ¿Eso me lo he inventado?

—No, cariño, en absoluto —él le quitó de la mano la copa medio vacía y la dejó a un lado. «Nota mental», pensó. «Bailey, con una copa, es un prodigio»—. Dime qué sabes de diamantes.

—Sé que relucen y brillan. Y que parecen fríos. Incluso lo son al tacto. Así se puede identificar fácilmente una imitación. El cristal es cálido; los diamantes, fríos. Eso se debe a que son excelentes conductores del calor. Fuego frío —se tumbó de espaldas, estirándose como un gato, y a Cade se le hizo la boca agua. Ella cerró los ojos—. Son la sustancia más dura conocida, con un índice de dureza de diez en la escala de Mohs. Los diamantes que se utilizan en joyería son siempre blancos. Si tienen un tinte amarillento o ámbar, se consideran imperfectos —«oh, Dios mío», pensó ella, y suspiró, sintiendo que la cabeza le daba vueltas—. Los diamantes azules, verdes y rojos son muy raros y extremadamente valiosos. El color se debe a la presencia, junto con el carbono, de otros elementos en pequeñas proporciones.

—Bien —Cade observó su cara, sus labios curvados, sus ojos cerrados. Bailey parecía estar hablando de un amante—. Continúa.

—En entornos de gravedad controlada, su peso específico oscila entre 3.15 y 3.53, pero el valor del cristal puro es siempre de 3.52. Para ser un diamante hace falta brillo y fulgor —murmuró, desperezándose de nuevo.

A pesar de sus buenas intenciones, Cade deslizó la mirada sobre los pechos pequeños y firmes de Bailey, que se marcaban contra su camiseta.

—Sí, apuesto a que sí.

—Los diamantes en bruto tienen un lustre graso, pero cuando se pulen, entonces sí que brillan —se tumbó boca abajo, flexionó las piernas y cruzó los tobillos—. A su brillo se le llama técnicamente «adamantino». El nombre «diamante» procede de la palabra griega *adamas*, que significa «invencible». Hay tanta hermosura en su fortaleza... —ella abrió los ojos enturbiados, se removió, agitó las piernas y se sentó prácticamente en las rodillas de Cade—. Tú también eres increíblemente fuerte, Cade. Y tan guapo... Cuando me besaste, pensé que ibas a comerme y que no podía hacer nada por impedirlo —suspiró, se removió un poco para ponerse cómoda y añadió—: Me gustó mucho.

—Oh, Dios mío —él sintió que su sangre iniciaba un lento viaje desde su cabeza a su entrepierna, y cubrió cautelosamente las manos de Bailey, que ella había apoyado sobre su pecho—. Será mejor que pasemos al café.

—¿Te apetece besarme otra vez?

—Tanto como seguir respirando —Bailey tenía la boca madura, dispuesta y pegada a la suya, y los ojos soñadores y turbios. Y había perdido el control—. Dejemos eso —empezó a apartarla suavemente, pero ella se afianzó sobre su regazo. Con un movimiento ágil, le rodeó la cintura con las piernas–. Mira, no creo que... –para ser una damisela en apuros, tenía las manos muy rápidas. Cade consiguió agarrárselas antes de que le arrancara la camisa–. Estate quieta, Bailey. Lo digo en serio.

Y, en efecto, lo decía en serio. Así pues, tenía que aceptar el hecho novedoso de que estaba loco.

–¿Crees que seré buena en la cama? –aquella pregunta dejó a Cade patidifuso. Ella, entre tanto, se limitó a suspirar, apoyó la mano en su hombro y murmuró–: Espero no ser frígida.

–No creo que haya muchas probabilidades de que lo seas –la presión sanguínea de Cade se disparó cuando Bailey le mordisqueó delicadamente el lóbulo de la oreja.

Ella metió las manos bajo su camisa y las deslizó por su espalda, arañándole suavemente con las uñas.

–Qué bien sabes –dijo con delectación, deslizando los labios por el cuello de Cade–. Estoy terriblemente excitada. ¿Tú no?

Él giró la cabeza lanzando un juramento, se apoderó de la boca de Bailey y la devoró. Ella sabía deliciosamente, como un fruto maduro, y palpitaba de deseo. Cade se hundió en su boca caliente y suculenta mientras ella ronroneaba.

Bailey se había rendido y parecía flexible y líquida, casi maleable. Cuando echó la cabeza hacia atrás, ofreciéndole el cuello, ni un santo del cielo podría habérsele resistido. Cade le clavó suavemente los dientes en el cuello, escuchó su gemido y la sintió frotarse contra él.

Podría haberla tomado allí mismo, haberla tumbado de espaldas sobre los libros y los papeles y haberse hundido en ella. Y, a pesar de que sabía que sería perfecto, era consciente de que no podía ser así. Aquel no era el momento, ni el lugar.

—Nunca he deseado a nadie tanto como te deseo a ti —metió la mano entre el pelo de Bailey y le hizo girar la cabeza para que lo mirara—. Maldita sea, concéntrate un momento. Mírame.

Ella no veía otra cosa. No deseaba otra cosa. Sentía el cuerpo ligero como el aire y la imagen de Cade parecía llenar su cabeza.

—Bésame otra vez, Cade. Es maravilloso cuando me besas.

Él apoyó la frente contra la de ella y procuró recuperar el ritmo normal de la respiración.

—Quiero que la próxima vez que te bese sepas lo que está pasando —se puso en pie y la levantó en brazos.

—Me da vueltas la cabeza —Bailey soltó una risita y apoyó la cabeza en el brazo de Cade.

—¿Y crees que a mí no? —Cade la depositó en el sofá, demostrando lo que en su opinión era un auténtico alarde de autocontrol—. Échate una siesta, anda.

—Está bien —ella cerró los ojos obedientemente—. Pero quédate aquí. Contigo me siento segura.

—Sí, me quedaré aquí —él se pasó las manos por el pelo y la vio dormirse.

Algún día se reirían de aquello, pensó. Tal vez cuando tuvieran nietos.

La dejó durmiendo y se puso de nuevo manos a la obra.

Bailey escarbaba en la arena. El sol era una antorcha en el cielo azul zafiro. A su alrededor, el paisaje era pedregoso y parecía recocido en mitigados tonos de ocre, rojo y malva. El olor de los pálidos matorrales de artemisa que se abrían paso entre las grietas y las hendiduras de la tierra era fuerte y penetrante. Ella trabajaba animosamente con la pala y el pico.

Bajo la sombra de un peñasco, dos mujeres la observaban. Bailey experimentaba una intensa felicidad, que parecía acrecentarse cuando levantaba la mirada y sonreía a aquellas mujeres. Una tenía el pelo corto y lustroso como el cobre, y un rostro zorruno y afilado. Y, pese a que llevaba grandes gafas de sol, Bailey sabía que sus ojos eran de un verde profundo. La otra tenía el pelo negro como el ébano, pero lo llevaba escondido bajo un sombrero de paja de ala ancha, adornado con absurdas flores rojas alrededor de la cinta. Cuando lo llevaba suelto, le llegaba hasta al cintura, denso y ondulado, y realzaba la belleza de su rostro, su tez blanca y sus ojos de un azul imposible.

Bailey sentía por ellas una oleada de amor con sólo mirarlas, un vínculo creado por la confianza y la experiencia compartida. Sus voces eran como música: una canción distante de la que Bailey sólo captaba retazos.

Podríamos ir a por una cerveza.

A por lo que sea, con tal de que esté frío.

¿Cuánto crees que tardará en cansarse?

El resto de nuestras vidas. Habrá que dejar París para el año que viene.

Sí, no hay duda.

A ver si conseguimos apartarla de los pedruscos una temporada.

Sí.

A Bailey le hacía sonreír que estuvieran hablando de ella, que les importara lo suficiente como para hablar de ella. Iría a París con ellas. De momento, sin embargo, estaba excavando una formación muy interesante, y confiaba en encontrar algo que mereciera la pena, algo que pudiera llevarse, estudiar y convertir en una hermosa pieza para sus amigas. Para ello se requería paciencia y cuidado.

Luego, de pronto, las piedras azules caían de pronto en su mano. Tres diamantes azules perfectos, de tamaño y brillo maravillosos. Ella los examinaba con placer más que con asombro, los giraba en sus palmas y sentía que un arrebato de energía atravesaba su cuerpo.

Pero la tormenta se precipitaba de pronto sobre ellas, tapaba el sol llameante y cubría de profundas sombras el paisaje. De repente sentía pánico. Necesitaba huir. Aprisa. Aprisa. Una piedra para cada una de ellas, antes de que fuera demasiado tarde. Antes de que restallara el trueno. Pero ya era demasiado tarde. El rayo rajaba la piel, afilado como un cuchillo, y ella corría, corría a ciegas. Sola y aterrorizada, las paredes se cerraban sobre ella y el rayo laceraba sus talones...

Se despertó jadeando y se sentó bruscamente en el

sofá. ¿Qué había hecho? Cielo santo, ¿qué había hecho? Tambaleándose, se tapó la boca con las manos y esperó a que remitieran los temblores.

La habitación estaba en silencio. No se oían truenos, ni había rayos, ni tormenta alguna la perseguía. Y no estaba sola. Al otro lado de la habitación, bajo el haz de luz de una lámpara de globo, Cade dormitaba en un sillón. Tenía un libro abierto sobre el regazo.

Bailey se calmó al verlo allí sentado, con los papeles dispersos a sus pies y una taza sobre la mesita, a su lado. Tenía las piernas relajadamente extendidas y los tobillos cruzados. Incluso dormido parecía fuerte y honesto. No la había dejado sola.

Bailey tuvo que reprimir el deseo repentino de acercarse a él, sentarse en su regazo y dormirse acurrucada entre sus brazos. Cade la atraía, tiraba de sus emociones con extraña intensidad. Hacía menos de veinticuatro horas que lo conocía, pero ello no importaba. A fin de cuentas, no hacía mucho más que se conocía a sí misma.

Se apartó el pelo de la cara y miró su reloj. Eran poco más de las tres de la madrugada: una hora de debilidad y congoja. Tumbándose de nuevo, apoyó la cabeza sobre las manos y observó a Cade. Recordaba bastante bien la velada, sin saltos ni interrupciones. Sabía que se había arrojado en sus brazos, y ello le producía al mismo tiempo vergüenza y cierta perplejidad. Cade había hecho bien en pararle los pies antes de que perdiera la cabeza. Ella lo sabía.

Pero, aun así, ojalá le hubiera hecho el amor, allí mismo, en el suelo. Ojalá le hubiera hecho el amor antes de que ella tuviera tiempo de pensar en lo que estaba bien y lo que estaba mal, en las consecuencias. De ese modo, el vacío que sentía dentro, aquel anhelo inaprensible, se habría disipado en parte.

Suspirando, se tumbó de espaldas y se quedó mirando el techo. Cade había hecho bien. Ella necesitaba tiempo para pensar. Cerró los ojos, no para buscar el sueño, sino para sondear su memoria. ¿Quiénes eran las chicas con las que había soñado? ¿Y dónde estaban?

A pesar de sus esfuerzos, se quedó dormida.

A la mañana siguiente, Cade se despertó con el cuerpo rígido. Le crujieron los huesos al estirarse. Se frotó la cara con las manos y oyó que la barba incipiente le raspaba las palmas. En cuanto sus ojos se aclararon, miró al otro lado de la habitación. El sofá estaba vacío.

Habría pensado que todo había sido un sueño de no ser por los libros y por los papeles diseminados por el suelo. Todo parecía irreal: aquella bellísima mujer sin pasado que llamaba a su puerta y a su corazón al mismo tiempo. A la luz de la mañana, Cade se preguntaba si el nexo que sentía entre ellos no sería cosa de su imaginación. El amor a primera vista era, en el mejor de los casos, una ilusión romántica. Y aquél, desde luego, no era el mejor de los casos.

No podía, se dijo, pasarse la vida pensando en las musarañas. Bailey necesitaba su ayuda. Y soñar despierto con ella no contribuía precisamente a aguzar su ingenio.

Necesitaba urgentemente un café.

Se levantó y se encaminó hacia la cocina intentando relajar el cuello.

Y allí estaba ella, hecha un pincel. Se había cepillado el pelo suave y rubio hasta sacarle brillo y se lo había recogido con una sencilla goma. Llevaba los pantalones a rayas azul marino y blanco que él le había comprado, con una camiseta blanca remetida en la cintura. Tenía una mano apoyada en la encimera y con la otra sujetaba una taza humeante mientras miraba por la ventana hacia el jardín, donde las rosas estaban en flor y entre dos arces colgaba una hamaca de cuerda.

—Te levantas temprano.

A ella le tembló la mano al oír su voz. Se dio la vuelta y esbozó una sonrisa. Al verlo, su corazón empezó a latir un poco más fuerte.

—He hecho café. Espero que no te moleste.

—Cariño, te debo la vida —dijo él mientras buscaba una taza.

—Por lo visto sé cómo hacerlo. Parece que algunas cosas me salen espontáneamente. Ni siquiera he tenido que pensar cómo se hacía. Pero está un poco fuerte. Supongo que me gusta así.

Él ya había empezado a beberse el café.

—Está perfecto.

—Me alegro. No sabía si debía despertarte. No sé a qué hora te vas a la oficina, ni cuánto tiempo necesitas para arreglarte.

—Hoy es sábado. Y, además, este fin de semana es fiesta.

—¿Fiesta?

—Sí, el Cuatro de Julio —mientras la cafeína recorría su cuerpo, Cade se llenó de nuevo la taza—. Ya sabes: fuegos artificiales, ensalada de patata, pasacalles...

—Ah —ella vio de pronto a una niña pequeña sentada en el regazo de una mujer mientras los fuegos artificiales estallaban en el cielo nocturno—. Claro. Querrás tomarte el fin de semana libre. Supongo que tendrás planes.

—Sí, los tengo. Pienso encerrarme contigo en la oficina a eso de media mañana. Quiero enseñarte cómo funcionan las cosas. Hoy no podemos hacer gran cosa porque está todo cerrado, pero podemos empezar a ordenar la oficina.

—No quiero que renuncies a tu tiempo libre por mí. No me importa ir a la oficina y ordenarla yo sola. Tú puedes...

—Bailey, estamos juntos en esto.

Ella dejó su taza y juntó las manos.

—¿Por qué?

—Porque tengo un buen presentimiento. A mi modo de ver, lo que no se puede resolver con la cabeza, se resuelve con la intuición —sus ojos color niebla recorrieron el rostro de Bailey y volvieron a fijarse en los de ella—. Me gusta pensar que me elegiste por alguna razón. Por ti y por mí.

—Me sorprende que digas eso después de cómo me comporté anoche. Por lo que sabemos, puede que me pase las noches de bar en bar, enrollándome con desconocidos.

Él se echó a reír. Mejor reír, pensó, que rugir.

—Bailey, después de haber visto cómo te afecta una sola copa de vino, dudo que pases mucho tiempo en los bares. Nunca había visto a nadie que le afecte tanto el alcohol tan rápidamente.

—No creo que deba enorgullecerme de ello —la voz de Bailey se volvió crispada y fría.

Él sonrió de nuevo.

—Tampoco hay que por qué avergonzarse. Y no te enrollaste con un desconocido, te enrollaste conmigo —el regocijo de sus ojos se apagó—. Los dos sabemos que fue algo personal, con o sin alcohol.

—Entonces, ¿por qué no te... aprovechaste?

—Porque eso es lo que habría hecho: aprovecharme. No me importa llevar ventaja, pero no me gusta aprovecharme de nadie. ¿Quieres desayunar?

Ella movió la cabeza de lado a lado y esperó mientras él sacaba una caja de cereales y un cuenco.

—Te agradezco que te refrenaras.

—¿De veras?

—Bueno, no del todo.

—Menos mal —Cade notó que las fibras de su ego se esponjaban mientras sacaba la leche de la nevera. Se sirvió un poco y añadió tanta azúcar que Bailey puso unos ojos como platos.

—Eso no puede ser sano.

—A mí me gusta el peligro —Cade empezó a comer de pie—. He pensado que podíamos ir al centro y dar una vuelta, mezclarnos con los turistas. Puede que veas algo que dispare tu memoria.

—Está bien —ella vaciló y luego se sentó—. En realidad, no sé nada de tu trabajo, de tu clientela habitual, pero me parece que te estás tomando todo esto muy a pecho.

—Me encantan los misterios —Cade se encogió de hombros y se sirvió más cereales—. Eres mi primer caso de amnesia, si es a eso a lo que te refieres. Normalmente me dedico a fraudes de seguros y conflictos domésticos. Tiene su aquél.

—¿Hace mucho tiempo que eres detective?

—Cuatro años. Cinco, si contamos el año que pasé haciendo prácticas en Guardian, una empresa de seguridad de la ciudad. Un sitio muy pijo. Yo prefiero trabajar solo.

—¿Alguna vez has... has disparado a alguien?

—No, y es una lástima, porque tengo una puntería excelente —la sorprendió mordiéndose el labio de nuevo y sacudió la cabeza—. Relájate, Bailey. Los polis y los detectives privados suelen atrapar a los malos sin pegar un solo tiro. Yo he recibido unos cuantos puñetazos y también he propinado otros tantos, pero mi trabajo consiste casi siempre en patearse la ciudad, en repetir las mismas cosas una y otra vez y en llamar por teléfono. Lo tuyo es simplemente un rompecabezas más. Es sólo cuestión de reunir todas las piezas y hacer que encajen.

Ella esperaba que tuviera razón, confiaba en que fuera tan simple, tan vulgar, tan lógico.

—He tenido otro sueño. Había dos chicas. Yo las conocía, estoy segura —Cade retiró una silla y se sentó frente a ella, y Bailey le contó lo que recordaba.

—Por lo que cuentas, parece que estabais en el desierto —dijo él cuando ella concluyó su relato—. En Arizona, o quizás en Nuevo México.

—No lo sé, pero no tenía miedo. Estaba contenta, realmente contenta. Hasta que se desató la tormenta.

—¿Estás segura de que había tres piedras?

—Sí. Eran casi idénticas, pero no del todo. Yo las tenía en las manos, y eran preciosas, realmente extraordinarias. Pero no podía quedarme con las tres. Eso era muy importante —suspiró—. Pero no sé si será real o simbólico, como suelen serlo los sueños.

—Si una de las piedras es real, puede que las otras también lo sean —él la tomó de la mano—. Y si tú eres real, puede que esas chicas también lo sean. Ahora sólo tenemos que encontrarlas.

Eran poco más de las diez cuando entraron en la oficina. A Bailey le extrañó ver de nuevo aquel espacio destartalado y sombrío después de haber visto la casa de Cade.

Escuchó atentamente a Cade mientras éste intentaba explicarle cómo utilizar el ordenador para transcribir sus notas, cómo llevar los archivos y cómo manejar el teléfono y el sistema de intercomunicadores.

Cuando Cade la dejó sola y se encerró en su despacho, ella se puso a inspeccionar la zona catastrófica. Al filodendro, que estaba volcado de lado, se le había salido la tierra. Había un cristal roto, manchas pegajosas de café rancio y polvo a espuertas. El ordenador tendría que esperar, se dijo. Nadie podía concentrarse en medio de aquel desorden.

Sentado tras su mesa, Cade levantó el teléfono y se puso manos a la obra. Consiguió localizar a su agente de viajes y, con el pretexto de que estaba planeando tomarse unas vacaciones, le pidió que buscara todas las zonas desérticas en las que estuviera permitido excavar. Pretextó que había descubierto un nuevo hobby.

Gracias a sus lecturas de la noche anterior sabía bastante acerca de la afición a desenterrar cristales de roca y piedras preciosas. Por lo que le había contado Bailey, estaba seguro de que eso era lo que ella hacía en el sueño. Tal vez procediera del oeste, o quizá sólo había ido al desierto de visita. En cualquier caso, era otro camino que había que explorar.

Cade pensó en recurrir a un experto en gemología para que examinara el diamante. Pero no quería arriesgarse, por si acaso la piedra había llegado a manos de Bailey por medios ilegales, lo cual le parecía poco probable.

Sacó las fotografías del diamante que había hecho la noche anterior y las colocó sobre la mesa. ¿Qué podría decirle un gemólogo con sólo ver las fotos?, se preguntaba. Valía la pena intentarlo. El martes, cuando volvieran a abrir las tiendas, exploraría también aquel camino.

Tenía, además, un par de ideas que merecía la pena abordar. Había otro camino, uno muy importante, que debía recorrer primero. Levantó el teléfono de nuevo y empezó a hacer llamadas. Encontró al detective Mick Marshall en su casa.

—Maldita sea, Cade, hoy es sábado. Tengo a veinte personas hambrientas ahí fuera y se me están quemando las hamburguesas.

—¿Estás celebrando una fiesta y no me has invitado? Estoy desolado.

—Yo a mis barbacoas no invito a polis de pacotilla.

—Ahora sí que has herido mis sentimientos. ¿Te has ganado ese whisky?

—No he encontrado nada sobre esas huellas que me mandaste.

Cade sintió al mismo tiempo un leve alivio y una ligera frustración.

—Está bien. ¿Sigues sin saber nada de esa piedra?

—Tal vez si me dijeras qué clase de piedra es...

—Una gorda y reluciente. Te habrías enterado si se hubiera denunciado su robo.

—No me han notificado nada. Creo que eres tú quien tiene piedras en la cabeza, Parris. Ahora, a menos que quieras contarme algo, tengo muchas bocas hambrientas que alimentar.

—Me pasaré a verte. Con el whisky.

Cade colgó y se quedó pensando un rato. En los sueños de Bailey siempre aparecían truenos. Había habido una tormenta eléctrica la noche previa a la aparición de Bailey en su oficina. Podía ser así de simple: los rayos y los truenos eran una de las últimas cosas que ella recordaba. O quizá tuviera fobia a las tormentas.

Bailey hablaba también de oscuridad. La noche de la tormenta había habido varios apagones en el centro. Ya lo había comprobado. Tal vez la oscuridad fuera literal, más que simbólica. Suponía que Bailey se hallaba en un interior. No había mencionado la lluvia, ni la sensación de estar mojada. ¿Sería el interior de una casa? ¿Un edificio de oficinas? Si lo que le había ocurrido, fuera lo que fuese, había tenido lugar la noche antes de que acudiera a él, tenía que haber sido en Washington casi con toda seguridad. Sin embargo, no se había denunciado la desaparición de ninguna gema.

En sus sueños aparecía de forma recurrente el número tres. Tres piedras. Tres estrellas. Tres mujeres. Un triángulo. ¿Simbólico o real?

Cade empezó a tomar notas de nuevo, formando dos columnas. En una anotó las imágenes de los sueños de Bailey como recuerdos literales y en la otra intentó descifrar su significado simbólico. Cuanto más pensaba en ello, más se inclinaba a pensar que se trataba de una combinación de ambas cosas.

Armándose de valor, hizo una última llamada. El marido de su hermana Muffy pertenecía a una de las familias de empresarios más antiguas y prestigiosas de la costa este: la familia de joyeros Westlake.

Cuando volvió a entrar en la oficina exterior, todavía le pitaban los oídos y tenía los nervios de punta, cosa que solía pasarle tras hablar con su hermana. Pero, dado que había conseguido lo que quería, intentaba tomárselo con humor.

Al entrar en la habitación limpia y ordenada y ver a Bailey aporreando eficazmente el teclado del ordenador, se animó enseguida.

—Eres una auténtica diosa —la tomó de la mano y se la besó con galantería—. Haces milagros.

—Este sitio era una pocilga. Un auténtico asco.

—Sí, seguramente.

Ella arqueó las cejas.

—Había recipientes de comida en el archivador.

—No lo dudo. Sabes manejar el ordenador.

Ella frunció el ceño y miró la pantalla.

—Eso parece. Ha sido como hacer café esta mañana. No he tenido que pensármelo.

—Si sabes manejarlo, sabrás apagarlo. Venga, vámonos al centro. Te invito a un helado.

—Pero si acabo de empezar...

—Eso puede esperar —él se agachó para apretar el interruptor del ordenador, pero Bailey le apartó la mano de un zarpazo.

—No lo apagues, que no lo he guardado —rezongando en voz baja, apretó una serie de teclas con tal desparpajo que a Cade se le hinchó el corazón de orgullo—. Necesito unas cuantas horas más para poner todo esto en orden.

—Volveremos, te lo prometo. Tenemos un par de horas para dar una vuelta. Luego hay que hacer un par de cosas serias.

—¿Qué cosas? —preguntó ella mientras se ponía en pie.

—Te he conseguido acceso a un refractómetro —tiró de ella hacia la puerta—. ¿Cómo te gustan los helados?

—¿Tu cuñado es el dueño de Joyerías Westlake?

—Él solo no. Su familia.

—Su familia —a Bailey todavía le daba vueltas la cabeza. Había pasado sin saber cómo de limpiar cajones pringosos a comerse un helado de fresa en la escalinata del monumento a Lincoln. Lo cual resultaba por sí solo bastante desconcertante, pero el modo en que Cade sorteaba los coches, giraba en las rotondas y se saltaba los semáforos en ámbar la había dejado completamente aturdida y desorientada.

—Sí —él atacó sus dos bolas de chocolate. Como ella no había mostrado preferencias, le había comprado un helado de fresa. Le parecía un sabor de chica—. Tienen establecimientos por todo el país, pero la tienda insignia está aquí, en Washington. Muffy conoció a Ronald en un torneo de tenis benéfico, cuando lo fulminó con una volea. Muy romántico.

—Comprendo —o eso intentaba—. ¿Y Ronald nos deja usar su equipo?

—Muffy nos deja. Ronald hace todo lo que quiere Muffy.

Bailey siguió lamiendo su helado, que empezaba a derretirse, y observó a los turistas, a las familias y los niños que subían y bajaban por la escalinata.

—Creía que estaba enfadada contigo.

—La he convencido. Bueno, en realidad la he sobornado. Camilla también hace ballet. El mes que viene hay un recital. Así que tendré que ir a ver a Camilla dando vueltas con su tutú, lo cual no es una experiencia agradable, créeme.

Bailey se atragantó con la risa.

—Qué malo eres.

—Eh, que yo he visto a Camilla en tutú y tú no. Te aseguro que estoy siendo generoso —le gustaba verla sonreír; verla simplemente caminar a su lado comiendo un helado de fresa y sonriendo—. Luego está Chip, el otro mutante de Muffy, que toca el flautín.

—Estoy segura de que te lo estás inventando todo.

—No podría inventármelo. Mi imaginación tiene unos límites. Dentro de un par de semanas tendré que sentarme a escuchar a Chip y su flautín en un concierto que da su orquesta —se estremeció—. Pienso comprarme tapones para los oídos. Vamos a sentarnos.

Se sentaron en los suaves escalones, bajo la efigie del sabio y melancólico presidente. Soplaba una leve brisa que agitaba el aire casi veraniego, pero que apenas aliviaba el calor húmedo que subía, pesado, de las aceras. Bailey lo veía ondular y estremecerse como un espejismo en el aire. Había algo extrañamente familiar en todo aquello, en la gente que pasaba, en los transeúntes que se abrían paso a codazos, armados con sus cámaras de fotos, en la mezcla de voces y acentos, en el olor a sudor, a humedad y a cansancio, en las flores que rebosaban en los maceteros, en los vendedores que exhibían sus mercancías.

—Creo que he estado antes aquí —murmuró—. Pero me resulta extraño. Como si fuera el sueño de otra persona.

—Pronto lo recordarás todo —él le puso un mechón de pelo tras la oreja—. Ya recuerdas fragmentos. Sabes hacer café, usar un ordenador y ordenar una oficina.

—Puede que sea secretaria.

Cade no lo creía. Los conocimientos de Bailey sobre los diamantes le inducía a pensar otra cosa. Pero quería madurar un poco la idea antes de compartirla con ella.

—Si lo eres, te doblo el sueldo con tal de que trabajes para mí —se levantó y le ofreció la mano—. Tenemos que ir de compras.

—¿Ah, sí?

—Necesitas unas gafas de leer. Vamos a mirar tiendas.

Fue otra experiencia, el enorme centro comercial atestado de gente en busca de gangas. Las rebajas estaban en su apogeo. A pesar del calor, los expositores estaban llenos de chaquetas de invierno con un veinte por ciento de descuento, y la ropa de otoño se amontonaba sobre los cajones, encimas de los restos de la ropa veraniega.

Cade dejó a Bailey en una óptica que prometía gafas en una hora y rellenó los impresos necesarios mientras ella recorría los expositores llenos de monturas. Sintió un fugaz calorcillo en el pecho al escribir que su nombre era Bailey Parris y anotar la dirección de su propia casa. Aquello le gustaba, le hacía sentirse bien. Y cuando ella fue conducida a la parte de atrás para que le graduaran la vista, Cade le dio un beso en la mejilla.

Menos de dos horas después, Bailey se hallaba de nuevo en el coche de Cade, examinando sus bonitas y pequeñas gafas de montura metálica y el contenido de una bolsa llena de cosas.

—¿Cómo es posible que te haya dado tiempo a comprar todo esto? —Bailey pasó una mano con delectación femenina sobre la suave asa de piel de un bolso cruzado.

—Todo es cuestión de estrategia y planificación: saber lo que uno quiere y no distraerse.

Bailey sacó una bolsa de una tienda de lencería y vio que dentro había una prenda de seda negra. La sacó. No tenía mucha tela, pensó.

—Tienes que ponerte algo para dormir —le dijo Cade—. Estaba rebajado. Prácticamente me lo han regalado.

Tal vez Bailey no supiera quién era, pero estaba segura de que sabía distinguir entre un camisón de dormir y uno de seducir. Volvió a guardar la prenda de seda en la bolsa. Hurgando un poco más, descubrió una bolsa llena de piedras de cristal.

—Qué bonitas.

—Había una de esas tiendas de minerales, así que compré unos cuantos —Cade frenó ante una señal de stop y se giró para mirarla—. Elegí las que me gustaron más. Las más suaves son... ¿cómo se llama?

—Cuarzo —murmuró ella, acariciando las piedras con la punta de un dedo—. Cornalina, citrina, sardónice, jaspe —extasiada, ella desató la bolsa—. Turmalina, turmalina sandía, ¿ves el rosa y el verde?, y esto es una preciosa columna de fluorita. Es una de mis favoritas. Yo... —se interrumpió, llevándose la mano a la sien.

Él sacó una de las piedras al azar.

—¿Esto qué es?

—Alejandrita. Es una variedad de crisoberilo, un mineral transparente. Cambia de color con la luz. ¿Ves?, ahora, a la luz del sol, es verde azulado, pero con luz incandescente se vuelve malva o violeta —tragó saliva, consciente de que aquel conocimiento estaba allí, en su cabeza—. Es un mineral que sirve para muchas cosas, pero escaso y caro. Lleva el nombre del zar Alejandro I.

—Está bien, relájate, respira hondo —él tomó el desvío y enfiló la calle flanqueada de árboles—. Sabes mucho de piedras preciosas, Bailey.

—Eso parece.

—Y te gustan mucho.

A ella se le iluminaba la cara cuando miraba las piedras.

—Todo esto me asusta. Cuanto más sé, más me asusta.

Cade paró en la rampa de acceso a su casa y se giró hacia ella.

—¿Estás dispuesta a seguir adelante?

Bailey comprendió que podía decir que no y que Cade la llevaría dentro, a su casa, donde estaría a salvo. Podría subir a su precioso cuarto y encerrarse allí. No tendría que enfrentarse a nada, salvo a su propia cobardía.

—Quiero hacerlo. Lo haré —dijo, y dejó escapar un profundo suspiro—. Tengo que hacerlo.

—Está bien —él le apretó rápidamente la mano—. Quédate aquí. Voy a por el diamante.

La sede de Joyerías Westlake se hallaba situada en un magnífico edificio antiguo con columnas de granito y largos ventanales con colgaduras de raso. Allí no había rebajas. El único rótulo que había era un discreta y elegante placa de bronce junto al arco de la entrada principal. Cade dobló con el coche la esquina.

—Están cerrando —explicó—. Conociendo a Muffy, seguro que habrá obligado a Ronald a quedarse hasta que lleguemos. Es probable que no le haga mucha gracia verme, así que... Sí, ahí está su coche —Cade metió el suyo en un hueco libre junto a un opulento Mercedes gris—. Tú sígueme la corriente, ¿de acuerdo?

—¿Seguirte la corriente? —ella arrugó el ceño mientras guardaba los minerales en su bolso nuevo—. ¿Qué quieres decir?

—Tuve que contarle una trola a Muffy para convencerla —Cade estiró el brazo y abrió la puerta de Bailey—. Tú hazme caso.

Ella salió y caminó junto a él hacia la entrada trasera.

—Preferiría saber de qué va todo esto.

—No te preocupes —Cade llamó al timbre—. Yo me encargo de todo.

Ella se ajustó el pesado bolso al hombro.

—Si has mentido a tu familia, creo que debería... —se interrumpió al ver que la pesada puerta de acero se abría.

—Cade —Ronald Westlake inclinó la cabeza cortésmente.

Cade tenía razón, pensó Bailey de inmediato. Aquel hombre era un infeliz. De mediana altura, pulcro y atildado, llevaba un traje azul oscuro y una corbata de rayitas pálidas atada con un nudo tan prieto que Bailey se preguntaba cómo podía respirar. Tenía la tez bronceada y llevaba el pelo negro, ligeramente salpicado de gris, cuidadosamente peinado. El decoro emanaba de él como si fuera una luz.

—Me alegro de verte, Ronald —dijo Cade con jovialidad, y, como si Ronald lo hubiera saludado calurosamente, le estrechó la mano con entusiasmo—. ¿Qué tal va ese golf? Muffy me ha dicho que ya pasas al filo de ese obstáculo —mientras hablaba, Cade se metió dentro como si fuera, pensó Bailey, un vendedor sujetando con un pie la puerta. Ronald siguió mirándolo con el ceño fruncido y retrocedió—. Ésta es Bailey. Muffy te habrá hablado de ella —Cade rodeó los hombros de Bailey con el brazo y la apretó contra su costado.

—Sí, ¿cómo estás?

—Me la he estado guardando para mí solo —añadió

Cade antes de que Bailey pudiera contestar—. Supongo que comprendes por qué —Cade levantó suavemente la cara de Bailey y la besó—. Te agradezco que nos dejes trastear un poco con tu equipo. Bailey está encantada. Está deseando enseñarme lo que sabe hacer con las piedras —sacudió el bolso de Bailey para que sonaran los minerales.

—Antes nunca mostrabas interés por la gemología —observó Ronald.

—Antes no conocía a Bailey —dijo Cade alegremente—. Ahora estoy fascinado. Y, como la he convencido para que se quede en Estados Unidos, tendrá que empezar a pensar en montar su propia tienda. ¿Verdad, cariño?

—Yo...

—Lo que Inglaterra pierde, lo ganamos nosotros —continuó Cade—. Y si a uno de sus príncipes le apetece una golosina, que venga aquí a buscarla. No pienso permitir que te vayas —la besó otra vez, apasionadamente, mientras Ronald resoplaba y se tiraba de la corbata.

—Cade me ha dicho que diseñas joyas desde hace tiempo. Ha de ser un honor que la realeza elija tus diseños.

—En realidad, todo queda en familia —dijo Cade guiñándole un ojo—. Como la madre de Bailey era prima de lady Di... ¿Prima tercera o cuarta, cariño? Oh, bueno, qué más da.

—Tercera —dijo Bailey, y de pronto le asombró no sólo haber respondido, sino haber infundido en su voz un leve acento de clase alta británica—. Pero no se trataban mucho. Cade exagera. Es simplemente que hace unos años un alfiler que yo había diseñado llamó la atención de la princesa de Gales. Le gustaba mucho ir de compras, ¿sabes?

—Sí, sí, claro —aquel acento remilgado surtió efecto sobre Ronald, cuya sonrisa se hizo más amplia—. Estoy encantado de que hayáis venido. Ojalá pudiera quedarme y enseñaros todo esto.

—No queremos entretenerte —Cade no paraba de darle palmaditas en la espalda—. Muffy me dijo que teníais visita.

—Cade es terriblemente desconsiderado por haber interrumpido vuestras vacaciones. Me encantaría visitar la tienda en otra ocasión.

—Desde luego, cuando quieras, cuando quieras. Y, si queréis, pasaros por casa esta noche —animado ante la idea de codearse con alguien relacionado con la realeza, aunque fuera remotamente, Ronald los condujo hacia el taller—. Somos muy exigentes con nuestro instrumental, al igual que con las gemas. La empresa tiene una reputación intachable desde hace generaciones.

—Ah, sí —el corazón de Bailey empezó a latir con más fuerza al ver los aparatos de la habitación acristalada, las mesas de trabajo, las sierras, las balanzas—. Es impresionante.

—Nos preciamos de ofrecer a nuestros clientes sólo lo mejor. A menudo cortamos y tallamos las gemas aquí mismo. Tenemos nuestros propios tallistas.

A Bailey le tembló levemente la mano al pasarla sobre una sierra de disco. Una pulidora, pensó, utilizada para tallar la gema. Recordaba con toda claridad cómo se hacía: la piedra fijada a un taco de madera, un recipiente sujeto a la pulidora con la ayuda de un soporte adherido al disco... Bailey podía oír su sonido. Sentir su vibración.

—Me encanta trabajar con la pulidora —dijo suavemente—. Es tan precisa...

—Me temo que yo me limito a admirar a los artesanos y a los artistas. Qué anillos tan fantásticos. ¿Puedo? —Ronald tomó la mano izquierda de Bailey y examinó las tres piedras preciosas colocadas en suave curva y engarzadas en oro—. Precioso. ¿El diseño es tuyo?

—Sí —a Bailey aquélla le pareció la mejor respuesta—. Me gusta trabajar con piedras de colores.

—Uno de estos días tienes que venir a ver nuestras existencias —Ronald miró su reloj y chasqueó la lengua—. Se me está haciendo tarde. El guardia de seguridad os enseñará la salida cuando acabéis. Por favor, tomaos todo el tiempo que necesitéis. Me temo que la tienda se cierra automáticamente. El guardia tendrá que abriros la puerta de atrás, que se abre de dentro a afuera —le lanzó a Bailey una sonrisa de profesional a profesional—. Ya sabes lo importante que es la seguridad en este negocio.

—Desde luego. Muchísimas gracias por su tiempo, señor Westlake.

Ronald tomó la mano que Bailey le ofrecía.

—Ronald, por favor. Ha sido un placer. No debes permitir que Cade te acapare. Muffy está deseando conocer a su futura cuñada. Acordaos de pasaros por casa esta noche.

Bailey dejó escapar un sonido estrangulado, que Cade tapó hábilmente con su cháchara mientras sacaba a Ronald del taller prácticamente a empujones.

—¿Su futura cuñada? —preguntó Bailey.

—Tenía que decirles algo —Cade extendió las manos, todo inocencia—. Están empeñados en casarme desde que se secó la tinta de mi sentencia de divorcio. Y, además, ser de la nobleza te coloca unos cuantos peldaños por encima de las mujeres con las que pretenden emparejarme.

—Pobre Cade. Le surgen proposiciones a diestro y siniestro.

—He sufrido mucho —Cade probó su mejor sonrisa—. No sabes qué mal lo he pasado. Abrázame.

Ella le apartó la mano de un zarpazo.

—¿Es que tú te lo tomas todo a broma?

—No, pero esto tenía su gracia —Cade llegó a la conclusión de que era más prudente meterse las manos en los bolsillos—. Te garantizo que mi hermana ha fundido el teléfono desde que la llamé esta mañana. Y ahora que Ronald te ha visto...

—Le has mentido a tu familia.

—Sí. A veces es divertido. Y a veces es necesario para sobrevivir —ladeó la cabeza—. Lo has hecho muy bien, cariño. Ese acento ha sido un toque genial.

—Me he dejado llevar por ti, y no me siento orgullosa de ello.

—Puede que seas una buena socia. Déjame decirte que mentir rápido y bien es uno de los principales requisitos de este trabajo.

—¿Y el fin justifica los medios?

—Desde luego —empezaba a irritarle el gélido tono de reproche de Bailey. Tenía la impresión de que no se sentía tan cómoda como él en las zonas grises—. Estamos aquí, ¿no? Y Ronald y Muffy van a triunfar en su fiestecita. Así que, ¿cuál es el problema?

—No lo sé. No me gusta esto —una mentira, una simple mentira le hacía sentirse terriblemente incómoda—. Una mentira conduce a otra.

—Y unas cuantas a veces conducen a la verdad —le quitó el bolso, lo abrió, sacó la bolsita de terciopelo y extrajo el diamante—. Quieres saber la verdad, ¿no, Bailey? ¿O sólo te interesa la honestidad?

—Creo que no debería haber diferencia entre esas dos cosas —pero le quitó la piedra—. Está bien, como tú dices, aquí estamos. ¿Qué quieres que haga?

—Asegurarte de que es auténtica.

—Claro que es auténtica —dijo ella con impaciencia—. Sé que lo es.

Él se limitó a arquear una ceja.

—Demuéstralo.

Ella resopló y, volviéndose, se acercó a un microscopio y reguló la lámpara del campo oscuro ajustando el foco del binocular con eficacia instintiva.

—Qué preciosidad —dijo al cabo de un momento, admirada—. Es una maravilla.

—¿Qué estás viendo?

—El interior de la piedra. No hay duda de que es de origen natural. Las inclusiones son típicas.

—Déjame ver —la apartó a un lado y se inclinó sobre el microscopio—. Esto podría ser cualquier cosa.

—No, no. No hay burbujas de aire. Las habría, si

fuera de pasta o de estrás. Y, además, están las inclusiones.

—A mí no me dice nada. Es azul, y azul significa zafiro.

—Oh, por el amor de dios, el zafiro es una variedad de corindón. ¿Crees que no distingo entre el carbono y el corindón? —recogió la piedra y se acercó a otro instrumento—. Esto es un polariscopio. Se utiliza para comprobar si una piedra es de refracción simple o doble. Como te dije, los zafiros tienen refracción doble, y los diamantes, simple.

Ella se puso manos a la obra mientras rezongaba en voz baja. Se ponía las gafas cuando las necesitaba y, cuando no, enganchaba la patilla en la uve de su blusa, siempre con ademanes eficientes y precisos. Cade metió las manos en sus bolsillos traseros y la observó, oscilando sobre sus talones.

—Esto es un refractómetro —masculló ella—. Hasta un tonto se daría cuenta de que el índice de esta piedra es el de un diamante, no el de un zafiro —se dio la vuelta, levantando la gema—. Esto es un diamante azul, tallado en forma de brillante, con un peso de 102,6 quilates.

—Y a ti lo único que te hace falta es una bata de laboratorio —dijo él tranquilamente.

—¿Perdón?

—Tú trabajas en esto, Bailey. Pensaba que podía ser sólo un hobby, pero está claro que aquí estás como pez en el agua. Te mueves con absoluta soltura. Y te enfadas en cuanto te hacen preguntas. Así que creo que trabajas con piedras preciosas, con gemas. Utilizas estos instrumentos con la misma destreza que una cafetera. Forman parte de tu vida.

Ella bajó la mano y se sentó en un taburete.

—No has hecho todo esto, tomarte todas estas molestias, para averiguar si el diamante era auténtico, ¿verdad?

—Digamos simplemente que eso era un aliciente. Ahora tenemos que averiguar si te dedicas al comercio de piedras preciosas o de joyas. Así es como llegó esto a tus manos —le quitó el diamante y lo observó—. Pero cosas como ésta no se venden en Westlake, ni en una joyería cualquiera. Más bien se encuentran en colecciones privadas o en museos. Aquí, en la ciudad, tenemos un museo estupendo. El Smithsonian, se llama —bajó la piedra—. Puede que hayas oído hablar de él.

—¿Crees... crees que lo saqué del Smithsonian?

—Creo que tal vez alguien haya oído hablar de esta piedra allí —se guardó tranquilamente la gema en el bolsillo—. Habrá que esperar a mañana. Ahora estará cerrado. No, demonios, hasta el martes —siseó entre dientes—. Mañana es cuatro, y el lunes es fiesta.

—¿Y qué vamos a hacer hasta el martes?

—Podemos empezar por los listines telefónicos. Me pregunto cuántos gemólogos habrá en la zona metropolitana de Washington.

Gracias a las gafas de leer, Bailey podía sumergirse en los libros sin arriesgarse a contraer un dolor de cabeza. Y eso fue lo que hizo. Era, se dijo, como releer viejos cuentos de hadas. Todo le sonaba conocido, pero le gustaba volver a recorrer aquel camino. Leyó acerca de la historia de la talla en Mesopotamia, de las gemas del periodo helenístico, de los labrados florentinos... Leyó sobre diamantes famosos. Sobre el Vargas, el Jonker, el Gran Mongol, desaparecido hacía siglos. Sobre María Antonieta y el collar de diamantes que, según decían algunos, le había costado la cabeza. Leyó explicaciones técnicas sobre la talla de gemas, la identificación, las propiedades ópticas de las piedras preciosas y sobre sus formaciones. Todo le parecía perfectamente claro, de textura tan suave como la piedra de cornalina que se pasaba incesantemente entre los dedos.

¿Cómo era posible, se preguntaba, que se acordara de los minerales y no de las personas? Podía identificar y desgranar las propiedades de centenares de gemas con toda facilidad. Pero no reconocía a una sola persona en el mundo. Ni siquiera a sí misma.

Sólo conocía a Cade. Cade Parris, con su ingenio veloz y a menudo desconcertante. Cade, con sus manos suaves y pacientes y sus hermosos ojos azules. Unos ojos que la miraban como si fuera el centro de su mundo. Y, sin embargo, el mundo de Cade era enorme comparado con el de ella. El suyo estaba poblado de gentes y de recuerdos, de lugares que había visitado, de cosas que había hecho, de momentos que había compartido con otros. En cambio, a ella la atormentaba la gran pantalla en negro que formaba su pasado.

¿Con qué tipo de gente se relacionaba, a quién amaba u odiaba? ¿La había querido alguien alguna vez? ¿A quién había hecho daño y por quién había sufrido? ¿Y dónde había estado, a qué se dedicaba?

¿Era una científica o una ladrona? ¿Conocía el amor, o estaba sola?

Deseaba ser una amante. La amante de Cade. Resultaba aterrador cuánto lo deseaba. Hundirse en la cama con él, dejar que todo se alejara flotando en el cálido río del placer. Sentir las manos de Cade acariciando su carne desnuda, transmitiéndole su calor, llevándola a un lugar donde el pasado no significaba nada y el futuro carecía de importancia. Donde sólo existía el ahora, el presente ansioso y lleno de placer. Y donde podría tocar a Cade, sentir hincharse los músculos de su espalda y de sus hombros mientras le hacía el amor. El corazón de Cade palpitaría contra el suyo, y ella se arquearía para salir a su encuentro, para acogerlo en su interior. Y luego...

Se le cerró el libro y se sobresaltó.

—Date un descanso —le recomendó Cade, deslizando el libro sobre la mesa a la que ella se había sentado a leer—. Se te van a salir los ojos de las órbitas.

—Oh, yo... —«cielo santo», pensó, mirándolo con los ojos como platos. Estaba casi temblando, ferozmente excitada por aquella fantasía que ella misma había creado. Su pulso se deslizaba como un patinador sobre la pista de hielo—. Es que...

—Estás sofocada —Cade se dio la vuelta para sacar la jarra de té frío de la nevera, y ella alzó los ojos al cielo.

¿Sofocada? ¿Que estaba sofocada? ¿Pero es que no se daba cuenta él de que se moría de ganas de que la probara?

Cade le sirvió un vaso de té con hielo y abrió una cerveza para él.

—Ya hemos hecho bastante por hoy. Me apetecen unos filetes a la parrilla. Vamos a ver si sabes preparar una ensalada. Eh —extendió un brazo para sujetar el vaso que le acababa de dar—. Te tiemblan las manos. Te estás forzando demasiado.

—No, yo... —Bailey no podía decirle que había estado pensando seriamente en arrojarse en sus brazos. Se quitó cuidadosamente las gafas, las dobló y las dejó sobre la mesa—. Puede que un poco. Tengo tantas cosas en la cabeza...

—Pues yo tengo el antídoto perfecto —la tomó de la mano, la llevó hasta la puerta y salieron al jardín, donde el perfume de las rosas impregnaba el aire cálido—. Media hora de pereza —Cade tomó el vaso de Bailey, lo dejó sobre una mesita de hierro forjado que había junto a la hamaca de cuerda y puso su cerveza al lado—. Vamos, miraremos el cielo un rato.

¿Quería que se tumbara con él? ¿Que se acurrucara con él en una hamaca cuando lo que el cuerpo le pedía a gritos era puro sexo?

—Creo que no debería...

—Claro que sí —Cade tiró de ella y ambos aterrizaron sobre la hamaca, que se balanceó con fuerza, haciendo reír a Cade mientras Bailey procuraba recuperar el equilibrio—. Relájate. Éste es uno de mis sitios favoritos. Que yo recuerde, aquí siempre ha habido una hamaca. Mi tío solía dormir la siesta en una a rayas blancas y rojas —rodeó a Bailey con el brazo y tomó una de sus manos temblorosas—. Qué bien se está aquí. Se ven pedacitos del cielo entre las hojas —hacía fresco allí fuera, a la sombra de los arces. Bailey sintió el latido firme del corazón de Cade cuando él apoyó las manos unidas de ambos sobre su pecho–. Yo solía escaparme y venir aquí. Me gustaba soñar y hacer planes en esta hamaca. Aquí siempre se estaba tranquilo. Cuando uno se balancea a la sombra en una hamaca, nada parece urgente.

–Supongo que es como estar en una cuna –Bailey procuró relajarse, asombrada por lo mucho que deseaba echarse encima de él.

–Todo parece más sencillo en una hamaca –Cade jugueteó con sus dedos, cautivado por su elegancia y el fulgor de los anillos. Le besó distraídamente los dedos y Bailey sintió que el corazón le daba un vuelco–. ¿Confías en mí, Bailey?

En ese momento, Bailey estaba segura de que, fuera cual fuese su pasado, nunca había confiado tanto en otra persona.

–Sí.

–Vamos a jugar a una cosa.

La imaginación de Bailey conjuró diversas ideas eróticas.

–¿A... a jugar?

–Sí, a asociar palabras. Tú procura vaciar tu mente y yo diré una palabra. Tienes que decir lo primero que se te pase por la cabeza.

–Asociar palabras –ella cerró los ojos, sin saber si echarse a reír o a llorar–. Crees que así se activará mi memoria.

–No perdemos nada con probar, y es un pasatiempo apacible al que jugar a la sombra. ¿Lista?

Ella asintió con la cabeza, mantuvo los ojos cerrados y se dejó acunar por el balanceo de la hamaca.

–Está bien.

–Ciudad.

–Muchedumbre.

–Desierto.

–Sol.

–Trabajo.

–Satisfacción.

–Fuego.

–Azul.

Al ver que ella abría los ojos y empezaba a removerse, Cade la apretó con más fuerza.

–No, no te pares a analizar, di lo primero que se te ocurra. ¿Lista? Amor.

–Amigos –dejó escapar un suspiro, intentó relajarse otra vez–. Amigos.

–Familia.

–Madre –profirió un leve gemido, y Cade la acarició suavemente.

–Felicidad.

–Infancia.

–Diamante.

–Poder.

–Rayo.

–Asesinato –Bailey dejó escapar un suspiro entrecortado y se giró para esconder la cara contra el hombro de Cade–. No puedo hacerlo. No puedo mirar ahí.

–Está bien, no pasa nada. Es suficiente –Cade le acarició el pelo y, a pesar de que su gesto era suave, al mirar a través del oscuro dosel de las hojas su mirada centelleó.

Fuera quien fuese quien había asustado a Bailey, quien la hacía temblar de terror, iba a pagar por ello.

Mientras Cade abrazaba a Bailey bajo los arces, otro hombre permanecía de pie en una terraza empedrada, contemplando una vasta extensión de onduladas colinas, cuidados jardines y elevados surtidores.

Estaba furioso.

La chica se había esfumado de la faz de la tierra con lo que sólo le pertenecía a él. Y sus fuerzas estaban tan dispersas como las tres estrellas.

Todo debería haber sido sencillo. Casi había tenido las piedras en sus manos. Pero a aquel estúpido le había entrado el pánico. O quizá, sencillamente, se había vuelto demasiado avaricioso. En cualquier caso, había dejado escapar a la chica, y los diamantes habían desaparecido con ella.

Había pasado demasiado tiempo, se dijo, tamborileando con los dedos bien cuidados la balaustrada de piedra. Una de las chicas estaba en paradero desconocido, otra había huido y la tercera era incapaz de contestar a sus preguntas.

Tenía que solucionar aquello, y pronto. Sus planes se habían desbaratado. Y de ello sólo podía culpar a una persona, pensó mientras entraba de nuevo en su extenso despacho y alzaba el teléfono.

—Traédmelo —fue todo lo que dijo, y colocó de nuevo el aparato en su sitio con la suficiencia de alguien acostumbrado a que se cumplieran sus órdenes.

VI

Sábado por la noche. Cade la llevó a bailar. Bailey tenía previsto sentarse a la mesa de la cocina con sus libros y una jarra de café fuerte en cuanto acabaran de cenar. Pero Cade la sacó casi a rastras de la casa antes de que acabara de limpiar las encimeras y sin darle apenas tiempo para que se pasara un cepillo por el pelo.

Necesitaba distraerse, le había dicho él. Necesitaba un poco de música. Necesitaba sentir el pulso de la vida.

Y, ciertamente, aquello fue toda una experiencia. Bailey nunca había visto nada igual. De eso estaba segura. Aquella discoteca ruidosa y abarrotada del corazón de Georgetown vibraba, llena de vida, sacudida de arriba abajo por las voces y los pies incansables. La música estaba tan alta que Bailey apenas oía sus propios pensamientos, y la ridícula mesita que Cade consiguió agenciarse en medio de aquel pandemonio estaba todavía pegajosa por la cerveza del último cliente.

Bailey no salía de su asombro. Nadie parecía conocer a nadie. O se conocían tan bien que se ponían a hacer el amor de pie, en público. Porque sin duda aquellos contoneos y aquel frotarse en la diminuta pista de baile era un ritual de apareamiento.

Cade pidió una tónica inofensiva para ella y otra para él, y se puso a mirar el espectáculo. O, mejor dicho, la miraba a ella mirar el espectáculo. Las luces destellaban, las voces retumbaban, y nadie parecía tener una sola preocupación en el mundo.

—¿Esto es lo que sueles hacer los fines de semana? —le gritó ella al oído, intentando sobreponerse al estruendo de la batería y las guitarras.

—De vez en cuando.

«Casi nunca», se dijo para sus adentros mientras observaba el flujo y reflujo de la marea de personas desparejadas que rodeaban la barra. No mucho desde sus tiempos en la universidad, desde luego. La idea de llevarla allí había sido un impulso, incluso un arrebato de inspiración, pensó. En aquellas condiciones, Bailey no podía concentrarse en sus cuitas.

—Es un grupo local.

—¿Que soy inmortal? —repitió ella, extrañada.

—No, no, que la banda es un grupo local —Cade se echó a reír, acercó su silla a la de ella y le rodeó los hombros con el brazo—. Rock garajero. Nada de country, ni de memeces románticas. ¿Qué te parece?

Ella intentó pensar, sintonizar con el ritmo retumbante y repetitivo de la música. Por encima de la poderosa marea de la música, la banda chillaba obscenidades.

—No sé, pero está claro que no es el *Himno a la alegría*.

Él rompió a reír y la agarró de la mano.

—Ven, vamos a bailar.

Pánico instantáneo. A Bailey empezaron a sudarle las manos y sus ojos se volvieron enormes.

—Creo que no sé...

—Venga, Bailey. Ahí no hay sitio más que para infringir un par de mandamientos. Para eso no se necesita práctica.

—Sí, pero... —Cade la estaba arrastrando hacia la pista de baile, sorteando mesas y tropezando con otras personas. Bailey perdió la cuenta de los pies que pisaba—. Cade, yo preferiría mirar.

—Has venido a tener una experiencia —la tomó en sus brazos y la agarró por las caderas con tanta fuerza que Bailey se quedó sin aliento—. ¿Lo ves? Ya hemos roto un mandamiento —de pronto, su cuerpo empezó a moverse sugestivamente contra el de ella—. El resto está chupado.

—Creo que nunca había hecho esto —las luces que giraban y centelleaban sobre sus cabezas la aturdían—. Seguro que me acordaría.

Cade pensó que probablemente tenía razón. Su azoramiento, su sofoco, parecían del todo inocentes. Él deslizó las manos sobre su trasero, hasta su cintura.

—Sólo es un baile.

—Creo que no es eso. Supongo que habré bailado otras veces.

—Rodéame con los brazos —le alzó los brazos hasta su cuello—. Y bésame.

—¿Qué?

—Es igual.

Cade estaba muy cerca, y la música llenaba la cabeza de Bailey. El calor del cuerpo de él, de todos los cuerpos que se apretujaban contra ellos, era como el de un horno. Bailey no podía respirar, no podía pensar, y, cuando la boca de Cade rozó la suya, no le importó.

El ritmo retumbaba en su cabeza. Hacía un calor espantoso, el aire estaba saturado de humo y calor corporal, olía a sudor, a alcohol y a perfumes enfrentados. Pero todo se desvaneció. Bailey osciló contra Cade mientras sus labios se abrían y el olor fuerte y masculino de él saturaba sus sentidos.

—Si nos hubiéramos quedado en casa, estaríamos en la cama —murmuró él contra sus labios, y luego besó suavemente su oreja. Bailey llevaba el perfume que le había comprado él. Un perfume cuyo olor le resultaba extrañamente íntimo—. Quiero hacer el amor contigo, Bailey. Quiero estar dentro de ti.

Ella cerró los ojos, se apoyó contra él. Estaba segura de que nadie le había hablado así antes. No hubiera podido olvidar aquella turbación, aquel extraño temor. Sus dedos se deslizaron entre el pelo enredado que se ondulaba alrededor del cuello de la camisa de Cade.

—Antes, cuando estábamos en la cocina, yo...

—Lo sé —él le pasó la lengua por el oído, esparciendo fuego por doquier—. Podría haberte hecho mía. ¿Crees que no me di cuenta? —rozó su garganta con los labios–. Por eso estamos aquí y no en casa. No estás lista para lo que quiero de ti.

–Esto no tiene sentido –dijo ella en un murmullo, pero Cade la oyó.

–¿Y a quién le importa que lo tenga o no? Esto es el presente –la agarró de la barbilla y acercó su cara a la de él–. Estamos aquí, ahora –la besó hasta que la sangre de Bailey empezó a burbujear–. Puede ser apasionado –le mordió el labio inferior hasta que ella creyó que se caía al suelo–, o dulce –luego se lo lamió suavemente–. Puede ser divertido –la hizo girar y la estrechó entre sus brazos con tal gracia que Bailey parpadeó, asombrada–. Lo que tú quieras.

Ella apoyó las manos sobre sus hombros. Sus caras estaban muy cerca. A su alrededor giraban las luces y palpitaba la música.

–Creo... creo que lo mejor será que por ahora nos ciñamos a lo divertido.

–De acuerdo –Cade la hizo girar de nuevo, describiendo dos rápidas vueltas. Sus ojos se iluminaron de regocijo al ver que ella se echaba a reír.

Bailey contuvo el aliento al chocar de nuevo contra él.

–Has dado clases de baile.

–Cariño, puede que me haya saltado más bailes de debutantes de los que debería, pero algunas cosas nunca se olvidan.

Se estaban moviendo otra vez, mágicamente, entre el denso gentío de danzantes.

–¿Bailes de debutantes? ¿Con guantes blancos y pajarita y todo eso?

—Algo así —Cade deslizó las manos por los costados de Bailey y le rozó los pechos—. Nada parecido a esto.

Ella trastabilló y chocó de espaldas contra algo sólido que al principio le pareció una viga de acero. Al mirar hacia atrás, vio a un forzudo enorme con una reluciente cabeza pelada, una anilla de plata en la nariz y una sonrisa deslumbrante.

—Disculpe —comenzó a decir, pero de pronto el forzudo la hizo girar hacia la derecha.

Bailey se halló embutida en medio de un grupo de danzantes que agitaban con ahínco los codos y contoneaban las caderas. La jaleaban con tanto entusiasmo que ella se esforzó por pillar el ritmo. Estaba riendo cuando fue de nuevo empujada en brazos de Cade.

—Es divertido —elemental, liberador, casi pagano—. Estoy bailando.

La forma en que resplandecía su rostro, en que la risa tintineaba en su voz, hizo que una sonrisa cruzara el semblante de Cade.

—Eso parece.

Ella agitó una mano delante de su cara, intentando en vano disipar el calor.

—Me gusta.

—Entonces vendremos más veces —el volumen de la música bajó, el latido se convirtió en un zumbido—. Ahora viene una lenta. Lo único que tienes que hacer es pegarte a mí.

—Creo que ya lo he hecho.

—Más cerca aún —Cade deslizó una pierna entre las de ella y apoyó las manos sobre su trasero.

—Oh, Dios —sintió un hormigueo en el estómago—.
Creo que acabamos de infringir otro mandamiento.

—Uno de mis favoritos.

La música era seductora, sensual y triste. El ánimo
de Bailey pasó de la euforia a la melancolía.

—Cade, esto no está bien —sin embargo, se puso de
puntillas para pegar la cara a la de él.

—No pienses en nada.

—Esto no puede durar —murmuró ella.

—Chist. Durará mientras nosotros queramos.

«Para siempre», pensó ella, y lo abrazó con fuerza.

—Yo no soy una pizarra en blanco. Sólo me han
borrado un rato. Puede que a ninguno de los dos nos
guste lo que haya escrito en ella cuando lo sepamos.

Cade podía sentir su olor, su tacto, su sabor.

—Sé todo lo que necesito saber.

Ella movió la cabeza de un lado a otro.

—Pero yo no —se echó hacia atrás y miró a los ojos
a Cade—. Yo no —repitió. Y, desasiéndose, se abrió paso
rápidamente entre el gentío, y Cade la dejó marchar.

Bailey se dirigió al aseo. Necesitaba estar sola, recuperar el aliento. Debía recordar que, por más que
lo deseara, su vida no había comenzado al entrar en la
destartalada oficina de Cade Parris.

El aseo estaba casi tan atestado de gente como la
pista de baile. Había mujeres que se maquillaban
frente a los espejos, que hablaban de hombres, que se
quejaban de otras mujeres... Había un olor denso a
laca, a perfume y a sudor.

Bailey dejó correr el agua fría de uno de los tres
estrechos lavabos y se mojó la cara sofocada. Había

estado bailando en una discoteca con la música a todo volumen y se había reído a carcajadas. Había dejado que el hombre que deseaba la tocara íntimamente, sin importarle quién pudiera verla. Y, al alzar la cara y ver su rostro en el espejo grasiento, comprendió que ninguna de aquellas cosas era habitual para ella.

Aquello era nuevo. Igual que Cade Parris. Y no sabía cómo encajaría todo ello en su auténtica vida.

Todo estaba ocurriendo tan deprisa, pensó, y hurgó en su bolso buscando un cepillo. El bolso que Cade le había comprado, lo mismo que el cepillo, pensó, emocionada. Todo lo que tenía se lo debía a él. ¿Era eso lo que sentía por él? ¿Una deuda de gratitud? ¿O era deseo?

A ninguna de las mujeres que abarrotaban la habitación le preocupaban aquellas cosas, pensó. Ni una sola de ellas se hacía esa clase de preguntas sobre los hombres con quienes acababan de bailar. Sobre los hombres a los que deseaban, o que las deseaban a ellas. Todas ellas saldrían del aseo y se pondrían de nuevo a bailar. O se irían a casa. Harían el amor esa noche, si les apetecía. Y al día siguiente seguirían adelante con sus vidas.

Pero ella tenía que formularse preguntas. ¿Y cómo iba a averiguar las respuestas si no se conocía a sí misma? ¿Y cómo iba a darse a Cade hasta que eso sucediera?

«Tienes que aclarar tus ideas», se dijo mientras se cepillaba metódicamente el pelo suelto. Era hora de ser sensata y práctica. Hora de conservar la calma. Satisfecha con su pelo, volvió a guardar el cepillo en el bolso.

En ese momento entró una pelirroja con mucho desparpajo y las piernas muy largas.

—Pues no me ha tocado el culo el muy hijo de puta... —exclamó sin dirigirse a nadie en particular, y entró en un servicio y cerró la puerta.

A Bailey se le nubló la vista. Mareada, se agarró al borde del lavabo. Pero se le doblaron las rodillas y tuvo que inclinarse sobre la pila, intentando respirar.

—Eh, eh, ¿estás bien?

Alguien le dio una palmada en la espalda, y su voz sonó como un zumbido de abejas en la cabeza de Bailey.

—Sí, sólo un poco aturdida. Estoy bien —usando ambas manos, recogió agua fría del grifo y se mojó la cara una y otra vez.

Cuando pensó que podía sostenerse en pie, tomó unas cuantas toallas de papel y se secó las mejillas. Salió del aseo tambaleándose como si estuviera borracha y penetró de nuevo en la bóveda retumbante del club.

No notaba los empujones, ni los codazos. Alguien trató de invitarla a una copa. Algún gracioso se ofreció a comprarla a ella. Bailey siguió abriéndose paso entre el gentío sin ver nada, salvo las luces cegadoras y los cuerpos desprovisto de cara. Cuando Cade llegó junto a ella, estaba blanca como una sábana. Él la tomó en brazos, para deleite de los clientes cercanos del club, y sin hacer preguntas se la llevó fuera.

—Lo siento, me he mareado.

—No ha sido buena idea traerte aquí.

—No, ha sido una idea maravillosa. Me alegro de que me hayas traído. Sólo necesito un poco de aire fresco —dándose cuenta de que Cade la llevaba en brazos, Bailey se debatió de pronto entre la vergüenza y la gratitud—. Bájame, Cade. Estoy bien.

—Voy a llevarte a casa.

—No, ¿no hay ningún sitio donde podamos sentarnos a tomar un poco el aire?

—Claro —Cade la dejó en el suelo, pero siguió observándola atentamente—. Hay una cafetería en esta misma calle. Podemos sentarnos en la terraza y tomar un café.

—Estupendo —Bailey agarró con fuerza su mano y dejó que la llevara calle abajo.

La cafetería estaba casi tan llena de gente como la discoteca, y los camareros se escurrían entre las mesas sirviendo expresos, cafés con leche y zumos de frutas con hielo.

—Creo que he empezado muy fuerte —empezó a decir él mientras retiraba una silla para que Bailey se sentara.

—Sí, es cierto. Y me siento halagada.

Cade se sentó frente a ella y ladeó la cabeza.

—¿Te sientes halagada?

—Sí. Puede que no recuerde nada, pero no soy tonta —el aire, aunque denso y cálido, le sentaba de maravilla—. Eres un hombre increíblemente atractivo, Cade. Miro a mi alrededor, aquí mismo... —recorrió con la mirada las mesitas apretujadas bajo el toldo verde oscuro— y veo mujeres hermosas por todas partes: en el centro de la ciudad por donde paseamos hoy, en la discoteca, aquí, en este café. Y, sin embargo, estás conmigo. Así que me siento halagada.

—Ésa no es exactamente la respuesta que esperaba, pero supongo que bastará por ahora —alzó la mirada hacia el camarero que acababa de escabullirse hasta su mesa—. ¿Un capuchino? —le preguntó a Bailey.

—Sí, de acuerdo.

—¿Descafeinado o normal? —preguntó el camarero con voz chillona.

—Normal —le dijo Cade, y se inclinó hacia Bailey—. Ya estás recuperando el color.

—Me siento mejor. Una chica entró en el aseo de señoras...

—¿Se metió contigo?

—No, no —conmovida por su reacción, Bailey puso una mano sobre la de él—. Me sentía un poco débil, y entonces entró ella. Era una mujer de bandera, ya sabes —curvó los labios—. Y por un instante pensé que la conocía.

Él volvió la mano hacia arriba y agarró la de Bailey.

—¿La reconociste?

—No, no a ella exactamente, pero pensé que... Creo que fue ese tipo de mujer lo que reconocí. Arrogante, llamativa, segura de sí misma... Una pelirroja alta, con los vaqueros muy ceñidos, muy agresiva —cerró los ojos un momento, dejó escapar un largo suspiro y los abrió de nuevo—. M.J.

—Ése era el nombre de la nota que llevabas en el bolsillo.

—Está aquí —murmuró Bailey, tocándose las sienes—. Está aquí, en alguna parte de mi mente. Y es importante. Es vital, pero no logro atraparlo. Hay una chica, una chica que forma parte de mi vida. Y pasó algo malo, Cade.

—¿Crees que está metida en un lío?

—No lo sé. A veces me concentro y creo que casi puedo verla, pero en realidad sólo intuyo esa imagen de confianza en sí misma y aplomo. Como si fuera invulnerable. Pero sé que algo va mal. Y es culpa mía. Tiene que ser culpa mía.

Él movió la cabeza de un lado a otro.

—Dime qué ves cuando empiezas a representarte esa imagen. Intenta relajarte y dímelo.

—Pelo corto, rojo oscuro, rasgos afilados. Ojos verdes. Puede que sean los tuyos, pero creo que los de ella son más oscuros. Casi podría dibujar su cara. Si supiera dibujar, claro.

—Puede que sepas —Cade sacó una pluma y una libreta de su bolsillo—. Inténtalo.

Ella se mordió el labio e intentó plasmar en el papel aquella cara triangular y afilada. Dando un suspiro, dejó la pluma al tiempo que les servían el café.

—Creo que podemos concluir que no soy una artista.

—Pues recurriremos a una —él tomó la libreta y sonrió al ver el cómico dibujo—. Hasta yo podría hacerlo mejor, y eso que saqué un aprobado raspado en clase de dibujo. ¿Crees que podrías describir los rasgos de esa chica?

—Puedo intentarlo. No los veo con mucha claridad. Es como intentar enfocar una cámara que no funciona muy bien.

—Los dibujantes de la policía son expertos en recomponer caras.

A ella se le derramó el café por el borde de la taza.

—¿La policía? ¿Tenemos que recurrir a la policía?

—Sí, pero no de manera oficial. No te preocupes. Confía en mí.

—Ya lo hago —la palabra «policía», sin embargo, hacía repicar campanas de alerta en su cabeza.

—Tenemos algo por donde empezar. Sabemos que M.J. es mujer, pelirroja, alta y muy atrevida. Mary Jane, Martha June, Melissa Jo... Y que estuviste con ella en el desierto.

—Aparecía en el sueño, sí —sol, suelo y rocas. Felicidad. Luego, miedo—. En el sueño éramos tres, pero no lo recuerdo con claridad.

—Veremos si podemos hacer un retrato robot. Así tendremos algo por donde empezar.

Bailey miró la espuma del café y pensó que su vida era justamente eso, una nube que ocultaba la verdadera sustancia de las cosas.

—Haces que parezca fácil.

—Hay que hacer las cosas paso a paso, Bailey. Se da el siguiente paso y se ve adónde lleva.

Ella asintió con la cabeza y siguió mirando su café.

—¿Por qué te casaste con una mujer a la que no querías?

Sorprendido, Cade se recostó en la silla y dejó escapar un soplido.

—A eso se le llama cambiar de tema.

—Lo siento. No sé por qué lo he preguntado. No es asunto mío.

—No, es igual. Dadas las circunstancias, me parece una pregunta bastante razonable —tamborileó inquieto con los dedos sobre la mesa—. Supongo que podría decirse que me harté, que me dejé vencer por las presiones de mi familia, pero eso no sería más que una excusa. Nadie me puso una pistola en la cabeza, y ya era mayor de edad —de pronto se dio cuenta de que le molestaba admitirlo. Ser honesto con Bailey significaba afrontar la verdad sin tapujos—. Nos gustábamos bastante, al menos hasta que nos casamos. Y los primeros meses de matrimonio fijaron los términos de esa amistad.

—Lo siento —era fácil advertir en el semblante de Cade la incomodidad, el resquemor que le causaba aquel recuerdo. Y aunque Bailey le envidiaba incluso aquella infelicidad, odiaba saber que era ella quien había avivado su recuerdo—. No hace falta que entres en detalles.

—Nos lo pasábamos bien en la cama —continuó él, haciendo caso omiso de sus palabras. Y mantuvo los ojos clavados en los de ella cuando Bailey se echó hacia atrás y respiró hondo, apartándose de él—. El sexo siempre fue estupendo. El problema era que, hacia el final, cuando llevábamos algo menos de dos años casados, era sólo lujuria, sin una pizca de afecto. Todo nos importaba un rábano —no podía haberles importado menos, recordó. Eran sólo dos personas aburridas juntas en la misma casa—. A eso se redujo todo. No hubo terceras personas, ni peleas por el dinero, el trabajo, los niños o los platos sucios. Sencillamente, no nos importaba. Y, cuando dejó de importarnos del todo, las cosas se pusieron desagradables. Entonces intervinieron los abogados, y las cosas se pusieron aún más feas. Y luego se acabó todo.

—¿Ella te quería?

—No —contestó Cade de inmediato. Luego frunció el ceño, se quedó con la mirada perdida e intentó de nuevo ser sincero. Y la respuesta resultó triste e hiriente—. No, la verdad es que me quería tan poco como yo a ella. Reconozco que ninguno de los dos se esforzó mucho en ese sentido —sacó dinero de su cartera, lo dejó sobre la mesa y se levantó—. Vámonos a casa.

—Cade —Bailey le tocó el brazo—, tú te merecías algo más.

—Sí —él miró su mano, sus dedos delicados, sus hermosos anillos—. Y ella también. Pero ya es un poco tarde para eso —le tomó la mano y el anillo brilló entre los dos—. Se pueden olvidar muchas cosas, Bailey, pero ¿se puede olvidar el amor?

—No.

Cade no pensaba dar marcha atrás. Sentía de pronto el fracaso de su matrimonio como una bofetada en plena cara.

—Si un hombre te puso este anillo en el dedo, un hombre al que querías, ¿lo habrías olvidado? ¿Podrías?

—No lo sé —ella se desasió y echó a andar a toda prisa hacia el coche. Cade la agarró y la hizo volverse. Bailey tenía los ojos brillantes de miedo y de rabia—. ¡No lo sé!

—No lo habrías olvidado. No podrías, si te importara. Y esto sí que importa.

Cade la besó con fuerza, apretándola de espaldas contra el coche, dejándose llevar por su frustración y su deseo. Se le había agotado la paciencia, la sutileza que exigía la seducción. Y lo que quedaba era el deseo descarnado que bullía bajo la superficie. Deseaba que Bailey se aferrara a él con desesperación, igual que él a ella.

Bailey sintió pánico. Un nudo le cerraba la garganta. No podía reaccionar ante el deseo vívido y violento de Cade. No estaba preparada para ello. Así que se rindió bruscamente, por entero, confiando en que él no le haría daño. Se sometió a aquel estallido de pasión, al poder asombroso del deseo y, durante un instante, se dejó llevar, trémula, por él. Y comprendió que así tampoco saldría indemne.

Tembló, enfurecida con Cade. Le culpaba por hacerle daño. Cade casi deseaba que así fuera, pues, de ese modo, ¿no lo recordaría ella? ¿No era el recuerdo del dolor más duradero que el de la ternura? Cade sabía que no podría sobrevivir al olvido de Bailey. Y, sin embargo, hacerle daño habría matado cuanto de valioso había en él.

Soltó a Bailey y retrocedió. Ella cruzó los brazos sobre el pecho en un gesto defensivo que laceró a Cade. La música, las voces y las risas nerviosas de los transeúntes se alzaban tras él, acera abajo, mientras miraba a Bailey fijamente, deslumbrado como un ciervo sorprendido por los faros de un coche.

—Lo siento.

—Cade...

Él alzó las manos con las palmas hacia arriba.

—Lo siento —repitió—. Es problema mío. Te llevaré a casa.

Y, cuando llegaron y Bailey estuvo en su cuarto con las luces apagadas, Cade se tendió en la hamaca, desde donde podía ver su ventana.

Sabía que no era el haber hecho recuento de su vida lo que le había enfurecido. Conocía sus altibajos, sus traspiés y los estúpidos errores que había cometido a lo largo de su vida. Habían sido los anillos de Bailey, el hecho de comprender por fin que tal vez se los hubiera regalado un hombre. Un hombre que tal vez estuviera esperando a que ella lo recordara.

Y no se trataba únicamente de sexo. El sexo era fácil. Bailey podía haberse entregado a él esa misma noche. Cade se había dado cuenta cuando, al entrar en la cocina, la había visto inmersa en la lectura. Se había dado cuenta de lo que estaba pensando. De que lo deseaba.

De pronto se creyó un tonto por no haber aprovechado la ocasión que se le ofrecía. Pero, si no lo había hecho, era porque quería algo más. Mucho más.

Quería amor, lo cual era absurdo. Bailey estaba perdida, asustada, metida en un atolladero que ninguno de los dos lograba identificar. Cade, sin embargo, ansiaba que se enamorara de él tan rápida y perdidamente como él se había enamorado de ella.

Todo aquello no era razonable. La razón, sin embargo, le importaba un comino. Mataría al dragón de Bailey costara lo que costase. Y, después, lucharía con quienquiera que se interpusiera en su camino para conseguirla. Incluso aunque fuera la propia Bailey.

Esa noche, cuando por fin se quedó dormido, soñó con dragones, noches negras y una damisela de dorada cabellera que, encerrada en una torre muy alta, hilaba paja convirtiéndola en diamantes azules.

Bailey también soñó. Soñó con angustia y truenos, con huir a través de la oscuridad con el poder de los dioses aferrado entre sus manos.

VII

A pesar de que había dormido mal, Bailey se levantó a las siete. Había llegado a la conclusión de que tenía una especie de reloj biológico que la despertaba a una hora predeterminada, aunque no sabía si eso hacía de ella una persona aburrida o simplemente responsable. En cualquier caso se vistió y, refrenando el deseo de cruzar el pasillo y asomarse a la habitación de Cade, bajó a preparar café.

Sabía que Cade estaba enfadado con ella, pero ignoraba cómo podía diluir su ira. Él no le había dirigido la palabra en el camino de regreso desde Georgetown, pero su silencio parecía cargado de cólera y también, estaba segura, de frustración sexual.

Se preguntaba si ella había provocado aquel sentimiento de frustración en un hombre anteriormente, y se avergonzaba del secreto placer que experimentaba al pensar que surtía aquel efecto sobre un hombre como Cade.

El repentino arrebato de Cade, sin embargo, la había dejado confusa e irritada. Se preguntaba si sabría tan poco de la naturaleza humana como de su propia vida. Y le preocupaba no saber nada sobre los hombres. ¿Acaso se comportaban siempre de manera imprevisible? Y, si así era, ¿cómo se enfrentaba una a aquellas situaciones? ¿Debía mostrarse fría y distante hasta que él se explicara? ¿O era conveniente mostrarse cariñosa y comprensiva, como si nada hubiera pasado? ¿Como si él no la hubiera besado como si quisiera tragársela; como si no la hubiera estrujado, manoseándola como si tuviera derecho a ello; como si fuera lo más natural del mundo que convirtiera su cuerpo en un tembloroso amasijo de deseos?

De pronto, al abrir la nevera para sacar la leche, se sintió profundamente enojada. ¿Cómo demonios iba a saber cómo debía comportarse? Ignoraba si la habían besado alguna vez, si había experimentado aquellos sentimientos con anterioridad, si había sentido antes aquel deseo. Pero ¿iba a dejarse llevar dócilmente por el camino que Cade Parris quisiera marcarle únicamente porque estaba perdida? Y, si él decidía llevarla a la cama, ¿se suponía que ella debía subirse de un brinco? Oh, no, no lo creía. Era una mujer adulta, capaz de decidir por sí misma. No era estúpida, ni estaba indefensa. A fin de cuentas, había conseguido contratar a un detective, ¿no?

Maldición.

El hecho de no tener referencias acerca de su propio pasado no significaba que no pudiera empezar a establecerlas de allí en adelante.

No se convertiría en un felpudo.

No se comportaría como una necia.

No se haría la víctima.

Dejó el recipiente de leche sobre la encimera y miró por la ventana frunciendo el ceño. Y entonces vio a Cade durmiendo en la hamaca. Preparada para la batalla, salió de la casa, cruzó el césped con decisión y le dio un fuerte empujón a la hamaca.

—¿Quién demonios te crees que eres?

—¿Qué? —Cade se despertó de golpe y se agarró a los lados de la hamaca para no caerse—. ¿Que quién soy? ¿Es que no te acuerdas?

—No te pases de listo conmigo —Bailey le dio otro empujón a la hamaca mientras Cade intentaba incorporarse—. Yo decido lo que quiero hacer con mi vida. Te contraté para que me ayudaras a averiguar quién soy. No te pago para que te mosquees porque no me meto en la cama contigo a la primera de cambio.

—Está bien —él se frotó los ojos y por fin logró concentrarse en el rostro furioso que se inclinaba sobre él—. ¿De qué demonios estás hablando? Yo no estoy mosqueado, yo...

—No me vengas con ésas —replicó ella—. Mira que dormir al raso como un mendigo...

—Te recuerdo que éste es mi jardín —dijo él, irritado por tener que decir aquella perogrullada y porque Bailey le hubiera despertado dando voces antes de que su mente se despejara.

—Me llevas a bailar —continuó ella—, intentas seducirme en la pista de baile y luego te encabronas porque...

—¿Encabronarme? —aquello le dolió—. Mira, bonita, yo no me he *encabronado* en toda mi vida.

—Yo diría que sí, y no me llames «bonita» con ese tono.

—Conque no te gusta mi tono, ¿eh? —los ojos de Cade se achicaron peligrosamente—. Pues probemos con otro tono, a ver qué... —acabó la frase con un juramento cuando Bailey tiró de la hamaca y lo arrojó al suelo.

Al principio, Bailey se quedó pasmada. Luego sintió deseos de disculparse. Pero, mientras el aire se volvía azul a su alrededor, retrocedió, alzó el mentón y se alejó con determinación.

Cade, que había caído al suelo produciendo un golpe seco, estaba seguro de que había oído crujir sus huesos. Sin embargo, se puso en pie de un salto y, aunque cojeando un poco, logró agarrar a Bailey antes de que ésta llegara a la puerta y le hizo darse la vuelta para mirarlo.

—¿Se puede saber qué bicho te ha...?

—Te lo merecías —la sangre le rugía en la cabeza, el corazón le latía a toda prisa, pero no pensaba dar marcha atrás.

—Pero ¿por qué?

—Por... por lo que sea.

—Ah, muy bien. Eso lo explica todo.

—Apártate de mi camino. Voy a dar un paseo.

—No —dijo él con firmeza—. De eso nada.

—No puedes decirme lo que tengo que hacer.

Cade calculó que casi pesaba el doble que ella y que le sacaba por lo menos quince centímetros de altura. Esbozó una sonrisa burlona.

—Sí que puedo. Estás histérica.

—Desde luego que no. Si lo estuviera, te quitaría esa sonrisita de la cara con las uñas y te sacaría los ojos y...

Para simplificar las cosas, Cade se limitó a levantarla en brazos y llevarla al interior de la casa. Bailey se resistió, maldiciendo y pataleando, pero Cade logró sentarla en una silla de la cocina. Poniéndole las manos sobre los hombros, acercó su cara a la de ella y le dijo con firmeza:

—Estate quieta.

Si no se tomaba un café enseguida, se moriría. O mataría a alguien.

—Estás despedido.

—Bien, estupendo, ¡genial! —Cade la dejó refunfuñando, se sirvió un café y se lo bebió como si fuera agua—. Dios, vaya manera de empezar el día —agarró un bote de aspirinas y luchó con el tapón a prueba de niños mientras el dolor de cabeza que llevaba algún tiempo fraguándose estallaba con saña—. No voy a permitir que una mujer me grite antes de abrir los ojos. No sé qué mosca te ha picado, cariño, pero refrénate hasta que... —maldijo otra vez y se puso a golpear el obstinado tapón contra el borde de la encimera.

Le palpitaban las sienes, tenía las rodillas mojadas por la caída y sentía ganas de romper el plástico a mordiscos con tal de tomarse una aspirina. Soltando improperios a diestro y siniestro, sacó un cuchillo de mantequilla del bloque de madera que había sobre la encimera y se puso a cortar el bote hasta que consiguió decapitarlo. Con la cara crispada por la furia, se dio la vuelta con el bote en una mano y el cuchillo en la otra. Tenía los dientes apretados.

—Ahora escúchame... —comenzó a decir, pero Bailey puso los ojos en blanco y cayó redonda al suelo antes de que él pudiera moverse—. Cielo santo —el cuchillo cayó al suelo con estrépito, el bote rebotó sobre las baldosas y las aspirinas rodaron por todas partes. Cade tomó a Bailey en brazos, la tumbó sobre la mesa y mojó un paño en el fregadero—. Vamos, Bailey, vamos, cariño, despierta.

Le mojó la cara y le frotó las muñecas mientras se maldecía a sí mismo. ¿Por qué la había gritado de ese modo, estando tan débil?

Al ver que ella gemía y se removía, se llevó su mano floja a los labios.

—Eso es, despierta —ella abrió los ojos parpadeando mientras Cade le acariciaba el pelo—. No pasa nada, Bailey. Tranquilízate.

—Va a matarme —sus ojos estaban abiertos, pero ciegos. Se aferró a la camisa de Cade, aterrorizada, intentando respirar—. Va a matarme.

—Nadie va a hacerte daño. Yo estoy aquí.

—Va a matarme. Tiene un cuchillo. Si me encuentra, me matará.

Él deseaba abrazarla, tranquilizarla, pero Bailey confiaba en su ayuda. Intentando infundir firmeza a su voz, Cade le apartó los dedos de su camisa y le sujetó las manos.

—¿Quién tiene un cuchillo, Bailey? ¿Quién va a matarte?

–Él... él... –podía verlo, casi podía verlo, la mano golpeando, el cuchillo centelleando una y otra vez–. Hay sangre por todas partes. Sangre por todas partes. Tengo que alejarme de la sangre. El cuchillo... Los truenos... Tengo que huir.

Cade la sujetó y habló con calma.

–¿Dónde estás? Dime dónde estás.

–En la oscuridad. No hay luz. Me matará. Tengo que huir.

–¿Huir adónde?

–A cualquier parte –jadeó ella–. A cualquier parte, lejos. Lejos. Si me encuentra...

–No va a encontrarte. Yo no lo permitiré –tomó con fuerza su cara entre las manos y la miró a los ojos–. Tranquilízate. Tranquilízate –si seguía jadeando de aquel modo, se desmayaría de nuevo–. Aquí estás a salvo. Conmigo estás a salvo. ¿Lo entiendes?

–Sí, sí –ella cerró los ojos y se estremeció violentamente–. Sí. Necesito aire. Por favor, necesito aire.

Cade la tomó en brazos y la llevó al jardín. Depositándola sobre una tumbona del patio, se sentó a su lado.

–Cálmate. Recuerda, aquí estás a salvo. Estás a salvo.

–Sí, está bien –ella procuró regular el aire que parecía querer estallar en sus pulmones–. Estoy bien.

No, no estaba bien, pensó él. Estaba pálida como una sábana, cubierta de sudor y temblorosa. Pero el recuerdo parecía a flor de piel, y él tenía que intentar atraparlo.

–Nadie va a hacerte daño. Aquí no puede pasarte

nada. Intentar aferrarte a eso y procura decirme todo lo que recuerdes.

—Sólo recuerdo retazos —intentó respirar sobreponiéndose a la presión que notaba en el pecho—. Cuando te vi con el cuchillo... —el miedo se apoderó de nuevo de ella.

—Te asustaste. Lo siento —Cade le agarró las manos y se las apretó—. Yo nunca te haría daño.

—Lo sé —Bailey cerró los ojos otra vez y dejó que el sol le calentara los párpados—. Había un cuchillo. Con la hoja larga y curvada. Un cuchillo muy bonito. Con la empuñadura de asta labrada. Lo he visto antes... Quizás incluso lo haya tocado.

—¿Dónde estabas?

—No lo sé. Se oían voces, gritos. No entendía lo que decían. Era como el océano, todo ruido, un rugido violento —se tapó los oídos con las manos como si pudiera bloquear aquel ruido—. Luego había sangre, sangre por todas partes. Por todo el suelo.

—¿Qué clase de suelo?

—Una alfombra, una alfombra gris. Los relámpagos brillaban, y el cuchillo también.

—¿Había una ventana? ¿Veías los relámpagos a través de una ventana?

—Sí, creo que sí... —se estremeció de nuevo, y la escena que intentaba reconstruir en su memoria quedó en blanco—. De pronto todo se queda a oscuras y yo tengo que huir. Tengo que esconderme.

—¿Dónde te escondes?

—Es un sitio muy pequeño. No parece una habitación. Si él me ve, estaré atrapada. Tiene el cuchillo.

Puedo verlo, su mano en la empuñadura. Está muy cerca, si se da la vuelta...

—Háblame de su mano —dijo Cade, interrumpiéndola suavemente—. ¿Cómo es su mano, Bailey?

—Está oscuro, muy oscuro, pero de pronto se ven estallidos de luz. La luz casi me alcanza. Él sujeta el cuchillo. Tiene los nudillos blancos. Tiene sangre en las manos. En el anillo.

—¿Cómo es el anillo, Bailey? —Cade la miraba intensamente, pero su voz se mantenía en calma—. ¿Cómo es?

—Es una banda gruesa de oro macizo. Oro amarillo. En el centro lleva un rubí cabujón, y a los dos pequeños diamantes tallados en forma de brillante. Y unas iniciales. Una T y una S estilizadas. Los diamantes están manchados de sangre. Está muy cerca, muy cerca. Puedo olerlo. Si mira hacia abajo... Si mira hacia abajo y me ve... Me matará, me hará pedazos, si me encuentra...

—No te encontró —Cade la abrazó, incapaz de soportar aquello por más tiempo—. Te escapaste. ¿Cómo conseguiste escapar, Bailey?

—No lo sé —el alivio que sentía era tan intenso... los brazos de Cade rodeándola, el sol calentándole la espalda, la mejilla de Cade apretada contra su pelo... que sentía ganas de llorar—. No lo recuerdo.

—No importa. Ya es suficiente por ahora.

—Puede que matara a ese hombre —se echó hacia atrás y miró el rostro de Cade—. Puede que lo matara con la pistola que llevaba en el bolso.

—La pistola tenía el cargador lleno, Bailey.

—Puede que la recargara.

—Cariño, si quieres que te diga la verdad, no creo que sepas cómo hacerlo.

—Pero ¿y si...?

—Y, si lo hiciste —Cade la agarró de los hombros y la zarandeó suavemente—, fue en defensa propia. Ese hombre iba armado y tú estabas aterrorizada. Lo que hicieras, fuera lo que fuese, estuvo bien.

Bailey se retiró de Cade y miró, más allá de las flores y de los viejos y frondosos árboles, la pulcra valla del jardín.

—¿Qué clase de persona soy? Tal vez vi cómo mataban a alguien y no hice nada por impedirlo.

—Sé razonable, Bailey. ¿Qué podías haber hecho?

—Algo, lo que fuera —murmuró ella—. No fui a llamar por teléfono, ni acudí a la policía. Sólo huí.

—Si no lo hubieras hecho, ahora estarías muerta —dijo él, y notó por la mueca de Bailey que su voz había sonado demasiado áspera—. Pero estás viva, y poco a poco averiguaremos qué ha pasado —Cade se levantó y se alejó para no ceder a la tentación de abrazarla—. Estabas en un edificio, en una habitación con alfombra gris, seguramente junto a una ventana. Hubo una discusión, alguien sacó un cuchillo y lo usó. Sus iniciales podrían ser T.S. Te persiguió y todo estaba oscuro. Es muy probable que hubiera un apagón y el edificio quedara a oscuras. Algunos barrios de la parte noroeste de la ciudad estuvieron varias horas sin luz la noche antes de que me contrataras. Podemos ir a mirar allí. Está claro que conocías el edificio lo suficiente como para encontrar un escondite. Yo diría que era un lugar que conocías muy bien. Un lugar donde vives o trabajas —se dio la vuelta y notó que Bailey lo estaba observando atentamente. Habían dejado de temblarle las manos y las tenía apoyadas sobre el regazo—. Puedo comprobar si hubo algún apuñalamiento esa noche, aunque no he visto nada en la prensa.

—Pero fue hace días. Alguien debe de haber encontrado el... el cuerpo, si es que lo había.

—Quizá no, si fue en una casa particular o en una oficina que cerraba por el puente. Si hubiera habido alguien más allí cuando ocurrió, seguramente habría informado a la policía. Lo más probable es que estuvieras sola —se le encogió el estómago al pensarlo: Bailey sola en la oscuridad con un asesino—. La tormenta empezó después de las diez.

Todo aquello parecía lógico, y el simple paso de la teoría a los hechos fehacientes tranquilizó en parte a Bailey.

—¿Qué hacemos ahora?

—Daremos vueltas por la zona del apagón, empezando por el hotel donde te alojaste.

—No recuerdo cómo llegué al hotel, si fui en coche o a pie.

—Tuvo que ser a pie, en metro o en autobús. Ya he llamado a las compañías de taxis. Esa noche no hubo ningún taxi que dejara a un cliente en un radio de tres manzanas alrededor del hotel. Vamos a partir de la idea de que ibas a pie, estabas aturdida y demasiado conmocionada como para pensar en meterte en un autobús, y, dado que el metro sólo funciona hasta medianoche, el margen es muy reducido.

Ella asintió y se miró las manos.

—Siento haberte gritado antes. No te lo mereces, después de todo lo que has hecho por mí.

—Sí que me lo merecía —él se metió las manos en los bolsillos—. Me niego a admitir el término «encabronado», pero reconozco que estaba un poco enfadado —Cade vio con satisfacción que los labios de Bailey se curvaban en una vacilante sonrisa.

—Supongo que los dos lo estábamos. ¿Te he hecho daño al tirarte de la hamaca?

—Sólo en mi orgullo —él ladeó la cabeza con cierta arrogancia que se reflejaba también en el brillo de sus ojos—. Y en la pista de baile no intenté seducirte, Bailey. Te seduje.

El pulso de Bailey se aceleró levemente. Cade estaba tan guapo allí parado, bajo el sol brillante de la mañana, con el pelo revuelto y una sonrisa arrogante que desvelaba los hoyuelos de sus mejillas, que a cualquier mujer se le habría hecho la boca agua, pensó Bailey. Y, además, estaba segura de que él lo sabía.

—Tu orgullo parece estar en perfecto estado.

—Podemos volver a probar, si quieres.

Ella sintió un hormigueo en el estómago al pensarlo, pero logró componer una sonrisa.

—Me alegro de que ya no estés enfadado conmigo. Creo que no se me dan muy bien los conflictos.

Él se frotó el codo que se había arañado en la caída.

—Pues a mí me parece que te las arreglas muy bien.

Voy a recoger un poco todo esto. Luego iremos a dar un paseo.

Había tantas clases de edificios, pensó Bailey mientras daban vueltas en coche por la ciudad. Viejos, nuevos, hileras de casas ruinosas y mansiones reformadas, altos edificios de oficinas y casas ocupadas...

¿Se había fijado alguna vez antes en la ciudad?, se preguntaba. Los muros de piedra en declive, los árboles que brotaban de las aceras. Los autobuses con frenos neumáticos que resoplaban y gemían. ¿Siempre había tanta humedad en julio? En verano, ¿era siempre el cielo de color papel? ¿Y siempre había flores tan lustrosas en los lugares públicos, agrupadas alrededor de las estatuas y a lo largo de las calles? ¿Había comprado ella en alguna de aquellas tiendas o comido en aquellos restaurantes?

Los árboles flanqueaban las calles, altos y majestuosos, de modo que parecían estar cruzando un parque en vez de una ciudad populosa.

—Es como si lo viera todo por primera vez —murmuró ella—. Lo siento.

—No importa. Puede que reconozcas algo o puede que no.

Pasaron frente a hermosas mansiones antiguas de ladrillo y granito y dejaron atrás otra hilera de boutiques elegantes. De pronto, Bailey dejó escapar un leve gemido y Cade pisó el freno.

—¿Has visto algo?

—Esa boutique. Marguerite's. No sé.

—Vamos a echar un vistazo —Cade dio media vuelta y aparcó en un estrecho hueco frente a varias tiendas de lujo—. Todo está cerrado, pero podemos mirar los escaparates —se inclinó, abrió la puerta de Bailey y salió.

—Puede que sólo me haya llamado la atención el vestido del escaparate —murmuró ella.

Era un vestido muy bonito, de seda rosa pálido con tirantes de pedrería que se cruzaban bajo el corpiño. Un diminuto bolso de noche plateado y unos tacones de altura imposible, también plateados, completaban el conjunto. Al ver la sonrisa de Bailey, Cade deseó que la tienda estuviera abierta para poder comprárselo.

—Es tu estilo.

—No sé —ella pegó las manos al cristal y miró entre ellas por el simple placer de contemplar cosas bonitas—. Hay un traje de fiesta en lino azul marino muy bonito. Y ese vestido rojo es precioso. Seguro que una se siente muy poderosa con él. Yo debería empezar a ponerme colores más atrevidos, pero nunca salgo de los tonos pastel.

«Pruébate ese verde, Bailey. Tiene empaque. No hay nada más aburrido que vestirse como una cobarde.

¿Cuánto tiempo tengo que estar aquí parada mientras jugáis a las tiendas? Estoy muerta de hambre.

Oh, deja de darnos la lata. Tú no estás contenta como no sea atiborrándote a comer o comprando vaqueros nuevos. Bailey, ese muermo de beige no, por favor. El verde. Hazme caso».

—Ella me convenció —musitó Bailey—. Me compré el traje verde. Y ella tenía razón. Como siempre.

—¿Quién, Bailey? —Cade no la tocó, temiendo distraerla—. ¿M.J.?

—No, M.J. no. Ella se aburría, se impacientaba, odia perder el tiempo. Ir de compras la aburre.

¡Cuánto le dolía la cabeza! Iba a explotarle en cualquier momento, a estallar sobre sus hombros. Pero la necesidad de aferrarse a aquel único recuerdo era aún más intensa que el dolor. Aquélla era su única respuesta. Se le había revuelto el estómago, sentía náuseas, y el esfuerzo de contenerlas le ponía la piel pegajosa.

—Grace —dijo con voz quebrada—. Grace... —repitió mientras sus rodillas se doblaban—. Se llama Grace. Grace y M.J. —los ojos se le llenaron de lágrimas que comenzaron a rodar por sus mejillas al tiempo que se abrazaba a Cade—. He estado aquí. He estado en esta tienda. Me compré un traje verde. Lo recuerdo.

—Bien, muy bien, Bailey —él la apretó suavemente.

—Pero eso es todo —ella se llevó una mano a la frente. El dolor era cada vez más intenso—. Es lo único que recuerdo. Estar ahí dentro, con ellas, comprando un traje. Qué estupidez. ¿Por qué tengo que recordar que me compré un traje?

—Te acuerdas de la gente —él le acarició las sienes con los pulgares—. Esas personas son importantes para ti. Compartiste con ellas ese momento de felicidad.

—Pero en realidad no las recuerdo. Sólo recuerdo sensaciones.

—Estás empezando a recuperar la memoria —Cade le besó la frente y la llevó hacia el coche—. Bastante deprisa, además —la hizo sentarse y le abrochó el cinturón de seguridad—. Y te está haciendo daño.

—Pero no importa. Necesito saber más.

—A mí sí me importa. Debes tomarte algo para el dolor de cabeza, y tenemos que comer algo. Luego seguiremos.

Ningún argumento consiguió disuadir a Cade, y Bailey no se sentía con fuerzas para enfrentarse al mismo tiempo a él y a su espantoso dolor de cabeza. Dejó que Cade la llevara en brazos a la cama y se tragó obedientemente la aspirina que él le dio. Cerró los ojos y volvió a abrirlos un rato después, cuando Cade le llevó un plato de sopa de pollo.

—Es de lata —le dijo él mientras recolocaba los cojines—. Pero te sentará bien.

—Podía haber comido en la cocina, Cade. Tengo un dolor de cabeza, no un tumor. Y ya casi se me ha pasado.

—Cuando te encuentres bien voy a machacarte a trabajar, así que aprovecha los mimos mientras puedas.

—Está bien —ella tomó una cucharada de sopa—. Está buenísima. Le has puesto tomillo.

—Para darle un leve toque francés.

La sonrisa de Bailey se desvaneció.

—París... —musitó—. Algo sobre París —la jaqueca volvió a golpearla con más fuerza cuando intentó concentrarse.

—Olvídalo por ahora —Cade se sentó a su lado—. Creo que tu inconsciente intenta decirte que aún no estás del todo lista para recordar. Habrá que ir poco a poco.

—Supongo que sí —ella sonrió otra vez—. ¿Quieres un poco de sopa?

—Ahora que lo dices... —él se inclinó hacia delante y tomó la cucharada que le ofrecía Bailey sin apartar la mirada de ella—. No está mal del todo.

Ella tomó otra cucharada y sintió el sabor de Cade. Delicioso.

—Con lo bien que te manejas en la cocina, me extraña que tu mujer te dejara escapar.

—Es mi ex mujer, y teníamos cocinera.

—Ah —ella le dio otra cucharada—. He estado pensando en cómo podía hacerte una pregunta sin parecer indiscreta.

Él le deslizó un mechón de pelo detrás de la oreja.

—Pregunta sin más.

—Bueno, esta casa tan bonita, las antigüedades, el coche deportivo... Y, por otro lado, tu oficina.

La boca de Cade se curvó.

—¿Le pasa algo a mi oficina?

—No. Bueno, nada que no pueda arreglarse con una apisonadora o con una cuadrilla de albañiles. Es sólo que no cuadra con el resto.

—Quiero que mi negocio se mantenga solo, y esa oficina es lo único que puedo permitirme por ahora. Lo que gano me da para pagar las facturas y poco más. Pero, a nivel personal, estoy forrado —sus ojos brillaron con sorna—. De dinero, quiero decir. Si es eso a lo que te referías.

—Supongo que sí. Entonces, eres rico.

—Depende de cómo se mire, o de si te refieres a mí personalmente o a mi familia. Los Parris son dueños de centros comerciales, de negocios inmobiliarios, de esa clase de cosas. En mi familia hay montones de médicos, abogados y banqueros desde hace generaciones. Y yo, yo soy...

—La oveja negra —concluyó ella, divertida—. No quisiste meterte en el negocio familiar. No querías ser abogado, ni médico, ni banquero.

—Sí. Quería ser Sam Spade.

Ella se echó a reír, encantada.

—*El halcón maltés*. Me alegro de que no quisieras ser banquero.

—Yo también —Cade tomó la mano que Bailey había apoyado en su mejilla, se la llevó a los labios y sintió que ella se estremecía.

—Me alegro de haber encontrado tu nombre en la guía de teléfonos —la voz de Bailey se hizo más densa—. Me alegro de haberte encontrado.

—Yo también —Cade tomó la bandeja que se interponía entre ellos y la dejó a un lado—. Podría irme de aquí y dejarte sola ahora mismo —pasó un dedo por la clavícula de Bailey y lo posó sobre la vena que palpitaba en su garganta—. Pero no es eso lo que quiero hacer.

Bailey comprendió que la decisión era suya. Ella era quien decidía.

—Yo tampoco —Cade tomó su rostro entre las manos y ella cerró los ojos—. Cade, puede que haya hecho algo terrible.

Él se detuvo cuando sus bocas estaban a punto de tocarse.

—No me importa.

—Puede que haya… puede que haya… —Bailey abrió los ojos de nuevo—. Puede que haya otra persona.

Él la apretó más fuerte.

—Me importa un bledo.

Ella dejó escapar un largo suspiro y tomó una decisión.

—A mí también —dijo, y atrajo a Cade hacia sí.

VIII

Aquello era lo que se sentía al ser estrujada por el cuerpo de un hombre. Por el cuerpo duro y ávido de un hombre. Un hombre que la deseaba por encima de todas las cosas.

Todo aquello resultaba asombroso y conmovedor, excitante y fresco: el modo en que los dedos de Cade se deslizaban entre su pelo mientras se besaban; el roce de sus bocas, como si sus labios y sus lenguas estuvieran hechas para paladear el sabor de su amante... El sabor de Cade saturaba sus sentidos, aquel sabor fuerte, masculino, auténtico. Fuera lo que fuese lo que había sucedido antes y lo que sucedería después, lo único que importaba era el ahora.

Bailey acarició a Cade y sintió un intenso placer. La forma de su cuerpo, la anchura de sus hombros, la longitud de su espalda, la estrechez de su cintura, la reciedumbre de los músculos tensos que se ocultaban debajo...Y, al deslizar las manos bajo su camisa, la cálida tersura de su piel la dejó cautivada.

—Qué ganas tenía de tocarte —los labios de Bailey recorrían aprisa el rostro de Cade—. Temía no poder hacerlo nunca.

—Te deseo desde que entraste en mi oficina —Cade se retiró un poco para mirarla a los ojos castaños—. Antes de que aparecieras en mi puerta. Desde siempre.

—Eso no tiene sentido. No hemos...

—No importa. Sólo esto importa —Cade la besó de nuevo apasionadamente, mezclando sus sabores.

Quería proceder lentamente, prolongar cada instante. Tenía la impresión de llevar esperando a Bailey toda su vida, de modo que podía tomarse todo el tiempo del mundo para tocarla, saborearla, explorar su cuerpo y disfrutar de él. Cada movimiento de su cuerpo era un regalo. Cada suspiro, un tesoro. Tenerla así, con el sol entrando a raudales por la ventana y su pelo flotando, dorado, sobre la vieja colcha, era más dulce que cualquier sueño.

Se pertenecían el uno al otro. Eso era lo único que Cade sabía. Lo único que quería era mirar a Bailey, desabrocharle la sencilla camisa que le había comprado, desvelar centímetro a centímetro su piel pálida y suave. Pasó los dedos por la curva de sus pechos, sintió que su piel se estremecía y advirtió que sus ojos se enturbiaban y se fijaban en los de él.

—Eres perfecta —tocó sus senos pequeños y firmes, hechos para sus manos.

Bajó la cabeza, frotó los labios contra el borde de

encaje del sujetador y luego los deslizó más arriba, hacia su cuello, por encima de su mandíbula, hasta apoderarse de nuevo de su boca.

Nadie la había besado así antes. Bailey estaba segura de que nadie había sido tan delicado con ella. Con un leve suspiro, se derramó en sus besos, musitó algo cuando Cade la hizo moverse para quitarle la camisa y tembló cuando él apartó el encaje y desnudó sus pechos, tocándolos con las manos.Y luego con los labios.

Bailey gimió, deliciosamente perdida en aquel oscuro laberinto de placer. Suave aquí; áspero allá; fresco y luego abrasador. Cada sensación se mezclaba suavemente con la siguiente y se fundía en un placer intenso y puro. Cuando le quitó la camisa a Cade, sintió el roce delicioso de su piel, la dulce intimidad de sus corazones.Y su corazón danzó al son de los labios de él, de las mordeduras excitantes de sus dientes, de la dulce tortura de su lengua.

El aire era como sirope, dulce y denso, cuando Cade le bajó los pantalones por las caderas. Bailey intentaba respirarlo con ansia, pero cada una de sus bocanadas era breve y somera. Las manos de Cade se deslizaban sobre su cuerpo con lentitud, y, sin embargo, la empujaban sin descanso más y más arriba, hasta que el ardor que sentía le resultó casi insoportable.

Bailey gimió el nombre de Cade y se aferró a la colcha, arqueándose desesperadamente hacia él. Cade la miraba. Alzó de nuevo el cuerpo de Bailey para acercárselo a los labios y la miró. La miró mientras, con rápidos y hábiles dedos, liberaba su placer. Ella gritó el nombre de Cade cuando culminó su pasión, y se aferró a él mientras se convulsionaba.

Eso era lo que Cade quería. Volvió a besarla y rodó con ella ávidamente sobre la cama. Ciego de deseo, se quitó los pantalones y tembló cuando ella empezó a besarle el cuello, estirándose hacia él, invitadora. Bailey era más generosa que cualquier fantasía. Más generosa que cualquier deseo. Más suya que ningún sueño.

Mientras la luz del sol se derramaba sobre las sábanas revueltas, Bailey se abrió para él como si llevara esperándolo toda la vida. Cade sintió el latido atronador de su propio corazón al penetrarla, deslizándose dentro de ella. De pronto se quedó inmóvil de asombro, y todos sus músculos se tensaron. Pero ella movió la cabeza de un lado a otro, lo abrazó y lo atrajo hacia sí.

—Tú —dijo—, sólo tú.

Él se quedó quieto, escuchando cómo latía el corazón de Bailey, absorbiendo los estertores de su cuerpo. Sólo él, pensó, y cerró los ojos. Bailey era virgen. Estaba intacta. Era un milagro. Y su espíritu se debatía entre la culpa y el egoísmo del placer puro. Bailey era virgen y él la había desvirgado. Estaba intacta, y él la había tocado. Cade deseaba rogarle que lo perdonara. Y, al mismo tiempo, deseaba subirse al tejado y gritar de alegría.

—¿Bailey?

—¿Mmm?

—Esto... He de decirte que, en mi opinión, como profesional de la investigación, me parece extremada-

mente improbable que estés casada —sintió el borbo-
teo de la risa de Bailey y alzó la cabeza para sonreírle—.
Lo pondré en mi informe.

—Hazlo.

Él le apartó el pelo de la mejilla.

—¿Te he hecho daño? Lo siento. No sabía que...

—No —ella apretó la mano contra la de él—. No me
has hecho daño. Soy muy feliz. Me siento aliviada
—sus labios se curvaron en un suspiro—. Yo tampoco lo
sabía. Creo que ha sido una sorpresa para los dos —de
pronto sintió un hormigueo nervioso en el estómago—. ¿No estarás... decepcionado? Si es así...

—Estoy hecho polvo. Esperaba que estuvieras casada y tuvieras seis hijos. A mí sólo me gusta acos-
tarme con mujeres casadas.

—No, quiero decir que... ¿Ha ido...? ¿Ha ido todo
bien?

—Bailey —medio riéndose, Cade se tumbó de espaldas para que ella se apoyara en su pecho—, eres perfecta. Absolutamente perfecta. Te quiero —ella se
quedó muy quieta, con la mejilla apoyada sobre el corazón de Cade—. Ya lo sabes —dijo él suavemente—.
Desde el momento en que te vi.

Ella sintió de pronto ganas de llorar porque eso era
justamente lo que deseaba oír, y no podía aceptarlo.

—Tú no me conoces, Cade.

—Bueno, tú tampoco te conoces.

Ella alzó la cabeza y la movió enérgicamente de
un lado a otro.

—Ésa es la cuestión. Bromear sobre ello no cambia
nada.

—Déjame que te diga la verdad, entonces —Cade se sentó y la agarró con firmeza de los hombros—. Estoy enamorado de ti. Enamorado de la mujer a la que estoy sujetando en este momento. Eres exactamente lo que quiero, lo que necesito, y, cariño... —la besó ligeramente—... pienso quedarme contigo.

—Tú sabes que no es tan sencillo.

—No pretendo que lo sea —él la agarró de las manos—. Te estoy pidiendo que te cases conmigo.

—Eso es imposible —Bailey apartó las manos, asustada, pero Cade volvió a sujetárselas con calma—. Sabes que es imposible. No sé de dónde vengo, ni qué he hecho. Nos conocimos hace tres días.

—Lo que dices tiene sentido, o lo tendría si no fuera por una cosa —Cade la atrajo hacia sí y lanzó la razón al infierno con un beso.

—No hagas esto —desgarrada, Bailey le rodeó el cuello con los brazos y se aferró a él—. No hagas esto, Cade. No sé cómo era mi vida antes, pero sé que ahora es un lío. Necesito encontrar respuestas.

—Las encontraremos juntos, te lo prometo. Pero ahora quiero que me des sólo una —le echó la cabeza hacia atrás, y no le sorprendió ver que estaba llorando—. Dime que me quieres, Bailey, o dime que no me quieres.

—No puedo...

—Sólo una pregunta —murmuró él—. No necesitas tener un ayer para responderla.

No, no necesitaba nada, salvo su corazón.

—No puedo decirte que no te quiera, porque no puedo mentirte —ella sacudió la cabeza y apretó los labios de Cade con los dedos antes de que él pudiera decir nada—. Pero tampoco te diré que te quiero, porque no sería justo. Esa respuesta tendrá que esperar hasta que conozca las demás. Hasta que sepa quién soy. Dame tiempo, Cade.

Sí, le daría tiempo, pensó él cuando Bailey apoyó de nuevo la cabeza sobre su hombro. Porque nada ni nadie iba a arrebatársela, fuera lo que fuese lo que encontraran al otro lado de su pasado.

A Cade le gustaba decir que, para dar con una solución, bastaba con proceder paso a paso. Pero Bailey se preguntaba cuántos pasos más tendrían que dar. Ese día tenía la impresión de haber subido a todo correr por una escalera muy larga, sólo para hallarse igual de perdida que antes de llegar al descansillo.

Lo cual no era del todo cierto, se dijo mientras se sentaba a la mesa de la cocina con una libreta y un lápiz. El mismo impulso de confeccionar una lista con las cosas que sabía indicaba que era una persona metódica, a la que le gustaba revisar las cosas en blanco sobre negro.

¿Quién era Bailey?

Una mujer que solía levantarse a la misma hora todos los días. ¿Eso hacía de ella una persona tediosa y predecible, o simplemente responsable? Le gustaba el café fuerte y solo, los huevos revueltos y la carne medio hecha. Gustos más bien corrientes. Tenía un cuerpo bonito, aunque no particularmente musculoso, y no tenía arrugas causadas por el sol. De modo que no era ni una fanática del deporte, ni una adoradora del sol. Quizá desempeñara su trabajo siempre en interiores. Lo cual significaba, pensó con cierta sorna, que no era ni leñadora ni socorrista.

Era diestra, rubia y de ojos marrones, y estaba casi segura de que el color de su pelo era natural o casi. Sabía mucho de piedras preciosas, lo cual podía significar que éstas constituían o una afición o una profesión, o quizá sólo algo que le gustaba llevar. Tenía en su poder un diamante que valía una fortuna y que o bien había robado o bien había comprado, cosa que le parecía altamente improbable. Claro que también era posible que hubiera llegado a sus manos gracias a alguna clase de carambola.

Había presenciado una agresión, posiblemente un asesinato, y había huido. Pero, dado que la cabeza empezaba a dolerle en cuanto se ponía a pensar en eso, prefirió pasarlo por alto de momento.

En la ducha canturreaba música clásica, y le gustaba ver viejas películas de cine negro en la televisión. Sin embargo, no alcanzaba a adivinar qué podía significar eso respecto a su personalidad o a su origen social.

Le gustaba la ropa bonita, los tejidos de buena calidad, y huía de los colores llamativos como no fuera que la empujaran a ponérselos. Le preocupaba ser frívola y vanidosa. Pero tenía al menos dos amigas que compartían parte de su vida. Grace y M.J... M.J. y Grace. Escribió sus nombres en el cuaderno, una y otra vez, confiando en que la simple repetición de las palabras disparara alguna chispa en su memoria.

Aquellas dos chicas le importaban, lo notaba claramente. Sentía miedo por ellas y no sabía por qué. Tal vez su mente estuviera en blanco, pero su corazón le decía que Grace y M.J. eran muy especiales para ella, que se hallaban más cerca de ella que cualquier otra persona en el mundo. Sin embargo, le asustaba confiar en sus intuiciones.

Había algo más que sabía y que se resistía a escribir, que no quería poner en negro sobre blanco. Nunca había tenido amantes. Nunca había habido nadie que le importara lo suficiente, o al que ella le importara lo suficiente como para compartir aquel grado de intimidad. Quizá fuera demasiado crítica, demasiado intolerante, demasiado ególatra como para aceptar a un hombre en su cama. O quizá fuera demasiado vulgar, aburrida o carente de atractivo como para que un hombre la aceptara en la suya. En cualquier caso, ya tenía un amante.

Pero ¿por qué el acto amoroso no le parecía ni ajeno ni temible, como parecía lógico que les ocurriera a las no iniciadas? Con Cada había sido tan natural como respirar. Natural, excitante y perfecto.

Él decía que la quería, pero ¿cómo iba a creerlo? Cade sólo conocía una pequeña fracción de su persona, una mínima parte de un todo. Cuando recuperara la memoria, tal vez él descubriera que pertenecía justamente a la clase de mujer que más detestaba. No, no le pediría cuentas a Cade por lo que le había dicho a aquella Bailey hasta que conociera a la mujer completa.

Pero ¿y los sentimientos de ella? Con una media

risa, dejó a un lado el lápiz. Se había sentido atraída hacia Cade de inmediato, había confiado en él por entero nada más estrecharle la mano. Y se había enamorado de él mientras lo veía cascar huevos sobre un cuenco blanco en su cocina.

Sin embargo, tampoco respecto a eso podía confiar en su intuición en este caso. Cuanto más avanzaban hacia la verdad, más se acercaban al momento en que tendrían que darse la espalda el uno al otro y alejarse. Pero, aun así, no podían dejar la bolsa de lona y su contenido en la caja fuerte de Cade, olvidarse de su existencia y seguir adelante con sus vidas como si nada.

—Has olvidado algunas cosas.

Sobresaltada, Bailey giró la cabeza bruscamente y vio el rostro de Cade. ¿Cuánto tiempo llevaba allí, detrás de ella, leyendo sus notas por encima del hombro mientras ella pensaba en él?

—He pensado que me ayudaría anotar lo que sé sobre mí misma.

—Eso siempre está bien —Cade se acercó a la nevera, sacó una cerveza y le sirvió a Bailey un vaso de té con hielo.

Ella se retorcía las manos sobre el regazo, sintiéndose torpe y estúpida. ¿De veras se habían revolcado sobre una cama inundada de sol apenas una hora antes? ¿Cómo se afrontaba una situación así en una pulcra cocina, mientras se tomaba un refresco y se hacía un puzzle? A Cade no parecía costarle ningún trabajo. Sentado frente a ella, apoyó los pies en una silla vacía y miró la libreta.

—Te comes mucho la cabeza.

—¿Sí?

—Claro —él pasó una hoja y empezó a hacer una nueva lista—. Ahora mismo, por ejemplo, estás preocupada. ¿Qué debes decirle a este tipo ahora que sois amantes? ¿Ahora que sabes que está locamente enamorado de ti y que quiere pasar el resto de su vida contigo?

—Cade...

—Sólo estoy exponiendo los hechos —imaginaba que, si los exponía con frecuencia, ella acabaría aceptándolos—. El sexo ha sido fantástico, y fácil. Así que también tienes dudas sobre eso. ¿Por qué has dejado que este hombre al que sólo conoces desde hace un fin de semana te lleve a la cama, cuando no has permitido que ningún otro hombre llegara a ese punto? —él alzó los ojos y le sostuvo la mirada a Bailey—. La respuesta es elemental. Tú también estás enamorada de mí, pero te da miedo admitirlo.

Ella tomó su vaso y se refrescó la garganta.

—¿Crees que soy una cobarde?

—No, Bailey, no eres una cobarde, pero te preocupas constantemente por lo que eres o no eres. Te preocupas mucho por todo. Y me parece que crees muy poco en tus propias fuerzas y demuestras muy poca tolerancia por tus flaquezas. Eres muy autocrítica.

Cade anotó aquellas cosas y ella miró las palabras escritas con el ceño fruncido.

—Creo que, en mi situación, conviene ser autocrítico.

—También eres práctica y cerebral —él siguió engrosando la lista—. Ahora, deja que sea yo quien te juzgue un momento. Eres compasiva, responsable y ordenada. Y una mujer de costumbres. Yo diría que ostentas una posición que exige esos rasgos de carácter, además de un buen intelecto. Eres disciplinada y precisa en tu trabajo. Y también tienes un sentido estético muy refinado.

—¿Cómo puedes estar tan seguro?

—Bailey, olvidar quién eres no cambia tu modo de ser. Ése es el error que cometes cuando analizas todo esto. Si antes odiabas las coles de Bruselas, lo más probable es que sigas odiándolas. Si eras alérgica a los gatos, seguirás estornudando si adoptas un cachorro. Si tenías un corazón fuerte, honesto y cariñoso, seguirá latiendo dentro de ti. Ahora, déjame acabar esto.

Ella ladeó la cabeza, intentando leer del revés.

—¿Qué estás poniendo?

—Que te sienta fatal la bebida. Seguramente será una cuestión metabólica. Y, ahora que lo pienso, luego podríamos tomar una copa de vino. Así podré aprovecharme de ti —le sonrió—. Y, además, te sonrojas. Es una reacción física anticuada y encantadora. Eres muy limpia y ordenada. Cuelgas las toallas después de ducharte, friegas los platos, te haces la cama cada mañana... —había otros detalles, pensó Cade. Retorcía los pies cuando estaba nerviosa, sus ojos se volvían dorados cuando estaba excitada, su voz se helaba cuando se enojaba—. Recibiste una buena educación, seguramente en el norte, por tu acento y tu forma de hablar. Yo diría que en la universidad te concentraste en tus estudios como una buena chica y apenas salías. Si

no, haría varios años que habrías perdido la virgini-
dad. ¿Ves?, ya te has sonrojado otra vez. Me encanta
que te sonrojes.

—No veo de qué sirve todo esto.

—Ahí está ese tono frío y cortés. Déjame seguir
—añadió él, bebiendo otro trago de cerveza—. Tienes
un cuerpo muy bonito, y la piel muy fina. O te cui-
das o tienes una buena herencia genética. Por cierto,
me gusta tu unicornio.

Ella se aclaró la garganta.

—Gracias.

—No, gracias a ti —dijo él, y se echó a reír—. En cualquier caso, tienes o has tenido dinero suficiente como
para permitirte vestir bien. Esos zapatos italianos que
llevabas cuestan unos doscientos cincuenta dólares en
cualquier gran almacén. Y llevabas ropa interior de
seda. Yo diría que la ropa interior de seda y el tatuaje
del unicornio responden a un mismo rasgo de carácter. Te gusta ser un poco atrevida debajo de esa fachada tan formal.

Ella se había quedado boquiabierta.

—¿Has estado mirando mi ropa? ¿Mi ropa interior?

—Lo que quedaba de ella, y sólo por el bien de la
investigación. Es fantástica, por cierto —le dijo—. Muy
sexy, sencilla y cara. Estoy seguro de que la seda color
melocotón te queda genial.

Ella dejó escapar un sonido estrangulado y se reclinó en la silla sin decir nada. En realidad, no había
nada que decir.

—No sé lo que gana un gemólogo o un diseñador
de joyas, pero apuesto a que eres una de esas dos co-

sas. Me inclino más bien hacia la parte científica como vocación y hacia el diseño como profesión.

—Eso es mucho suponer, Cade.

—No, en absoluto. Sólo es un paso más. Las piezas están ahí. ¿No crees que un diamante como el de la caja fuerte exigiría los servicios de un gemólogo? Habría que verificar su autenticidad y calcular su valor en el mercado, como hiciste tú el otro día.

A ella le temblaban las manos, de modo que las apoyó sobre sus rodillas.

—Si eso fuera cierto, es probable que haya robado el diamante.

—No, nada de eso —impaciente, Cade se puso a tamborilear con el lápiz sobre el cuaderno—. Considera detenidamente los otros hechos. ¿Es que no te ves a ti misma? Tú no serías capaz de robar ni un chicle. ¿No te da una pista el hecho de sentirte culpable con sólo pensar que tal vez hayas hecho algo ilegal?

—Lo único cierto, Cade, es que tengo el diamante.

—Sí, pero ¿a esa cabecita tan lógica, ordenada y responsable no se le ha ocurrido pensar que tal vez lo estés protegiendo?

—¿Protegiéndolo? ¿De quién?

—De quien fue capaz de matar para apoderarse de él. De quien te habría matado si te llega a encontrar. Todo encaja, Bailey. Y, si hay tres piedras, puede que también sepas dónde están las otras. Quizá las estés protegiendo.

—Pero ¿cómo?

Cade tenía ciertas ideas al respecto, pero no creía que Bailey estuviera preparada para oírlas.

—Ya nos ocuparemos de eso. Ahora tengo que hacer unas llamadas. Mañana tenemos muchas cosas que hacer. La dibujante de la policía vendrá por la mañana, a ver si puede ayudarnos a recomponer tus recuerdos. Y he conseguido ponerme en contacto con un subcomisario, o como se llame, del museo Smithsonian. Tenemos una cita mañana a la una.

—¿Has conseguido que te diera una cita en día de fiesta?

—A veces, el apellido Parris puede ser muy útil. Insinúas algo sobre una donación, y se te abren un montón de puertas enmohecidas. Y veremos si esa boutique abre mañana para los cazadores de rebajas, y si alguien recuerda haberte vendido un traje verde.

—No parece que estemos avanzando mucho.

—Cielo, hemos recorrido un largo camino en muy poco tiempo.

—Sí, tienes razón —ella se levantó y se acercó a la ventana. En el arce había un jilguero que cantaba a voz en grito—. No sabes cuánto te lo agradezco.

—Te pasaré la factura por mis servicios profesionales —dijo él escuetamente—. Y por lo demás no quiero gratitud.

—He de darte las gracias, te guste o no. Tú haces que todo esto sea soportable. No sé cuántas veces me has hecho sonreír y olvidarme de todo aunque fuera sólo un rato. Creo que sin ti me habría vuelto loca, Cade.

—Siempre estaré ahí cuando me necesites, Bailey. No te desharás de mí tan fácilmente.

—Tú estás acostumbrado a conseguir todo lo que

quieres —murmuró ella—. Me pregunto si yo también soy así. Tengo la sensación de que no.

—Eso se puede cambiar.

Cade tenía razón. Era cuestión de paciencia, de perseverancia, de aplomo. Y quizá de desear las cosas adecuadas. Bailey lo quería a él, quería pensar que algún día estaría allí, escuchando la canción de estío del jilguero mientras Cade dormitaba en la hamaca. Aquélla podía ser la casa de los dos. La vida de los dos. Su familia. Si era lo correcto y ella perseveraba.

—Voy a hacerte una promesa —Bailey se giró, dejándose llevar por un impulso—. Si, cuando esto acabe, cuando hayamos dado todos los pasos y todas las piezas estén en su lugar..., si puedo y sigues queriendo, me casaré contigo.

A Cade le dio un vuelco el corazón. La emoción cerró su garganta. Dejó cuidadosamente a un lado la botella y se levantó.

—Dime que me quieres.

Aquel sentimiento estaba allí, en el corazón de Bailey, suplicando por traducirse en palabras. Pero ella movió la cabeza de un lado a otro.

—Cuando todo esto acabe, y lo sepas todo. Si todavía me quieres.

—Esa promesa no me conviene, Bailey. Nada de condiciones.

—Es lo único que puedo ofrecerte. Es lo único que tengo.

—Podemos ir a Maryland el martes y sacar una licencia. Podemos estar casados en cuestión de días.

Cade ya se lo imaginaba. Los dos, ebrios de amor,

sacando de la cama a un soñoliento juez de paz en mitad de la noche. Agarrarse de las manos en medio del cuarto de estar mientras un viejo perro amarillento dormitaba en su alfombrilla, la esposa del juez de paz tocaba el piano y él y la mujer que amaba intercambiaban sus votos matrimoniales. Y deslizar el anillo en el dedo de Bailey y sentir cómo ella se lo ponía a él sellando el vínculo que los uniría para siempre...

—En Maryland es fácil casarse —continuó él—. Sólo hay que rellenar un par de impresos, y ya está.

Cade hablaba en serio. Bailey se sintió aturdida al ver en sus profundos ojos verdes que decía exactamente lo que pensaba. Estaba dispuesto a aceptarla tal y como era. La amaría tal y como se había presentado ante él. Pero ¿cómo podía ella permitirlo?

—¿Y qué apellido pondría en el impreso?

—Eso no importa. Llevarás el mío —Cade la agarró por los brazos y la atrajo hacia sí. Nunca había necesitado tanto a nadie—. Acepta el mío.

«Acéptalo», pensó ella cuando sus labios se encontraron. Aceptar lo que él le ofrecía: amor, seguridad, promesas... Echar por la borda el pasado, olvidarse del futuro y aprovechar el momento...

—Tú sabes que eso no puede ser —Bailey apretó la mejilla contra la de Cade—. Tú necesitas saber qué ocurre tanto como yo.

Tal vez tuviera razón. Por más atractiva que resultara la idea de huir juntos para casarse, crear una falsa identidad para Bailey no era la respuesta que necesitaban.

—Podría ser divertido —Cade intentó quitarle hierro al asunto—. Como practicar un poco para cuando llegue el momento de la verdad —apartó un poco a Bailey y observó su bello y acongojado rostro—. ¿Quieres flores de azahar, Bailey? ¿Un vestido blanco y música de órgano?

Ella consiguió sonreír. Su corazón suspiraba ante aquella imagen.

—Puede que sí. Por lo visto, soy muy tradicional.

—Entonces debería comprarte un anillo tradicional.

—Cade...

—Sólo era una idea —murmuró ella, y alzó la mano izquierda de Bailey—. No, por más tradicional que seas, para las joyas tienes un gusto único. De todos modos, encontraremos algo que vaya contigo. Pero creo que debería llevarte a conocer a la familia —alzó los ojos hacia los de ella, y se echó a reír—. Y que Dios te ampare.

Bailey pensó que sólo estaba de broma y le sonrió.

—Me encantaría conocer a tu familia. Y ver a Camilla haciendo piruetas con su tutú.

—Si eres capaz de soportar eso y todavía quieres casarte conmigo, sabré que estás locamente enamorada de mí. Te advierto que te harán pasar un auténtico calvario, cariño. Eso sí, un calvario de guante blanco. Dónde fuiste a la escuela, a qué se dedica tu padre, si tu madre juega al tenis o al bridge... Y, por cierto, ¿a qué clubes perteneces? ¿Y no coincidimos en el remonte de Saint Moritz el año pasado?

Bailey se echó a reír.

—Entonces será mejor que vaya averiguando las respuestas a esas preguntas.

—Yo prefiero inventármelas. Al sarao que montó Muffy para celebrar su décimo aniversario me llevé a una poli. No pude escaquearme. Le dijimos a todo el mundo que era la sobrina del primer ministro de Italia, que se había educado en un internado suizo y que estaba interesada en comprar un apartamento en Washington.

Ella frunció el ceño.

—¿De veras?

—Babeaban con ella. Cosa que no hubiera pasado si les hubiera dicho la verdad.

—¿Y cuál era la verdad?

—Que ella era una agente de policía que había crecido en el barrio italiano de Nueva York y se había trasladado a Washington después de divorciarse de un tío que tenía un restaurante cerca de Broadway.

—¿Era guapa?

—Claro —él sonrió—. Preciosa. Luego estuvo también la cantante de Chevy Chase que...

—Creo que prefiero no saberlo —ella se alejó, recogió su vaso vacío y se puso a aclararlo en el fregadero—. Supongo que habrás salido con un montón de mujeres.

—Eso depende de lo que consideres un montón. Seguramente podría hacer una lista con su nombre, su edad, sus rasgos físicos y su última dirección conocida. ¿Quieres pasármela a máquina?

—No.

Él le dio un beso en la nuca, divertido.

—Sólo le he pedido a una mujer que se case conmigo.

—A dos —lo corrigió ella, y dejó el vaso reluciente sobre la encimera dando un golpe seco.

—A una. A Carla no se lo pedí. Simplemente, una cosa llevó a otra. Y ahora, que yo sepa, está felizmente casada con un abogado y es la orgullosa mamá de una niñita llamada Eugenia. Así que eso tampoco cuenta.

Ella se mordió el labio.

—¿Tú no querías tener hijos?

—Sí, quería. Y quiero —la hizo darse la vuelta y la besó suavemente—. Pero no pienso ponerle Eugenia a una hija mía. Y, ahora, ¿qué te parece si vamos pensando en irnos a cenar a algún sitio tranquilo donde podamos hacer manitas por debajo de la mesa? Luego podemos ir a ver los fuegos artificiales.

—Es muy pronto para cenar.

—Por eso he dicho que vayamos pensando en ello —la tomó en brazos—. Primero tenemos que hacer el amor.

A Bailey el corazón le dio un leve brinco mientras le rodeaba el cuello con los brazos.

—¿Tenemos?

—Sólo para pasar el rato. A menos que quieras jugar a las cartas, claro.

Ella se echó a reír y trazó una línea de besos sobre el cuello de Cade.

—Bueno, si ésas son mis únicas opciones...

—¿Sabes qué te digo?, podemos jugar a las cartas con prendas. Los dos haremos trampas y así... Demonios —estaba a medio camino de la escalera, y agradablemente excitado, cuando sonó el timbre–. Retén esa idea, ¿de acuerdo? –depositó en el suelo a Bailey y fue a contestar a la puerta. Al mirar por el panel lateral de cristal esmerilado, lanzó un gruñido–. En el momento oportuno, como siempre –agarró el pomo de la puerta, se giró y miró a Bailey–. Cariño, la mujer que hay al otro lado de esta puerta es mi madre. Creo que dijiste que tenías cierto interés en conocer a mi familia, pero te doy esta oportunidad porque te quiero. De veras. Así que te aconsejo que eches a correr, te escondas y no mires atrás.

Ella irguió los hombros con nerviosismo.

–Deja de hacer el tonto y abre la puerta.

–Está bien, pero yo ya te lo he advertido –preparándose para aguantar el chaparrón, Cade abrió la puerta y compuso una radiante sonrisa de bienvenida–. ¡Mamá! –la besó en la mejilla tersa y lustrosa–. Qué agradable sorpresa.

–No tendría que darte sorpresas si alguna vez me devolvieras las llamadas –Leona Parris entró en el recibidor.

Bailey constató nada más verla que era una mujer bellísima. Sin duda, teniendo tres hijos mayores y varios nietos, debía de tener al menos cincuenta años. Pero podía haber pasado perfectamente por una mujer de treinta y cinco. Tenía el pelo castaño claro, con suaves mechas rubias, y lo llevaba peinado en un elegante y perfecto moño francés que realzaba su tez de marfil, sus fríos ojos verdes, su nariz recta y su boca carnosa. Llevaba un elegante traje sastre de tono bronce que se ceñía a su estrecho talle. Los topacios de sus pendientes, cuadrados y grandes como un pulgar de mujer, despertaron de inmediato la admiración de Bailey.

—He estado ocupado —respondió Cade—. Tenía un par de casos y algunos asuntos personales.

—No quiero ni oír hablar de tus casos, como tú los llamas —Leona dejó su bolso de piel sobre la mesa del recibidor—. Y sean cuales sean esos asuntos personales, no son excusa para que descuides tus deberes familiares. Me pusiste en una situación muy incómoda con Pamela. Tuve que pedir disculpas por ti.

—No tendrías que haberlo hecho si no me hubieras arreglado esa cita —Cade sintió que una hostilidad ya antigua bullía dentro de él, y procuró no caer en las trampas de siempre—. Lamento haberte puesto en una situación incómoda. ¿Quieres un café?

—Lo que quiero, Cade, es una explicación. Ayer, en la fiesta de Muffy, a la que por cierto tampoco asististe, Ronald me contó no sé qué ridícula historia acerca de que estabas comprometido con una mujer de la que nunca he oído hablar y que, según parece, es pariente de la princesa de Gales.

—Bailey —Cade se dio la vuelta, lanzó una sonrisa de disculpa a Bailey y extendió la mano—. Bailey, ven a conocer a mi madre —«oh, Dios mío», pensó ella mientras bajaba las escaleras—. Leona Parris, ésta es Bailey, mi prometida.

—Señora Parris —a Bailey le tembló la voz un poco al tender la mano—. Es un placer conocerla. Cade me ha hablado mucho de usted.

—¿De veras? —«es atractiva, desde luego», pensó Le-

ona. «Y educada, aunque un poco tímida»—. Me temo
que, a mí, en cambio, de ti no me ha contado nada.
Creo que no he entendido tu nombre completo.

—Bailey sólo lleva unos meses en Estados Unidos
—dijo Cade jovialmente—. Me la he estado guardando
para mí —deslizó un brazo sobre los hombros de Bailey y la apretó posesivamente—. Nuestro noviazgo ha
sido todo un torbellino, ¿verdad, cariño?

—Sí —dijo Bailey débilmente—. Un torbellino. Ya lo
creo.

—Y eres diseñadora de joyas —«unos anillos preciosos», advirtió Leona. Originales y atractivos—. Prima
lejana de la princesa de Gales.

—A Bailey no le gusta alardear —dijo Cade rápidamente—. Cariño, tal vez deberías hacer esas llamadas.
Recuerda la diferencia horaria con Londres.

—¿Dónde os conocisteis? —preguntó Leona.

Bailey abrió la boca, intentando recordar si le habían dicho algo al respecto a Ronald.

—En realidad...

—En el Smithsonian —dijo Cade suavemente—. Delante del diamante Hope. Yo estaba investigando un caso
y Bailey estaba haciendo unos bocetos para un diseño.
Parecía tan extasiada... Estuve veinte minutos siguién-
dola por todas partes y hablando sin parar. ¿Recuerdas
que amenazaste con llamar al guardia de seguridad,
cielo? Pero finalmente conseguí embaucarla para que se
tomara un café conmigo. Y hablando de café...

—Esto es sencillamente ridículo —dijo Bailey interrumpiéndolo—. Absolutamente ridículo. Cade, es tu
madre, y no pienso consentirlo —se dio la vuelta y

miró a Leona cara a cara–. No nos conocimos en el Smithsonian, y la princesa de Gales no es mi prima. Por lo menos, eso creo. Conocí a Cade el viernes por la mañana, cuando fui a su oficina para contratar sus servicios. Necesitaba un detective privado porque padezco amnesia y tengo en mi poder un diamante azul y más de un millón de dólares en metálico.

Leona aguardó diez segundos cargados de tensión mientras daba golpecitos con el pie en el suelo. Luego sus labios se afirmaron.

–Bueno, ya veo que ninguno de los dos pensáis contarme la verdad. Y, ya que preferís inventar ridículas historias, sólo puedo concluir que estáis hechos el uno para el otro –recogió su bolso y regresó a la puerta con paso altivo–. Cade, espero tener noticias tuyas cuando decidas concederme el honor de contarme la simple verdad.

Bailey se quedó pasmada. Cade, en cambio, sonrió como un tonto cuando su madre hubo cerrado la puerta de un portazo.

–No lo entiendo. Pero si le he dicho la verdad...

–Ahora sé lo que quieren decir con eso de que la verdad os hará libres –Cade se echó a reír a carcajadas y tomó a Bailey en sus brazos–. Está tan cabreada que me dejará en paz por lo menos una semana. Tal vez dos –le dio a Bailey un beso entusiasta mientras se dirigía a las escaleras–. Estoy loco por ti. ¿Quién iba a pensar que me libraría de ella contándole la verdad? –todavía riendo, la llevó a su dormitorio y la tiró sobre el colchón–. Esto hay que celebrarlo. Tengo champán en la nevera. Voy a emborracharte otra vez.

Ella se apartó el pelo de la cara y se sentó.

—Cade, es tu madre. Esto es una vergüenza.

—No, es pura supervivencia —se inclinó y le dio un fuerte beso—. Y, cariño, ahora los dos somos ovejas negras. No sabes cuánto me voy a divertir.

—Creo que no quiero ser una oveja negra —dijo ella alzando la voz mientras él salía.

—Demasiado tarde —retumbó la risa de Cade en el pasillo.

IX

Al final salieron a cenar, pero se conformaron con unas hamburguesas y unas patatas fritas en aceite de cacahuete en una feria rural de la campiña de Maryland. Cade había planeado cenar en un restaurante pequeño y romántico, y luchar luego a brazo partido con la multitud para ver los fuegos artificiales en el centro de la ciudad. Pero después había tenido un momento de inspiración. Norias de hierro y casetas de tiro al blanco. Música en vivo, farolillos, el fulgor de las luciérnagas en el campo cercano y, como colofón, los fuegos artificiales. Era, pensó, la primera cita perfecta.

Cuando, montados en el cochecito giratorio de una atracción de feria, se lo dijo a Bailey, ella se echó a reír, cerró los ojos y procuró sujetarse con fuerza a Cade.

Él quería montarse en todo, y la arrastraba de calle en calle con la misma avidez con que los niños tiraban de las manos de sus padres. Bailey fue volteada, sacudida, zarandeada y lanzaba hacia arriba hasta que la cabeza se le volvió del revés y el estómago empezó a darle vueltas. Entonces Cade le alzó la cara para inspeccionársela y dictaminó que, dado que no estaba del todo verde, podían volver a montarse en todo. Y eso fue lo que hicieron.

—Ahora, necesitas un premio —decidió Cade cuando salían tambaleándose del pulpo.

—Más algodón de caramelo, no, por favor. Te lo suplico.

—Yo estaba pensando más bien en un elefante —Cade le rodeó la cintura con el brazo y se dirigió hacia una caseta de tiro al blanco—. En ése grande de color lila.

El elefante medía medio metro de alto, tenía la trompa levantada y l pezuñas pintadas de rosa brillante. Al pensar en elefantes, Bailey esbozó una sonrisa radiante.

—Es precioso —sonrió y agitó las pestañas mirando a Cade—. Lo quiero.

—Entonces, te lo conseguiré. Tú retírate, muñeca —él puso unos billetes sobre el mostrador y eligió su arma.

Frente a él empezaron a desfilar conejos y patos de cara sonriente. Cade apuntó y comenzó a disparar con la escopeta de aire comprimido. Bailey sonrió al principio, luego aplaudió y finalmente se quedó boquiabierta al ver cómo iba cayendo animalito tras animalito.

—No has fallado ni uno —lo miró con los ojos como platos—. Ni uno.

Él se sintió como un adolescente exhibiéndose para la reina de la fiesta.

—Quiere el elefante —le dijo al encargado, y se echó a reír cuando Bailey se lanzó en sus brazos.

—Gracias. Eres maravilloso. Eres increíble.

Dado que cada afirmación de Bailey iba a acompañada de un sonoro beso, Cade pensó que tal vez quisiera también el perrito marrón de las orejas caídas.

—¿Quieres otro?

—Hombre, que me van a dejar sin nada —masculló el encargado, y suspiró cuando Cade sacó más billetes.

—¿Quieres probar? —Cade le ofreció la escopeta a Bailey.

—No sé —ella se mordió el labio y observó su presa—. Está bien.

—Mira por esa uve pequeña del final del cañón —le dijo él, colocándose tras ella para corregir su postura.

—Ya lo veo —ella contuvo el aliento y apretó el gatillo. El disparo la sobresaltó, pero los patos y los conejos siguieron deslizándose ante sus ojos—. ¿He fallado?

—Sólo por un kilómetro, más o menos —Cade acababa de convencerse de que Bailey no había empuñado un arma en toda su vida—. Inténtalo otra vez.

Ella lo intentó otra vez, y otra. Para cuando al fin logró rozar algunas plumas y un poco de pelillo, Cade había entregado veinte dólares al agradecido encargado.

—Parecía tan fácil cuando lo hacías tú...

—No importa, cariño, ya casi le has pillado el tranquillo. ¿Qué ha ganado?

El encargado paseó la mirada por la hilera más baja
de premios, generalmente reservada a niños menores
de doce años, y tomó un patito de plástico.

—Me lo llevo —Bailey se guardó entusiasmada el patito en el bolsillo de sus pantalones—. Mi primer tro-
feo.

Pasearon un rato por la avenida principal de la feria con las manos unidas, escuchando los gritos, la
música distante de la banda y el bullicio de las atrac-
ciones. A Bailey le encantaban las luces, los farolillos
de fiesta, brillantes como piedras preciosas en la noche balsámica, y los olores a fritura, a azúcar quemada
y a salsas especiadas. Todo parecía tan fácil como si no
hubiera ni un solo problema en el mundo... Sólo luces de colores, música y risas.

—No sé si he estado alguna vez en una feria de
pueblo —le dijo a Cade—. Pero, en todo caso, ésta es la
mejor.

—Todavía te debo una cena a la luz de las velas.

Ella volvió la cabeza y le sonrió.

—Me conformaría con otra vuelta en la noria.

—¿Estás segura?

—Sí, me apetece montar otra vez. Contigo.

Se pusieron a la cola y Bailey coqueteó con un
niño pequeño que, con la cabeza apoyada en el hombro de su padre, la miraba con sus enormes ojos azules. Bailey se preguntó si se le daban bien los niños. Y,
apoyando la cabeza en el hombro de Cade, se dejó
soñar un poco.

Si aquélla fuera una noche normal de una vida corriente, podrían estar allí juntos, abrazados. Cade le daría la mano, como en ese instante, y no tendrían ninguna preocupación en el mundo. Ella no temería nada. Su vida sería tan plena, rica y alegre como una feria. ¿Qué había de malo en fingir que lo era o que podía serlo, aunque fuera sólo por una noche?

Se subió a la oscilante cabina con Cade y se acurrucó contra él. Y entonces se elevaron hacia el cielo. Allá abajo, la gente pululaba por el césped. Los adolescentes se pavoneaban, las parejas mayores paseaban lentamente y los niños corrían de un lado a otro. Los olores se alzaban al viento en una mezcla evocadora que Bailey habría podido respirar eternamente.

La bajada era rápida y excitante. El pelo de Bailey volaba hacia arriba y su estómago daba un vuelco. Alzando la cabeza, cerró los ojos y se preparó para el impulso que los lanzaría de nuevo hacia arriba.

Cade, naturalmente, la besó. Ella había deseado también ese dulce e inocente encuentro de sus labios mientras giraban sobre la alta hierba veraniega, rodeados del fulgor multicolor de las luces. Comenzaron a ascender de nuevo mientras los primeros fuegos artificiales estallaban, dorados, en el cielo negro.

—Es precioso —Bailey apoyó la cabeza en el hombro de Cade—. Como joyas lanzadas al mar. Esmeraldas, rubíes, zafiros...

Los cohetes ascendían a toda velocidad, estallaban formando un surtidor y se desvanecían. Allá abajo, la gente aplaudía y silbaba, llenando el aire de ruido. En alguna parte lloraba un niño.

—Está asustado —murmuró ella—. Parecen tiros, o truenos.

—Mi padre tenía un setter inglés que se escondía debajo de su cama cada Cuatro de Julio —Cade jugueteaba con los dedos de Bailey mientras contemplaba el espectáculo—. Se pasaba horas temblando después de que pasaran los fuegos artificiales.

—Suenan tan fuerte que dan miedo —un destello dorado, acompañado de una lluvia de diamantes, estalló en el momento en que llegaban a lo alto de la noria. El corazón de Bailey comenzó a latir con más fuerza. Empezaron a palpitarle las sienes. Era el ruido, nada más. El ruido, y el modo en que oscilaba la cabina cada vez que la noria se paraba para descargar pasajeros.

—¿Bailey? —Cade la apretó con fuerza y observó su cara. Ella estaba temblando, tenía las mejillas muy pálidos y los ojos oscurecidos.

—Estoy bien. Sólo un poco mareada.

—Enseguida bajamos. Sólo quedan un par de cabinas.

—Estoy bien —pero las luces estallaron otra vez, rasgando el cielo. Y una imagen apareció en su cabeza como un trueno—. Levantó las manos —logró susurrar. Ya no podía ver las luces, los diamantes de colores que se dispersaban en el cielo. El recuerdo la había cegado—. Las levantó para intentar agarrar el cuchillo. Yo no podía gritar. No podía gritar. No podía moverme. La única luz era la de la lámpara del escritorio. Sólo ese haz de luz. Eran como sombras, y gritaban, pero yo no podía articular palabra. Entonces relumbró un rayo. Era tan brillante que iluminó toda la habitación. Y él... Oh, Dios, su cuello... Le cortó el cuello —volvió la cara hacia el hombro de Cade—. No quiero verlo. No soporto verlo.

—Intenta olvidarlo. Agárrate a mí y olvídalo. Vamos a bajar —la sacó en brazos del cochecito y la llevó casi en volandas a través de la pradera. Ella tiritaba como si el aire se hubiera helado de pronto. Cade podía oír los sollozos que se le atascaban en la garganta—. Ya no puede hacerte daño, Bailey. Ya no estás sola.

Cade se abrió paso por el descampado en el que estaban aparcados los coches, maldiciendo cada estallido de pólvora que sobresaltaba a Bailey. Ella se acurrucó en el asiento del coche, acunándose, intentando buscar consuelo, y él echó la capota y se sentó rápidamente tras el volante.

—Llora —le dijo mientras giraba la llave—. Grita si quieres. No dejes que la angustia te reconcoma.

Ella lloró un poco y luego apoyó la cabeza dolorida contra el asiento mientras Cade conducía por la sinuosa carretera que llevaba a la ciudad.

—Veo joyas todo el tiempo —dijo ella al fin. Su voz sonaba áspera, pero firme—. Hermosas piedras preciosas. Montones de ellas. Lapislázuli y ópalo, malaquita y topacio. Todas de distintas formas, talladas y sin tallar. Puedo identificarlas. Sé lo que son, cuál es su tacto. Hay un trozo grande de calcedonia, suave y afilado como un cuchillo. Y un precioso pedazo de cuarzo brillante con vetas plateadas que lo cruzan como estrellas fugaces. Puedo verlas todas. Me son tan familiares...

—Te hacen sentirte cómoda, feliz.

—Sí, creo que sí. Si pienso en ellas, noto una sensación agradable. Tranquilizadora. Hay un elefante. No éste —abrazó el peluche—. Un elefante de esteatita labrada, con una manta de pedrería sobre el lomo y ojos azules y brillantes. Es tan majestuoso y tan absurdo... —se detuvo un momento, intentando olvidar el dolor de cabeza que le golpeaba las sienes—. Hay otras piedras, toda clase de ellas, pero no son mías. Sin embargo, su presencia me tranquiliza. No me asusta en absoluto pensar en ellas. Ni siquiera en el diamante azul. Es tan bonito... Como un milagro de la naturaleza. Es realmente asombroso que los elementos justos, los minerales adecuados, la presión precisa y la cantidad adecuada de tiempo consigan crear algo tan especial. Ellos están discutiendo sobre las piedras. Sobre los diamantes —continuó, cerrando los ojos con fuerza—. Puedo oírlos, y estoy asustada e indignada. Me veo avanzando hacia la habitación donde ellos discuten. Me siento furiosa y al mismo tiempo satisfecha. Qué extraña mezcla de sentimientos. Y también tengo un poco de miedo. He hecho algo... no sé... —intentó aferrar aquel recuerdo cerrando los puños—. Algo precipitado o impulsivo, puede que incluso estúpido. Me acerco a la puerta. Está abierta, y sus voces retumban. No es sólo miedo lo que siento, o al menos eso creo. Es en parte rabia. Cierro la mano sobre la piedra. La llevo en el bolsillo, y me siento mejor cuando la toco. La bolsa de loneta está allí, sobre la mesa, junto a la puerta. También está abierta, y veo dentro el dinero. La agarro mientras ellos se gritan —al pasar de los barrios residenciales de las afueras al centro de la ciudad, las luces hicieron le hicieron lagrimear los ojos, y los cerró de nuevo—. No saben que estoy ahí. Están tan absortos en la discusión que no me ven. Entonces veo el cuchillo en la mano de uno de ellos, la hoja curva y reluciente. El otro alza las manos para agarrarlo. Luchan y forcejean, y se alejan de la luz. Pero veo sangre, y una de las sombras se tambalea. El otro sigue. No se para. No se para. Yo me quedo inmóvil, con la bolsa entre las manos, mirando. La luz se va de repente y todo queda a oscuras. Entonces relumbra un rayo y de pronto todo se llena de luz. Cuando el del cuchillo vuelve a pasar la hoja por el cuello del otro, me ve. Me ve, y echo a correr.

—Está bien, intenta relajarte —el tráfico estaba imposible. Cade no podía agarrar a Bailey de la mano, atraerla hacia sí, reconfortarla—. No te fuerces ahora, Bailey. Nos enfrentaremos a esto cuando lleguemos a casa.

—Cade, son la misma persona —murmuró ella, y dejó escapar un sonido que era a medias un gemido, a medias una risa—. Son el mismo.

Él maldijo las calles atascadas, buscó un hueco por donde meterse y esquivó por poco a un camión.

—¿El mismo qué?

—El mismo hombre. Pero no puede ser. Sé que no puede ser, porque uno está muerto y el otro no. Creo que me estoy volviendo loca.

¿Serían símbolos otra vez, se preguntó Cade, o la pura verdad?

—¿Qué quieres decir con que son el mismo?

—Que tienen la misma cara.

Bailey entró en casa aferrándose al elefante de peluche como si fuera un salvavidas. Se sentía aturdida, atrapada entre sueños y amenazada por un insidioso dolor de cabeza agazapado en los márgenes de su cerebro, dispuesto a golpear.

—Quiero que te acuestes. Te prepararé una infusión.

—No, yo lo haré. Me sentiré mejor si hago algo. Lo siento. Estaba siendo una noche tan maravillosa... —al llegar a la cocina, dejó el elefante sobre la mesa—. Hasta que pasó eso.

—Sí, ha sido una noche maravillosa. Y todo lo que ayude a darnos pistas merece la pena. Tú lo pasas mal —la agarró de los hombros— y yo lo siento, pero tienes que pasar por esto para llegar adonde queremos.

—Lo sé —ella le tocó la mano, se la apretó suavemente y se volvió para poner la tetera al fuego—. Puede que no sea una persona muy estable —llevándose los dedos a los ojos, se echó a reír—. Qué comentario tan ridículo viniendo de alguien que no recuerda ni su propio nombre.

—Cada vez recuerdas más cosas, Bailey. Y eres la mujer más estable que he conocido nunca.

—Entonces tendré que empezar a preocuparme por ti también, y por las mujeres que eliges.

Bailey colocó con precisión las tazas sobre sus platillos, concentrándose en aquella sencilla tarea. Bolsitas de té, cucharillas, azucarero.

En el arce, el jilguero había cedido su puesto a un ruiseñor cuya canción era como plata líquida. Bailey vio una madreselva cubriendo una valla con eslabones de hierro, perfumando el aire mientras el pájaro nocturno llamaba a su amante. Y una niña llorando bajo un sauce.

Se sacudió a sí misma. Un recuerdo agridulce de la infancia, quizá. Sabía que a partir de ese momento aquellas viñetas del pasado se presentarían cada vez con más frecuencia. Y tenía miedo.

—Sé que quieres hacerme muchas preguntas, Cade —dejó el té encima de la mesa, se recompuso y miró a Cade—. Y que no las haces porque temes que me derrumbe. Pero no lo haré. Ojalá me preguntaras, Cade. Es más fácil cuando lo haces.

—Vamos a sentarnos —él retiró una silla para Bailey y agitó lentamente el azúcar de su té—. La habitación tenía una alfombra gris, una ventana, una mesa junto a la puerta. Hay una lámpara de mesa. ¿Cómo es la mesa?

—Es un escritorio de despacho de madera satinada, estilo Jorge III —Bailey dejó la taza produciendo un leve tintineo—. Eso ha sido muy astuto. No esperaba que me preguntaras por la mesa, así que no me paré a pensar la respuesta. Simplemente, estaba ahí.

—Concéntrate en la mesa, Bailey. Descríbemela.

—Es bastante bonita. La parte de arriba está cruzada por bandas de palisandro con taracea de madera de boj. Los lados, incluso el hueco para las rodillas, están decorados con óvalos. En un lado hay un cajón largo forrado con paneles, simulando un falso frontis. Al abrirlo, aparecen unos estantes. Es un mecanismo muy ingenioso. Las asas son de bronce bien bruñido —desconcertada, miró fijamente su té—. Ahora parezco una tratante de antigüedades.

«No», pensó él, «sólo alguien que se fija en las cosas bonitas. Y que conoce esa mesa muy bien».

—¿Qué hay encima de la mesa?

—La lámpara. Es de bronce también, con una pantalla de cristal verde y un tirador de cadenilla de bronce antiguo. Y hay papeles, un montón de papeles cuidadosamente alineados con la esquina de la mesa. En el centro hay una teleta de cuero, y encima de ella un *briefke*.

—¿Un qué?

—Un *briefke*, un vasito de papel para llevar piedras sueltas. Está lleno de esmeraldas de color verde hierba, de distintos tamaños y quilates. Hay una lupa de joyero y una pequeña balanza de bronce. Un vaso, un vaso de cristal Baccarat, con el whisky aguado por el hielo. Y... y el cuchillo... —se le estranguló la voz, pero logró aflojarla—. El cuchillo está allí. Tiene la empuñadura de asta blanca y la hoja curva. Es antiguo, y muy bonito.

—¿Hay alguien sentado a la mesa?

—No, la silla está vacía. Es un sillón de cuero de color gris peltre. Su respaldo da a la ventana. Hay tormenta —su voz se crispó—. Llueve mucho y está tronando. Sus gritos se oyen por encima de los truenos.

—¿Dónde están?

—Delante del escritorio, mirándose cara a cara.

Cade apartó la taza de Bailey y le agarró la mano.

—¿Qué es lo que dicen, Bailey?

—No lo sé. Algo acerca de la fianza. Llevarte la fianza, irte del país. Es un mal negocio. Demasiado peligroso. Ha tomado una decisión.

Oía las voces. Las palabras, las ásperas frases retumbaban entre el zumbido eléctrico del aire.

Traidor hijo de puta.

Si quieres hacer tratos con él, adelante. Pero conmigo no cuentes.

Los dos. Juntos. No hay marcha atrás.

Tú llévate las piedras, negocia con él. Bailey sospecha. No es tan estúpida como piensas.

No voy a permitir que te largues con el dinero y me dejes en la estacada.

—Lo empuja hacia atrás. Luchan, se empujan, se zarandean, se dan puñetazos. Me asusta cuánto se odian. No comprendo cómo pueden despreciarse tanto el uno al otro, siendo el mismo.

Cade no quería que reviviera lo que había pasado a continuación. Ya conocía la escena, los pasos.

—¿Qué quieres decir con que son el mismo?

—Tienen la misma cara. Los mismos ojos verdes oscuros, y el pelo negro. Todo. Como la imagen de un espejo. Incluso tienen el mismo tono de voz. Son el mismo hombre, Cade. ¿Cómo puede ser, a no ser que no sucediera así y que no haya perdido sólo la memoria, sino también el juicio?

—No estás considerando la posibilidad más simple, Bailey. La más simple y la más obvia —su sonrisa era agria; sus ojos relucían—. Que sean gemelos.

—¿Gemelos? ¿Hermanos gemelos? —Bailey sintió

de pronto una profunda repugnancia. Movió la cabeza de un lado a otro y siguió moviéndola hasta que
el gesto se hizo frenético—. No, no, no —no podía
aceptarlo—. No es eso. No puede ser —se apartó bruscamente de la mesa y su silla arañó ásperamente el
suelo—. No sé qué es lo que vi —intentando desesperadamente olvidarse de ello, agarró su taza y derramó
un poco de té sobre la mesa antes de llevarla al fregadero y tirar su contenido por el desagüe—. Estaba oscuro. No sé qué vi.

No quería saber qué había visto, concluyó Cade.
No estaba preparada para ello. Y él no estaba dispuesto a hacer de psicoanalista hasta que ella se sintiera con fuerzas.

—Déjalo por ahora. Ha sido un día muy duro. Necesitas descansar.

—Sí —su psique ansiaba paz y olvido. Pero le aterrorizaba dormirse y soñar. Se dio la vuelta y se apretó
contra Cade—. Hazme el amor. No quiero pensar.
Sólo quiero que me ames.

—Sí —Cade besó su boca ansiosa—. Sí.

La llevó fuera de la cocina, deteniéndose en el camino para besarla y acariciarla. Al pie de las escaleras
le desabrochó la blusa, deslizó las manos por sus costados y tocó sus pechos. Ella dejó escapar un gemido,
metió las manos entre su pelo y atrajo su cabeza hacia
ella para besarlo.

Cade pretendía mostrarse tierno y delicado. Pero
la boca de Bailey era salvaje y ávida. Entonces comprendió que lo que ella necesitaba era ardor y desesperación. Y se dejó llevar. Le quitó el sujetador de un

tirón y vio cómo brillaban sus ojos, asombrados y turbios. Cuando volvió a tocarla, sus manos eran ávidas y ásperas.

—Hay muchas cosas que aún no te he enseñado —buscó la delicada curva entre el cuello y los hombros de Bailey y la mordió—. Puede que no estés preparada.

—Enséñame —ella echó la cabeza hacia atrás, y su pulso se aceleró—. Quiero que me enseñes.

Él le bajó los pantalones y hundió los dedos dentro de ella. Las uñas de Bailey se clavaron en sus hombros. Ella se balanceó en un orgasmo rápido y fulgurante. Sus gemidos se convirtieron en un grito de gozo y de temor. Cade dejó escapar el aliento en un siseo mientras la miraba echar a volar. La mirada turbia de sus ojos le producía un oscuro placer. Ahora ella estaba indefensa, si así la quería.

Y así la quería.

Acabó de quitarle la ropa con manos rápidas y seguras. Cuando se halló desnuda y temblorosa ante él, Cade esbozó una sonrisa. Siguió con los pulgares el contorno de sus pezones hasta que ella parpadeó y cerró los ojos.

—Me perteneces —dijo Cade con voz densa y áspera—. Quiero que me lo digas. Di que eres mía.

—Sí —Bailey le habría dicho cualquier cosa. Le habría prometido su alma, si se lo hubiera pedido. Aquello no era ya un río lento, sino una riada de sensaciones embriagadoras. Y Bailey quería ahogarse en ellas—. Más...

Cade le dio más. Su boca descendió por el cuerpo

de Bailey y luego se fijó ávidamente al núcleo de su ardor. Ella se tambaleó, gritó, estalló. Una multitud de colores resplandeció en su cabeza: farolillos de feria y joyas, estrellas y arco iris. Se apoyó de espaldas en la barandilla, a la que se aferraba para no perder el equilibrio, y sintió que el mundo giraba a su alrededor como un carrusel enloquecido.

Y luego sintió el placer, su borde afilado apuntado hacia el dolor. En ese punto, a medio camino entre la felicidad y la aflicción, su cuerpo se rompió en mil pedazos.

Cade la tomó en brazos y comprobó, turbiamente satisfecho, que estaba inerte. Dejó sus ropas tiradas por el suelo, la acurrucó en sus brazos y subió las escaleras. Esta vez sería en su cama, se dijo con ansia.

Cayó en la cama con ella y dejó que el fuego que se acumulaba en su interior se desbocara. Era insoportable. Glorioso. Sus manos, su boca, la destruían y volvían a recomponerla. El sudor perlaba la piel de Bailey, dejándola resbaladiza. Y también la de Cade cuando éste se desnudó. El cuerpo de Bailey se arqueaba y se tensaba, pidiendo más, moviéndose frenéticamente, cada vez con más ansia.

Cuando Cade le tiró de las rodillas, Bailey le rodeó ansiosamente con las piernas y se arqueó hacia atrás mientras él bajaba de nuevo la cabeza para lamerle los pechos. Y, cuando la cabeza de Bailey tocó el colchón y su cuerpo se tendió como un puente, Cade se hundió profundamente dentro de ella.

Ella dejó escapar un gemido sofocado y gutural, un sonido irracional, mientras Cade le asía las caderas y se las sujetaba con fuerza. Con el corazón desbocado, los condujo a ambos con frenética dureza hacia la culminación del placer. Nada de pensamientos, ni de dudas, sólo el frenesí ardiente de sus cuerpos entrelazados.

La luz de la luna iluminaba el rostro de Bailey y relucía en su pelo y en su piel húmeda. Mientras su visión se enturbiaba, Cade grabó en su memoria aquella imagen y, sintiendo que se apoderaba de él un oscuro placer, se derramó dentro de ella.

Cade esperó hasta asegurarse de que Bailey dormía. Durante un rato se limitó a observarla, embrujado por su belleza y por lo que acababan de compartir. Ninguna mujer a la que hubiera tocado o que lo hubiera tocado a él le había llegado tan hondo, se había apoderado de su corazón tan rápida y certeramente.

Le había pedido a Bailey que le dijera que era suya. Pero lo cierto era que él también le pertenecía a ella. Y aquel milagro le causaba un profundo asombro.

Besó suavemente sus sienes. Cuando se alejó de ella, estaba tumbada boca abajo, con un brazo extendido sobre el lugar donde él se había acostado. Cade confiaba en que el cansancio aplacara sus pesadillas, pero dejó la puerta abierta para oírla si gritaba en sueños, o si lo llamaba.

Se detuvo a preparar café y se llevó una taza a la biblioteca. Miró el ordenador con expresión hosca antes de encenderlo. El reloj del rincón dio las doce en punto y después las doce y media antes de que Cade consiguiera concentrarse. La información que estaba buscando apareció finalmente en la pantalla.

Expertos en piedras preciosas. La zona metropolitana. Cade revisó las páginas, manteniendo los sentidos aguzados a base de cafeína, y luchó un momento para encender la impresora y sacar una copia de las direcciones.

Boon e Hijo.

Peritos en gemas Kleigmore.

Creaciones en joyería Landis.

El ordenador le proporcionó información mucho más detallada que el listín telefónico. Por una vez, Cade bendijo la tecnología. Observó los datos, los nombres, las fechas, y siguió buscando.

Salvini.

Salvini. Sus ojos se achicaron al revisar los datos. Tasadores y gemólogos. Especialistas en joyas antiguas y raras. Empresa fundada en 1952 por el difunto Charles Salvini. Probado prestigio. Asesores de museos y colecciones privadas. Diseños personalizados, reparaciones y reengarces. Todos los trabajos garantizados mediante escritura notarial.

Una dirección de Chevy Chase, pensó Cade. La situación geográfica era muy cercana. Propietarios: Thomas y Timothy Salvini.

T.S., pensó Cade, sintiendo un repentino arrebato de excitación. Hermanos.

Bingo.

—Tómate tu tiempo.

Bailey respiró hondo y procuró calmarse.

—La nariz es más afilada, creo.

La dibujante de la policía se llamaba Sara y era una joven muy paciente. Y hábil, sin duda, o, si no, Cade no la habría llamado. Permanecía sentada a la mesa de la cocina, con su cuaderno de dibujo y sus lápices desplegados y una taza de café humeante junto al codo.

—¿Así? —con unos rápidos trazos, Sara afiló la nariz del retrato.

—Sí, creo que sí. Los ojos son más grandes, y un poco achinados.

—¿En forma de almendra? —Sara pasó la goma de borrar sobre los trazos de lápiz y ajustó la forma y el tamaño de los ojos.

—Creo que sí. Me cuesta trabajo recordarlo.

—Tú sólo cuéntame tus impresiones —la sonrisa de Sara era tranquila y relajada—. Seguiremos a partir de ahí.

—Me parece que la boca es ancha, más suave que el resto de la cara. Todos los demás rasgos son angulosos.

—Una cara interesante —comentó Cade mientras Sara dibujaba—. Interesante y atractiva.

Mientras Bailey seguía describiendo aquel rostro, Cade observó el retrato. Un rostro anguloso, el pelo corto y algo desordenado y puntiagudo; cejas negras y dramáticamente arqueadas. Un rostro exótico y rudo, pensó, intentando asignar un carácter a aquellos rasgos.

—Se parece mucho a lo que recuerdo —Bailey tomó el boceto que Sara le ofrecía. Conocía aquella cara, pensó, y al mirarla sentía ganas de reír y de llorar.

M.J. ¿Quién era M.J. y qué compartían?

—¿Quieres descansar un rato? —preguntó Cade, y apoyó las manos en los hombros de Bailey para masajear sus músculos agarrotados por la tensión.

—No, prefiero seguir. Si no te importa —le dijo a Sara.

—Yo podría estar haciendo esto todo el día. Siempre y cuando haya café, claro —alzó la taza vacía mirando a Cade y esbozó una rápida sonrisa. Bailey comprendió entonces que Cade y aquella chica se conocían bien.

—Tú... tienes un trabajo muy interesante —comenzó a decir Bailey.

Sara se echó sobre la espalda su larga trenza de color jengibre. Su atuendo era fresco e informal: pantalones vaqueros cortados, camiseta blanca y ceñida. Una combinación muy sexy.

—Es un modo de ganarse la vida —le dijo a Bailey—. Pero los ordenadores me están dejando poco a poco sin trabajo. Es asombroso lo que puede hacerse con los programas de diseño gráfico. Aunque, de todas formas, todavía hay muchos polis y detectives que prefieren los bocetos hechos a mano —tomó la taza de café que Cade le ofrecía—. Parris, por ejemplo, es capaz de hacer cualquier cosa con tal de no tocar un ordenador.

—Eh, que le estoy pillando el tranquillo.

Sara dejó escapar un soplido.

—Entonces tendré que empezar a buscarme la vida haciendo caricaturas por los bares —Sara se encogió de hombros, bebió un sorbo de café y empuñó de nuevo el lápiz—. ¿Probamos con otro?

—Sí, de acuerdo —intentando no pensar en lo bien que parecían conocerse Cade y Sara, Bailey cerró los ojos y procuró concentrarse.

Grace. Dejó que aquel nombre surcara su mente, haciendo emerger una imagen.

—Suave —empezó—. Su cara tiene un aire suave. Es muy guapa, casi increíblemente guapa. Tiene la cara ovalada, muy clásica. El pelo es negro y muy largo. Le cae por la espalda en grandes ondas. No lleva flequillo. Sólo la melena negra, abundante y lustrosa. Sus ojos son grandes, de párpados pesados y pestañas largas. De color azul brillante. La nariz es recta y corta. Sencillamente perfecta.

—Estoy empezando a odiarla —dijo Sara con sorna, y Bailey sonrió.

—Debe de ser bastante duro ser tan guapa, ¿no crees? La gente sólo se fija en la superficie.

—Creo que yo podría soportarlo. ¿Qué me dices de la boca?

—Carnosa. De labios gruesos.

—Cómo no.

—Sí, eso es —su corazón empezó a latir más aprisa. El boceto tomaba forma rápidamente—. Las cejas son un poco más gruesas, y tiene un lunar junto a la izquierda. Aquí —dijo Bailey señalando su cara.

—Ahora sí que la odio —masculló Sara—. Prefiero no saber si tiene un cuerpo a juego con esta cara. Dime que por lo menos tiene orejas de soplillo.

—No, me temo que no —Bailey sonrió al ver el dibujo y sintió de nuevo una dulce emoción—. Es sencillamente preciosa. Increíblemente bella.

—Su cara me resulta familiar.

Bailey se puso tensa.

—¿De veras?

—Juraría que la he visto antes —Sara frunció el ceño y dio unos golpecitos con el lápiz en el cuaderno—. Puede que en una revista. Podría ser modelo... de perfumes caros, o de cremas. Teniendo una cara de un millón de dólares, estaría loca si no la usara.

—Modelo —Bailey se mordió el labio, intentando recordar—. No sé.

Sara arrancó la hoja y se la entregó a Cade.

—¿Tú qué crees?

—Impresionante —dijo él al cabo de un momento—. El hada de los genes estaba de buen humor el día que nació esta chica. Pero no me suena, y ningún hombre con sangre en las venas olvidaría una cara así.

«Se llama Grace», pensó Bailey. «Y no es solamente hermosa. Es algo más que una cara».

—Buen trabajo, Sara —Cade puso los dos dibujos juntos sobre la encimera—. ¿Tienes tiempo para otro?

Sara echó un rápido vistazo a su reloj.

—Tengo todavía media hora.

—El hombre, Bailey —Cade se agachó hasta que sus ojos quedaron al nivel de los Bailey—. Ahora ya sabes cómo es.

—Yo no...

—Sí —dijo él con firmeza, a pesar de que la sujetaba los brazos con suavidad—. Es importante. Dile a Sara cómo lo recuerdas.

Bailey comprendió que aquello iba a ser doloroso. Se le habían agarrotado los músculos del estómago ante la sola idea de que aquel rostro aflorara a su memoria.

—No quiero verlo otra vez.

—Quieres aclarar todo esto. Quieres que se acabe. Éste es un paso más. Tienes que dar todos los pasos necesarios.

Ella cerró los ojos y se removió, inquieta. La cabeza empezó a dolerle al volver a situarse en la habitación de la alfombra gris, cuya ventana laceraba la tormenta.

—Es moreno —dijo suavemente—. Tiene la cara alargada y fina. Desencajada por la ira. Su boca tiene una mueca agria. Es delgado, fuerte, obstinado. Su nariz es ligeramente ganchuda. No fea, pero sí fuerte. Es una cara muy fuerte. Tiene los ojos hundidos. Y negros. Muy negros —y brillantes de cólera. Ojos de asesino. Bailey se estremeció, cruzó los brazos y procuró concentrarse—. Las mejillas hundidas y la frente alta. La cejas rectas y negras. Y el pelo liso, bien cortado, abundante en la coronilla, muy bien recortado alrededor de las orejas. Es un rostro muy atractivo. Pero la mandíbula lo estropea un poco. Es suave, ligeramente débil.

—¿Es él, Bailey? —Cade le puso una mano sobre el hombro y apretó ligeramente.

Ella abrió los ojos y miró el boceto. No era preciso. No era perfecto. Los ojos debían estar un poco más separados, la boca ser ligeramente más gruesa. Pero bastó para que Bailey se echara a temblar.

—Sí, se parece mucho a él —intentando controlarse, se levantó despacio—. Perdonadme —murmuró, y salió de la habitación.

—Esa chica está asustada —comentó Sara mientras guardaba los lápices en su maletín.

—Sí.

—¿Vas a decirme en qué clase de lío está metida?

—Aún no lo sé —Cade se metió las manos en los bolsillos—. Pero estoy a punto de averiguarlo. Has hecho un buen trabajo, Sara. Te debo una.

—Te mandaré la factura —ella acabó de recoger sus herramientas y se levantó. Le dio un rápido beso y observó su cara—. Supongo que no volverás a llamarme para pasar una noche en la ciudad, ¿verdad?

—Estoy enamorado de ella —se limitó a decir él.

—Sí, ya me he dado cuenta —Sara se echó el bolso al hombro y le acarició la mejilla—. Voy a echarte de menos.

—Estaré por aquí.

—Sí, ya —dijo ella—. Pero tus días locos se han acabado, Parris. Me gusta esa chica. Espero que todo te vaya bien —con una última sonrisa melancólica, se dio la vuelta—. Conozco la salida.

Cade la acompañó de todos modos y, al cerrar la puerta, comprendió que, en efecto, estaba despidiéndose de una parte de su vida. La libertad de ir y venir cuando quisiera y con quien quisiera. Las noches de discoteca con la perspectiva de un encuentro sexual amistoso y sin ataduras. El hecho de no tener que rendir cuentas ante nadie, salvo ante sí mismo.

Miró escaleras arriba. Bailey estaba allí. Responsabilidad, estabilidad, compromiso. Una sola mujer de allí en adelante, para el resto de su vida: una mujer angustiada, que todavía no había dicho las palabras que él necesitaba oír, ni le había prometido lo que tanto ansiaba. Todavía podía alejarse de ella, y Bailey no se lo reprocharía. En realidad, estaba seguro de que eso era precisamente lo que ella esperaba. Lo cual le hacía preguntarse quién la habría abandonado antes.

Sacudiendo la cabeza, subió las escaleras hacia Bailey sin el más leve atisbo de duda.

Ella estaba de pie en su habitación, mirando por la ventana. Tenía las manos unidas delante de sí y daba la espalda a la puerta.

—¿Estás bien?

—Sí. Lo siento, he sido muy antipática con tu amiga. Ni siquiera le he dado las gracias.

—Sara lo comprende.

—La conoces desde hace mucho.

—Sí, unos cuantos años.

Bailey tragó saliva.

—Habéis estado juntos.

Cade alzó una ceja y decidió no acercarse a ella.

—Sí, hemos estado juntos. He estado con otras mujeres, Bailey. Mujeres que me gustaban, que me interesaban.

—Sí, ya —ella se volvió con expresión enojada.

—Sí, ya —asintió él inclinando la cabeza.

—Esto está fuera de lugar —ella se pasó las manos por el pelo—. Lo nuestro, Cade, está fuera de lugar. No debería haber ocurrido.

—Pero ha ocurrido —él se metió las manos en los bolsillos, sintiendo ganas de cerrar los puños—. ¿Vas a decirme que estás enfadada porque has conocido a una mujer con la que me he acostado? ¿Porque no he venido a ti del mismo modo que tú viniste a mí?

—En blanco —respondió ella con acritud—. No viniste a mí en blanco. Tú tenías familia, amigos, amantes. Una vida. Yo no tengo nada, más que piezas que no encajan. Me importa un bledo que te hayas acostado con un centenar de mujeres —continuó con aspereza, y luego siseó, enojada—. Lo que me molesta es que las recuerdes. Que puedas recordarlas.

—¿Quieres que te diga que no me importaban? —Cade empezó a enfadarse, y, al mismo tiempo, a sentir un leve temor. Bailey se estaba alejando de él, se estaba replegando sobre sí misma—. Claro que me importaban. No puedo borrar mi pasado por ti, Bailey.

—Ni yo quiero que lo hagas —ella se tapó la cara con las manos un momento, intentando dominarse. Había tomado una decisión. Ahora sólo tenía que reunir fuerzas para ponerla en práctica—. Lo siento. Tu vida privada antes de que apareciera yo no es asunto mío. Ni siquiera viene a cuento. El caso es que tenías una vida, Cade.

—Tú también.

—Sí, yo también —ella asintió, pensando que eso era precisamente lo que le asustaba—. Nunca hubiera estado tan cerca de recuperarla de no ser por ti. Pero ahora me doy cuenta de que debí acudir directamente a la policía. Al no hacerlo sólo he conseguido complicar las cosas. Pero ahora quiero hacerlo.

—¿No confías en mí?

—El problema no es ése...

—Claro que no —le dijo él—. Esto no tiene nada que ver con la policía. Se trata de ti y de mí. ¿Crees que puedes largarte de aquí y olvidar lo que ha pasado entre nosotros? —sacó las manos de los bolsillos y la agarró de los brazos—. Piénsalo bien.

—Alguien ha muerto. Y yo estoy involucrada —Bailey procuró mantenerle la mirada—. No debí mezclarte en esto.

—Ya es demasiado tarde para eso. Lo es desde que entraste en mi oficina. No vas a deshacerte de mí tan fácilmente —cuando sus bocas chocaron, el beso les supo a frustración y a cólera.

Cade abrazó a Bailey con fuerza, sujetándola, devorando su boca hasta que las manos de ella quedaron inertes sobre sus hombros.

—No —logró musitar Bailey cuando Cade la levantó en brazos. Pero para eso también era demasiado tarde. Cade se tumbó sobre ella en la cama y comenzó a acariciarla.

—Me importa un bledo lo que hayas olvidado —Cade le quitó la ropa con ojos turbios e inquietos—. Esto lo recordarás siempre.

Cade hizo que Bailey perdiera el control, la noción del tiempo y el espacio. Ella nunca había experimentado aquella ferocidad, aquel ansia al que no podía resistirse. La boca de Cade se cerraba sobre sus pechos, atravesándola de placer. Mientras tomaba aire y gemía, los dedos de Cade la penetraban, empujándola rápidamente hacia el orgasmo. Gritó, atravesada por un gozo irracional. Sus uñas se clavaron en la espalda de Cade, su cuerpo se sacudió como un rayo bajo él. Se abrió para él ansiosamente. El único pensamiento que resonaba en su cabeza era: ahora, ahora, ahora.

Cade la penetró con fuerza, profundamente, y sintió que el sexo de Bailey se ceñía convulsamente alrededor de su miembro, mientras ambos se deslizaban sobre la cresta de una nueva ola, irracional y desesperada. Aquello estaba mal. Pero era irresistible.

Cade la agarró de las manos y vio cómo el placer crispaba sus rasgos. El animal que escondía dentro de sí se había desbocado, y sus zarpazos los desgarraban a ambos. Devoraba con boca ávida y áspera la boca de Bailey. Y se movía frenéticamente dentro de ella, hasta que Bailey gritó su nombre y lo que quedaba de la razón de Cade se hizo añicos.

Vacío, desgastado, se derrumbó sobre ella. El cuerpo de Bailey se estremeció bajo el suyo mientras un gemido resonaba en su garganta. Sus manos yacían, inertes, con las palmas hacia arriba, sobre la colcha revuelta.

Cade comenzó a despejarse, y, al mismo tiempo, a sentir vergüenza de sí mismo. Nunca había tomado a una mujer tan bruscamente. Nunca se había mostrado tan tosco y dominante. Se apartó de ella y miró el techo, asombrado por lo que acababa de descubrir de sí mismo.

—Lo siento —era patética, aquella frase. Se avergonzó de su futilidad mientras se sentaba y se pasaba las manos por la cara—. Te he hecho daño. Lo siento. No tengo excusa —y, no encontrando ninguna, se levantó y la dejó sola.

Ella consiguió sentarse y se llevó una mano al corazón, que le latía a toda prisa. Se sentía débil, temblorosa y todavía excitada. Estaba ligeramente aturdida y aguardó pacientemente a que su mente se aclarara. La única cosa de la que estaba segura era de que acababa de ser atropellada. Arrollada por el placer, por la emoción, por Cade.

Y había sido maravilloso.

Cade le dio tiempo para recomponerse. Y utilizó aquel intervalo para dar los pasos que creía necesarios, a pesar de que la rabia apenas le dejaba pensar. Se había enfadado otras veces. Se había sentido dolido y avergonzado. Pero cuando Bailey bajó las escaleras con su aspecto pulcro y tímido, aquellas tres emociones amenazaron con embargarlo por entero.

—¿Estás bien?

—Sí. Cade, yo...

—Puedes hacer lo que quieras —la interrumpió él con voz fría y crispada—. Te pido disculpas otra vez por haberte tratado de ese modo.

Ella sintió que el estómago se le encogía.

—Estás enfadado conmigo.

—Con los dos. Conmigo mismo ya arreglaré cuentas, pero primero quiero hablar contigo. ¿Quieres marcharte?

—No se trata de lo que quiera —dijo ella con voz suplicante—, sino de lo que debo hacer. Te he convertido en un instrumento de Dios sabe qué.

—Me contrataste.

Ella dejó escapar un suspiro impaciente. ¿Cómo podía ser él tan obstinado y estar tan ciego?

—Esto no ha sido una relación profesional, Cade. Ni siquiera empezó así.

—Es verdad. Esto es personal, y no vas a alejarte de mí porque te sientas absurdamente culpable. Si quieres dejarme por otras razones, las afrontaremos cuando hayamos acabado esto. Te quiero —había en sus palabras una furia gélida que parecía ahondar la emoción que se escondía tras ellas—. Si no me quieres, tendré que aceptarlo. Pero dejarlo en este momento no tiene sentido.

—Yo sólo quiero...

—Quieres ir a la policía —Cade se detuvo un momento y enganchó los pulgares en los bolsillos delanteros del pantalón para no tender las manos hacia ella—. Está bien, tú decides. Pero, entre tanto, me contrataste para hacer un trabajo, y pienso acabarlo. Sean cuales sean nuestros sentimientos, pienso llegar hasta el final. Recoge tu bolso.

Bailey no sabía cómo enfrentarse a él en ese momento. Claro que, pensó, ¿lo había sabido alguna vez?

Aquel hombre frío y furioso que tenía delante de sí le parecía mucho más extraño que el que había visto por primera vez en una destartalada oficina sólo unos días antes.

—¿La cita es en el Smithsonian? —comenzó a decir ella.

—La he pospuesto. Antes tenemos que ir a otro sitio.

—¿Adónde?

—Recoge tu bolso —repitió él—. El próximo paso lo daremos a mi modo.

Él no habló durante el trayecto en coche. Bailey reconocía algunos edificios. Habían pasado por allí antes. Pero cuando salieron de Washington y se adentraron en Maryland, sus nervios empezaron a agudizarse.

—Me gustaría que me dijeras adónde vamos —los árboles estaban demasiado cerca de la carretera, pensó, atemorizada. Eran demasiado verdes, demasiado grandes.

—A veces —dijo él— hay que abrir la puerta y mirar lo que hay al otro lado.

—Tenemos que hablar con el comisario del museo —su garganta empezaba a cerrarse. Habría dado su alma por un vaso de agua—. Deberíamos dar la vuelta y volver a la ciudad.

—¿Sabes adónde vamos?

—No —contestó ella con voz aguda y desesperada—. No, no lo sé.

Él le lanzó una mirada penetrante.

—Las piezas del rompecabezas están ahí, Bailey.

Cade giró hacia la izquierda, abandonando la carretera principal, y notó que la respiración de Bailey se volvía agitada y trabajosa. Reprimió sin contemplaciones el deseo de tranquilizarla. Bailey era más fuerte de lo que él creía. Estaba seguro de ello. Y sabía que ella conseguiría salir de aquello. Él la ayudaría.

Bailey lo había contratado para resolver aquel rompecabezas, se dijo. Y aquélla, estaba seguro, era la pieza que faltaba. Ella no podía seguir viviendo en el pequeño y seguro mundo que él le había proporcionado. Era hora de que ambos siguieran adelante.

Apretando la mandíbula, Cade entró en el aparcamiento de Salvini.

—¿Sabes dónde estamos?

Ella tenía la piel pegajosa. Se frotó las palmas húmedas sobre las rodillas.

—No, no lo sé.

El edificio de ladrillo tenía dos plantas. Era viejo y bastante bonito, con altos ventanales flanqueados por añosas azaleas que florecerían bellamente en primavera. La elegancia de aquel lugar no debía hacerla temblar.

Sólo había un coche en el aparcamiento. Un BMW azul oscuro cuya pintura relucía a la luz del sol.

El edificio se alzaba solitario, formando un amplio chaflán, pero tras él, al otro lado de un extenso aparcamiento, había un pequeño centro comercial muy lujoso.

—No quiero estar aquí —Bailey giró la cabeza, negándose a mirar el rótulo que coronaba el edificio en

grandes letras. SALVINI—. Está cerrado —continuó—.
No hay nadie. Deberíamos irnos.

—Hay un coche en el aparcamiento —observó
Cade—. No perdemos nada con echar un vistazo.

—No —ella apartó la mano de la de Cade e intentó
hundirse en el asiento—. No pienso entrar ahí.

—¿Qué hay ahí dentro, Bailey?

—No lo sé —terror. Sólo terror—. No voy a entrar.

Cade habría preferido arrancarse el corazón antes
que forzarla a hacer lo que pretendía. Pero, pensando
en ella, salió del coche, se acercó a su lado y abrió la
puerta.

—Yo estaré contigo. Vamos.

—He dicho que no voy a entrar ahí.

—Eres una cobarde —dijo él con aspereza—. ¿Quieres pasar el resto de tu vida escondiéndote?

La furia brilló en los ojos de Bailey, llenos de lágrimas, cuando se desabrochó el cinturón de seguridad.

—Te odio por esto.

—Lo sé —murmuró él, pero la agarró del brazo con
firmeza y la condujo hacia la entrada principal del
edificio.

El interior estaba a oscuras. A través de la ventana,
Cade vio únicamente una gruesa moqueta y unas vitrinas de cristal en las que relucían suavemente el oro
y las piedras preciosas. Era una pequeña sala de exposición, muy elegante, con unos cuantos taburetes tapizados y grandes espejos para que los clientes pudieran sentarse y admirar las joyas.

A su lado, Bailey temblaba como una hoja.

—Vamos a probar por la parte de atrás.

La parte de atrás del edificio daba al centro comercial y albergaba las entradas para mercancías y empleados. Cade observó la cerradura de la puerta de empleados y decidió que podía encargarse de ella. Se sacó del bolsillo un estuche de herramientas de cuero.

—¿Qué vas a hacer? —Bailey retrocedió mientras él elegía una ganzúa—. ¿Vas a forzar la cerradura? No puedes hacer eso.

—Creo que puedo arreglármelas. Practico forzando cerraduras por lo menos cuatro horas a la semana. Cállate un momento.

Hacía falta concentración, buena mano y sudor. Imaginaba que, en caso de que estuviera conectada, la alarma saltaría en cuanto tocara la primera cerradura. Pero no saltó, y Cade cambió de herramienta y pasó a la segunda cerradura. No había que descartar la posibilidad de que hubiera una alarma silenciosa, pensó mientras movía las ganzúas. Si aparecía la policía, tendría que darle mil explicaciones.

—Esto es una locura —Bailey dio otro paso atrás—. Vas a entrar en una tienda a plena luz del día. No puedes hacer esto, Cade.

—Ya lo he hecho —dijo él con satisfacción, sintiendo que la última cerradura se abría. Guardó con impaciencia las herramientas en el estuche y se lo metió en el bolsillo—. En un sitio como éste habrá también un detector de movimiento.

Cruzó la puerta. A la luz tenue de la entrada, vio el cajetín de la alarma junto a la puerta. Estaba desconectada, y sintió que otra pieza del puzzle encajaba en su lugar.

—Qué descuidados —murmuró—. Con lo caro que se paga el crimen —tomó a Bailey de la mano y tiró de ella hacia dentro—. Nadie va a hacerte daño mientras yo esté aquí.

—No puedo hacer esto.

—Ya lo estás haciendo —sujetando con fuerza su mano, encendió las luces.

Se hallaban en una habitación estrecha que más bien parecía un recibidor, con sus suelos de madera desgastada y sus paredes blancas y lisas. Junto a la pared de la izquierda había un dispensador de agua fría y un perchero de bronce. De uno de los ganchos colgaba un impermeable gris de mujer.

El jueves anterior había llovido, pensó Cade. Una mujer práctica como Bailey no se habría ido a trabajar sin su impermeable.

—Es tuyo, ¿verdad?

—No lo sé.

—Es tu estilo. Bueno, caro y discreto —revisó los bolsillos y encontró un paquete de caramelos de menta, una breve lista de la compra y un paquete de pañuelos de papel—. Ésta es tu letra —dijo él, enseñándole la lista.

—No lo sé —Bailey se negó a mirarla—. No me acuerdo.

Cade se guardó la lista en el bolsillo y condujo a Bailey a la siguiente habitación.

Era un taller, una versión más reducida del que habían visto en Westlake. Cade reconoció el instrumental y dedujo que, si se molestaba en forzar las cerraduras de los cajones de un alto armario de madera, encontraría piedras preciosas sueltas. La riada de gemas que Bailey había visto en sus sueños. Piedras que la hacían feliz, que avivaban su creatividad, que calmaban su espíritu.

La mesa de trabajo estaba impecablemente limpia. No había nada fuera de su sitio. Aquello era, pensó Cade, muy propio de Bailey.

—Parece que son limpios —dijo suavemente. Se dio la vuelta y notó que Bailey tenía la mano helada. Había unas escaleras que llevaban al piso de arriba—. Veamos qué hay detrás de la segunda puerta.

Ella no protestó. Estaba demasiado asustada. Hizo una mueca cuando Cade inundó la escalera de luz y tiró de ella.

En el segundo piso, los suelos estaban cubiertos de moqueta gris peltre. Bailey sintió una náusea. El pasillo era lo bastante amplio como para que caminaran uno al lado del otro y estaba flanqueado por bruñidos aparadores antiguos perfectamente ordenados. En un jarrón de plata se marchitaban unas rosas rojas. Su olor mareó a Bailey.

Cade abrió una puerta y comprendió a primera vista que se trataba del despacho de Bailey. No había nada fuera de su sitio. La mesa, un bonito escritorio estilo Reina Ana, relucía, lustrosa e impecable, bajo la luz saturada por el polvo que se había acumulado durante el fin de semana. Sobre ella había un pedazo de cristal alargado y lechoso, afilado en uno de sus lados como la hoja rota de una espada. Bailey lo había llamado «calcedonia», recordó Cade. Y la piedra angulosa y suave que había a su lado debía de ser cuarzo rutilado.

De las paredes colgaban acuarelas enmarcadas en finos marcos de madera. Había una mesita junto a un diván tapizado en tela color rosa y cubierto de almohadones verde pálido. Sobre la mesa había un pequeño jarrón de cristal lleno de violetas y varias fotografías con marcos de plata. Cade tomó la primera. En ella, Bailey parecía tener unos diez años, era un poco desgarbada e informe, pero los ojos eran inequívocamente los suyos. Y al crecer había llegado a parecerse mucho a la mujer que permanecía sentada a su lado en un balancín del porche, sonriendo a la cámara.

—Éste es tu pasado, Bailey —recogió otra fotografía. Tres mujeres con los brazos unidos, riendo—. M.J., Grace y tú. Tu presente —dejó la fotografía y tomó otra. En ella aparecía un hombre rubio y guapo, de sonrisa cálida y tranquilizadora.

¿Su futuro?, pensó Cade.

—Está muerto —dijo ella, sintiendo que aquellas palabras le desgarraban el corazón—. Es mi padre. Está muerto. Su avión se estrelló en Dorset. Está muerto.

—Lo siento —Cade dejó la fotografía.

—Nunca volvió a casa —ella se apoyó contra el escritorio con las piernas temblorosas. Su corazón se tambaleaba mientras un sinfín de imágenes se abrían paso dentro de ella—. Se fue en viaje de negocios y nunca volvió. Solíamos comer helado en el porche. Él me enseñó todos sus tesoros. Yo quería aprender. Hermosas cosas antiguas. Olía a jabón de pino y a cera de abejas. Le gustaba lustrar los muebles él mismo.

—Tenía una tienda de antigüedades —dijo Cade suavemente.

—Era un legado familiar. Su padre se lo dejó a él, y mi padre a mí. *Antaño*. La tienda. Se llamaba así. Estaba llena de cosas bonitas. Él murió, murió en Inglaterra, a miles de kilómetros de distancia. Mi madre tuvo que vender el negocio. Tuvo que venderlo cuando...

—Tómatelo con calma, Bailey. No te fuerces.

—Ella volvió a casarse. Yo tenía catorce años. Mi madre todavía era joven, se sentía sola. No sabía llevar el negocio. Eso fue lo que dijo él. Que ella no sabía. Que él se encargaría de todo. Que no había nada de que preocuparse —Bailey se tambaleó y se agarró a la mesa. Su mirada se posó entonces en el elefante de esteatita que había sobre su mesa—. M.J. me lo regaló por mi cumpleaños. Me gustan las cosas absurdas. Colecciono elefantes. ¿No es extraño? Tú me regalaste un elefante en la feria, y resulta que los colecciono —se pasó una mano por los ojos, intentando dominarse—. Me reí mucho cuando abrí el regalo. Estábamos las tres. M.J., Grace y yo. Fue hace un par de semanas. Mi cumpleaños es en junio. El diecinueve de junio. Tengo veinticinco años —la cabeza empezó a darle vueltas cuando intentó concentrarse en Cade—. Tengo veinticinco años. Me llamo Bailey James. Bailey Anne James.

Cade la sentó suavemente en una silla y puso las manos sobre las de ella.

—Encantado de conocerte.

XI

—Está todo muy confuso —Bailey se apretó los ojos con los dedos. Las imágenes se agolpaban en su cabeza, cruzaban a toda velocidad ante sus ojos, superponiéndose y desvaneciéndose antes de que pudiera aprehenderlas.

—Háblame de tu padre.

—Mi padre... murió.

—Lo sé, cariño. Háblame de él.

—Él... compraba y vendía antigüedades. Era un negocio familiar. La familia lo era todo para él. Vivíamos en Connecticut. Allí empezó el negocio. Nuestra casa estaba allí. Él... consiguió expandir el negocio. Una tienda en Nueva York, otra en Washington... Su padre había fundado la primera. Luego mi padre abrió las demás. Se llamaba Matthew —se apretó la mano contra el corazón, que parecía hinchársele y resquebrajársele por momentos—. Es como perderlo otra vez. Él era el centro de mi vida, él y mi madre. Ella no pudo tener más hijos. Supongo que me mimaron demasiado. Los quería muchísimo. Teníamos un sauce en el jardín. Allí es donde fui cuando mi madre me contó lo del accidente. Fui allí y me senté debajo del sauce e intenté hacer que él volviera.

—¿Tu madre salió a buscarte? —preguntó él suavemente, intentando guiarla con delicadeza a través de su dolor.

—Sí, salió y estuvimos sentadas juntas mucho tiempo. El sol se puso, y nos quedamos allí sentadas. Estábamos perdidas sin él, Cade. Ella lo intentó, intentó con todas sus fuerzas mantener a flote el negocio, ocuparse de mí, de la casa... Pero era demasiado. No sabía qué hacer. Y entonces conoció... conoció a Charles Salvini.

—Este edificio es suyo.

—Lo era —ella se frotó la boca con el dorso de la mano—. Charles era joyero, especialista en piezas antiguas. Mi madre le pidió consejo sobre algunas joyas de la tienda. Así empezó todo. Ella se sentía sola, y él la trataba muy bien. Y a mí también. Yo lo admiraba. Creo que la quería mucho, de veras. No sé si ella lo quería, pero lo necesitaba. Y supongo que yo también. Mi madre vendió lo que quedaba del negocio de antigüedades y se casó con él.

—¿Era bueno contigo?

—Sí, lo era. Era un hombre muy amable. Y, al igual que mi padre, escrupulosamente honesto. La honestidad en los negocios y en los asuntos privados era esencial para él. Era a mi madre a quien quería, pero yo iba con el paquete, y siempre fue bueno conmigo.

—Tú lo querías.

—Sí, era fácil quererlo, sentirse agradecida por lo que había hecho por mi madre y por mí. Estaba muy orgulloso del negocio que había levantado. Cuando empecé a interesarme por las gemas, me animó a seguir adelante. Yo venía a aprender aquí en verano y después de la escuela. Charles me mandó a estudiar a la universidad. Mi madre murió cuando yo estaba en la facultad. Yo no estaba cuando ella murió.

—Cariño —Cade la abrazó, intentando consolarla—, lo siento.

—Fue un accidente. Todo ocurrió muy rápido. Un conductor borracho invadió su carril. Chocaron de frente. Eso fue todo —el dolor afloró de nuevo, descarnado y fresco—. Charles quedó destrozado. En realidad, nunca se recuperó. Era unos quince años mayor que ella y, cuando mi madre murió, perdió el interés por todo. Se retiró y desde entonces vivió apartado. Murió menos de un año después.

—¿Y tú te quedaste sola?

—Tenía a mis hermanos —se estremeció, agarrándose a las manos de Cade—. Timothy y Thomas. Los hijos de Charles. Mis hermanastros —dejó escapar un sollozo desgarrado—. Gemelos —apretó las manos de Cade—. Quiero irme ya. Quiero salir de aquí.

—Háblame de tus hermanos —dijo él con calma—. ¿Son mayores que tú?

—Quiero irme. Tengo que salir de aquí.

—Ellos trabajaban aquí —continuó Cade—. Se hicieron cargo del negocio de tu padrastro. Tú trabajabas aquí, con ellos.

—Sí, sí. Se hicieron cargo del negocio. Yo vine a trabajar aquí cuando me gradué en Radcliffe. Éramos una familia. Eran mis hermanos. Ellos tenían veinte años cuando Charles se casó con mi madre. Vivíamos en la misma casa, formábamos una familia.

—Uno de ellos intentó matarte.

—No, no —ella se tapó la cara de nuevo, negándose a ver de nuevo aquella escena—. Es un error. Ya te lo he dicho, son mis hermanos. Mi familia. Vivíamos juntos. Trabajábamos juntos. Nuestros padres han muerto, sólo nos tenemos los unos a los otros. A veces son impacientes y bruscos, pero nunca me harían daño. Nunca le harían daño a nadie. No podrían.

—¿Tienen despacho aquí? ¿En este edificio, en este piso? —ella sacudió la cabeza, pero su mirada se volvió hacia la izquierda—. Quiero que te quedes aquí sentada. Quédate aquí, Bailey.

—¿Adónde vas?

—Tengo que echar un vistazo —Cade la tomó de la cara y la miró fijamente a los ojos—. Sabes que tengo que echar un vistazo. Quédate aquí.

Ella recostó la mirada en el cojín y cerró los ojos. Se quedaría allí. No quería ver nada. Ni saber nada. Ahora ya sabía su nombre, conocía a su familia. ¿No era acaso suficiente? Pero todo aquello retumbaba en su cabeza como el eco de un trueno, haciéndola gemir.

No se movió cuando Cade volvió a entrar en la habitación, pero abrió los ojos. Y, al hacerlo, lo vio todo reflejado en la cara de Cade.

—Es Thomas —dijo con voz hueca—. Es Thomas el que está muerto en su despacho, al otro lado del pasillo.

A Cade no le extrañaba que Bailey hubiera bloqueado el recuerdo de lo que había visto. La agresión había sido feroz. Presenciar lo que había producido la estampa que acababa de ver en el otro despacho había tenido que ser horripilante. Pero presenciarlo desde unos pasos de distancia, sabiendo que los que se estaban matando eran hermanos, eso tenía que ser aún más espantoso.

—Thomas —repitió ella, y dejó caer las lágrimas—. Pobre Thomas... Quería ser el mejor en todo. A menudo lo conseguía. Siempre fueron buenos conmigo. La mayor parte del tiempo me ignoraban, pero supongo que eso hacen siempre los hermanos mayores. Sabía que no les había hecho gracia que Charles me dejara parte del negocio, pero lo aceptaban. Y a mí también —hizo una pausa y se miró las manos—. No podemos hacer nada por él, ¿verdad?

—No. Voy a sacarte de aquí —Cade la tomó de la mano y la ayudó a levantarse—. Tenemos que informar de esto a la policía.

—Pensaban robar las tres Estrellas de Mitra —Bailey no se movió. Podía soportarlo, se dijo, y necesitaba contárselo todo a Cade—. Nos habían encargado autentificar y valorar los tres diamantes. O, mejor dicho, me lo habían encargado a mí, dado que ésa era mi especialidad. A menudo asesoro al Smithsonian. Las Estrellas iban a formar parte de su exposición de piedras preciosas. Proceden de Persia. Son muy antiguas. En tiempos remotos estaban engarzadas en un triángulo de oro que sostenía en sus manos abiertas una estatua de Mitra —se aclaró la garganta y siguió hablando con

calma, en tono práctico–. Mitra, o Ahura-Mazda, era
el antiguo dios persa de la luz y la sabiduría. El mazdeísmo se convirtió en una de las principales religiones del Imperio Romano. Se suponía que Mitra había
matado al toro divino, de cuyo cuerpo agonizante habían brotado los animales y las plantas.

–Eso puedes contármelo en el coche.

Cade intentó llevarla hacia la puerta, pero ella no
podía moverse hasta que se lo hubiera contado todo.

–El mazdeísmo no penetró en Roma hasta el año
68 a.C., pero se extendió rápidamente. Se parece al cristianismo en muchos sentidos. Los ideales del amor fra-
ternal... –su voz se quebró, y se forzó a tragar saliva–. Se
pensaba que las tres Estrellas eran un mito, una leyenda
inspirada en la Trinidad, aunque algunos estudiosos creían firmemente en su existencia y las consideraban símbolos del amor, el conocimiento y la generosidad. Se
decía que, si alguien poseía las tres, la combinación de
esos elementos le reportaría poder e inmortalidad.

–Tú no creerás esas cosas.

–Creo que son lo bastante poderosas como para hacer aflorar un profundo amor, un profundo odio y una
inmensa avaricia. Descubrí lo que estaban haciendo
mis hermanos. Me di cuenta de que Timothy estaba
fabricando falsificaciones en el laboratorio –se frotó
los ojos–. Tal vez hubiera podido ocultármelo si hubiera sido más metódico, más cuidadoso, pero siempre
fue el más impaciente de los dos, el más inquieto –sus
hombros se hundieron al recordar–. Se ha metido en
líos más de una vez, por agresión. Tiene mucho genio.

–¿Nunca te hizo daño?

—No, nunca. Aunque puede que hiriera mis sentimientos de vez en cuando —esbozó una sonrisa, pero ésta se desvaneció rápidamente—. Parecía creer que mi madre sólo se había casado con su padre para que Charles cuidara de nosotras. Y supongo que en parte tenía razón. Así que para mí siempre fue importante demostrar mi valía.

—Y eso fue lo que hiciste aquí —dijo Cade.

—No con él. Timothy nunca ha sido muy dado a los halagos. Pero tampoco se mostraba abiertamente hostil. Y nunca pensé que Thomas o él fueran deshonestos. Hasta que nos encargaron la tasación de las Estrellas.

—Y no pudieron resistirse a la tentación.

—Eso parece. Las falsificaciones no habrían engañado a nadie por mucho tiempo, pero para cuando todo se descubriera mis hermanos ya se habrían ido con el dinero. No sé quién les pagaba, pero estoy segura de que trabajaban para alguien —Bailey se detuvo en lo alto de la escalera y miró hacia abajo—. Me persiguió por aquí. Yo corría. Estaba muy oscuro. Estuve a punto de caerme por las escaleras. Oía sus pasos detrás de mí. Y sabía que iba a matarme. Cenábamos juntos en Navidad desde que yo tenía catorce años. Y estaba dispuesto a matarme del mismo modo horrible que había matado a Thomas. Por dinero —se agarró a la barandilla y empezó a bajar lentamente—. Yo lo quería, Cade. Los quería a los dos —al llegar al pie de las escaleras, se dio la vuelta y señaló una puerta estrecha—. Ahí hay un sótano. Es muy pequeño y está lleno de cosas. Ahí es donde me escondí. Hay un hueco debajo de los escalones, con una puerta de celosía. Cuando era pequeña solía explorar el edificio, y me gustaba sentarme en ese hueco, donde siempre estaba tranquila. Leía los libros de gemas que Charles me regalaba. Creo que Timothy no sabía que existía. Si lo hubiera sabido, ahora estaría muerta —salió a la luz del sol—. No sé cuánto tiempo estuve allí, en la oscuridad, esperando que me encontrara y me matara. No sé cómo llegué al hotel. Debí caminar parte del camino al menos. No vengo al trabajo en coche. Vivo sólo a unas manzanas de aquí.

Cade deseaba decirle que todo había acabado, pero sabía que no era cierto. Quería que Bailey apoyara la cabeza en su hombro y olvidara todo aquello. Pero no podía. Así que la tomó de las manos y la obligó a mirarlo a los ojos.

—Bailey, ¿dónde están las otras dos estrellas?

—Las… —ella palideció tan rápidamente que Cade pensó que se iba a desmayar. Pero sus ojos siguieron abiertos, enormes y asombrados—. Oh, Dios mío. Oh, Dios mío, Cade, ¿qué he hecho? Él sabe dónde viven. Lo sabe.

—¿Se las diste a Grace y a M.J.? —él se apresuró a abrir la puerta del coche. La policía tendría que esperar—. Dime dónde viven.

—Estaba tan enfadada… —dijo Bailey mientras atravesaban a toda velocidad las calles atestadas de tráfico—. De pronto comprendí que me estaban utilizando, que estaban usando mi nombre, mis conocimientos, mi reputación, para autentificar las gemas. Luego las cambiarían y me dejarían en la estacada, abandonarían el negocio que había levantado mi padrastro y se llevarían el botín. La empresa se habría ido a pique, después de lo que le había costado a Charles levantarla. Yo tenía una deuda de lealtad con él. Y ellos también, maldita sea.

—Así que te adelantaste a ellos.

—Fue un impulso. Pensaba enfrentarme a ellos cara a cara, pero primero quería quitar las piedras de su alcance. Me parecía que, al menos, no debían estar juntas en el mismo lugar. Mientras lo estuvieran, ellos podrían llevárselas. Así que le mandé una a M.J. y otra a Grace mediante mensajeros distintos.

—Cielo santo, Bailey, ¿mandaste esos diamantes por mensajero?

Ella se frotó los ojos cerrados.

—Solemos utilizar mensajeros especiales para enviar piedras preciosas —su tono era quisquilloso, levemente ofendido—. Pensé que sólo había dos personas en el mundo en las que podía confiar plenamente. No me di cuenta de que podía ser peligroso para ellas. Entonces no sabía de lo que eran capaces mis hermanos. Estaba segura de que todo esto acabaría cuando me enfrentara a ellos y les dijera que había sacado los diamantes de la caja fuerte y estaba haciendo los preparativos para enviarlos al museo —Bailey se apoyó en la puerta cuando, al doblar una esquina, los neumáticos del coche chirriaron—. Es ese edificio. En el tercer piso. El piso de M.J. y el mío están enfrente.

Bailey salió antes de que el coche se detuviera del todo y corrió hacia el portal. Maldiciendo, Cade sacó las llaves del contacto y salió tras ella. La alcanzó en la escalera.

—Quédate detrás de mí —le ordenó—. Hablo en serio.

La cerradura y la jamba de la puerta del apartamento 324 estaban reventadas. La puerta estaba cruzada por cinta policial.

—M.J... —fue cuanto logró decir Bailey, y, apartando a Cade a un lado, agarró el picaporte del apartamento de su amiga.

—Ah, estás ahí, querida —una mujer ataviada con mallas rosas y mullidas pantuflas apareció arrastrando los pies por el pasillo—. Me tenías preocupada.

—Señora Weathers... —los nudillos de Bailey se pusieron blancos sobre el pomo de la puerta cuando se dio la vuelta—. M.J... ¿Qué le ha pasado a M.J.?

—¡Menudo alboroto! —la señora Weathers se ahuecó su casquete de pelo rubio y le lanzó a Cade una sonrisa calculadora—. En un barrio decente como éste no suelen pasar estas cosas. El mundo se está yendo al cuerno, se lo digo yo.

—¿Dónde está M.J.?

—La última vez que la vi, se iba corriendo con un hombre. Bajaban a toda prisa las escaleras, insultándose el uno al otro. Eso fue después del alboroto. Cristales rotos, muebles caídos, ¡hasta disparos! —asintió con la cabeza varias veces, como un pájaro que agitara sabrosos gusanos entre el pico.

—¿Tiros? ¿M.J. estaba herida?

—A mí no me lo pareció. Enfadada sí parecía, desde luego. Hecha un basilisco.

—¿Iba con mi hermano?

—No, qué va. Al chico que iba con ella no lo había visto yo nunca. Me acordaría, te lo aseguro. Era alto y muy guapo. Llevaba el pelo recogido en una coletita de esas tan graciosas, y tenía los ojos como de acero. Y un hoyuelo en la barbilla, como una estrella de cine. Pude verlo muy bien, porque casi se me echó encima.

—¿Cuándo ocurrió todo eso, señora Weathers?

La anciana fijó su mirada en el rostro de Cade, sonrió y le tendió la mano.

—Creo que no nos han presentado.

—Soy Cade, un amigo de Bailey —él le devolvió la sonrisa, a pesar de que la impaciencia le retorcía el estómago—. Hemos estado fuera unos días y veníamos a ver a M.J.

—Pues yo no le he visto el pelo desde el sábado, cuando se fue de aquí corriendo. Se dejó la puerta del apartamento abierta…, o eso pensé hasta que vi que estaba reventada. Así que eché un vistazo. El piso estaba hecho un asco. Sé que M.J. no es tan ordenada como tú, Bailey, pero estaba todo patas arriba y… —hizo una pausa dramática—… había un hombre tirado en el suelo, inconsciente. Un auténtico gorila. Así que volví a mi apartamento y llamé a la policía. ¿Qué podía hacer? Supongo que el tipo volvió en sí y se largó antes de que llegaran. Dios sabe que no puse un pie fuera de la puerta hasta que llegó la policía y me dijeron que ese tipo había desaparecido.

Cade deslizó un brazo alrededor de la cintura de Bailey. Ella había empezado a temblar.

—Señora Weathers, me pregunto si tendrá usted

una llave del piso de Bailey. Se la ha dejado en mi casa y tenemos que recoger unas cosas.

—Oh, ¿no me digas? —ella sonrió maliciosamente, se ahuecó de nuevo el pelo y empezó a regañar a Bailey—. Ya iba siendo hora, ¿eh, Bailey? Aquí encerrada noche tras noche... Bueno, dejadme ver. Acabo de regar las begonias del señor Hollister, así que tengo mis llaves aquí mismo. Aquí tenéis.

—No recuerdo haberle dado mi llave.

—Claro que sí, querida, el año pasado, cuando te fuiste con las chicas a Arizona. Hice una copia, por si las moscas —canturreando para sí misma, abrió la puerta de Bailey. Pero, antes de que pudiera empujarla y entrar, Cade se le adelantó.

—Muchísimas gracias.

—No hay de qué. No me explico dónde se habrá metido esa chica —dijo, estirando el cuello para ver por la rendija de la puerta del apartamento de Bailey—. Le dije a la policía que se había largado echando chispas. Ah, y ahora que lo pienso, Bailey, sí que vi a tu hermano.

—A Timothy... —murmuró Bailey.

—No sé cuál de los dos era. Se parecen tanto... Se pasó por aquí... a ver... —se dio unos golpecitos con el dedo en los dientes delanteros—. Debió de ser el sábado por la noche. Le dije que no te había visto, que a lo mejor te habías ido de vacaciones, por el puente. Parecía un poco alterado. Entró en tu casa y me dio con la puerta en las narices.

—Tampoco sabía que él tenía una llave —murmuró Bailey, y entonces se dio cuenta de que, al huir, se ha-

bía dejado el bolso en la oficina—. Gracias, señora Weathers. Si por casualidad ve a M.J., ¿podría decirle que
la estoy buscando?

—Desde luego, querida. Ahora, si os... —frunció el
ceño cuando Cade le hizo un rápido guiño y, tirando
de Bailey, le cerró la puerta en las narices.

Nada más echar un vistazo a su alrededor, Cade
comprendió que Bailey no solía dejar su apartamento
lleno de cojines destripados y cajones volcados por el
suelo. Al parecer, Salvini no se había contentado con
registrar el apartamento: se había empeñado en des-
trozarlo.

—Qué chapuza —murmuró Cade, frotándose el
cuello con la mano.

Bailey comprendió que se trataba de la misma clase
de locura. El mismo violento arrebato que había presenciado cuando su hermano Timothy había empuñado la antigua daga que Thomas usaba como abre-
cartas. Pero aquello sólo eran cosas materiales, se dijo.
Por más queridas y valiosas que fueran para ella, sólo
eran objetos. Ella, sin embargo, había visto lo que Timothy era capaz de hacerle a una persona.

—Tengo que llamar a Grace. M.J. se habrá ido a su
casa, si ha podido.

—¿Has reconocido al tipo que iba con ella por la
descripción de la señora Weathers?

—No, no conozco a nadie así, y conozco a casi todos los amigos de M.J. —atravesó su cuarto de estar
vadeando aquel desastre y se acercó al teléfono. La luz
del contestador parpadeaba, pero Bailey no le prestó
atención y marcó rápidamente un número—. Su con-

testador —masculló, y se puso tensa mientras la voz gutural de su amiga recitaba la presentación. Luego dijo—. Grace, si estás ahí, contesta. Es urgente. Estoy metida en un lío. Y M.J. también. No sé dónde está. Quiero que vayas a la policía y le entregues el paquete que te mandé. Llámame en cuanto puedas.

—Dale mi número —le dijo Cade.

—No me lo sé.

Cade agarró el teléfono, recitó el número y le devolvió el aparato a Bailey. Revelar el paradero de Bailey era un riesgo calculado, pero Cade no quería poner ningún impedimento para que Grace pudiera encontrarlos.

—Es cuestión de vida o muerte, Grace. No te quedes sola en casa. Ve a la policía. No hables con mi hermano bajo ningún concepto. No le dejes entrar en casa. Llámame, por favor, por favor, llámame.

—¿Dónde vive?

—En Potomac —le dijo Bailey cuando Cade le quitó suavemente el receptor y colgó—. Pero puede que no esté allí. Tiene una casa en el campo, al oeste de Maryland. Allí fue donde le mandé el paquete. Allí no tiene teléfono, y hay muy poca gente que sepa que a veces se va allí. Otras veces se mete en el coche y conduce hasta que encuentra un sitio que le gusta. Podría estar en cualquier parte.

—¿Cuánto tiempo suele estar desaparecida?

—Un par de días, como mucho. Me habría llamado a mí, o a M.J. —maldiciendo, apretó el botón del contestador automático. La primera voz que brotó era la de Grace.

—Bailey, ¿de qué va todo esto? ¿Esa cosa es auténtica? ¿Es que te has pasado al contrabando? Mira, ya sabes que odio estos chismes. Ya te llamaré.

—Las cuatro del sábado —dijo Bailey, aferrándose a aquel dato—. Grace estaba bien a las cuatro del sábado, según el contestador.

—No sabemos desde dónde llamó.

—No, pero el sábado estaba bien —apretó el botón para escuchar el siguiente mensaje. Era de M.J.

—¿Dónde estás, dónde estás? Bailey, escúchame. No sé qué demonios está pasando, pero estamos metidas en un lío. No te quedes ahí. Puede que él vuelva. Estoy en una çabina, frente a un garito cerca de... —se oyó un juramento y unos golpes—. Quítame las manos de encima, hijo de... —y el tono de la línea.

—Domingo, dos de la madrugada. ¿Qué he hecho, Cade?

Sin decir nada, Cade accionó el siguiente mensaje. Esta vez era la voz de un hombre.

—Maldita zorra, si escuchas esto, que sepas que te encontraré. Quiero lo que es mío —se oyó un sollozo sofocado—. Me cortó la cara. Me ha hecho trizas la cara por tu culpa. Voy a hacerte a ti lo mismo.

—Es Timothy —murmuró Bailey.

—Ya me lo imaginaba.

—Se ha vuelto loco, Cade. Me di cuenta esa noche. Ha perdido el juicio.

Cade no lo dudaba, después de lo que había visto en el despacho de Thomas Salvini.

—¿Necesitas algo de aquí? —al ver que ella se limitaba a mirar a su alrededor con expresión aturdida,

Cade la agarró de la mano—. Nos preocuparemos de eso más tarde. Vámonos.

—¿Adónde?

—A un lugar tranquilo donde puedas sentarte y contármelo todo. Luego haremos una llamada.

El parque era verde y umbrío. Las extensas copas de los árboles parecían contener el empuje del calor opresivo de julio. Hacía días que no llovía, y la humedad parecía suspendida en el aire como un enjambre de avispas.

—Tienes que dominarte cuando vayamos a la policía —le dijo Cade—. Tienes que tener las cosas claras.

—Sí, tienes razón. Y tengo que explicártelo todo.

—Creo que he juntado bastante bien las piezas del rompecabezas. A eso me dedico.

—Sí —ella se miró las manos, sintiéndose inútil—. A eso te dedicas.

—Perdiste a tu padre cuanto tenías diez años. Tu madre hizo lo que pudo, pero no se le daban bien los negocios. Intentó llevar la casa, criar a su hija sola y dirigir el negocio de antigüedades. Luego conoció a un hombre, a un hombre mayor, competente y próspero, económicamente solvente y atractivo, que la quería y estaba dispuesto a aceptar a su hija.

Ella dejó escapar un suspiro trémulo.

—Supongo que así es, en resumidas cuentas.

—La niña quiere una familia, y acepta al padrastro y a los hermanastros como su familia, ¿no es cierto?

—Sí. Echaba de menos a mi padre. Charles no lo reemplazó, pero llenó un vacío. Fue muy bueno conmigo, Cade.

—Pero a los hermanastros no les hizo mucha gracia su nueva hermanita. Una chica brillante y siempre dispuesta a complacer a su padre.

Ella abrió la boca para negarlo, pero volvió a cerrarla. Era hora de afrontar lo que había intentado ignorar durante años.

—Sí, supongo que así es. Yo procuraba no estorbarles. No quería molestar a nadie. Ellos estaban en la universidad cuando nuestros padres se casaron, y, cuando volvieron y empezaron a vivir en casa otra vez, yo me fui a la universidad. No puedo decir que estuviéramos muy unidos, pero parecía que... Yo siempre sentí que éramos una familia bien avenida. Ellos nunca se burlaron de mí, ni me trataron mal. Nunca hicieron que me sintiera desplazada.

—Pero tampoco querida.

Ella movió la cabeza de un lado a otro.

—No hubo ningún conflicto hasta que mi madre murió. Cuando Charles se replegó sobre sí mismo y se apartó de la vida, ellos se hicieron cargo de todo. Parecía lo más natural. El negocio era suyo. Yo sabía que siempre tendría trabajo en la empresa, pero no esperaba ningún porcentaje. Hubo una escena cuando Charles anunció que iba a dejarme el veinte por ciento de la empresa. A cada uno de ellos iba a dejarles el cuarenta por ciento, pero eso no pareció importarles.

—¿Se enfadaron contigo?

—Un poco —luego suspiró—. La verdad es que estaban furiosos —reconoció—. Con su padre y conmigo.

Pero a Thomas se le pasó enseguida. A él le interesaba más la parte contable de la empresa que el trabajo creativo, y sabía que ésa era mi especialidad. Nos llevábamos bastante bien. A Timothy le sentó peor el reparto, pero dijo que me cansaría de la rutina del trabajo, que encontraría un marido rico y se lo dejaría todo a ellos de todos modos —todavía le dolía recordar aquello, el modo en que su hermano se había mofado de ella—. El dinero que me dejó Charles está inmovilizado. Me proporcionará réditos hasta que cumpla los treinta años. No es mucho, pero, para mí, es más que suficiente. Charles me llevó a la universidad, me dio un hogar, me proporcionó una profesión que adoro. Y, al mandarme a la facultad, me dio también a M.J. y a Grace. Allí fue donde las conocí. El primer semestre estuvimos en el mismo colegio mayor. Parecía que nos conocíamos de toda la vida. Son las mejores amigas que he tenido. Oh, Dios, ¿qué he hecho?

—Háblame de ellas.

Ella intentó dominarse y continuó:

—M.J. es muy inquieta. Cambiaba de carrera con la misma facilidad con que otras cambian de peinado. Hizo toda clase de cursos absurdos. Cateaba los exámenes o sacaba sobresaliente, según le daba. Es atlética, impaciente, generosa, divertida y obstinada. Durante su último año en la facultad trabajó en un bar para pasar el rato, y decía que se le daba tan bien que tenía que montar uno por su cuenta. Se compró un local hace dos años. El M.J.'s, un pub junto a la avenida Georgia, cerca del límite de la ciudad.

—No me suena.

—Es un bar de barrio. Los clientes de siempre y un poco de música irlandesa los fines de semanas. Si se monta algún lío, suele resolverlo ella sola. Si no consigue intimidar a la gente a gritos, la deja K.O. de una patada. Es cinturón negro de kárate.

—Recuérdame que no me meta con ella.

—Tú le caerías bien. No dejo de decirme que sabe defenderse. Nadie sabe defenderse mejor que M.J. O'Leary.

—¿Y Grace?

—Grace es una preciosidad, ya lo viste por el dibujo. Pero la gente no suele ver más allá de eso. Grace se aprovecha de ello cuando le interesa. Le repugna, pero se aprovecha de ello —Bailey dejó que afloraran los recuerdos mientras miraba revolotear a las palomas—. Se quedó huérfana muy joven, más joven que yo, y se crió con una tía que vivía en Virginia y que esperaba que se portara bien, que fuera de cierto modo, que demostrara cierta actitud. La actitud de una Fontaine de Virginia.

—¿Fontaine? ¿Los de los grandes almacenes?

—Sí. Tienen dinero, montones de dinero. Un dinero tan antiguo como para tener el lustre que proporciona un siglo o más de prestigio. Como era guapa, rica y de buena familia, se esperaba de ella que recibiera una buena educación, que se relacionara con la gente adecuada e hiciera un matrimonio conveniente. Pero Grace tenía otros planes.

—¿No posó para un...? —Cade se interrumpió, carraspeando.

Bailey se limitó a alzar una ceja.

—¿Para un póster desplegable? Sí, cuando todavía estaba en la facultad. Miss Abril de la Liga de la Hiedra. Lo hizo sin parpadear siquiera, con intención de escandalizar a su familia y, como ella decía, para explotar a los explotadores. Recibió su herencia al cumplir los veintiún años, así que le importaba un comino lo que pensara su familia.

—Yo no vi la foto —dijo Cade, preguntándose si, dadas las circunstancias, debía lamentarlo o alegrarse—, pero sé que provocó un gran revuelo.

—Eso era lo que ella pretendía —los labios de Bailey se curvaron otra vez—. A Grace le gusta armar escándalo. Trabajó de modelo durante un tiempo porque le divertía. Pero no acababa de satisfacerla. Creo que todavía está buscando su vocación. Se dedica con ahínco a las obras benéficas, y viaja por capricho. Se llama a sí misma «la última diletante», pero no es verdad. Hace un trabajo increíble con niños marginados, pero no le da publicidad. Es tremendamente compasiva y generosa con los desfavorecidos.

—La tabernera, la niña bien y la gemóloga. Menudo trío.

Aquello hizo sonreír a Bailey.

—Supongo que sí. Nosotras... No quiero que esto suene muy raro, pero nos reconocimos. Fue así de simple. Pero no espero que lo entiendas.

—¿Quién mejor que yo podría entenderlo? —murmuró él—. Yo también te reconocí en cuanto te vi.

Ella alzó la mirada y se encontró con sus ojos.

—Saber quién soy no ha resuelto nada. Mi vida es un desastre. He puesto a mis amigas en peligro y no sé cómo ayudarlas. No sé cómo detener lo que he empezado.

—Dando el siguiente paso —él alzó la mano de Bailey y le dio un leve beso en los nudillos—. Vamos a volver a casa, recogeremos la bolsa del dinero y llamaremos a un poli amigo mío. Encontraremos a tus amigas, Bailey —Cade alzó la mirada al cielo y vio que las nubes comenzaban a cubrir el sol—. Parece que por fin va a llover.

Timothy Salvini engulló otro calmante. Le dolía tanto la cara que apenas podía pensar. Pero eso era justamente lo que tenía que hacer: pensar. El hombre que había ordenado que le destrozaran la cara, y que luego había ordenado a su médico personal que se la curara, le había dado una última oportunidad. Si no encontraba a Bailey y al menos una de las piedras antes de que anocheciera, no habría sitio en el mundo donde pudiera esconderse.

Y el pálpito del miedo era más poderoso que el del dolor.

Timothy no se explicaba aún por qué había salido todo tan mal. A fin de cuentas, lo había planeado él mismo. Se había ocupado de todos los detalles, mientras que Thomas había preferido esconder la cabeza en la arena. Era él con quien habían contactado, a él a quien habían acudido. Porque él era el más listo de los dos, se dijo. Era él quien conocía las reglas del juego. Y era él quien había hecho el trato.

Al principio, Thomas había aceptado sin rechistar.

La mitad de diez millones de dólares habría permitido a su hermano establecerse cómodamente, y al mismo tiempo habría satisfecho los anhelos de auténtica riqueza de Timothy. No la menudencia de los ingresos de su, pese a todo, próspero negocio, sino riqueza de verdad, riqueza para soñar a placer.

Pero Thomas se había arrepentido. Había esperado hasta el último momento, cuando todo estaba preparado, para traicionar a su propio hermano.

Sí, se había puesto furioso al descubrir que Thomas pensaba huir del país llevándose el millón y pico de la fianza, dejándole a él el riesgo y la responsabilidad de quitárselos a todos de encima.

Porque tenía miedo, se dijo. Porque le preocupaban las sospechas de Bailey. Aquella zorrita codiciosa siempre había sido un obstáculo. Pero él se habría encargado de ella, se habría ocupado de todo si Thomas no hubiera amenazado con tirarlo todo por la borda.

Sencillamente, la discusión se había desmandado, pensó, pasándose una mano por la boca. Todo se había desbocado. Los gritos, la rabia, la tormenta eléctrica...Y de pronto el cuchillo estaba allí, en su mano. Pegado a su mano y manchado de sangre antes de que se diera cuenta.

No había podido detenerse. Sencillamente, no había sido capaz de dominarse. Se le había ido un poco la cabeza, admitió. Pero todo era por culpa del estrés por sentirse traicionado, porque le ponía furioso saber que su propio hermano pensaba venderlo.

Y Bailey estaba allí. Mirándolo con aquellos inmensos ojos. Mirándolo desde la oscuridad.

De no haber sido por la tormenta, por el apagón, la habría encontrado, se habría ocupado de ella. Bailey había tenido suerte, nada más, simple suerte. Pero él tenía cerebro.

No era culpa suya. Nada de aquello era culpa suya. Sin embargo, era él quien pagaría por ello. Su vida corría peligro por culpa de la cobardía de su hermano y de los tejemanejes de una mujer a la que guardaba rencor desde hacía años.

Estaba seguro de que ella había enviado por mensajero al menos una de las piedras. Había encontrado el resguardo de la mensajería en el bolso que Bailey se había dejado en el despacho al huir. Se creía muy lista, pensó. Siempre se había creído más lista que ellos. Doña Perfecta, siempre congraciándose con su padre, volviendo de su universidad de postín cargada de honores y premios. Los honores y los premios no significaban nada en el negocio. La astucia, sí. Las agallas, también. Y la perspicacia.

Y Timothy Salvini tenía aquellas tres cosas.

También habría tenido cinco millones de dólares, si su hermano no hubiera alertado a Bailey con sus torpezas, ni hubiera perdido los estribos y hubiera intentado traicionar a su cliente.

Su cliente, pensó tocándose con cuidado la mejilla vendada. Ahora era más bien su amo, pero eso también iba a cambiar.

Él conseguiría el dinero y la piedra, y encontraría las otras dos. Y entonces huiría lejos, sin dejar ni rastro. Porque Timothy Salvini había mirado a los ojos al diablo. Y era lo bastante astuto como para saber que, una vez el diablo tuviera las piedras en su poder, su esbirro no le serviría de nada.

Así que era hombre muerto.

A menos que fuera listo.

Había sido lo bastante listo como para esperar. Había pasado horas esperando frente al edificio de apartamentos de Bailey. Sabía que ella volvería. Era una mujer de costumbres, tan predecible como el amanecer. Y no lo había decepcionado.

¿Quién hubiera pensado que alguien tan... corriente echaría a perder sus planes? Separar las piedras, enviarlas en distintas direcciones. Sí, eso había sido una inesperada muestra de astucia por parte de Bailey. Y le había complicado terriblemente las cosas.

Pero ahora debía concentrarse en Bailey. Otros se encargarían de las demás. Se ocuparía de eso a su debido tiempo, pero de momento su paciencia había rendido fruto.

Había sido tan fácil, en realidad... El coche elegante se había detenido, Bailey había salido de un salto. Y el hombre había salido corriendo tras ella, con tanta prisa que ni siquiera había cerrado con llave la puerta del coche. Salvini había encontrado los papeles en la guantera, había anotado la dirección.

Acababa de romper la ventana de la puerta trasera de la casa vacía y había entrado.

Llevaba sujeto al cinturón el cuchillo que había usado para matar a su hermano. Mucho más silencioso que una pistola, y, tal y como le había demostrado la experiencia, igual de eficaz.

XII

—Mick es un buen poli —le dijo Cade a Bailey al entrar en la rampa de su casa—. Escuchará y hará lo posible por aclarar este asunto.

—Si hubiera acudido directamente a la policía...

—No habrías llegado más lejos —dijo Cade, interrumpiéndola—. Puede que ni siquiera hubieras llegado hasta aquí. Necesitabas tiempo. Has sufrido mucho, Bailey —le ponía enfermo pensar en ello—. Date un respiro —siseó entre dientes al recordar con qué brusquedad la había arrastrado al edificio donde había sucedido todo—. Siento haber sido tan duro contigo.

—Si no me hubieras obligado, habría seguido negándome a recordarlo.

—Todo eso te estaba haciendo daño —Cade se giró hacia ella y tomó su cara entre las manos—. Pero, si no hubieras perdido la memoria, tal vez hubieras vuelto a tu apartamento. Como una paloma que vuelve a casa, a avisar a tus amigas. Y él te habría encontrado. Os habría encontrado a todas.

—Me habría matado. Yo no quería afrontarlo. No podía, supongo. Llevo más de diez años considerándolo mi hermano, incluso le defendía a él y a Thomas delante de Grace y de M.J. Pero me habría matado. Y a ellas también.

Al ver que ella se estremecía, Cade asintió con la cabeza.

—Lo mejor que pudiste hacer por las tres fue perderte unos días. Aquí nadie te buscará. ¿Por qué iban a buscarte aquí?

—Espero que tengas razón.

—La tengo. Ahora, el siguiente paso es llamar a la policía y conseguir que emitan una orden de busca y captura contra Salvini. Está asustado, es peligroso y está desesperado. No les costará mucho dar con él.

—Les dirá quién lo contrató —Bailey se relajó un poco—. No es lo bastante fuerte como para negarse. Si cree que puede hacer un trato con las autoridades, lo hará. Y Grace y M.J...

—No les pasará nada. Estoy deseando conocerlas —se inclinó y abrió la puerta de Bailey. De pronto retumbó un trueno. Bailey levantó la cabeza, asustada, y Cade le apretó la mano—. Iremos al pub de M.J. y echaremos unos tragos.

—Trato hecho —animándose un poco al pensarlo, Bailey salió del coche y tomó la mano de Cade—. Cuando esto acabe, tal vez llegues a conocerme mejor.

—Cariño, ¿cuántas veces tengo que decírtelo? Te

conozco desde el momento en que cruzaste mi puerta —él hizo tintinear las llaves y metió una en la cerradura.

Fue puro instinto, el instinto innato de proteger a Bailey, lo que le salvó la vida. Vio un borrón de movimiento por el rabillo del ojo. Se giró en esa dirección y empujó a Bailey hacia atrás. El rápido tirón de su cuerpo hizo que el cuchillo se clavara de soslayo en su brazo, en vez de hundirse en su espalda.

El dolor fue inmediato y feroz. La sangre empapó su camisa y chorreó por su muñeca antes de que consiguiera asestar un golpe. Sólo pensaba en una cosa: Bailey.

—¡Vete! —le gritó mientras esquivaba el siguiente golpe del cuchillo—. ¡Corre!

Pero ella estaba paralizada, anonadada por la sangre, aturdida por la horrible repetición de aquel acto de violencia. Todo ocurrió muy deprisa. A Bailey le pareció que sólo había tomado una bocanada de aire. Pero vio la cara de su hermano, con las mejillas vendadas y una herida en la ceja izquierda. La muerte en sus ojos, otra vez.

Timothy se abalanzó sobre Cade. Éste se tambaleó y agarró la muñeca de la mano con la que Timothy sujetaba el cuchillo. Se empujaron el uno al otro, sus caras tan cerca como las de dos amantes. El olor a sudor, sangre y violencia viciaba el aire. Por un instante, sólo fueron sombras en el recibidor a oscuras, su respiración era rápida y áspera mientras rugían los truenos.

Bailey vio el cuchillo acercarse a la cara de Cade

hasta casi tocarle la barbilla mientras se tambaleaban, abrazados, sobre el suelo ensangrentado del vestíbulo, como bailarines obscenos.

Su hermano mataría de nuevo, y ella se quedaría allí parada, mirando.

Se abalanzó hacia delante en un movimiento irracional, instintivo. Saltó sobre la espalda de Timothy, le tiró del pelo, sollozando y maldiciéndolo. El súbito empujón lanzó a Cade hacia atrás. Sus manos resbalaron. Su visión se emborronó.

Aullando de dolor mientras ella le clavaba los dedos en la cara malherida, Salvini logró quitársela de encima. Bailey se golpeó con fuerza la cabeza contra la barandilla de la escalera y vio estrellas que centelleaban como rayos. Pero luego se levantó y volvió a abalanzarse sobre él con saña.

Fue Cade quien la apartó, quitándola del camino del cuchillo que pasó silbando junto a su cara. Luego, el impulso del salto de Cade lanzó a éste y a su atacante sobre una mesa, que se rompió con estrépito. Lucharon en el suelo, jadeando como perros. Cade sólo pensaba en vivir lo suficiente para salvar a Bailey. Pero tenía las manos resbaladizas por la sangre y no lograba agarrar a Timothy. Haciendo acopio de fuerzas, logró retorcer la mano con la que Timothy sujetaba el cuchillo, apartando la hoja de su corazón. Luego empujó hacia arriba. Cuando rodó débilmente hacia un lado, intentando levantarse, comprendió que todo había acabado.

Bailey se arrastró hasta él, sollozando su nombre. Cade vio su cara, el arañazo que coloreaba su pómulo. Consiguió alzar una mano para tocarle la mejilla.

—Se suponía que el héroe era yo —su voz sonaba débil y lejana hasta para sus propios oídos.

—¿Estás herido? Oh, Dios mío, cuánta sangre.

Cade sentía fuego en el brazo, pero ya no parecía importarle. Giró la cabeza y miró la cara de Salvini. Sus ojos estaban clavados en él. Parecían ir apagándose, pero todavía permanecían alerta. Cade tosió para aclararse la garganta.

—¿Quién te contrató?

Salvini sonrió lentamente. Su sonrisa acabó en una mueca. Tenía la cara ensangrentada, los vendajes caídos, la respiración leve.

—El diablo —fue todo lo que dijo.

—Pues salúdalo de mi parte en el infierno —Cade intentó concentrarse de nuevo en Bailey. Ella tenía el ceño fruncido y parecía concentrada—. Necesitas gafas para trabajar, cielo.

—Calla. Tengo que detener la hemorragia antes de llamar a una ambulancia.

—Se supone que debería decirte que es sólo un rasguño, pero la verdad es que duele.

—Lo siento. Lo siento muchísimo —Bailey deseaba apoyar la cabeza en su hombro y llorar, sólo llorar. Pero siguió haciendo una gruesa almohadilla con la tela que había arrancado de la camisa de Cade y se la apretó con fuerza sobre el largo y profundo desgarrón—. Llamaré a una ambulancia en cuanto acabe de vendarte esto. Te pondrás bien.

—Llama al detective Mick Marshall. Acuérdate de preguntar por él. Di que llamas de mi parte.

—Sí. Tranquilízate. Lo haré.

—¿Se puede saber qué pasa aquí?

Aquella voz hizo encogerse a Cade.

—Dime que estoy alucinando —murmuró—. Dime, te lo suplico, dime que no es mi madre.

—Dios mío, Cade, ¿qué has hecho? ¿Eso es sangre?

Cade cerró los ojos. Oyó confusamente que Bailey le ordenaba a su madre con firmeza que llamara a una ambulancia. Y, por suerte, se desmayó.

Recobró una vez la conciencia en la ambulancia, mientras Bailey le agarraba la mano y la lluvia tamborileaba con fuerza en el techo del vehículo, y de nuevo en la sala de urgencias del hospital, donde la gente gritaba y las luces le herían los ojos. El dolor era como una bestia hambrienta que le desgarraba la carne del brazo a mordiscos.

—¿Aquí no podrían darme unos calmantes? —preguntó lo más amablemente posible, y volvió a desmayarse.

Al despertarse de nuevo, estaba en una cama. Se quedó inmóvil, con los ojos cerrados, hasta que comprobó su nivel de consciencia y de dolor. Le asignó al dolor un seis en una escala de diez, pero al menos esta vez parecía estar del todo despierto. Abrió los ojos y vio a Bailey.

—Hola. Esperaba ver tu cara al despertar.

Ella se levantó de la silla y le tomó la mano.

—Te han dado veintiséis puntos, pero no tienes dañado el músculo. Has perdido mucha sangre. Te han hecho una transfusión —se sentó entonces en el borde de la cama y empezó a llorar.

No había derramado una lágrima desde que consiguiera detener la hemorragia, mientras Cade permanecía tendido en el suelo. Ni durante el trayecto en ambulancia a toda velocidad por las calles mojadas, mientras la tormenta desgarraba el cielo. Ni durante la carrera por los pasillos del hospital, ni durante el suplicio que había supuesto tratar con los padres de Cade. Ni siquiera cuando, a duras penas, había conseguido contarle a la policía lo ocurrido.

Pero ahora se desahogó del todo.

—Lo siento —dijo cuando acabó de llorar.

—Menudo día, ¿eh?

—Uno de los peores.

—¿Y Salvini?

Ella desvió la mirada hacia la ventana, por la que corría la lluvia.

—Ha muerto. Llamé a la policía. Pregunté por el detective Marshall. Está fuera, esperando que te despiertes y que los médicos le dejen entrar —se levantó y estiró las sábanas—. Intenté contárselo todo, aclararle las cosas. No sé si lo hice bien, pero Marshall tomó notas y me hizo algunas preguntas. Está preocupado por ti.

—Hace tiempo que nos conocemos. Todo se aclarará, Bailey —le dijo Cade, y tomó de nuevo su mano—. ¿Podrás aguantar un poco más?

—Sí, lo que haga falta.

—Entonces dile a Mick que me saque de aquí.

—Eso es absurdo. Tienes que quedarte en observación.

—Tengo unos cuantos puntos en el brazo, no un tumor cerebral. Voy a irme a casa, a tomarme una cerveza y a contarle todo esto a Mick.

Ella alzó la barbilla.

—Tú madre me advirtió que empezarías a protestar.

—No estoy protestando, estoy... —se interrumpió y
achicó los ojos mientras se sentaba—. ¿Qué dices de
mi madre? ¿Es que no era una alucinación?

—No, fue a darte una oportunidad de disculparte,
lo cual, al parecer, no haces nunca.

—Genial, ponte de su lado.

—No me estoy poniendo de su lado —Bailey intentó dominarse y sacudió la cabeza. ¿De veras estaba
teniendo aquella conversación en semejante momento?—. Estaba aterrorizada, Cade, cuando se dio
cuenta de lo que pasaba, de que estabas herido. Tu padre y ella...

—¿Mi padre? Pensaba que estaba en Montana, pes-
cando.

—Volvió esta mañana. Están en la sala de espera,
muertos de preocupación.

—Bailey, si me quieres aunque sea sólo un poco, di-
les que se vayan.

—No pienso hacerlo, y tú deberías avergonzarte de
ti mismo.

—Ya me avergonzaré luego. A fin de cuentas, estoy
herido —no iba a funcionar. Lo veía claramente—. Está
bien, hagamos un trato. Puedes decirles a mis padres
que pasen, y yo me las arreglaré con ellos. Luego
quiero ver al doctor para que me dé el alta. Hablare-

mos con Mick en casa y aclararemos las cosas de una vez por todas.

Bailey cruzó los brazos.

—Tu madre dice que siempre tienes que salirte con la tuya —con ésas, Bailey dio media vuelta y se encaminó hacia la puerta.

Cade tuvo que hacer derroche de encanto, argumentos y obstinación, pero, poco más de tres horas después, se hallaba tendido en su propio sofá. Hicieron falta dos horas más, mientras Bailey revoloteaba a su alrededor, interrumpiéndolo, para que acabara de contarle a Mick lo sucedido desde la noche del jueves.

—Parece que has estado muy ocupado, Parris.

—Eh, que trabajar de investigador privado no consiste en comer donuts y beber café, colega.

Mick gruñó un poco.

—Hablando de café... —miró a Bailey—. No quisiera causarle molestias, señorita James.

—Oh —ella se puso en pie—. Haré café —tomó la taza vacía de Marshall y se alejó.

—Escucha —Mick se inclinó hacia él—, al teniente no va a hacerle ninguna gracia encontrarse con dos fiambres y dos diamantes desaparecidos.

—A Buchanan no hay nada que le haga gracia.

—No le gustan los fisgones como tú, pero, además, este caso tiene mala pinta lo mires por donde lo mires. Para empezar, tu amiguita ha esperado cuatro días para informar de un asesinato.

—No recordaba nada. Había perdido la memoria.

—Sí, eso dice ella. Y yo la creo. Pero el teniente...

—Si tiene algún problema, que hable conmigo —Cade se incorporó, enojado, y procuró ignorar el dolor de su brazo—. Cielo santo, Mick, vio cómo uno de sus hermanos mataba al otro y luego iba a por ella. Ve al escenario del crimen, mira lo que ella vio, y luego me cuentas cómo se enfrenta a eso una persona normal.

—Está bien —Mick levantó una mano—. ¿Y lo de mandar los diamantes por mensajero?

—Quería protegerlos. Habrían desaparecido si no hubiera hecho nada. Tienes su declaración y la mía. Sabes exactamente cómo sucedió. Ella ha estado intentando completar el círculo desde que acudió a mí.

—Está bien —dijo Mick al cabo de un momento, y miró la bolsa de loneta que había junto a su silla—. Ella lo ha confesado todo. La alegación de defensa propia no supondrá ningún problema. Ese tipo rompió un cristal de la puerta trasera, entró, os estaba esperando —Mick se pasó una mano por el pelo puntiagudo. Sabía que hubiera sido muy fácil que las cosas salieran de otro modo. Que podía haber perdido a un amigo—. Creo que te dije que pusieras una alarma.

Cade se encogió de hombros.

—Puede que lo haga, ahora que tengo algo que merece la pena proteger.

Mick miró hacia la cocina.

—Tu amiga es, eh, un bombón.

—Sí, y es mía. Tenemos que encontrar a M.J. O'Leary y a Grace Fontaine, Mick, y pronto.

—¿Tenemos?

—No pienso quedarme aquí de brazos cruzados.

Mick asintió de nuevo.

—De O'Leary sólo sabemos que hubo un altercado en su apartamento, una pelea descomunal, por lo visto, y que huyó con un tipo que llevaba coleta. Parece que se la ha tragado la tierra.

—Puede que alguien la está reteniendo —murmuró Cade, mirando por encima del hombro para asegurarse de que Bailey no los oía—. Te hablé del mensaje del contestador de Bailey.

—Sí. No hay modo de rastrearlo, pero avisaremos a todas las unidades. En cuanto a Fontaine, he ordenado a mis hombres que se pasen por su casa de Potomac. Estamos intentando localizar su casa de las montañas. Sabré algo dentro de un par de horas —se levantó y recogió la bolsa, sonriendo—. Entre tanto, voy a darle esto a Buchanan y a verlo bailar claqué con ese jefazo del Smithsonian —se echó a reír, sabiendo lo mucho que odiaba su teniente ponerse el traje de diplomático—. ¿Cuánto crees que valdrán esos pedruscos?

—Hasta ahora, al menos dos vidas —dijo Bailey, entrando con la bandeja del café.

Mick se aclaró la garganta.

—Lamento mucho su pérdida, señorita James.

—Yo también —pero viviría con ella—. Las tres Estrellas de Mitra no tienen precio, detective. Naturalmente, con el fin de asegurar los diamantes, el Smithsonian solicitó la tasación de su valor de mercado. Pero, en realidad, el precio que, como gemóloga, puedo asignarles, carece de importancia. El amor, el conocimiento y la generosidad no tienen precio.

No sabiendo qué hacer, Mick movió los pies.

—Sí, señora.

Ella compuso una sonrisa.

—Es usted muy amable y muy paciente, detective. Estoy lista para ir adonde me diga.

—¿Ir?

—A la comisaría. Tiene que arrestarme, ¿no?

Mick se rascó la cabeza y movió otra vez los pies. Era la primera vez en veinte años de carrera que una mujer le servía café y luego le sugería amablemente que la arrestara.

—Me costaría mucho trabajo inventar una acusación. No es que no quiera que esté usted disponible, pero supongo que de eso se encargará Cade. E imagino que los responsables del museo querrán mantener una larga charla con usted.

—¿No voy a ir a la cárcel?

—Te estás poniendo pálida. Siéntate, Bailey —para asegurarse de que lo hacía, Cade la tomó de la mano y tiró de ella.

—Creía que, hasta que se recuperaran los diamantes..., yo era la responsable.

—Los responsables eran tus hermanos —dijo Cade.

—Tendrá que servirme con eso —dijo Mick—. Creo que me tomaré el café en otro momento. Puede que necesite hablar con usted otra vez, señorita James.

—¿Y mis amigas?

—Estamos en ello —Marshall saludó apresuradamente a Cade y se marchó.

—Timothy ya no puede hacerles daño —murmuró ella—. Pero el que lo contrató...

—Sólo quiere los diamantes, no a tus amigas. Apuesto algo a que Grace está en su escondite en las montañas, y M.J. está por ahí, haciendo trizas a algún tipo.

Aquello casi hizo sonreír a Bailey.

—Tienes razón. Pronto tendremos noticias suyas. Estoy segura. Si les hubiera ocurrido algo, lo sabría. Lo sentiría —sirvió una taza de café y la dejó sobre la mesa sin probarla—. Ellas son la única familia que me queda. Supongo que son la única familia que tengo desde hace mucho tiempo, sólo que yo prefería ignorarlo.

—No estás sola, Bailey. Lo sabes.

No, no estaba sola. Él estaba allí, aguardando.

—Deberías tumbarte, Cade.

—Ven aquí.

Ella se giró y advirtió su sonrisa traviesa.

—Y descansar.

—No estoy cansado.

La sonrisa de Bailey se desvaneció y sus ojos se ensombrecieron.

—Me salvaste la vida.

Cade recordó cómo se había abalanzado ella sobre la espalda de Salvini, mordiendo y arañando como un gato.

—Deberíamos echar a suertes quién salvó a quién.

—Me salvaste la vida —repitió ella lentamente—. Estaría perdida sin ti. Hoy me protegiste, luchaste por mí. Arriesgaste tu vida para salvar la mía.

—Siempre he querido matar el dragón de una princesa. Tú me diste la oportunidad.

—Esto no tiene nada que ver con caballeros andantes,

ni con Sam Spade —la voz de ella se volvió áspera por la emoción—. Era sangre de verdad lo que manaba de ti. Era mi hermano quien te apuntaba con un cuchillo.

—Y tú —le dijo él— no tienes la culpa de lo que hizo, y lo sabes.

—Intento convencerme de ello —Bailey se giró un momento, intentando recomponerse—. Si hubiera sido al revés, si hubieras muerto, ¿de quién habría sido la culpa? Yo acudí a ti. Yo te metí en esto.

—Es mi trabajo —Cade se levantó, haciendo una leve mueca de dolor—. ¿Estás preocupada por eso? ¿Por mi modo de ganarme la vida? ¿Por los riesgos que implica?

—Todavía no lo he pensado —se giró y lo miró de frente—. Ahora estoy pensando en lo que has hecho por mí. Nunca podré agradecértelo bastante.

Él le apartó el pelo de la cara con gesto impaciente.

—Venga, Bailey, déjalo ya.

—No, voy a decir lo que tengo que decir. Tú me creíste desde el principio. Me acogiste en tu casa. Me compraste un cepillo de pelo. Algo tan sencillo... Otros muchos habrían pasado por alto ese detalle. Me escuchaste y prometiste ayudarme. Mantuviste tu promesa. Y hoy casi te matan por ello.

La mirada de Cade se aguzó.

—¿Quieres que te diga que moriría por ti? Supongo que sí. ¿Mataría por ti? Sin dudarlo. Tú para mí no eres una fantasía, Bailey. Eres lo que da sentido a mi vida.

El corazón de Bailey revoloteó y se hinchó en su

garganta. Notó que Cade estaba de nuevo enojado con ella. Su rostro amoratado tenía una expresión impaciente. El brazo, vendado del codo al hombro, debía dolerle.

—Supongo que intento descubrir por qué.

—Intentas buscar razones donde no las hay. Esto no es una pieza de un puzzle, Bailey. Es el puzzle entero —irritado, se pasó de nuevo una mano por el pelo—. La primera Estrella era el amor, ¿no es cierto? Pues eso es esto.

Así de sencillo, comprendió Bailey. Así de poderoso. Apretando los labios, dio un paso hacia él.

—Me llamo Bailey James —dijo—. Tengo veinticinco años y vivo en Washington D.C.. Soy gemóloga. Y soltera —tuvo que hacer una pausa para intentar calmarse antes de seguir—. Soy limpia y ordenada. Una de mis mejores amigas dice que la limpieza es una religión para mí, y me temo que tiene razón. Me gusta que todo esté en su lugar. Me gusta cocinar, pero no lo hago a menudo porque vivo sola. Me gustan las viejas películas, sobre todo las de cine negro —él estaba sonriéndole, pero Bailey movió la cabeza de un lado a otro. Tenía que haber algo más—. Déjame pensar —masculló, impacientándose consigo misma—. Siento debilidad por los zapatos italianos. Me gusta la ropa de calidad y las antigüedades. Prefiero comprarme una cosa buena que varias de calidad inferior. Esa misma amiga dice que soy una snob de las rebajas, y es cierto. Prefiero ir a desenterrar minerales que visitar París, aunque no me importaría hacer las dos cosas.

—Yo te llevaré.

Pero ella sacudió la cabeza de nuevo.

—Aún no he acabado. Tengo defectos, montones de ellos. A veces leo hasta muy tarde y me quedo dormida con la luz encendida y la tele puesta.

—Bueno, eso tendremos que arreglarlo —Cade dio un paso hacia ella, pero Bailey retrocedió y levantó una mano.

—Por favor. Sin las gafas de leer no veo ni torta, y odio ponérmelas porque soy presumida, así que me paso la vida achicando los ojos. En la universidad casi no salía, porque era tímida, aplicada y aburrida. He tenido mi primera experiencia sexual hace muy poco.

—¿De veras? Pues, si te callaras, podrías tener otra.

—No he acabado —dijo ella quisquillosamente, como una maestra regañando a un alumno travieso—. Soy buena en mi trabajo. Diseñé estos anillos.

—Siempre me han gustado. Estás tan guapa cuando te pones seria, Bailey... Estoy deseando hincarte el diente.

—No carezco de ambición —continuó ella, esquivando la mano de Cade—. Quiero tener éxito. Y me gusta la idea de labrarme un nombre en mi profesión.

—Si vas a hacer que te persiga alrededor del sofá, dame por lo menos algo de ventaja. Estoy herido.

—Quiero ser importante para alguien. Quiero saber que le importo a alguien. Quiero tener hijos y cocinar la cena de Acción de Gracias. Quiero que comprendas que he intentado mostrarme sensata, porque así soy yo. Soy metódica y práctica, y puedo ser aburridísima.

—No había pasado un fin de semana tan aburrido en toda mi vida —dijo él secamente—. Apenas podía mantener los ojos abiertos —al ver que ella se echaba a reír, la pilló desprevenida y la estrechó entre sus brazos. Y lanzó una maldición al sentir que el dolor le subía hasta el hombro.

—Cade, si se te abren los puntos...

—Si eres tan metódica y tan práctica, podrás volver a cosérmelos —le alzó la barbilla con los dedos y sonrió—. ¿Has acabado ya?

—No. Mi vida no estará en orden hasta sepa que M.J. y Grace están a salvo y que las tres Estrellas están a buen recaudo en el museo. Hasta entonces, no dejaré de preocuparme. Preocuparme se me da muy bien, pero creo que eso ya lo sabes.

—Lo anotaré, por si acaso se me olvida. Ahora, ¿por qué no me llevas arriba y jugamos a los médicos?

—Hay una cosa más —al ver que él giraba los ojos, Bailey tomó aliento—. Te quiero muchísimo.

Él se quedó muy quieto, y los dedos con que le sujetaba la barbilla se tensaron. La emoción brotó dentro de él, dulce y poderosa como el vino. Tal vez no hubiera estrellas en los ojos de Bailey, pensó. Pero su corazón estaba en ellos. Y le pertenecía a él.

—Has tardado en decirlo.

—Me pareció que era lo mejor para acabar.

Él le dio una largo y dulce beso.

—Es lo mejor para empezar —murmuró.

—Te quiero, Cade —repitió ella, y rozó de nuevo sus labios—. La vida empieza ahora.

Epílogo

Una Estrella estaba fuera de su alcance. De momento. Se había enterado nada más apoderarse de ella las autoridades. Pero no había montado en cólera, ni había maldecido a los dioses. A fin de cuentas, era un hombre civilizado. Se había limitado a despedir al tembloroso mensajero con una gélida mirada.

Ahora permanecía sentado en la cámara de sus tesoros, pasando un dedo sobre el tallo de una copa llena de vino. La música se derramaba, líquida, en el aire, apaciguándolo.

Adoraba a Mozart, la melodía de cuya música seguía suavemente con la mano. Aquella mujer le había causado muchas molestias. Salvini la había subestimado, le había asegurado que no era más que un recuerdo, una mascota de su difunto padre. Dotada de cierta inteligencia, naturalmente, y de una indudable destreza, pero carente de valor. Un ratoncito taciturno, le había dicho, que se encerraba con sus piedras y no se metía en nada.

Su error había sido confiar en el juicio de Salvini sobre Bailey James. Pero no volvería a cometer ese error. Se echó a reír para sus adentros. De todos modos, no haría falta, ya que la señorita James y su protector se habían encargado de Timothy Salvini.

Y, gracias a ello, no había nada que lo relacionara con las piedras, ni, por lo tanto, con los asesinatos. Y tampoco había nada que le impidiera llevar a cabo su plan..., con ciertos ajustes, desde luego. Podía mostrarse flexible cuando era necesario.

Todavía había dos Estrellas perdidas, vagando por ahí. Si cerraba los ojos podía verlas, palpitando de luz, esperando que él se las llevara y abrazara su poder.

Pronto serían suyas. Quitaría de en medio a quien se interpusiera en su camino.

Era una lástima, en realidad. No era necesaria tanta violencia. No debería haberse derramado una sola gota de sangre. Pero, en fin, así eran las cosas...

Sonrió para sí mismo y bebió un largo trago de cálido vino rojo. La sangre, pensó, llamaba a la sangre.

Tres mujeres, tres piedras, tres Estrellas. Era casi poético. Podía apreciar la ironía de la situación. Y, cuando el triángulo dorado quedara completo, cuando las tres Estrellas de Mitra fueran sólo suyas y pudiera acariciarlas sobre el altar, pensaría en las tres mujeres que habían intentado quebrantar su destino.

Pensaría en ellas con cierto afecto, incluso con admiración.

Y confiaba en poder proporcionarles a todas ellas una muerte poética.

ESTRELLA CAUTIVA

A las mujeres independientes

Habría matado por una cerveza. Una jarra grande y helada de cerveza negra de importación, que entrase suave como el primer beso de una mujer. Una cerveza en algún bar agradable, tranquilo y en sombras, con un partido de béisbol en la tele y unos cuantos parroquianos sentados a la barra, enfrascados en la retransmisión.

Jack Dakota fantaseaba de este modo mientras vigilaba el apartamento de la chica. La corola de espuma, el olor acre, el primer trago ansioso que vencía el calor y aplacaba la sed...Y luego el lento saboreo sorbo a sorbo de la cerveza, que convencía a cualquiera de que todo en el mundo podía arreglarse si los políticos y los abogados se sentaban a debatir sobre los conflictos inevitables con una birra bien fría en la mano, en un bar de barrio, mientras un bateador se disponía a golpear la bola.

Era sólo la una de la tarde, un poco pronto para

beber, pero hacía un calor insoportable y las latas de refresco que llevaba en la nevera carecían del atractivo de una buena cerveza fría y espumosa.

El equipamiento de su viejo Oldsmobile no incluía aire acondicionado. En realidad, sus comodidades eran penosamente escasas, si se descontaba, claro, el equipo de música que había instalado en el descascarillado salpicadero de cuero falso. El estéreo le había costado un ojo de la cara, pero la música era necesaria. Cuando estaba en la carretera, le gustaba subirla a tope y cantar a pleno pulmón con los Beatles o los Stones.

El potente motor de ocho válvulas que había debajo del capó gris y abollado estaba afinado con tanta meticulosidad como un reloj suizo, y llevaba a Jack allá donde quería ir, y a la velocidad del rayo. En ese momento se hallaba en estado de reposo, y, por respeto a aquel apacible barrio del noroeste de Washington D.C., el reproductor de CD sólo emitía un murmullo sofocado mientras Jack acompañaba tarareando a Bonnie Raitt, una de las raras concesiones que hacía a la música posterior a 1975.

Jack pensaba a menudo que había nacido a destiempo. Tenía la impresión de que habría sido un buen caballero andante. Un caballero negro. Le gustaba esa filosofía franca y directa que ponía la fuerza al servicio del bien. Él, naturalmente, se habría puesto del lado de Arturo, reflexionaba mientras tamborileaba con los dedos en el volante. Pero los asuntos de Camelot los habría resuelto a su modo. Las normas no hacían más que complicar las cosas.

También le habría gustado cabalgar por el salvaje Oeste. Perseguir forajidos sin tanto papeleo ni tanta monserga. Simplemente, seguirles la pista y atraparlos. Vivos o muertos. En los tiempos que corrían, los malos contrataban un abogado, o el Estado les proporcionaba uno, y al final los jueces acababan pidiéndoles disculpas por las molestias. «Lo sentimos muchísimo, señor. El hecho de que haya usted robado, violado y asesinado no es excusa para abusar de su tiempo ni de sus derechos civiles».

Era muy triste.

Ésa era una de las razones por las que él, Jack Dakota, no se había metido a policía, a pesar de que poco después de cumplir los veinte había jugueteado una temporada con esa posibilidad. Para él siempre había sido importante la justicia. Sin embargo, no veía mucha justicia en las normas, ni en los reglamentos. Razón por la cual, a sus treinta años, Jack Dakota era una cazarrecompensas. Así podía atrapar a los malos y, al mismo tiempo, trabajar las horas que le diera la gana y ganarse la vida sin tener que someterse a un montón de basura burocrática. Tenía que seguir ciertas normas, claro está, pero un tipo listo sabía cómo esquivarlas. Y él siempre había sido un tipo listo.

Llevaba en el bolsillo los papeles de su nueva presa. Ralph Finkleman lo había llamado a las ocho de la mañana para darle el encargo. Ralph era un cagueta y un optimista, una mezcla que, en opinión de Jack, era requisito imprescindible si uno se dedicaba a prestar fianzas. Él, al menos, no lograba entender que alguien pudiera prestarle dinero a perfectos desconocidos que, dado que tenían que pagar fianza por su libertad, eran de poco fiar. Pero al parecer la cosa daba dinero, y el dinero era motivo suficiente para hacer casi cualquier cosa, suponía Jack.

Jack acababa de regresar de seguir a un mangante que había huido a Carolina del Norte, y Ralph se había mostrado patéticamente agradecido porque hubiera puesto a la sombra a aquel chaval de campo, más burro que un poste, que había intentado hacer fortuna asaltando tiendas de electrodomésticos. Ralph le había prestado la fianza, alegando que el chico parecía demasiado estúpido como para huir. Jack podía haberle dicho desde el principio que el chaval era demasiado estúpido como para no huir. Pero a él no le pagaban por dar consejos.

Tenía previsto tomarse unos días de relax, ver quizás unos cuantos partidos en Camden Yards y llamar a una de sus amigas para que lo ayudara a gastarse la paga. Había estado a punto de rechazar la oferta de Ralph, pero éste se había puesto tan pesado, tan lastimero, que no había tenido valor para negarse. Así que se había ido a Fianzas Primera Parada y había recogido la documentación relativa a una tal M.J. O'Leary, quien, al parecer, había decidido no acudir al juzgado para explicar por qué le había pegado un tiro a su novio, un tipo casado.

Jack imaginaba que aquella chica era también más bruta que un poste. A una chica guapa, o eso parecía por la foto y la descripción, y con unas pocas neuronas en activo, no le costaría mucho esfuerzo engatu-

sar a un juez y a un jurado y salirse de rositas por algo
tan nimio como agredir a un contable adúltero. Y,
además, no había matado a aquel capullo.

Aquello era pan comido. Por eso Jack no se explicaba por qué estaba Ralph tan nervioso, por qué tar-
tamudeaba más de lo normal y recorría sin cesar con
los ojos la destartalada y polvorienta oficina. Pero a
Jack no le interesaba analizar a Ralph. Quería acabar
cuanto antes con aquel asunto, tomarse una cerveza y
empezar a disfrutar de sus ganancias. Sin embargo,
con el dinero extra que iba a ganar con aquel trabajito, podía comprarse la primera edición del Quijote
de la que tantas ganas tenía. De modo que estaba dispuesto a sudar unas cuantas horas metido en el coche.

Jack no tenía pinta de buscador de libros raros, ni
de aficionado a los debates filosóficos sobre la naturaleza humana. Tenía el pelo castaño, aclarado por el
sol, recogido en una cola de caballo corta y gruesa
que, más que una afirmación de estilo, era la consta-
tación del recelo que sentía hacia los peluqueros. Su
lustrosa melena, sin embargo, realzaba su cara alargada
y estrecha, de pómulos cortados a pico y hoyuelos en
las mejillas. Sobre el hoyuelo de la barbilla, su boca
era carnosa y firme, y hasta tenía cierto aire poético
cuando no se torcía en un gesto de desdén.

Sus ojos, grises y aguzados como cuchillas, podían
suavizarse hasta adquirir el color del humo ante la
vista de las páginas amarillentas de una primera edición de Dante, o enturbiarse de placer al vislumbrar a
una mujer bonita con un fresco vestido de verano.

Sus cejas arqueadas poseían un leve toque demoníaco, acentuado por la cicatriz blanca que le cruzaba diagonalmente la izquierda y que era el resultado de su encontronazo con la navaja de un homicida que no quería que Jack cobrara su recompensa. Pero Jack la había cobrado y aquel tipo había acabado con un brazo roto y una nariz que no volvería a ser la misma, a menos que el Estado apoquinara una rinoplastia. Lo cual no habría sorprendido a Jack lo más mínimo.

Jack tenía también otras cicatrices. Su cuerpo fibroso y larguirucho tenía las marcas del de un guerrero, y había mujeres a las que les gustaba ronronear sobre ellas. Cosa que a Jack no le parecía del todo mal.

Estirando sus larguísimas piernas, desperezó los hombros haciendo crujir los huesos y consideró la idea de abrir otro refresco y fingir que era una cerveza.

Cuando el MG pasó a toda pastilla a su lado con la capota bajada y la radio a todo volumen, Jack meneó la cabeza de un lado a otro. Más bruta que un poste, pensó. Aunque tenía gusto en cuestión de música, eso había que admitirlo. El coche encajaba con la descripción de sus papeles, y el rápido vislumbre de la mujer que había pasado volando a su lado confirmaba sus sospechas. Aquel cabello corto y rojo que volaba al viento resultaba inconfundible.

Qué ironía, pensó Jack mientras la veía bajar del pequeño coche que había aparcado delante de él, que una mujer tan atractiva fuera tan patéticamente estúpida.

No podía decirse, de todos modos, que su atractivo resultara cómodo a la vista. En realidad, no parecía haber en ella nada cómodo. Era una chica más bien alta... y él sentía debilidad por las mujeres peligrosas y de largas piernas. Tenía las caderas estrechas, como de chico adolescente, enfundadas en unos tejanos descoloridos, rasgados en las rodillas y blanqueados en las zonas de roce. La camiseta que llevaba remetida en los pantalones era de algodón blanco, y sus pequeños pechos sin constreñir se apretaban agradablemente contra la suave tela.

La chica sacó una bolsa del coche y Jack pudo contemplar una bonita vista de su firme trasero. Sonriendo para sus adentros, se dio un golpecito con la mano en el corazón. No era de extrañar que aquel capullo del contable le hubiera puesto los cuernos a su mujer.

La cara de la chica tenía tantos ángulos como su cuerpo. Aunque era blanca como la leche, como correspondía a aquel casquete de pelo rojo, no había en ella nada virginal. Su barbilla puntiaguda y sus pómulos angulosos se combinaban para formar un rostro áspero y atractivo, cuya simetría rompía una boca carnosa y sensual. A pesar de que llevaba puestas unas gafas de sol oscuras y grandes, Jack sabía por la documentación que tenía los ojos verdes. Se preguntaba si serían verde musgo o verde esmeralda.

Con un enorme bolso colgado al hombro y una bolsa de la compra apoyada en la cadera, la chica echó a andar hacia él, en dirección al edificio de apartamentos. Jack se permitió un suspiro a cuenta de su paso desenvuelto y firme. Sí, sentía debilidad por las mujeres de piernas largas.

Salió del coche y echó a andar tras ella sin prisa. No creía que fuera a causarle problemas. Tal vez arañara y mordiera un poco, pero no parecía de las que se deshacían en lágrimas y se ponían a suplicar. Eso Jack no lo soportaba.

Su plan era muy simple. Podía abordarla en plena calle, pero odiaba montar una escena en público si podía evitarlo. Así que se las ingeniaría para entrar en su apartamento, le plantearía la situación y se la llevaría.

La chica parecía estar tan campante, pensó Jack mientras entraba en el edificio tras ella. ¿De veras imaginaba que los polis no se pasarían por casa de sus familiares y amigos? ¡Y salir a hacer la compra en su propio coche! Era un milagro que no la hubieran atrapado ya. Claro que los polis tenían cosas más importantes que hacer que perseguir a una chica que se había peleado con su amante.

Jack esperaba que la amiga de la chica que vivía en aquel apartamento no estuviera en casa. Había estado casi una hora vigilando las ventanas, y no había visto que nada se moviera. Y, al pasearse tranquilamente bajo las ventanas abiertas del tercer piso, no había oído nada. Ni tampoco al entrar y pegar la oreja a la puerta. Pero nunca se sabía.

La chica dejó atrás el ascensor y se dirigió hacia la escalera, y lo mismo hizo Jack. Ella no había mirado atrás ni una sola vez, lo cual le hacía pensar que, o bien estaba absolutamente despreocupada, o bien tenía muchas cosas en la cabeza.

Jack acortó la distancia que los separaba y le lanzó una sonrisa deslumbrante.

—¿Te echo una mano con eso?

Las gafas oscuras se giraron hacia él y se fijaron en su cara. Pero los labios de la chica no se curvaron lo más mínimo.

—No, puedo yo sola.

—De acuerdo, pero yo voy un par de pisos más arriba. A visitar a mi tía. Hace... uf... dos años que no la veo. Acabo de llegar a la ciudad. Se me había olvidado el calor que hace aquí.

Las gafas se giraron otra vez.

—No es el calor —dijo ella con voz seca como el polvo—. Es la humedad.

Él sonrió, advirtiendo el áspero sarcasmo de su respuesta.

—Sí, eso dicen. Yo llevo un par de años en Wisconsin, pero me crié aquí y se me había olvidado... Espera, deja que te ayude.

Ella cambió suavemente la bolsa de posición para deslizar la llave en la cerradura de la puerta del apartamento, y, con idéntica suavidad, apoyó el hombro en la puerta y empujó.

—Puedo sola —repitió, y comenzó a cerrarle la puerta en las narices.

Jack hizo un movimiento sinuoso y la agarró con fuerza del brazo.

—Señorita O'Leary... —logró decir antes de que ella le propinara un codazo en la barbilla.

Jack masculló una maldición, parpadeó para aclararse la vista y esquivó una patada dirigida a su entrepierna. Sin embargo, estuvo tan cerca de recibirla que enseguida decidió cambiar de táctica.

Al diablo con las explicaciones. Agarró a la chica, pero ella se giró y le arreó un pisotón tan fuerte que a Jack se le saltaron las lágrimas. Eso, antes de atizarle un puñetazo en la cara con el dorso de la mano.

La bolsa de la compra había salido volando, y ella exhalaba una rápida bocanada de aire con cada golpe que propinaba. Al principio, Jack paró sus golpes, lo cual no le resultó fácil. Estaba claro que la chica sabía luchar, un pequeño detalle que a Ralph se le había olvidado mencionar.

Cuando ella se encorvó, aprestándose para el combate, Jack hizo lo mismo.

—Esto no va a servir de nada —Jack odiaba pensar que iba a tener que dejarla k.o.—. Voy a entregarte de todos modos, y preferiría hacerlo sin dejarte hecha un asco.

La respuesta de la chica fue una rápida patada dirigida a la cintura que Jack habría preferido admirar de lejos. Pero estaba demasiado ocupado desplomándose sobre una mesa.

Maldición, qué buena era.

Esperando que ella se abalanzara hacia la puerta, Jack se puso en pie de un salto para cortarle el paso. Pero ella empezó a girar a su alrededor, sus ojos ocultos tras las gafas oscuras y su boca curvada en una mueca sarcástica.

—Venga, vamos —le retó—. A mí nadie viene a robarme a mi propia casa y se va de rositas.

—Yo no soy un ladrón —Jack apartó con el pie tres

melocotones prietos y maduros que se habían salido de la bolsa–. Yo persigo a delincuentes huidos, y a ti te están buscando –levantó una mano en señal de paz, y, confiando en que la chica se distrajera, enganchó un pie bajo la pierna de ella y la hizo caer de culo.

Jack se abalanzó sobre ella, y habría apreciado las largas y austeras líneas de su cuerpo de no ser porque, esta vez, ella tuvo mejor puntería con la rodilla. Jack giró los ojos y dejó escapar un siseo mientras el dolor que sólo un hombre podía experimentar se extendía en mareantes oleadas por su cuerpo. Pero aguantó.

Ahora él tenía la ventaja, y ella lo sabía. En posición vertical, ella era rápida y su alcance era casi tan amplio como el de él, de modo que las probabilidades estaban más igualadas. Pero, en la lucha cuerpo a cuerpo, Jack la superaba en peso y en musculatura. Lo cual a ella la enfureció hasta tal punto que decidió recurrir a tácticas poco limpias. Clavó los dientes como un cepo en el hombro de Jack y sintió que una oleada de adrenalina le recorría el cuerpo cuando lo oyó aullar.

Rodaron por el suelo con los miembros entrelazados, braceando, y chocaron contra la mesita de café. Un cuenco azul lleno de bombones se hizo añicos contra el suelo. Un fragmento se clavó en el hombro sano de Jack, haciéndole maldecir de nuevo. Al mismo tiempo, ella le propinó un golpe en un lateral de la cabeza y otro en los riñones.

La chica empezaba a pensar que podía vencerlo cuando Jack se dio la vuelta y se montó sobre ella.

Ella aterrizó con un golpe seco y, antes de que pudiera tomar aliento, Jack le sujetó las manos detrás de la espalda y se sentó sobre ella. Por primera vez, ella tuvo miedo.

—No sé por qué demonios le pegaste un tiro a ese tipo, si podías haberle dado una paliza —masculló Jack. Metió la mano en el bolsillo trasero para sacar las esposas y empezó a maldecir de nuevo al encontrarlo vacío. Se le habían caído durante la pelea.

Se limitó a aguantar el chaparrón mientras ella se debatía y maldecía, y procuró recobrar el aliento. No había tenido una pelea de aquella magnitud con una mujer desde que atrapó a Big Betsy. Y Big Betsy pesaba cien kilos y era puro músculo.

—Mira, así sólo conseguirás empeorar las cosas. ¿Por qué no te estás quieta antes de que destrocemos todo el apartamento de tu amiga?

—Me estás aplastando, capullo —dijo ella entre dientes—. Y éste es mi apartamento. Intenta violarme, y te arranco la piel a tiras. Quedará tan poco de ti que los polis tendrán que rascarse las suelas para hacerte la autopsia.

—Yo no me dedico a violar mujeres, preciosa. El hecho de que un contable de tres al cuarto no pudiera quitarte las manos de encima, no significa que yo no pueda. Y yo a la poli se la sudo. Es a ti a quien quieren.

Ella exhaló una bocanada de aire e intentó inspirar, pero él le estaba aplastando los pulmones.

—No sé de qué demonios estás hablando.

Él sacó los papeles de su bolsillo y los agitó delante de su cara.

—M.J. O'Leary, acusada de agresión, intento de homicidio y bla bla bla. Ralph está muy decepcionado contigo, preciosa. Él confía en todo el mundo, y no esperaba que una chica como tú intentara largarse teniendo una fianza de diez mil pavos.

—¿De qué coño estás hablando? —ella leyó su nombre y una dirección del centro en lo que parecía ser una orden de busca y captura—. Te equivocas de persona, tío. Yo no he pagado ninguna fianza, no me han arrestado y ésta es mi casa. Estos polis son idiotas —masculló, e intentó desasirse de nuevo—. Llama a tu sargento o a quien sea. Aclara esto. Y, cuando lo hagas, prepárate porque pienso demandarte.

—Buen intento. Supongo, además, que nunca habrás oído hablar de George MacDonald.

—Pues no.

—Entonces fue una auténtica canallada dispararle —Jack se levantó lo justo para alzar la cara de ella, y la agarró de las dos manos sujetándola por las muñecas. Notó que ella había perdido sus gafas y que sus ojos no eran ni de color esmeralda ni de color musgo, sino oscuros como un río en sombras. Y, además, parecían llenos de furia—. Mira, a mí me la suda que te lo montes con tu contable. Que quieres pegarle un tiro, por mí genial. Pero que te escapes bajo fianza me cabrea muchísimo.

Ella podía respirar un poco mejor, pero las manos de Jack eran como argollas de acero alrededor de sus muñecas.

—Mi contable se llama Holly Bergman, y no me lo monto con ella. Yo no le he pegado un tiro a nadie, y no me he escapado bajo fianza porque, sencillamente, no he sido arrestada. Quiero ver tu identificación, lince.

Jack pensó que hacía falta valor para ponerse a hacer exigencias en aquellas circunstancias.

—Me llamo Dakota, Jack Dakota. Y me dedico a perseguir fugitivos de la justicia.

Los ojos de ella se achicaron mientras recorrían su cara. Pensó que parecía el malo de una película de vaqueros. Un pistolero de mirada fría, un tahúr lenguaraz o...

—Un cazarrecompensas... Pues aquí no hay recompensar que cazar, capullo —aquello no era un intento de violación, de robo. El miedo que le helaba el corazón comenzó a derretirse, convirtiéndose en rabia—. Maldito hijo de puta. Entras aquí, me destrozas la casa y me arruinas una compra de veinte pavos, ¿y todo porque no sabes seguir una pista? Te voy a hacer picadillo, te lo juro. Cuando acabe contigo, no podrás ni escribir tu propio nombre con una plantilla. Serás... —se interrumpió cuando él pegó una foto a su cara.

Era ella, y la foto parecía haber sido tomada el día anterior.

—¿Tienes una hermana gemela, O'Leary? ¿Una que conduce un MG del 68 en cuya matrícula pone «Salud» y que actualmente vive con un tal Bailey James?

—Éste no es el apartamento de Bailey, es el mío —masculló ella, mirando fijamente su cara mientras una nueva tanda de ideas se agolpaba en su cabeza. ¿Tenía todo aquello algo que ver con Bailey, con lo que le había mandado? ¿En qué clase de lío se había

metido su amiga?—. Y no tengo ninguna hermana gemela —miró de nuevo a los ojos a Jack—. ¿Qué está
pasando? ¿Bailey está bien? ¿Dónde está?

Su pulso se había acelerado bajo las manazas de
Jack. Se debatió de nuevo, con una violencia que Jack
sabía nacida del miedo. Y, de pronto, Jack comprendió
que no se trataba de miedo por sí misma.

—No sé nada de Bailey, salvo que en este papel dice
que ésta es su dirección.

Pero Jack empezaba a olerse algo raro, y aquello
no le gustaba. Ya no pensaba que M.J. O'Leary fuera
más bruta que un poste. Ninguna mujer con dos dedos de frente habría dejado tantas pistas si hubiera
querido escaparse. «Ralph», pensó Jack, frunciendo el
ceño ante la cara de M.J. «¿Por qué estabas tan nervioso esta mañana?».

—Si lo que dices es cierto, podemos comprobarlo
rápidamente. Puede que haya sido un malentendido
burocrático —pero Jack no lo creía. Y tenía un mal
presentimiento en la base de la espina dorsal—. Escucha —había empezado a decir cuando la puerta se
abrió de pronto y entró un gigante.

—Se suponía que ibas a sacarla fuera —bramó el gigante, agitando una impresionante Mágnum calibre
357—. Hablas demasiado. Él está esperando.

Jack no tuvo tiempo de decidir qué hacía. No había visto nunca a aquel tipo, pero conocía a los de su
clase. Era un forzudo sin cerebro, con cabeza de pepino, ojos pequeños y enormes espaldas. La pistola
era grande como un cañón y parecía un juguete en
sus manos, gordas como jamones.

—Lo siento —Jack apretó ligeramente las muñecas de M.J., confiando en que ella lo entendiera como una indicación de que debía quedarse callada y quieta—. He tenido algún problemilla.

—Sólo la chica. Se suponía que sólo ibas a sacar a la chica.

—Sí, estaba en ello —Jack compuso una sonrisa amistosa—. ¿Te ha mandado Ralph de refuerzo?

—Vamos, levanta. Levanta. Nos vamos.

—Claro. No hay problema. La pistola no hace falta. Lo tengo todo bajo control —pero aquel tipo seguía apuntándole a la cabeza con la pistola, cuyo cañón era tan ancho como Montana.

—Sólo ella —el gigante sonrió: sus labios carnosos se replegaron sobre sus enormes dientes—. A ti ya no te necesitamos.

—Estupendo. Supongo que querrás los papeles —a falta de algo mejor, Jack agarró una lata de tomate mientras se levantaba y se la arrojó al gorila, cuya narizota crujió satisfactoriamente al recibir el golpe. Agachándose, Jack embistió como un carnero. Le pareció que se daba de cabeza contra un muro de ladrillo, pero la fuerza del impulso los hizo caer hacia atrás, sobre una silla de respaldo de madera.

La pistola salió despedida y abrió en el techo un boquete del tamaño de un puño antes de caer al otro lado de la habitación. Ella pensó en huir. Podía haber salido por la puerta y haberse alejado antes de que ellos se desenredaran. Pero pensó en Bailey y en lo que llevaba en el bolso. En el lío en el que parecía haberse metido de pronto. Y se puso tan furiosa que decidió no huir.

Fue a por la pistola y acabó cayendo hacia atrás cuando Jack chocó contra ella. Ella amortiguó su caída, y él se levantó de un salto y, alzándose en el aire, propinó una patada con ambos pies en el estómago del grandullón.

«Está en forma», pensó M.J., y se levantó gateando. Agarró su bolso, lo hizo girar sobre su cabeza y lo dejó caer con todas sus fuerzas sobre la cabeza de pepino del gorila. Éste se desplomó sobre el sofá, echando el bofe.

—¡Me estáis destrozando la casa! —gritó ella, y le asestó otro golpe a Jack en el costado sólo porque lo tenía a su alcance.

—Pues demándame.

Jack esquivó un puño del tamaño de un barco de vapor y se agachó. El dolor le traspasó los huesos cuando su oponente lo estrelló contra la pared. Se cayeron los cuadros y los cristales se rompieron contra el suelo. Con la vista borrosa, Jack vio embestir a la chica: una bola de fuego pelirroja que saltaba y se aferraba a la espalda enorme de aquel tipo como un enjambre de avispas. Ella empezó a darle puñetazos al gorila a ambos lados de la cara mientras él giraba enloquecido, intentando quitársela de encima.

—¡Páralo! —gritó Jack—. ¡Maldita sea, páralo un momento!

Viendo una oportunidad, Jack agarró lo que quedaba de la pata de una mesa y se abalanzó hacia delante. Ensayó el primer golpe mientras la chica y el gorila giraban como un trompo de dos cabezas. Si fallaba, podía romperle la cabeza a M.J. O'Leary como si fuera un melón.

—¡He dicho que lo pares!

—¿Quieres que le dibuje una diana en la cara, ya que estoy? —dejando escapar un sonido gutural, M.J. rodeó el cuello del hombre con los brazos, apretó los muslos alrededor de su torso y chilló—. ¡Dale, por el amor de dios! ¡Deja de dar vueltas y dale!

Jack se echó hacia atrás como un bateador con dos strikes en su haber y pegó con todas sus fuerzas. La pata de la mesa se partió como un mondadientes y la sangre empezó a manar de la cabeza del tipo como agua de una fuente. M.J. tuvo el tiempo justo para saltar cuando el gorila se desplomó como un árbol talado, y se quedó agachada a cuatro patas un momento, intentando recobrar el aliento.

—¿Qué está pasando? ¿Qué demonios está pasando?

—Ahora no hay tiempo de preocuparse por eso —Jack la agarró de la mano y tiró de ella para que se levantara—. Estos tipos no suelen viajar solos. Vámonos.

—¿Irnos? —ella agarró el asa de su bolso mientras Jack la llevaba hacia la puerta—. ¿Adónde?

—Lejos de aquí. Ese tipo se pondrá furioso cuando se despierte, y, si tiene un amigo, la próxima vez no tendremos tanta suerte.

—Sí, ya, menuda suerte —pero M.J. echó a correr con él, impulsada por un instinto semejante al de Jack—. Serás capullo. Te metes en mi casa, me atacas, me destrozas los muebles y por tu culpa casi me pegan un tiro.

—Te he salvado el pellejo.

—¡Te lo he salvado yo a ti! —le gritó ella, maldiciendo con furia mientras bajaban las escaleras a todo correr—. Y cuando recupere el aliento, te voy a hacer pedacitos.

Al cruzar el descansillo estuvieron a punto de atropellar a unos vecinos. La mujer, con el pelo cardado y pantuflas de conejitos, se pegó a la pared y se llevó las manos a las mejillas embadurnadas de colorete.

—M.J., ¿se puede saber qué...? ¿Eso eran tiros?

—Señora Weathers...

—¡No hay tiempo! —Jack tiró de ella y siguió corriendo escaleras abajo.

—A mí no me grites, capullo. Voy a hacerte pagar por cada uva que hayas aplastado, por cada lámpara, por cada...

—Sí, sí, ya me hago una idea. ¿Dónde está la puerta de atrás? —cuando M.J. señaló el pasillo, Jack hizo un gesto con la cabeza y los dos se deslizaron fuera y doblaron la esquina del edificio.

Agazapado tras los arbustos de la fachada, Jack echó un vistazo hacia la calle. A menos de media manzana de distancia había una furgoneta sin ventanas junto a la cual se paseaba un tipo pequeñajo, mal vestido y con cara de pollo.

—No te levantes —ordenó Jack, alegrándose de haber aparcado justo delante del portal.

Echaron a correr por la acera y Jack prácticamente tiró de cabeza a M.J. al asiento delantero de su coche.

—Dios mío, ¿qué demonios es esto? —M.J. quitó del asiento la lata sobre la que se había sentado, apartó de un puntapié los envoltorios que cubrían el suelo y luego se unió a ellos cuando Jack le puso una mano detrás de la cabeza y tiró de ella.

—¡Abajo! —repitió él con un gruñido, y encendió el motor.

Un leve zumbido convenció a Jack de que el tipo con cara de pollo estaba usando la pistola automática con silenciador que había sacado de debajo de la chaqueta.

El coche se apartó de la acera a toda velocidad, dobló la esquina derrapando y enfiló la calle como un cohete. Zarandeada de un lado a otro, M.J. se golpeó la cabeza contra el salpicadero, lanzó una maldición e intentó recuperar el equilibrio mientras Jack maniobraba por las bocacalles con aquel coche que parecía un enorme barco de vapor.

—¿Qué coño estás haciendo?

—Salvarte el pellejo otra vez, guapa —él lanzó un vistazo al retrovisor mientras giraba bruscamente, derrapando, hacia la derecha.

Un par de críos que iban en bici por la acera levantaron los brazos y se pusieron a vitorear la maniobra. Jack les lanzó una sonrisa.

—¡Para este trasto! —M.J. se retrepó al asiento y procuró recuperar el equilibrio—. ¡Y déjame salir antes de que atropelles a un niño!

—No voy a atropellar a nadie, ¡y estate quieta! —él le lanzó una rápida mirada—. Por si no lo has notado, el tipo de la furgoneta nos estaba disparando. Y en cuanto me asegure de que no nos sigue y encuentre un sitio tranquilo donde parar, vas a contarme qué está pasando aquí.

—Yo no sé qué está pasando.

Él le lanzó una mirada.

—No me vengas con chorradas.

Jack se acercó a la acera otra vez, metió la mano bajo su asiento y sacó un par de esposas. Antes de que ella pudiera parpadear, la sujetó por la muñeca al manillar de la puerta. No iba a permitir que ella se le escapara hasta que supiera por qué demonios le había atacado un gorila de doscientos kilos.

Para sofocar los gritos, las amenazas y los insultos cada vez más imaginativos de M.J., Jack subió el volumen de la radio y procuró desconectar.

II

M.J. lo mataría en cuanto tuviera ocasión. Y brutalmente, decidió. Sin piedad. Dos horas antes, era feliz y libre y se paseaba tranquilamente por el supermercado como cualquier persona normal un sábado, palpando los tomates. Sí, se moría de curiosidad por saber qué llevaba guardado en el fondo del bolso, pero estaba segura de que Bailey tenía buenas razones, y una explicación lógica, para haberle mandado aquello.

Bailey James siempre tenía buenas razones y una explicación lógica para todo. Ésa era una de las cualidades que más le gustaban a M.J. de ella. Pero, aun así, estaba preocupada. Preocupada porque el paquete que Bailey le había mandado por mensajero el día anterior no estuviera sólo al fondo de su bolso, sino también en el fondo de aquella extraña situación.

Prefería echarle la culpa a Jack Dakota.

Aquel tipo se había metido en su apartamento y la

había atacado. Sí, de acuerdo, tal vez fuera ella quien le había atacado primero a él, pero había sido en defensa propia. Resultaba humillante que aquel tipo hubiera logrado vencerla. M.J. tenía un montón de muescas en su cinturón negro de quinto dan, y no le gustaba perder. Pero aquel tipo se las pagaría todas juntas más tarde.

Lo único que sabía era que Dakota parecía estar en el origen de todo aquello. Por su culpa, su apartamento estaba destrozado y sus cosas desperdigadas por el suelo. Se habían ido dejando la puerta abierta y la cerradura rota. M.J. no solía encariñarse con las cosas, pero eso era lo de menos. Aquéllas eran sus cosas, y, gracias a él, iba a tener que perder el tiempo comprándose otras nuevas. Lo cual era casi tan terrible como que un cachas del tamaño de Texas derribara tu puerta, o tener que salir huyendo de tu propia casa y que encima te dispararan. Pero todo aquello no era nada comparado con lo que más le enfurecía: el hecho de estar esposada a la puerta de un Oldsmobile.

Jack Dakota se merecía la muerte por ello. ¿Y quién demonios era Jack Dakota?, se preguntaba M.J. Un cazarrecompensas, un excelente luchador cuerpo a cuerpo, un cerdo, añadió mientras removía con los pies envoltorios de caramelos y vasitos de papel, y un conductor con los nervios de acero. En otras circunstancias, a M.J. le habría impresionado el modo en que manejaba aquel coche semejante a un tanque, al que hacía deslizarse sobre las curvas, derrapar al doblar las esquinas, cruzar a toda velocidad los semáforos en ámbar y lanzarse hacia la autopista de circunvalación que rodeaba Washington como si fuera el líder de una carrera de un Grand Prix.

M.J. tenía que reconocer, aunque fuera de mala gana, que, de haber entrado aquel tipo en su bar, se habría fijado en él. Dirigir un bar en una gran ciudad significaba algo más que saber mezclar bebidas y llevar los libros de cuentas. Significaba ser capaz de calar a la gente de un vistazo, de distinguir a los pendencieros de los espíritus solitarios. Y saber cómo tratar a unos y a otros.

M.J. le habría considerado un cliente duro de pelar. Él lo llevaba escrito en la cara. Una buena cara, todo había que decirlo. Áspera y atractiva. Sí, se habría fijado en él, pensó M.J. con los dientes apretados mientras miraba por la ventanilla del coche lanzado a toda velocidad. Los chicos guapos no le llamaban mucho la atención. A ella le gustaban los hombres con experiencia, los que daban la impresión de haber cruzado unos cuantos límites y estar dispuestos a cruzar unos cuantos más.

Jack Dakota encajaba bien en aquel tipo. M.J. le había mirado a los ojos, que eran de color gris granito, y estaba segura de que no era de los que dejaban que las normas se interpusieran en su camino. Pero ¿qué sería capaz de hacer un hombre como él si supiera que ella llevaba en el viejo bolso de cuero un auténtico tesoro?

«Maldita sea, Bailey. Maldita sea». M.J. cerró la mano izquierda y se golpeó la rodilla con nerviosismo. «¿Por qué me mandaste el diamante? ¿Y dónde están los otros dos?». Se maldijo a sí misma por no haber ido a ver a Bailey al llegar a casa del bar la noche anterior. Pero estaba cansada, y había pensado que Bailey estaría durmiendo. Y, dado que su amiga era la persona más seria y práctica que conocía, había decidido esperar lo que sin duda sería una explicación práctica y convincente.

Ahora, sin embargo, aquello le parecía una estupidez. ¿Por qué había pensado que Bailey le mandaba la piedra únicamente porque sabía que M.J. estaba en casa a mediodía y recibiría el paquete? ¿Por qué había dado por sentado que aquel pedrusco era falso, una copia, a pesar de que la nota de que iba acompañado le pedía que no se separara de él? Porque Bailey no era la clase de mujer capaz de mandar por mensajero un diamante azul que valía más de un millón de dólares sin advertencias ni explicaciones. Bailey era una gemóloga brillante y con más paciencia que el santo Job. ¿Cómo, si no, iba a seguir trabajando con aquellas alimañas que se hacían pasar por sus parientes?

La boca de M.J. se tensó cuando pensó en los hermanastros de Bailey. Los gemelos Salvini siempre habían tratado a Bailey como si fuera un estorbo con el que tenían que cargar porque su padre le había dejado un porcentaje del negocio en su testamento. Y, ciegamente leal a su familia, Bailey siempre intentaba justificarlos.

M.J. se preguntaba si los Salvini tendrían algo que ver con aquello. ¿Habrían intentado alguna jugada sucia? A ella no le habría extrañado lo más mínimo. Pero resultaba difícil creer que Timothy y Thomas Salvini fueran tan estúpidos como para atreverse a robar las tres Estrellas de Mitra.

Así llamaba Bailey a los diamantes con un brillo soñador en la mirada. Tres diamantes azules de incalculable valor engarzados en un triángulo de oro que antaño sostenía en sus manos abiertas una estatua del dios Mitra, y que ahora pertenecían al museo Smithsonian. La casa Salvini, respaldada por la reputación de Bailey, había recibido el encargo de autentificar y tasar las gemas. ¿Y si a aquellos dos cretinos se les había metido en la cabeza quedarse con ellas?

No, era demasiado absurdo, se dijo M.J. Era preferible pensar que todo aquel follón se debía a una especie de malentendido, a una confusión de identidades. Era mucho mejor concentrarse en cómo iba a hacer pagar a Jack Dakota por haberle arruinado la tarde.

—Eres hombre muerto —dijo con calma.

—Sí, bueno, todos tenemos que morir tarde o temprano —Jack, que había puesto rumbo al sur, hacia la 95, se alegró de que ella dejara de insultarlo el tiempo suficiente para permitirle pensar.

—En tu caso será temprano, Jack. Muy temprano —el tráfico era denso por culpa del puente del Cuatro de Julio, pero avanzaba deprisa.

¿Sería muy humillante, se preguntó ella, sacar la cabeza por la ventanilla y pedir auxilio a gritos? Sería espantoso, se dijo, pero tal vez lo hubiera intentado de haber creído que serviría de algo. No, lo mejor era esperar a que se toparan con uno de aquellos inexplicables atascos que mantenían a los coches retenidos a lo largo de kilómetros y kilómetros. ¿Dónde demonios estaban las cuadrillas de obreros y los mirones cuando hacían falta?

Tras recorrer varios kilómetros sin ver nada que alentara sus esperanzas, M.J. se dijo que tendría que vérselas con Jack Dakota ella sola.

—Si quieres volver a ver amanecer, para este coche, quítame las esposas y deja que me vaya.

—¿Adónde? —Jack apartó la mirada de la carretera el tiempo justo para mirarla—. ¿A tu apartamento?

—Eso es problema mío, no tuyo.

—Ya no, hermana. Cuando alguien me dispara, me lo tomo como algo personal. Y, dado que la razón pareces ser tú, voy a quedarme contigo un tiempo.

De no haber ido a ciento veinte, M.J. le habría dado un puñetazo. Pero, en lugar de hacerlo, agitó las esposas.

—Quítame esta maldita cosa.

—No.

Un músculo vibró en la mandíbula de M.J.

—Acabas de cagarla, Dakota. Estamos en Virginia. Secuestro, cruce de fronteras estatales. Es un delito federal.

—Tú viniste conmigo voluntariamente —dijo él—. Y vas a quedarte conmigo hasta que averigüe de qué va todo esto —las puertas traquetearon con estrépito cuando Jack adelantó a un camión de dieciocho ruedas—. Y deberías estarme agradecida.

—Oh, claro. Entras en mi apartamento, me atacas, destrozas mis cosas y me esposas a la puerta...

—Exacto. Si no lo hubiera hecho, probablemente estarías tirada en el suelo del apartamento con una bala en la cabeza.

—Esos tipos iba a por ti, lince, no a por mí.

—No lo creo. Yo no tengo deudas pendientes, no me dedico a tontear con las mujeres de otros y últimamente no he hecho daño a nadie. Salvo a ti. Nadie tiene razones para mandarme a un matón. Tú, en cambio... —le lanzó otra mirada—. A ti te hay alguien que te va detrás, preciosa.

—Hay miles que me van detrás —replicó ella, estirando sus largas piernas mientras se giraba hacia él.

—Eso no hace falta que lo jures —Jack no cedió al impulso de mirarle las piernas; se limitó a pensar en ellas—. Pero, aparte de los idiotas a los que les patees el corazón, hay alguien que tiene mucho interés en ti. Al menos, el suficiente como para tenderme una trampa a mí y liquidarme contigo. Ese bastardo de Ralph... —Jack apartó un ejemplar de *Las uvas de la ira* y una camiseta vieja y sacó su teléfono móvil. Manejando el volante con una mano, marcó un número y se colocó el teléfono bajo la barbilla—. Ralph, maldito bastardo —repitió cuando contestaron.

—¿D-D-D-akota? ¿Eres tú? ¿Ha-ha-has encontrado a la chica?

—Cuando averigüe qué está pasando, me las vas a pagar todas juntas.

—¿De... de qué estás hablando? ¿La encontraste? Mira, es pan comido, Jack. Te-te-te he dado una ganga. Sólo un p-p-p-par de horas de trabajo y el su-su-su-sueldo completo.

—Tartamudeas más de lo normal, Ralph. Pero eso no será problema cuando haga que te tragues los dientes. ¿Quién va detrás de la chica?

—Mira, te-te-te-tengo problemas aquí. Tengo que

cerrar temprano. Es puente. Te-te-te-tengo problemas personales.

—No hay sitio donde puedas esconderte, Ralph. ¿Por qué falsificaste esos papeles? ¿Por qué me tendiste una trampa?

—Te-te-te-tengo problemas. Pro-pro-pro-problemas muy serios.

—Ahora yo soy tu mayor problema —Jack pisó el acelerador, adelantó a un descapotable y enfiló el carril rápido—. Por si el que te está apretando las tuercas intenta localizar la llamada, estoy en mi coche, dando vueltas por ahí —pensó un momento y añadió—. Y tengo a la chica.

—Jack, escúchame. Es-es-es-escúchame. Dime dónde estás, déjala y e-e-e-esfúmate. Esfúmate. Olvídate de esto. No te hubiera dado el trabajo, pero sabía que podías arreglártelas. Ahora te lo estoy diciendo en serio. Déjala en cualquier parte, di-di-di-dime dónde y lárgate. Lo más lejos que puedas. Esto no tiene nada que ver contigo.

—¿Quién va tras ella, Ralph?

—No-no-no-no hace falta que lo sepas. No quiqui-qui-quieras saberlo. Haz lo que te digo. Te llevaré cinco de los grandes. Como com-com-compensación.

—¿Cinco de los grandes? —Jack alzó las cejas. Aquello tenía que ser algo muy gordo—. Que sean diez y dime quién la busca, y pude que lleguemos a un trato.

Le gustó que M.J. empezara a maldecir y a lanzar amenazas. Añadía interés a aquel embrollo.

—¡Di-di-diez! —chilló Ralph—. Está bien, está bien, diez de los grandes, pero nada de nombres, y cre-cre-créeme, Jack, te estoy salvando la vida. Tú di-dime dónde vas a dejarla.

Jack sonrió ásperamente, hizo una sugerencia anatómicamente imposible y desconectó el teléfono.

—Bueno, preciosa, tu pellejo vale ahora diez mil dólares. Vamos a buscar un sitio tranquilo para que intentes convencerme de que no vaya a cobrarlos.

Tomó una salida, cambió de sentido y se dirigió hacia el norte. Ella tenía la boca seca. Deseaba creer que era por gritar, pero el miedo le constreñía la garganta.

—¿Adónde vas?

—Sólo quiero borrar nuestra pista. Es difícil rastrear un móvil, pero todas las precauciones son pocas.

—¿Vas a entregarme?

Jack no la miró, y tampoco sonrió. Sin embargo, el leve temblor de su voz le complacía. Si estaba asustada, hablaría.

—Diez de los grandes es un buen incentivo, preciosa. Veamos si puedes convencerme de que vales más viva.

Jack sabía lo que andaba buscando. Rodaba por carreteras secundarias, sorteando el tráfico del largo fin de semana. Había olvidado que era el puente del Cuatro de Julio. Cosa que a él le traía al fresco, pensó, dado que no parecía que fuera a haber muchas oportunidades de degustar una cerveza y ver los fuegos artificiales. A no ser que procedieran de la chica que iba a su lado.

Porque aquella chica era pura dinamita, de eso no había duda. Debía de estar asustada, pero aguantaba. Y él se lo agradecía. No había nada que le irritara más que una llorona. Sin embargo, asustada o no, estaba seguro de que M.J. intentaría arrancarle un pedazo a la primera oportunidad. Oportunidad que él no pensaba darle.

Con un poco de suerte, una vez estuvieran a salvo, podría sacarle la historia entera en un par de horas. Y luego, tal vez, la ayudaría a salir de aquel embrollo. A cambio de cierta suma, claro. Una suma que podía ser pequeña, pues estaba cabreado y convencido de que sacaría mayor provecho si ajustaba cuentas directamente con quien la había mandado tras ella.

Fuera quien fuese, se había tomado muchas molestias. Pero no había elegido bien a sus matones. Jack se hacía una idea más o menos clara de lo que planeaban. Una vez hubiera capturado a su presa y la hubiera metido en el coche, los tipos de la furgoneta los habrían sacado de la carretera. Él habría supuesto que se trataba de otro cazarrecompensas y, aunque no hubiera renunciado a sus ganancias sin presentar pelea, se habría visto superado en número y armamento.

Los cazarrecompensas no iba llorando a la policía cuando un competidor les quitaba el botín. Aquellos matones podían haberle dejado con unos cuantos moratones, quizá incluso con una conmoción cerebral de poca importancia. Pero, a juzgar por el modo en que aquella montaña humana agitaba su cañón en el apartamento de M.J., le parecía más probable haber acabado con un agujero en alguna parte vital del cuerpo. Porque aquel matón era un zopenco.

Así que allí estaba, huyendo a la carrera en compañía de una chica furiosa, con poco más de trescientos pavos en el bolsillo y el depósito casi vacío.

Y pensaba averiguar por qué.

Al norte de Leesburg, Virginia, encontró por fin lo que estaba buscando. Los turistas y los domingueros, a menos que estuvieran en las últimas, ni se fijarían en el destartalado motel Kountry Klub. Sin embargo, aquel edificio de mala muerte, con las puertas verdes descascarilladas y el aparcamiento lleno de baches, satisfacía plenamente las expectativas de Jack.

Se detuvo en la zona más recóndita del aparcamiento, lejos del amontonamiento de coches herrumbrosos que había junto a la recepción, y apagó el motor.

—¿Es aquí donde traes a tus ligues, Dakota?

Él le sonrió, un rápido destello de dientes que resultó extrañamente encantador.

—Sólo a los de primera clase como tú, nena —Jack sabía lo que ella estaba pensando. En cuanto la soltara, se lanzaría sobre él como un pulpo. Y, si lograba salir del coche, correría hacia la recepción tan rápido como le permitieran sus larguísimas piernas—. No espero que me creas —dijo con desenfado mientras se inclinaba para quitar las esposas del manillar de la puerta—. Pero no disfruto con esto.

Ella estaba alerta. Jack sentía su cuerpo tenso, listo para atacar. Tenía que ser rápido y no pararse en consideraciones. Tenía que atarla las manos a la espalda antes de que ella pudiera parpadear.

M.J. tomó aire un instante antes de que él le tapara la boca con la mano. Se sacudió y retorció, intentando alzar las piernas para golpearle, pero Jack la clavó al asiento y la tumbó boca abajo. Él estaba sin aliento cuando al fin consiguió atarle el pañuelo alrededor de la boca.

—Te mentí —jadeando, se frotó las costillas, donde M.J. le había producido un codazo—. Puede que haya disfrutado un poco.

Usó una camiseta vieja para atarle las piernas, intentando no fijarse mucho en su longitud y su forma. Pero, qué demonios, a fin de cuentas era un hombre. En cuanto la tuvo atada como un pavo, aseguró el cierre de las esposas alrededor de la palanca de cambios y subió las ventanillas.

—Hace mucho calor, ¿eh? —dijo jovialmente—. Bueno, no tardaré —cerró el coche con llave y se alejó silbando.

M.J. tardó un momento en recuperar el equilibrio. De pronto se dio cuenta de que estaba asustada. Realmente asustada, asustada hasta la médula de los huesos. No recordaba haber sentido nunca aquel pánico que le nublaba la mente. Tenía que dejar de temblar. Temblar no la ayudaría a salir de aquel atolladero.

Una vez, cuando acababa de inaugurar el bar, estaba cerrando de madrugada, sola, cuando entró un tipo exigiendo dinero. Entonces también se había asustado. La mirada feroz, alucinada, de los ojos de aquel tipo le había puesto los pelos de punta. Así que le había dado lo que tenía en la caja, como recomendaba la policía. Y luego le había dado con la porra que guardaba detrás de la barra. Se había asustado, pero al final había salido de aquel atolladero. Y ahora también lo haría. El pañuelo, que olía a hombre, la ponía furiosa. No podía tirar de él, ni moverlo, ni deslizarlo, así que dejó de esforzarse y se concentró en las esposas. Si podía apartarlas de la palanca de cambios, podría desdoblarse, pasar las piernas por los brazos y conseguir cierta movilidad.

Era ágil, se dijo. Era fuerte y lista. Oh, Dios, y estaba asustada. Gimió y sollozó, llena de frustración. Las esposas parecían pegadas con cemento a la palanca de cambios.

Si pudiera ver, si pudiera retorcerse y ver lo que hacía... Lo intentó y a punto estuvo de dislocarse el hombro, pero al fin consiguió darse la vuelta. El sudor parecía hervir sobre ella, cayéndole sobre los ojos mientras tironeaba de las esposas de acero.

Se detuvo, cerró los ojos y respiró hondo. Palpó con dedos temblorosos el acero y la suave longitud de la palanca. Manteniendo los ojos cerrados, visualizó lo que hacía cuidadosa y lentamente, moviendo las manos hasta que sintió que las esposas empezaban a deslizarse. Le crujieron los hombros al forzar la postura, pero mordió el pañuelo y siguió retorciéndose. Notó que algo cedía, confió en que no fuera una articulación, y se derrumbó, exhausta, cuando las esposas se soltaron de la palanca.

—Vaya, sí que eres buena —comentó Jack abriendo la puerta de un tirón. Sacó a M.J. a rastras y se la echó

sobre el hombro—. Cinco minutos más, y te habrías
soltado.

Jack la llevó a una habitación al final de un bloque
de cemento. Ya había abierto la puerta, y se detuvo
un momento a observar, o mejor dicho a admirar, los
pataleos de M.J. antes de regresar al coche. La tiró sobre la cama, se dejó caer sobre su espalda y la dejó re-
botar sobre el colchón hasta que se cansara. Y aquello
también le gustó. No es que se sintiera orgulloso de
ello, pensó, pero le gustaba. Aquella chica tenía una
energía fuera lo común. Si la hubiera conocido en
otras circunstancias, podrían haber despedazado
como maníacos las sábanas de aquel motel barato y
luego haberse despedido tan amigos.

Tal y como estaban las cosas, iba a costarle Dios y
ayuda no imaginársela desnuda. Puede que se quedara tumbado sobre ella, oliéndola, más tiempo del
necesario. Al fin y al cabo, no era un santo, ¿no?, se
dijo con sorna mientras le desataba una mano y ase-
guraba las esposas al cabecero de hierro. Luego se levantó y se pasó la mano por el pelo.

—Nos estás complicando las cosas a los dos —le dijo,
y ella le lanzó una mirada asesina con aquellos ojos
verdes.

Jack estaba sin aliento y sabía que no era únicamente por el forcejeo. El pequeño y prieto trasero de
M.J. apretado contra su bragueta le había producido
una incómoda erección. Apartándose de ella, encendió el televisor y subió el volumen a tope. M.J. ya se
había quitado la mordaza con la mano libre y había
empezado a sisear como una serpiente.

—Puedes gritar todo lo que quieras —le dijo Jack mientras sacaba una navajita y cortaba el cable del teléfono—. Las tres habitaciones contiguas están vacías, así que no te va a oír nadie —luego sonrió—. Además, le he dicho al tipo de recepción que estábamos de luna de miel, así que, aunque te oigan, no creo que nos molesten. Enseguida vuelvo —salió y cerró la puerta a su espalda.

M.J. cerró los ojos de nuevo. Cielo santo, ¿qué le estaba pasando? Por un momento, sólo por un momento, cuando él se había tumbado sobre ella, se había sentido débil y excitada. Aquello era repugnante. Sin embargo, sólo por un instante, había imaginado que él la desnudaba y la tomaba, la besaba y la acariciaba. Más aún: lo había deseado.

Se estremeció, rezando porque aquello no fuera más que una extraña reacción debido al shock. Ella no era de las que rehuían el sexo sano, apasionado y hecho a conciencia. Pero no se entregaba a extraños, a hombres que la derribaban, la ataban, la amordazaban y la tiraban en la cama de un motel de mala muerte.

Y él estaba excitado. M.J. no estaba tan aturdida, ni era tan estúpida como para no haberlo notado. Demonios, aquel tipo la había rodeado como un pulpo. Y, sin embargo, la había soltado.

Procuró calmar el ritmo de su respiración. Dakota no iba a violarla. No era sexo lo que buscaba. Lo que buscaba era... Sólo Dios lo sabía.

«No sientas», se dijo. «Sólo piensa. Despéjate y piensa».

Abrió lentamente los ojos y observó la habitación. Era, por decirlo pronto, nauseabunda. Saltaba a la vista que a algún alma descarriada se le había ocurrido que, usando una mezcla de naranja y azul que ofendía la vista, aquella habitación estrecha y mal amueblada se transformaría en un lugar exótico. No podía haber cometido mayor error.

Las cortinas eran finas como papel y parecían tener la misma consistencia. Pero Dakota las había corrido sobre la estrecha ventana frontal, dejando la habitación en penumbra. El televisor, montado sobre un precario pedestal gris, emitía a todo volumen una película sobre Hércules torpemente doblada. La única cómoda estaba forrada con un papel con filigranas que se entrelazaban. El cenicero de cristal amarillo de la mesita de noche estaba desportillado, y ni siquiera parecía lo bastante pesado como para servir de arma. Incluso por encima de los bramidos de Hércules podía oírse el rugiente traqueteo de una unidad de aire acondicionado que no hacía absolutamente nada por refrescar la habitación.

El cuadro que había junto a una puerta estrecha que parecía la del baño era una reproducción hortera de un paisaje otoñal, rematado por un establo de color rojo chillón y salpicado de vacas con expresión bobalicona.

M.J. estiró el brazo y alzó la lámpara de la mesita de noche. Era de cristal azul brillante, con una pantalla amarillenta y sombría, pero pesaba bastante. Podía servirle de algo. Oyó el ruido de una llave, soltó la lámpara y miró hacia la puerta.

Jack entró con una nevera portátil roja y blanca que dejó sobre la cómoda. A M.J. le dio un vuelco el corazón al ver que llevaba su bolso colgado del hombro, pero Jack lo tiró al suelo junto a la cama con tan poco cuidado que ella se relajó de nuevo. El diamante seguía a salvo, se dijo. Y también el aerosol antiagresión, el abrelatas y el cilindro de monedas de solía llevar a modo de armas.

—Nada me gusta más que una película realmente mala —comentó él, y se detuvo a mirar la pantalla, en la que Hércules luchaba contra varios guerreros de aspecto feroz, provistos de pieles y dientes negros—. Siempre me pregunto de dónde sacan los diálogos. Ya sabes, ¿eran realmente tan malos cuando los escribieron en Lituania o donde sea, o es que los estropea la traducción? —encogiéndose de hombros, alzó la tapa de la nevera y sacó dos refrescos—. Supongo que tendrás sed —se acercó a ella y le ofreció una lata—. Y no eres de las que desaprovechan sus oportunidades —ella le dio la razón al agarrar la lata y empezar a beber con ansia—. Este antro no tiene servicio de habitaciones —continuó él—. Pero hay un bar un poco más abajo, por la carretera, así que no pasaremos hambre. ¿Te apetece algo ahora?

Ella lo miró por encima de la lata.

—No.

—Bien —Jack se sentó a un lado de la cama, se puso cómodo y sonrió—. Vamos a hablar.

—Bésame el culo.

Él dejó escapar un suspiro.

—Es una oferta muy tentadora, preciosa, pero in-

tento no pensar en ello —le dio una palmadita cordial
en el muslo—. Verás, bajo mi punto de vista, estamos
los dos metidos en un lío, y tú eres la clave de todo.
Cuando me digas quién va detrás de ti y por qué, tal
vez pueda arreglarlo.

Después de saciar su sed, M.J. comenzó a beber
más despacio. Su voz rezumaba sarcasmo.

—¿Tú?

—Sí. Considérame tu paladín. Como el bueno de
Hércules —señaló con el pulgar el televisor, a su espalda—. Tú cuéntame qué pasa y yo me ocuparé de
los malos de la película. Y luego te pasaré la factura. Y,
si la oferta de besarte el culo sigue en pie, puede que
te tome la palabra.

—Vamos a ver —ella echó la cabeza hacia atrás y lo
miró fijamente a los ojos—. ¿Qué le dijiste exactamente que hiciera a tu amigo Ralph? Ah, sí —replegó
los labios y repitió las palabras de Jack.

Él se limitó a menear la cabeza.

—¿Es ésa forma de hablarle al tipo que ha impe-
dido que te metieran una bala en el cerebro?

—Fui yo quien impidió que te metieran una bala
en el cerebro, tío, aunque dudo seriamente que lo
hubieran encontrado, dado que salta a la vista que es
muy pequeño. Y tú me lo has agradecido golpeán-
dome, atándome, amordazándome y encerrándome
en un motel de mala muerte donde las habitaciones
se alquilan por horas.

—Eh, que me han asegurado que éste es un estable-
cimiento respetable —dijo él secamente.

Cielos, aquella chica era como un revólver, pensó.

Seguía desafiándole a pesar de que era él quien tenía la sartén por el mango, a pesar de que ella no tenía posibilidad alguna de ganar la partida. Y, además, con aquellos pantalones ceñidos y la camiseta arrugada, estaba para comérsela.

—Piensa en esto —dijo él—. Ese grandullón cabeza de chorlito dijo algo sobre que estaba tardando demasiado y hablando demasiado, lo cual me hace pensar que estaban escuchándonos desde la furgoneta. Supongo que tenían un equipo de vigilancia y se estaban poniendo nerviosos. Si no, si me hubieras acompañado como una buena chica, nos habrían echado de la carretera en cualquiera parte y te habrían llevado con ellos. No querían meterse directamente en esto, ni dejar testigos.

—Tú serías un testigo —dijo ella.

—Eso da igual. Me habría cabreado porque otro cazarrecompensas me quitara el botín, pero los que nos dedicamos a este oficio no solemos ir con el cuento a la policía. Me habría quedado sin ganancias y habría perdido el tiempo, quizá me habría cagado en Ralph. Eso, al menos, es lo que pensaban esos tipos. Y seguramente Ralph me habría pasado algún trabajito fácil para compensarme por las molestias —sus ojos se transformaron, se endurecieron de nuevo. Eran como hielo gris y tenían el filo de un cuchillo—. Alguien le estaba apretando las tuercas a Ralph, y quiero saber quién es.

—Yo no puedo decírtelo. No conozco a tu amigo Ralph...

—Ex amigo.

—No conozco al gorila que reventó mi puerta, ni

te conozco a ti —a M.J. le tranquilizó advertir que su voz sonaba serena y firme—. Ahora, si dejas que me vaya, informaré de todo esto a la policía.

Los labios de Jack se curvaron.

—Es la primera vez que mencionas a la poli, preciosa. Y vas de farol. Tú no quieres que se metan en esto. Ésa es otra cuestión.

Él tenía razón. M.J. no quería acudir a la policía hasta que hubiera hablado con Bailey y supiera qué estaba ocurriendo. Pero se encogió de hombros y miró hacia el teléfono que él había desconectado.

—Podría llamar, si no hubieras cortado el teléfono.

—Tú no llamarías a los polis. Y puede que, si llamaras a alguien, esa persona tuviera el teléfono pinchado. No me he tomado tantas molestias para llegar a este tugurio sólo para que nos sigan la pista —se inclinó hacia delante y tomó la barbilla de ella en su mano—. ¿A quién llamarías si pudieras, M.J.?

Ella le sostuvo la mirada, intentando ignorar el calor de sus dedos, la textura de su piel.

—A mi novio —escupió—. Él te rompería los huesos uno a uno. Te arrancaría el corazón y te lo enseñaría mientras aún palpitara.

Jack sonrió y se acercó un poco más a ella. No podía resistirse.

—¿Y cómo se llama tu novio?

Ella se quedó en blanco. Total y absurdamente en blanco. Miró un instante aquellos ojos color pizarra y luego le apartó la mano.

—Hank. Te partirá en dos y te echará a los perros cuando descubra lo que me has hecho.

Él se echó a reír, enfureciéndola.

—Puede que tengas novio, preciosa. Puede incluso que tengas una docena. Pero ninguno de ellos se llama Hank. Has tardado demasiado en responder. Está bien, si no quieres cantar y no confías en mí para que salgamos de esto, habrá que probar otro camino —se levantó y se inclinó hacia delante. Notó que M.J. contenía el aliento cuando agarró su bolso. Sin decir palabra, lo vació sobre la cama. Ya había sacado las armas—. ¿Usas alguna vez ese abrelatas para algo que no sea abrir una cerveza? —le preguntó.

—¡Cómo te atreves! ¡Cómo te atreves a hurgar en mis cosas!

—Oh, esto no es nada, después de lo que hemos pasado juntos —Jack tomó la bolsita de terciopelo y deslizó la piedra en la palma de su mano, donde comenzó a brillar como el fuego, a pesar de la fealdad del entorno.

Jack admiró la gema. En el coche, al registrar el bolso, no había tenido ocasión de hacerlo. Era de un azul profundo y brillante, tan grande como el puño de un bebé y estaba tallada de tal forma que parecía despedir llamas azuladas. Sentía un leve tirón en la mano en la que la sostenía, un extraño deseo de proteger el diamante. Casi inexplicable, pensó. Tan inexplicable como su deseo de proteger a aquella mujer arisca y desagradecida.

—Y bien —se sentó, lanzó la piedra al aire y volvió a recogerla—. Háblame de esto, M.J. ¿Cómo demonios ha llegado a tus manos un diamante azul lo bastante grande como para que se atragante un gato?

III

Las ideas comenzaron a girar en torbellino en la cabeza de M.J. Lo mejor, pensó, era hacerle sentir como un tonto.

—¿Estás loco? —alzó los ojos y frunció el ceño—. Sí, claro, es un diamante, un diamante azul y enorme. En la guantera llevo uno verde, y otro rojo, muy bonito, en el otro bolso. Me gasto todas las ganancias del bar en diamantes. Es una debilidad.

Él la observó un momento, balanceando lánguidamente la piedra. Parecía mosqueada, pensó. Divertida y retadora.

—Y, si no es un diamante, ¿qué es?

—Un pisapapeles, por el amor de Dios.

Él aguardó un instante.

—¿Llevas un pisapapeles en el bolso?

Demonios.

—Es un regalo —dijo ella quisquillosamente, alzando la nariz al aire.

—Sí, ya. De Hank, tu novio, claro —se levantó y comenzó a hurgar distraídamente entre el resto de las cosas que había volcado sobre la cama—. Veamos, aparte de una porra...

—Es un cartucho de monedas.

—Da igual. Aparte del aerosol antiagresión y de un abrelatas que dudo que uses para abrir cervezas, tenemos una agenda electrónica, una cartera con más fotos que dinero...

—Te agradecería que no manosearas mis cosas personales.

—Pues demándame. Una botella de agua mineral, seis bolígrafos, cuatro lápices, un lápiz de ojos, cerillas, llaves, dos pares de gafas de sol, una edición de bolsillo de lo último de Susan Grafton, buen libro, por cierto, no te contaré el final... Una chocolatina... —se la tiró—. Por si tienes hambre. Un teléfono móvil —se lo guardó en el bolsillo de atrás—, unos tres dólares en monedas, una radio y una caja de condones —alzó una ceja—. Sin abrir. Pero, claro, nunca se sabe.

A M.J. empezó a subirle por el cuello un calor sofocante, mezcla de vergüenza y rabia.

—Eres un pervertido.

—Yo diría que eres una chica previsora. Así que ¿por qué no llevar un pisapapeles encima? Podrías toparte con un montón de papeles que hubiera que sujetar. Sucede muy a menudo —amontonó las cosas que había dispersas sobre la cama y volvió a guardarlas en el bolso—. No voy a preguntarte por qué clase de tonto me tomas, porque me lo imagino —acercándose al espejo que había encima de la cómoda, pasó

la gema diagonalmente por el cristal, dejando un arañazo largo y fino—. Los espejos de los moteles ya no
son como los de antes —comentó, luego se dio la
vuelta y se sentó en la cama, junto a ella—. Ahora, vol-
vamos a la primera pregunta. ¿Qué estás haciendo
con un diamante azul lo bastante grande como para
que se atragante un gato? —al ver que ella no respondía, Jack la agarró de la barbilla y le alzó la cara—. Escucha, hermana, podría atarte otra vez, dejarte aquí y
largarme con tu pisapapeles de un millón de pavos.
Ésa es la salida número uno. Puedo tumbarme aquí,
ver la película y esperar a que te canses, porque tarde
o temprano me dirás lo que quiero saber. Ésa es la salida número dos. La salida número tres consiste en
que tú me dices ahora por qué llevas en el bolso un
pedrusco con el que uno podría comprarse una islita
en las Bahamas y empezamos a imaginarnos cómo
vamos salir de este lío.

Ella no se movió. Ni siquiera parpadeó. Jack tenía
que admitir que tenía los nervios de acero. Aguardó
pacientemente mientras ella lo observaba con sus
ojos verdes y rasgados como los de un gato.

—¿Por qué no has optado ya por la salida número
uno?

—Porque no quiero que ningún gorila intente par-
tirme en dos, no me hace gracia que me disparen y
no me gusta que una chica flacucha con muchos hu-
mos me tome por imbécil —se inclinó hacia ella hasta
que sus narices se tocaron—. Alguien me las va a pagar
por esto, nena. Y tú eres mi única pista.

Ella le agarró la muñeca y le apartó la mano.

—Conmigo no te van a servir de nada las amenazas, Dakota.

—¿Ah, no? —Jack cambió de táctica suavemente. Volvió a posar la mano sobre la cara de ella con suavidad y le pasó los nudillos por el pómulo. Ella parpadeó, sorprendida, y entornó los ojos—. ¿Quieres que abordemos la cuestión de otro modo?

Sus dedos se deslizaron por la garganta de M.J. y descendieron por su cuerpo para volver a subir antes de deslizarse alrededor de su cuello. La boca de Jack parecía suspendida sobre ella, a un suspiro de distancia.

—No te atrevas —le advirtió ella.

—Demasiado tarde —sus labios se curvaron, y sus ojos se clavaron en los de ella—. Llevo dándole vueltas desde que entraste en ese edificio de apartamentos delante de mí.

No, pensó, en realidad llevaba dándole vueltas desde que Ralph le había dado su fotografía. Pero en eso pensaría más tarde.

Sus labios rozaron la boca de M.J. y se apartaron levemente. Esperaba que ella diera un respingo o se resistiera. Era evidente que Jack estaba pulsando todas las teclas que asustaban a una mujer, lo cual era deplorable. Pero de eso también se ocuparía más tarde. Sólo quería presionarla un poco, conseguir que cantara antes de que los mataran a ambos. Y si de paso obtenía un poco de retorcido placer, bueno, en fin, uno tenía sus defectos.

Sin embargo, M.J. no se resistió, ni dio un respingo. No movió ni un músculo. Se limitó a mirarlo fijamente con aquellos ojos verdes de diosa. Y un estremecimiento turbio y primigenio se extendió por el vientre de Jack. Lo cual era un pecado más que echarse a la espalda, se dijo, y, agarrando la mano libre de M.J., bebió un largo y profundo trago de ella.

Aquel beso era todo calor, primitivo como un retumbar de tambores tribales. Nada de razón, nada de lógica, todo instinto. Aquella boca sorprendentemente lujuriosa cedió bajo la suya, y Jack se sumió en ella. Un eco triunfante resonó en su garganta al hundirse en ella, sumergiendo la lengua entre aquellos labios carnosos y tentadores, sumiéndose en aquel cuerpo alargado y recio, introduciendo los dedos en aquel casquete de pelo rojo.

Su mente se apagó como una lámpara fundida. Olvidó que aquello era un ardid, una artimaña para intimidar a M.J. Olvidó que era un hombre civilizado. Olvidó que ella era un trabajo, un rompecabezas, una extraña. Y comprendió que podía hacerla suya.

Su mano se cerró ávidamente sobre el pecho de M.J. Su pulgar y su índice tiraron del pezón, que se apretaba contra la fina tela de la camiseta. Ella se retorcía bajo él, se arqueaba hacia él. Y la sangre retumbaba como un trueno en la cabeza de Jack.

M.J. se sacudió de pronto y le clavó los dientes como un cepo en el labio inferior. Jack gritó, intentó apartarse y, convencido de que ella le arrancaría un pedazo de carne, le pellizcó la barbilla hasta que lo soltó. Se apretó el dorso de la mano contra el labio dolorido y, al apartarla, miró con el ceño fruncido la sangre que manchaba su piel.

—Maldita sea.

—Cerdo —M.J. parecía vibrar. Se puso de rodillas sobre la cama e intentó golpearlo, pero él se apartó y ella comenzó a maldecir—. Pervertido.

Jack le lanzó una mirada asesina y dio media vuelta. Cerró de golpe la puerta del cuarto de baño. M.J. oyó correr el agua. Y, cerrando los ojos, se echó hacia atrás y dejó que los temblores se apoderaran de ella.

«Dios mío, cielo santo», pensó, llevándose la mano a la cara. Había perdido el juicio. ¿Se había resistido? No. ¿Había sentido rabia o asco? No. Había disfrutado.

Osciló suavemente, se reprendió y mandó a Jack Dakota al infierno. Había dejado que la besase. No tenía sentido fingir lo contrario. Había mirado aquellos temibles ojos grises y sentido una sacudida eléctrica cuando aquella boca altanera había rozado la suya.

Y lo había deseado. Sus músculos se habían aflojado, sus pechos se habían erizado, y su sangre había empezado a bullir. Había dejado que él la besara sin emitir ni un murmullo de protesta. Y le había devuelto el beso sin pensar siquiera en las consecuencias.

M.J. O'Leary, pensó, aquella chica dura que se preciaba de llevar siempre la sartén por el mango, que era capaz de derribar a un tipo de cien kilos y pisarle el cuello en un abrir y cerrar de ojos, la segura y agresiva M.J., se había derretido hasta quedar convertida en un charco de ciego deseo.

Y él la había atado, la había amordazado, la había
esposado a la cama de un hotel de mala muerte. Sentir deseo por él, aunque fuera sólo un instante, la
convertía en una pervertida también a ella.

Menos mal que había vuelto en sí. Daba igual que
la razón para detener a Dakota hubiera sido el profundo temor que le causaban sus propias emociones.
El hecho era que le había parado los pies... y sabía
que había estado a punto de dejarle hacer lo que quisiera con ella. Tenía razones para creer que, de haber
tenido las dos manos libres, habría tumbado a Jack de
espaldas. Y le habría arrancado la ropa.

Era por el shock, se decía. Hasta una mujer como
ella, que se jactaba de poder con lo que le echaran,
tenía derecho a estar un tanto aturdida por la impresión, dadas las circunstancias. Debía olvidar aquel
error y pensar qué iba a hacer.

Los hechos eran escasos, pero estaban muy claros.
Tenía que contactar con Bailey. Fuera cual fuese la
razón por la que le había enviado la piedra, Bailey no
podía saber lo peligrosa que había resultado su decisión. Ella tendría sus motivos, M.J. estaba segura, y estaba convencida de que aquélla había sido una de esas
raras ocasiones en que su amiga actuaba movida por
un impulso desafiante. Pero M.J. no pretendía que
Bailey pagara los platos rotos. ¿Qué había hecho con
las otras dos piedras? ¿Las tenía ella o...? Oh, Dios.

M.J. se dejó caer pesadamente sobre la almohada,
dura como un ladrillo. Seguramente le había mandado uno de los diamantes a Grace. Tenía que ser eso.
Era lógico, y Bailey era sumamente lógica. Había tres

piedras, y le había mandado una a ella. De lo cual se deducía que se había quedado con una y había enviado la otra a la única persona en el mundo a la que podía confiarle semejante carga: Grace Fontaine.

Las tres eran como hermanas desde sus tiempos de estudiantes. Bailey, callada, seria y estudiosa. Grace, rica, bellísima e indomable. Habían compartido habitación durante cuatro años en Radcliffe, y desde entonces eran amigas íntimas. Bailey se había metido en el negocio familiar; M.J. había seguido la tradición y abierto su propio bar, y Grace hacía cuanto estaba en su mano por escandalizar a su rica, rancia y desdeñosa familia. Si alguna de ellas estaba en un lío, todas lo estaban. M.J. debía avisarlas.

Tendría que huir de Jack Dakota. O tendría que servirse de él. Pero ¿hasta qué punto, se preguntaba, podía fiarse de aquel hombre?

Jack se miró el labio mordido en el espejo del baño. Seguramente le quedaría señal. Bueno, se dijo, se lo merecía. Se había comportado como un cerdo y un pervertido.

Aunque, de todos modos, ella tampoco era del todo inocente, allí tendida, en la cama, con aquella mirada de «hazlo-si-te-atreves». ¿Y acaso no se había apretado contra él, no había abierto la boca suave y provocadora, no había arqueado aquellas caderas prietas y estrechas?

Cerdo. Se pasó la mano por la cara. ¿Qué remedio le había quedado?

Bajó las manos y se miró fijamente en el espejo. Tenía que reconocer que él no le había dado ninguna oportunidad a ella. Sencillamente, la deseaba.

Pero, a fin de cuentas, no era un animal. Podía controlarse, podía pensar, podía razonar. Y eso era precisamente lo que iba a hacer.

Seguramente le quedaría señal, pensó de nuevo ásperamente, y se tocó cuidadosamente el labio hinchado con la punta de un dedo. «Que te sirva de lección, Dakota». Agachó la cabeza, haciéndole un gesto de asentimiento al reflejo del espejo manchado. «Si no puedes fiarte de ti mismo, menos puedes fiarte de ella».

Cuando salió, M.J. estaba mirando con el ceño fruncido las feas cortinas de la ventana. Jack la miró fijamente. Ella le devolvió la mirada. Él se sentó en la única silla sin decir nada, cruzó los tobillos y se concentró en la película.

Hércules se había acabado. Seguramente había vencido a sus enemigos. En su lugar había una película japonesa de ciencia ficción con un lagarto de cartón piedra que en ese instante estaba aplastando un tren de alta velocidad. Hordas de extras chillaban de terror.

Miraron la película un rato mientras los militares llegaban corriendo con enormes pistolas que no hacían mella en el enorme lagarto mutante. Un hombre bajito con casco de combate era devorado. Sus camaradas, unos gallinas, huían despavoridos.

M.J. buscó la chocolatina que Jack había sacado de su bolso, partió un pedazo y se lo comió distraídamente mientras el lagarto del espacio exterior se encaminaba hacia Tokio dispuesto a armar un follón de mil demonios.

—¿Puedes darme mi agua? —preguntó ella quisquillosamente. Él se levantó, sacó la botella del bolso y se la dio—. Gracias —M.J. dio un largo trago y esperó a que él se sentara de nuevo—. ¿Cuánto cobras? —preguntó.

Él sacó otro refresco de su nevera. Lamentó que no fuera una cerveza.

—¿Que cuanto cobro por qué?

—Por lo que haces —ella se encogió de hombros—. Imagina que me hubiera escapado estando en libertad bajo fianza. ¿Qué ganas tú por atraparme?

—Depende. ¿Por qué?

Ella hizo girar los ojos.

—¿De qué depende?

—De la fianza.

Ella se quedó callada un momento mientras sopesaba su respuesta. El lagarto estaba demoliendo un rascacielos con todos sus ocupantes dentro.

—¿Qué se suponía que había hecho yo?

—Pegarle un tiro a tu amante, el contable. Creo que se llamaba Hank.

—Muy gracioso —M.J. partió otro pedazo de chocolatina y, cuando Jack extendió una mano, se lo dio de mala gana—. ¿Cuánto ibas a cobrar por mí?

—Más de lo que vales.

Ella lanzó un soplido.

—Voy a hacer un trato contigo, Jack, pero soy una mujer de negocios, y no me gusta pactar a ciegas. ¿Cuánto cobras?

«Interesante», pensó él, y empezó a tamborilear con los dedos sobre el brazo de la silla.

—Por ser tú, preciosa, y teniendo en cuenta lo que llevas en esa maleta que tú llamas bolso, y sumando lo que Ralph me ofreció para que te entregara a esos tipos... —se lo pensó un momento—. Cien mil y pico.

Ella ni siquiera pestañeó.

—Te agradezco que intentes quitarle hierro al asunto haciendo una bromita, pero cien de los grandes por un tipo que ni siquiera puede quitarse de encima a un matón, me parece una suma un tanto exagerada.

—¿Quién ha dicho que no podía quitármelo de encima? —preguntó Jack, dolido en su orgullo—. Me lo quité de encima, cariño. A él y a su cañón, y ni siquiera te has molestado en darme las gracias.

—Oh, perdona. Me habré despistado mientras estaba esposada y me arrastrabas de acá para allá. Qué maleducada soy. No fuiste tú quien se lo quitó de encima, fui yo. Pero eso es lo de menos —continuó ella, alzando la mano como un guardia de tráfico—. Ahora que ya has hecho un chiste, vamos a hablar en serio. Te doy mil pavos si me ayudas en esto.

—¿Mil pavos? —él le lanzó aquella sonrisa rápida y peligrosa—. Hermana, no hay dinero suficiente en el mundo para convencerme de que trabaje contigo. Pero por cien de los grandes te sacaré del lío en que estás metida.

—En primer lugar... —ella alzó las piernas y se sentó en la posición del loto—..., yo no soy tu hermana, y tampoco tu nena. Si tienes que referirte a mí, utiliza mi nombre.

—Tú no tienes nombre. Sólo tienes iniciales.

—En segundo lugar —prosiguió ella, ignorándolo—, si un tipo como tú consiguiera cien mil dólares, se los gastaría en Las Vegas o los tiraría, convertidos en líquido, por el canalillo de una bailarina de strip-tease. Dado que no pienso permitir que eso ocurra con mi dinero, te ofrezco mil pavos —le sonrió—. Con eso puedes pasar un fin de semana a lo grande en la playa con un barril de cerveza importada.

—Eres muy considerada por preocuparte por mi bienestar, pero no estás en situación de negociar los términos de nuestro acuerdo. Si quieres que te ayude, tendrás que pagar.

M.J. no sabía si quería su ayuda. Lo cierto era que no estaba segura de por qué se había puesto a regatear con él. Dadas las circunstancias, tenía la sensación de que podía prometerle cualquier suma sin obligación alguna de pagarle cuando llegara el momento, si es que llegaba. Pero se sentía obligada por principio a regatear.

—Cinco mil... y seguirás mis órdenes.

—Setenta y cinco, y yo nunca sigo órdenes.

—Cinco —ella apretó los dientes—. O lo tomas o lo dejas.

—Lo dejo —él tomó de nuevo la piedra con naturalidad y la observó detenidamente—. Y me llevo esto —se levantó y se dio una palmada en el bolsillo trasero—. Y tal vez llame a la policía con tu precioso teléfono móvil cuando me vaya.

Ella cerró los dedos y los flexionó. No quería que la policía se inmiscuyera en aquel asunto hasta que hubiera hablado con Bailey. Y tampoco podía arriesgarse a que él se llevara la piedra.

—Cincuenta mil —masticó las palabras como carne cruda—. No subo más. Tengo casi todo el negocio hipotecado.

Él arqueó una ceja.

—Seguro que el que está buscando esto paga más.

—Yo no he robado esa maldita cosa. No es mía. Es... —se interrumpió y cerró la boca.

Él hizo amago de sentarse en la cama de nuevo, pero, recordando lo que había pasado antes, prefirió el brazo de la silla.

—¿De quién es, M.J.?

—No pienso decírtelo. Que yo sepa, podrías ser un matón igual que el que entró en mi casa. Podrías ser un ladrón, un asesino.

Él alzó de nuevo la ceja señalada.

—Por eso te he robado y te he asesinado, ¿no?

—El día es joven.

—Permítame señalar lo obvio. Soy la única persona que hay por aquí.

—Eso no me inspira confianza —ella se quedó pensando un momento. ¿Hasta qué punto se atrevía a utilizar a Jack?, se preguntaba. ¿Cuánto se atrevía a contarle?

—Si quieres que te ayude —dijo él como si le hubiera leído el pensamiento—, necesito saber qué pasa. Detalles y nombres.

—No pienso darte ningún nombre —ella sacudió la cabeza lentamente—. De eso ni hablar, hasta que hable con las otras personas involucradas. Y, en cuanto a los detalles, no sé casi nada.

—Cuéntame lo que sepas.

Ella lo miró de nuevo detenidamente. No, no confiaba en él. Pero por alguna parte tenía que empezar.

—Desátame.

Él movió la cabeza de un lado a otro.

—Dejemos las cosas como están por ahora —se levantó y apagó el televisor—. ¿De dónde sacas piedra, M.J.?

Ella vaciló un momento y al fin resolvió que aquello no era una cuestión de confianza. Él podía ayudarla, aunque sólo fuera para sondear el terreno.

—Me la mandó una persona amiga mía. Por mensajero. La recibí ayer.

—¿De dónde procedía?

—Originalmente, de Asia Menor, creo —hizo caso omiso del siseo de fastidio de Jack—. No voy a decirte de dónde me la mandaron, pero te aseguro que debe de haber una buena razón para ello. La persona que me la mandó es demasiado honesta como para cometer un robo. Lo único que sé es que me la envió con una nota que decía que no me separara de ella y que no se lo dijera a nadie hasta que tuviera ocasión de explicarme qué estaba pasando —de pronto se llevó una mano al estómago y la arrogancia pareció abandonar su voz—. Esa persona está metida en un lío. Tiene que ser un lío terrible. Tengo que llamarla.

—Nada de llamadas.

—Mira, Jack...

—Nada de llamadas —repitió él—. Quienquiera que vaya detrás de ti, seguramente andará también detrás de tu amigo, el que te ha mandado la piedra. Puede que tenga pinchado el teléfono, lo cual los llevaría hasta ti. Y hasta mí también, así que nada de llamadas. Ahora, dime ¿cómo llegó a manos de tu honesto amiguito un diamante azul que hace que el Hope parezca una baratija?

—De un modo perfectamente legítimo —ella se pasó los dedos por el pelo—. Mira, no quiero entrar en eso. Lo único que voy a decirte es que el diamante llegó a sus manos legalmente. Deja que te hable de la piedra. Es una de tres. En otro tiempo formaban parte de un altar consagrado a un dios de la antigua Roma. El mazdeísmo fue una de las principales religiones del Imperio Romano...

—Las tres Estrellas de Mitra —susurró él, y M.J. lo miró primero con sorpresa y luego con recelo.

—¿Cómo es que las conoces?

—Leí sobre ese asunto en la consulta del dentista —murmuró él. Y, al tomar de nuevo la piedra, sintió un profundo asombro—. Se suponía que era una leyenda. Las tres Estrellas engarzadas en un triángulo de oro que sostenía en sus manos el dios de la luz.

—No es una leyenda —le dijo M.J.—. El Smithsonian compró las Estrellas a través de un contacto en Europa hace sólo un par de meses. La persona que me las mandó me contó que el museo quería mantenerlo en secreto hasta que se comprobara la autenticidad de los diamantes.

—Y fueran tasados —pensó él en voz alta—. Asegurados y guardados bajo siete llaves.

—Se suponía que estaban bien protegidos —dijo M.J., y él respondió con una leve risa.

—Pues parece que el sistema de seguridad no ha funcionado. Esos diamantes representaban el amor, el conocimiento y la generosidad —sus ojos se achicaron al contemplar la antigua gema—. Me pregunto cuál será éste.

—No lo sé —ella siguió mirándolo, fascinada. Jack había pasado de ser un tipo duro a convertirse en un sabio en un abrir y cerrar de ojos—. Pero, por lo visto, tú sabes tanto como yo.

—Conozco el mazdeísmo —dijo él sin afectación—. Se parece bastante al Cristianismo. La humanidad siempre ha buscado un dios bueno y justo —sus hombros se movieron al hacer rodar la piedra sobre su mano—. Pero la humanidad no siempre consigue lo que quiere. También conozco la leyenda de las tres Estrellas. Se decía que el dios sujetó el triángulo durante siglos, y que sujetándolo sostenía el mundo. Luego se perdió, o fue robado, o se hundió con la Atlántida —Jack encendió la lámpara y observó cómo brillaba la piedra bajo aquella luz mortecina—. Lo más probable es que acabara en la cámara del tesoro de algún procurador romano corrupto —trazó las facetas del diamante con los dedos—. Hay gente que mataría por esto. O que moriría por ello —murmuró—. Algunas leyendas lo sitúan en la tumba de Cleopatra, otras dicen que Merlín lo encerró en cristal para custodiarlo hasta el retorno de Arturo. Otras dicen que el dios lanzó las Estrellas al cielo y lloró por la ignorancia de los hombres. Pero lo más probable es que fueran robadas y separadas —alzó la mirada y la fijó en los ojos de M.J.—. Éste sólo vale una fortuna. Pero los tres juntos valen la inmortalidad.

Sí, M.J. tenía que admitir que le fascinaba el modo
en que la voz profunda y viril de Jack se había en-
friado hasta adquirir un tono profesoral. Y el modo
en que acariciaba el reluciente diamante, como si
acariciara la carne suave de una mujer. Pero prefirió
olvidarse de esto último.

—Tú no creerás esas cosas.

—No, pero ésa es la leyenda, ¿no? Quien consiga el
triángulo, con las Estrellas en su lugar, conseguirá el
poder del dios y su inmortalidad. Pero no necesaria-
mente su compasión. Hay gente que mata por menos. Por muchísimo menos.

Jack dejó la piedra sobre la mesa, entre ellos, donde
refulgía como una apacible llama. De pronto se dio
cuenta de que todo había cambiado. Las apuestas se
habían puesto por las nubes, y las probabilidades de
salir con vida de aquello, también.

—Estás metida en un buen lío, M.J. No sé quién
está detrás de todo esto, pero estoy seguro de que no
dudará en cortarte la cabeza para conseguirlo —se
frotó la barbilla, moviendo los dedos sobre el hoyuelo—. Y mi cabeza está muy cerca de la tuya en este
momento.

No podía creer que tuviera tan mala suerte. Y la
culpa era suya, se decía mientras intentaba calmarse
escuchando a Mozart y bebiendo Moët. Dado que
intentaba mantenerse apartado de la acción, tenía que
confiar en otros para resolver aquel asunto.

Eran todos unos incompetentes, pensó, y se calmó

acariciando la piel de un abrigo de marta cibelina que había pertenecido a la zarina Alejandra. ¡Y pensar que le había parecido gracioso lanzar a un cazarrecompensas en busca de la irritante señorita O'Leary! Habría sido más sencillo sacarla a rastras de su apartamento o de su bar. Pero él prefería la sutileza y, de nuevo, la distancia.

El cazarrecompensas habría sido culpado del secuestro y la muerte de O'Leary. Los hombres como aquél eran violentos por naturaleza, e impredecibles. La policía habría cerrado el caso sin apenas prestarle atención.

Pero la chica había desaparecido y lo más probable era que la piedra estuviera en su poder.

Ella aparecería, se dijo inhalando despacio. Se pondría en contacto con sus amigas sin que pasara mucho tiempo. Le habían asegurado que se profesaban una admirable lealtad.

Él sabía apreciar la lealtad. Y, cuando la señorita O'Leary intentara contactar con sus amigas, de las cuales una se había fugado y la otra estaba fuera de su alcance, él la atraparía. A ella, y a la piedra.

Y, teniéndola a ella, sin duda conseguiría las otras dos Estrellas. A fin de cuentas, pensó con una sonrisa satisfecha, Bailey James tenía fama de ser una buena amiga, una mujer inteligente y compasiva. Era, al menos, lo bastante inteligente como para haber descubierto el intento de sus hermanos de falsificar los diamantes, y lo bastante astuta como para hacerlos desaparecer antes de que ellos dieran el cambiazo.

En fin, de eso también habría que ocuparse.

Estaba seguro de que Bailey era lo bastante compasiva como para poner a su amiga M.J. por encima de cualquier otra consideración. Y su lealtad y su compasión le entregarían las piedras a él sin que pasara mucho tiempo. A cambio de la vida de la señorita O'Leary.

Había pasado muchos años buscando las tres Estrellas. Había invertido gran parte de su inmensa riqueza. Y aquella empresa había costado muchas vidas. Había tenido las Estrellas casi en sus manos. Tan cerca, pensó, tan cerca, que los dedos le hormigueaban de excitación.

Y, cuando las tuviera en su poder y, engarzadas en el triángulo, las colocara en el altar que había hecho construir para ellas, conseguiría el poder definitivo. La inmortalidad.

Luego, claro está, mataría a las chicas.

Un sacrificio, pensó, digno de un dios.

IV

Él la había dejado sola. Ahora, ella tenía que considerar cuidadosamente la cuestión de la confianza. ¿Debía creer que se había ido a comprar comida y que volvería? Él no confiaba en que ella se quedara, pensó agitando con estrépito las esposas.

Y M.J. tenía que admitir que no se equivocaba. Habría salido por la puerta como una bala. No porque le tuviera miedo. Había sopesado detenidamente los hechos, y sus intuiciones, y ya no creía que Jack fuera capaz de hacerle daño. Si no, ya se lo habría hecho.

Ella lo había visto enfrentarse al gorila que había entrado en su piso. Sí, las había pasado moradas, pero aun así había reaccionado con celeridad, con fuerza y con admirable destreza.

Le costaba admitirlo, pero tenía que reconocer que Jack se había refrenado durante sus forcejeos con ella. No es que ello lo excusara por haberla maniatado y arrojado en una mísera habitación de hotel, pero, puestos a ser justos, M.J. tenía que reconocer que podía haberle hecho mucho daño durante su breve y esforzada pelea si hubiera querido. En realidad, lo único que le había magullado era el orgullo.

Jack tenía cerebro, lo cual no dejaba de sorprenderla. Al parecer, había caído en un error a primera vista debido a su aspecto y a aquel físico de matón. Pero, aparte de la astucia callejera que se les suponía a los de su clase, parecía que Jack Dakota tenía cabeza. Una buena cabeza.

Y ella no creía que leyera en la consulta del dentista. Uno no se ponía a leer sobre religiones antiguas mientras esperaba que le hicieran una limpieza dental. De modo que tenía que concluir que aquel tipo era algo más de lo que originalmente había pensado. Lo único que tenía que decidir era si aquello era una ventaja o un inconveniente.

Ahora que se había calmado un poco, estaba segura de que Jack tampoco iba a presionarla sexualmente. Habría apostado algo a que aquel pequeño interludio lo había dejado tan aturdido como a ella. Había sido, estaba segura, un traspié por su parte. Intimida a la chica, haz alarde de testosterona, y te dirá todo lo que quieras.

Pero su argucia no había dado resultado. Lo único que había conseguido era ponerlos a los dos nerviosos.

Maldición, ¡y qué bien besaba!

Pero estaba perdiendo el hilo, se dijo, y miró ceñuda la absurda película que Jack había dejado puesta a todo volumen en el televisor.

No, no tenía miedo de Jack, pero le asustaba la situación. Lo cual significaba que no quería estar allí sentada sin hacer nada. A ella le iba la acción. Si era sensato actuar o no, no venía el caso. Lo que importaba era hacer algo.

Sentándose de rodillas, observó las esposas y giró las muñecas a un lado y a otro, doblando la mano como si fuera un escapista preparándose para ejecutar un nuevo truco. Tocó los barrotes del cabecero y le parecieron desalentadoramente firmes. Ya no se hacían moteles baratos como los de antes, pensó con un suspiro. Y lamentó no tener una horquilla, una lima o un martillo.

Lo único que encontró en el pegajoso cajón de la mesita de noche fue un ajado listín telefónico y el envoltorio roto de una chocolatina.

Jack se había llevado su bolso y, aunque sabía que no encontraría dentro una horquilla, una lima de uñas o un martillo, M.J. lamentó su falta. Podía ponerse a gritar, por supuesto. Podía echar abajo el tejado a fuerza de gritos, y soportar la humillación, en caso de que alguien prestara atención a sus gritos de angustia. Pero eso no la libraría de las esposas, a menos que alguien llamara a un cerrajero. O a la policía.

Respiró hondo e intentó pensar en la mejor solución. Estaba angustiada por Bailey y Grace. Necesitaba desesperadamente asegurarse de que estaban bien. Si iba a la policía, ¿en qué clase de lío se metería Bailey? Técnicamente, se había apoderado de una fortuna. ¿Se mostrarían comprensivas las autoridades, o meterían a Bailey en una celda?

M.J. no podía arriesgarse a eso. Aún no. No mientras tuviera la remota esperanza de hallar otra solución. Y, para hacerlo, tenía que saber a qué demonios se enfrentaba. Lo cual significaba que tenía que salir de aquella habitación.

Estaba considerando la posibilidad de liarse a mordiscos con el cabecero cuando Jack abrió la puerta. Él le lanzó una rápida sonrisa, y M.J. comprendió que se le notaba en la cara lo que estaba pensando.

—Cariño, estoy en casa.

—Eres desternillante, Dakota. Me parto de risa.

—Qué cuadro haces, esposada a la cama, M.J. —él dejó sobre la mesa dos bolsas blancas—. Cualquier otro ya habría empezado a juguetear con ideas perversas.

Ella sonrió maliciosamente.

—Tú ya has empezado. Y seguramente te quedará cicatriz en el labio.

—Sí —él se pasó suavemente el pulgar por el labio herido. Todavía le escocía—. Creo que me lo merezco, pero al principio cooperaste.

Aquello también escocía. Como solía ocurrir con la verdad.

—Sigue pensando así, Jack —ronroneó ella—. Supongo que un ego como el tuyo necesita hacerse ilusiones de cuando en cuando.

—Nena, yo sé distinguir entre una ilusión y un beso. Pero tenemos cosas más importantes que hacer que hablar de la atracción que sientes por mí —complacido con su respuesta, Jack empezó a vaciar las bolsas—. He traído hamburguesas.

El olor golpeó el estómago de M.J. como un gancho directo. Se le hacía la boca agua.

—Así que, ¿vamos a quedarnos aquí encerrados como un par de forajidos... —hizo sonar las esposas para darle mayor énfasis a sus palabras—... y a engullir comida grasienta?

—Exacto —él le tendió una hamburguesa y sacó una bolsa de patatas fritas diseñadas para taponar las arterias y mejorar el humor—. Yo pienso mejor cuando como —se estiró junto a ella, apoyando la espalda en el cabecero con las piernas extendidas y la comida sobre el regazo—. Parece que tenemos un grave problema.

—Si lo tenemos los dos, ¿por qué soy yo la única que lleva esposas?

A él le encantó el filo sarcástico de su voz, y se preguntó qué demonios le estaba pasando.

—Porque habrías hecho alguna tontería si no te hubiera dejado atada. Estoy cuidando de mi inversión —dijo señalando con lo que quedaba de su hamburguesa—. O sea, de ti, princesa.

—Yo sé cuidar de mí misma. Y, si voy a pagarte, deberías obedecer mis órdenes. La primera es que me quites estos malditos chismes.

—Lo haré en cuanto hayamos establecido ciertas normas —Jack sacó un sobrecito de sal y echó su contenido sobre las patatas—. He estado pensando.

—Qué bien —masculló ella agriamente mientras se comía una hamburguesa demasiado hecha y colocada entre las dos mitades de un panecillo ligeramente rancio—. ¿De qué me preocupo? Has estado pensando.

—Eres muy sarcástica, pero me gusta —Jack le tendió una diminuta servilleta de papel—. Tienes ketchup en la barbilla. Bueno, alguien le apretó las tuercas a Ralph, hasta el punto de que falsificó documentos oficiales y me dio una puñalada por la espalda. No lo habrá hecho por dinero... y no porque a Ralph no le guste el dinero —continuó—. Pero no se arriesgaría a perder su licencia ni a enemistarse conmigo por unos cuantos pavos. Así que lo que pretendía era salvar el pellejo.

—Y, dado que ese tal Ralph es un pilar de la comunidad, sin duda eso reduce la lista de sospechosos.

—Significa que era alguien poderoso, alguien que no teme que Ralph se vaya de la lengua conmigo o vaya a la policía. Alguien que quería atraparte a ti. ¿Quién sabe que tienes el pedrusco?

—Nadie, salvo la persona que me la envió —miró ceñuda la hamburguesa—. Y posiblemente otra más.

—Si lo sabe más de una persona, no es un secreto. ¿Cómo consiguió tu amigo el diamante, M.J.? No puedes seguir soslayando la cuestión.

—Te lo diré cuando hable con mi amigo. Tengo que hacer una llamada.

—Nada de llamadas.

—Tú llamaste a Ralph —dijo ella.

—Me arriesgué, y nos estábamos moviendo. Tú no vas hacer ninguna llamada hasta que sepa de qué va todo esto. El diamante te lo mandaron ayer —pensó en voz alta—. Te encontraron enseguida.

—Lo cual significa que también han encontrado a mi amigo —se le encogió el estómago—. Jack, por favor, tengo que llamar. Tengo que saber qué está pasando.

La emoción que impregnaba su voz debilitó y al mismo tiempo irritó a Jack. La miró a los ojos.

—¿Qué significa ese tipo para ti?

Ella abrió la boca para decirle que Bailey era una chica, pero al final se limitó a sacudir la cabeza.

—Todo. Nadie significa más para mí.

—Un tipo con suerte.

Aquélla no era la respuesta que ella esperaba. Impulsada por la frustración y el temor, M.J. se agarró a su camisa.

—Pero ¿a ti qué te pasa? Alguien intentó matarnos. ¿Por qué estamos aquí sentados?

—Por eso precisamente. Vamos a dejar que nos sigan la pista un tiempo. Tu amigo tendrá que apañárselas solo por ahora. Y, como imagino que no te habrás enamorado de un tipo que no pueda arreglárselas solo, seguramente estará bien.

—Tú no entiendes nada —M.J. se echó hacia atrás y se pasó los dedos por el pelo—. Dios, todo esto es un lío. Ahora mismo debería estar preparándome para irme a trabajar, y aquí estoy, encerrada contigo. Se suponía que esta noche me tocaba atender la barra.

—¿Atiendes la barra? —alzó una ceja—. Pensaba que eras la dueña.

—Sí, soy la dueña —lo cual constituía un orgullo para ella—. Pero me gusta atender la barra. ¿Por qué? ¿Algún problema?

—No, qué va —dado que aquel tema parecía haberla distraído, Jack siguió tirando del hilo—. ¿Te va bien?

—No me quejo.

—¿Cómo te metiste en el negocio? —ella lo miró con fastidio, y Jack se encogió de hombros—. Venga, un poco de conversación no nos vendrá mal. Hay que matar el tiempo.

No era sólo el tiempo lo que M.J. quería matar, pero lo demás tendría que esperar.

—Pertenezco a la cuarta generación de dueños de pubs en mi familia. Mi bisabuelo tenía su propio local en Dublín. Mi abuelo emigró a Nueva York y tuvo su propio bar. Él se lo dejó a mi padre cuando se mudó a Florida. Prácticamente crecí detrás de una barra.

—¿En qué parte de Nueva York?

—En el West Side, en la Setenta y nueve con Columbus.

—O'Leary's... —Jack esbozó una sonrisa rápida y soñadora—. Mucha madera oscura y mucho bronce. Música irlandesa en vivo los sábados por la noche. Y sirven la mejor Guinness a este lado del Atlántico.

Ella lo miró fijamente otra vez, intrigada a pesar de sí misma.

—¿Lo conoces?

—Me he tomado más de una pinta en O'Leary's. Hará unos diez años, más o menos —entonces estaba en la universidad, pensó. Pasaba el día entre cursos de derecho y literatura mientras intentaba averiguar quién demonios era—. Estuve en Nueva York siguiéndole la pista a un tipo hace unos tres años. Me pasé por allí. Nada había cambiado, ni siquiera las cicatrices de esa vieja barra de pino.

Aquello puso a M.J. nostálgica. No pudo evitarlo.

—En O'Leary's nada cambia.

—Juro que estaban los dos mismos tipos sentados en los mismos taburetes al final de la barra, fumando, leyendo el Racing Form y bebiendo cerveza.

—Callahan y O'Neal —M.J. sonrió—. Morirán en esos taburetes.

—Y tu padre. Pat O'Leary... —cerró los ojos y se adentró en la neblina de la memoria—. Esa cara ancha y grandota de irlandés y ese pelo rojo de pincho, con una voz que parecía salida de una película de Cagney.

—Sí, ése es papá —murmuró ella, poniéndose un poco más sentimental.

—¿Sabes?, cuando entré, y hará por lo menos seis años que no voy, tu padre me sonrió. «¿Qué tal va eso, estudiante?», me dijo, y sacó una jarra y se puso a servirme una pinta.

—¿Ibas a la universidad?

El placer neblinoso de Jack se disolvió considerablemente al notar el tono sorprendido de su voz. Abrió un ojo.

—Sí, ¿por qué?

—Porque no tienes pinta de universitario —ella se encogió de hombros y volvió a concentrarse en su hamburguesa—. Yo también sirvo una Guinness estupenda. Qué bien me vendría una ahora.

—A mí también. Puede que luego. Así que, ese amigo tuyo, ¿desde cuándo lo conoces?

—Desde que íbamos a la universidad. No hay nadie en quien confíe más, si es eso lo que quieres saber.

—Tal vez debas reconsiderarlo. Sólo por si acaso

—dijo él al ver que ella lo miraba enfurecida—. Las tres Estrellas son una tentación poderosa para cualquiera. Así que puede que se haya dejado tentar. Tal vez se le haya metido en la cabeza...

—No, de eso nada, pero puede que a otra persona sí, y puede que mi amigo lo averiguara y... —apretó los labios—. Si tú quisieras proteger esas piedras, asegurarte de que no las robaban, que no caían las tres en malas manos, ¿qué harías?

—Lo que yo haría no importa —contestó él—. Lo que importa es lo que haría él.

—Separarlas —dijo M.J.—. Enviárselas a personas en las que pudiera confiar sin hacer preguntas. A gente que sería capaz de hacer cualquier cosa por ti, porque tú harías lo mismo por ellos. Sin dudarlo.

—¿Absoluta confianza y absoluta lealtad? —Jack hizo una bola con la servilleta y la encestó en la papelera—. No me lo trago.

—Pues lo siento por ti —murmuró ella—. Porque no puedas tragártelo. Así es. ¿Tú no tienes a nadie capaz de hacer cualquier cosa por ti, Jack?

—No. Y tampoco hay nadie por quien esté dispuesto a dar mi vida —por primera vez en su vida, le molestó admitirlo. Se tumbó y cerró los ojos—. Voy a echarme una siesta.

—¿Una qué?

—Una siesta. Y a ti te convendría hacer lo mismo.

—¿Cómo puedes dormir en un momento como éste?

—Porque estoy cansado —su voz era áspera—. Y porque no creo que cuando nos pongamos en marcha tengamos mucho tiempo para dormir. Quedan un par de horas para que anochezca.

—¿Y qué pasa cuando anochezca?

—Que oscurece —dijo él, y se durmió.

M.J. no podía creerlo. Jack se había desconectado como una máquina que se apagara, como un sujeto hipnotizado al oír el chasquido de los dedos del hipnotizador. Como un... M.J. frunció el ceño al quedarse sin analogías.

Por lo menos no roncaba.

Estupendo. Genial, pensó, exasperada. ¿Qué se suponía que iba a hacer ella mientras él se echaba su siestecita?

Se comió sus últimas patatas y miró ceñuda la pantalla de la televisión, donde el lagarto gigante acababa de llegar a su sangriento final. El canal de cable prometía más de lo mismo en su Festival de Monstruos y Superhéroes del fin de semana.

Oh, genial.

Se tumbó en la habitación a oscuras, sopesando sus alternativas. Y, mientras pensaba, se quedó dormida.

Y, durmiendo, soñó con monstruos y superhéroes y un diamante azul que palpitaba como un corazón vivo.

Jack se despertó envuelto por la femenina presencia de M.J. Sintió primero su olor: un aroma penetrante, y un tanto ácido, a limón. Limpio, fresco y sencillo. Luego la oyó: su lenta respiración, apacible y regular. Sintió la tranquilizadora intimidad del sueño compartido y su sangre empezó agitarse antes incluso de sentir su contacto.

Largos y fibrosos miembros. Una torneada pierna yacía sobre la suya. Y un brazo musculoso, con la piel tan suave como nata fresca, reposaba sobre su pecho. Ella había apoyado la cabeza confiadamente sobre su hombro.

M.J. era cariñosa, pensó, y sonrió para sí mismo. ¿Quién lo habría pensado? Sin pensárselo dos veces, alzó una mano y le acarició levemente el pelo revuelto. Seda brillante, pensó. Qué extraño contraste con toda aquella angulosa rudeza.

No cabía duda de que tenía estilo. Un estilo muy parecido al suyo, pensó, y se preguntó qué habría pasado si hubieran coincidido en su pub una noche cualquiera y hubiera intentado ligar con ella.

Que ella le habría dado una patada en el trasero, pensó, sonriendo. ¡Qué mujer!

Era una lástima, una auténtica lástima, que no tuviera tiempo de ligar con ella. Porque le apetecía muchísimo saborearla otra vez.

Y, precisamente por eso, se apartó de ella, se levantó y se desperezó mientras ella se removía, intentando encontrar una postura cómoda. M.J. se tumbó de espaldas y se pasó la mano libre sobre la cabeza.

El animal inquieto que yacía dentro de Jack comenzó a agitarse. Jack lo sujetó con fuerza y se recordó que él era, a fin de cuentas, un hombre civilizado. Y los hombres civilizados no se lanzaban de cabeza sobre una mujer dormida. Pero podían pensar en ello.

Pero, como era preferible pensar en ello desde lejos, entró en el cuarto de baño, se lavó la cara con agua fría y consideró su siguiente movimiento.

En el sueño, ella sujetaba la piedra en la mano, extrañada, mientras los rayos de sol danzaban entre el dosel de los árboles. En lugar de penetrar en la piedra, los rayos rebotaban en ella, creando un torbellino de destellos tan bello que hería los ojos y hacía arder el alma.

Ella tenía que salvaguardar el diamante, aunque no pudiera quedárselo. Las respuestas estaban ahí, encerradas en su interior. Ella sólo tenía que saber dónde mirar.

De alguna parte le llegó el rugido de una fiera, bajo y amenazador. Se volvió en aquella dirección cerrando la mano sobre la piedra y alzó la otra en gesto defensivo. Algo se movía sutilmente entre la maleza, agazapado, esperando, buscando su presa.

Entonces apareció él montado a horcajadas sobre un enorme caballo negro. Llevaba colgada al costado una espada de plata mate, tan ancha que su sola visión helaba la sangre. Sus ojos grises eran duros como el granito, y tan amenazadores como los de una bestia. Él le tendió una mano y su lenta sonrisa pareció retarla.

Peligro delante. Peligro atrás.

Ella dio paso hacia delante, le dio las manos y dejó que la subiera al lustroso caballo negro. El caballo se encabritó, corveteó. Luego echaron a correr a galope

tendido. La sangre que golpeaba su cabeza no tenía
nada que ver con el miedo, sino con una sensación
de triunfo.

Se despertó sofocada y con el corazón acelerado.
Estaba en la destartalada y oscura habitación de hotel,
y Jack la zarandeaba bruscamente sujetándola de los
hombros.

—¿Qué? ¿Qué pasa?

—Se acabó la siesta —él pensó en la posibilidad de
besarla para que se despertara, arriesgándose a recibir
un puñetazo. Pero le pareció demasiado perturbador—. Tenemos que ir a un sitio.

—¿Adónde? —ella intentó ahuyentar el sopor y los
sedosos vestigios del sueño.

—A visitar a un amigo —Jack desató las esposas del
cabecero, se las sujetó a su propia muñeca, atándose a
M.J.

—¿Tú tienes amigos?

—Vaya, ya se ha despertado —la sacó fuera, a una oscuridad neblinosa que aún palpitaba de calor—. Métete dentro y deslízate hasta el otro asiento —le ordenó al abrir la puerta del conductor.

Ella estaba aún lo bastante abotargada como para
obedecer sin hacer preguntas. Pero, para cuando Jack
encendió el motor, se había despejado.

—Mira, Jack, esto de las esposas se tiene que acabar.

—No sé, a mí me gusta. ¿No has visto esa película
con Tony Curtis y Sidney Poitier? Una peli genial.

—Pero nosotros no somos presidiarios huyendo en
un tren, Dakota. Si vamos a tener una relación profesional, tiene que haber un poco de confianza.

—Preciosa, tú te fías tan poco de mí como yo de ti —Jack maniobró para salir del aparcamiento lleno de hoyos—. Míralo de este modo —alzó la mano, tirando de las de ella—. Estamos los dos en el mismo barco. Y podía haberte dejado allí.

Ella tamborileó con los dedos sobre su rodilla.

—¿Por qué no lo has hecho?

—Lo pensé —admitió él—. Iría más rápido sin ti. Pero no quiero perderte de vista. Y, además, odiaba pensar que tuvieras que explicar por qué estabas atada a la cama de un motel barato si las cosas salían mal y yo no volvía.

—Qué considerado.

—Eso me pareció. Aunque es culpa tuya que tenga que moverme a ciegas. Sería más sencillo si rellenaras los huecos en blanco.

—Considéralo un desafío.

—Oh, ya lo hago. A este asunto, y a ti —le lanzó una mirada de soslayo—. ¿Qué tiene ese tío, M.J.? Ese amigo tuyo por el que te arriesgas tanto.

Ella miró por la ventanilla y pensó en Bailey. Luego ahuyentó su imagen. La preocupación que sentía por su amiga sólo le traía miedo, y el miedo le nublaba la mente y la dejaba paralizada.

—Tú no entiendes nada de amor, ¿eh, Jack? —su voz era serena, desprovista de su acostumbrado filo, y su mirada se paseó por la cara de Jack en un lento escrutinio—. De ése que no hace preguntas, no pide favores ni tiene límites.

—No —en el interior de la sensación de vacío que le producían sus palabras, se agitó un jirón de envidia—. Yo diría que, si uno no hace preguntas ni tiene límites, es que es idiota.

—Y tú no eres idiota.

—Dadas las circunstancias, deberías alegrarte de que no lo sea. Te sacaré de esto, M.J. Y luego me darás mis cincuenta mil.

—Tienes muy claras tus prioridades, ¿eh? —dijo ella con aspereza.

—Sí, el dinero allana muchos baches del camino. Y creo que, antes de que me pagues, acabaremos en la cama otra vez. Sólo que no será para echar una siesta.

M.J. se giró hacia él y procuró ignorar el latido de excitación que retumbaba en su vientre.

—Dakota, el único modo de que me meta otra vez en la cama contigo es que vuelvas a esposarme.

Allí estaba aquella sonrisa: lenta, insolente, condenadamente atractiva.

—Bueno, eso puede arreglarse, ¿no crees?

Para hacer tiempo, Jack se desvió hacia la carretera interestatal y se dirigió hacia el norte. Y se prometió que no sólo se llevaría a M.J. a la cama, sino que, cuando lo hiciera, ella no volvería a pensar en otro hombre.

—Vas hacia Washington.

—Sí. Tenemos que arreglar un asunto allí.

A la luz difusa de los faros de frente, la cara de Jack tenía una expresión agria.

Jack dio un rodeo, pasó serpenteando y describiendo círculos alrededor de su objetivo, hasta que se aseguró de que ninguno de los coches aparcados estaban ocupados.

Había también tráfico de peatones. Jack se fijó en éstos la segunda vez que pasó por la calle. Estaban haciendo negocio, pensó. Y aquella clase de negocios mantenían a la gente en danza.

—Bonito barrio —comentó ella, viendo a un borracho que salía tambaleándose de una licorería con una bolsa de papel marrón en la mano—. ¿Es el tuyo?

—El de Ralph. Sólo estamos a un par de manzanas del tribunal —Jack pasó delante de una prostituta que caminaba más aprisa de lo habitual y dobló la esquina—. A él le gusta.

M.J. sabía que hasta los taxistas más temerarios preferirían evitar aquella zona, en la que la vida a menudo valía menos que un escupitajo en la acera, y aquéllos que valoraban la suya atrancaban sus puertas antes del anochecer para esperar la mañana. Allí, los graffiti que manchaban los edificios ruinosos no eran una forma de arte. Eran amenazas.

M.J. oyó que alguien maldecía violentamente y que a continuación se desataba un estrépito de cristales rotos.

—Un hombre de gustos refinados, tu amigo Ralph.

—Ex amigo —él la tomó de la mano y salió, obligándola a deslizarse sobre el asiento.

—¿Eres tú, Dakota? ¿Eres tú? —un hombre salió de entre las sombras de un portal. Tenía los ojos inyectados en sangre y la mirada nerviosa como la de un perro apaleado. Se pasó el dorso de la mano por la boca mientras se adelantaba renqueando, ataviado con unas zapatillas de bota viejas y un abrigo que debía resultar sofocante en el calor de pleno verano.

—Sí, Freddie. ¿Qué tal va eso?

—Me ha ido mejor. Me ha ido mejor, ¿sabes, Jack? —sus ojos pasaron sobre M.J. y siguieron moviéndose—. Me ha ido mejor —repitió.

—Sí, lo sé —Jack metió la mano en el bolsillo de su camisa y sacó un par de billetes—. Te vendrá bien una comida caliente.

—Una comida caliente —Freddie miró fijamente los billetes y se humedeció los labios—. Sí, me vendrá bien, ya lo creo.

—¿Has visto a Ralph?

—No —los dedos temblorosos de Freddie se extendieron hacia el dinero y lo aferraron. Pero Freddie alzó la mirada, parpadeando, al ver que Jack seguía sujetando los billetes—. No —repitió—. Habrá cerrado temprano. Es fiesta, el Cuatro de Ju-julio. Los puñeteros críos llevan todo el día tirando petardos. Parecen tiros. Malditos críos.

—¿Cuándo fue la última vez que viste a Ralph?

—No sé. ¿Ayer? —miró a Jack buscando aprobación—. Ayer, seguramente. Llevo aquí un rato, pero no lo he visto. Y su local está cerrado.

—¿Has visto a alguien raro por aquí?

—A ella —Freddie señaló a M.J. y sonrió—. Ella no es de aquí.

—Aparte de ella.

—No, a nadie —su voz se volvió lastimera—. He estado mejor, ¿sabes, Jack?

—Sí —sin molestarse en suspirar, Jack le dio los billetes—. Piérdete, Freddie.

—Sí, vale —Freddie echó a andar a buen paso calle abajo y dobló la esquina.

—No va a comprar comida —murmuró M.J.—. Ya sabes lo que va a comprar con eso.

—No se puede salvar el mundo. A veces ni siquiera se puede salvar un cachito. Pero puede que esta noche no atraque a nadie, ni le peguen un tiro intentando hacerlo —Jack se encogió de hombros—. Está muerto desde la primera vez que recogió una aguja. No puedo hacer nada al respecto.

—Entonces, ¿por qué te sientes tan mal? —ella arqueó una ceja mientras él la miraba—. Lo llevas escrito en la cara, Dakota.

—Freddie antes tenía familia —contestó él—. Vámonos —condujo a M.J. calle arriba y torció hacia el lateral de un edificio. Para sorpresa de M.J., abrió las esposas—. Supongo que no serás tan tonta como para intentar huir en este barrio —sonrió—. Y, además, tengo tu piedra guardada en el maletero del coche.

—En una calle como ésta, tendrás suerte si el coche sigue allí cuando vuelvas.

—Saben que es mío. No le harán nada —Jack se dio la vuelta y sobresaltó a M.J. al propinar dos fuertes patadas a una deslucida puerta gris.

M.J. oyó rajarse la madera y frunció los labios, admirada, cuando la puerta cedió al tercer intento.

—Buen trabajo.

—Gracias. Y si Ralph no se ha vuelto listo y ha cambiado el código, todo arreglado —entró, observó el cajetín de la alarma que había junto a la puerta y marcó rápidamente unos números.

—¿Cómo es que sabes su código?

—Me gusta enterarme de las cosas. Apártate —Jack levantó la puerta rota y la colocó de nuevo en su lugar dando muestras de una fortaleza que admiró a M.J.—. Debió ponerla de acero. Es un tacaño.

Encendió las luces y observó el pequeño recinto que, atestado de cajas de archivos, olía fuertemente a humedad. M.J. vio escabullirse a una rata.

—Encantador. Hasta ahora me han impresionado mucho tus socios, Dakota. ¿Su secretaria se ha tomado el año libre?

—Ralph tampoco tiene secretaria. Es muy ahorrador. El despacho está por aquí.

—Estoy deseando verlo —M.J. lo siguió mirando el suelo, recelosa de los ratones y de cualquier otra criatura con más de dos pies—. Esto es lo que llaman allanamiento de morada con nocturnidad y alevosía, ¿no?

—Los polis le ponen nombre a todo —Jack se detuvo con la mano sobre el pomo de una puerta y miró hacia atrás—. Si buscabas a alguien que llamara amablemente a la puerta, no deberías estar conmigo.

Ella alzó el brazo e hizo tintinear las esposas.

—¿Recuerdas esto?

Él se limitó a sacudir la cabeza de un lado a otro.

—No deberías estar conmigo —repitió, y abrió la puerta.

Ella contuvo el aliento, pero aquel fue el único sonido que emitió. Más tarde, Jack admiraría el dominio de sí misma del que había dado muestras.

La luz del vestíbulo entró en el despacho, del tamaño de un armario. Dos de las paredes estaban flanqueadas por armarios archivadores gris metalizado, rayados y abollados. Sobre los cajones abiertos, dispersos por el suelo y tirados sobre la mesa, se agitaban los papeles, sacudidos por la brisa de un ventilador eléctrico.

Había sangre por todas partes. Su olor le revolvió el estómago a M.J., que apretó los dientes y tragó saliva con dificultad. Sin embargo, su voz sonó firme cuando preguntó:

—¿Ése es Ralph?

Aquello era una chapuza, pensó Jack. Si habían sido profesionales, no se habían molestado en hacerlo rápida y limpiamente. Claro que no había razón para ello. Ralph, o lo que quedaba de él, seguía atado a la silla.

—Puedes esperar ahí atrás —le dijo Jack a M.J.

—No —ella no era ajena a la violencia. Había crecido en un bar. Estaba acostumbrada a ver saltar sangre de cuando en cuando.

Sin embargo, nunca había visto nada como aquello. A pesar de que se consideraba realista, no creía posible que un ser humano pudiera infligirle a otro aquella clase de sufrimiento.

Mantuvo los ojos fijos en la pared, pero entró tras él.

—¿Qué crees que andaban buscando?

—Lo mismo que yo. Cualquier pista que conduzca a quien usó a Ralph para tendernos una trampa. Estúpido hijo de puta —su voz se suavizó de repente—. ¿Por qué no huyó?

—Puede que no tuviera oportunidad —el estómago de M.J. comenzaba a aquietarse, pero su respiración seguía siendo somera y trabajosa—. Tenemos que llamar a la policía.

—Claro, llamaremos a la policía y luego esperaremos y se lo contaremos todo. Desde el interior de una celda —agachándose, Jack comenzó a rebuscar entre los papeles.

—Jack, por el amor de Dios, ese hombre está muerto.

—No resucitará porque llamemos a la policía, ¿no crees? Nunca conseguí entender el sistema de archivos de Ralph.

—¿Es que no tienes sentimientos? Tú lo conocías.

—No tengo tiempo para sentimientos —y, dado que empezaban a aflorar, su voz sonaba rasposa como arena—. Piénsalo, nena. Al que haya hecho esto le encantaría jugar al mismo juego contigo. Fíjate bien y luego pregúntate si es así como quieres acabar —aguardó un momento y finalmente aceptó el silencio de M.J. como un asentimiento—. Puedes irte a la otra habitación y preservar tu sensibilidad, o puedes ayudarme a rebuscar entre este lío.

Ella se dio la vuelta y Jack pensó que iba a marcharse. Pero M.J. se detuvo junto a un archivador y agarró un puñado de papeles.

—¿Qué estamos buscando?

—Cualquier cosa.

—Eso reduce el campo de búsqueda. ¿Y por qué iba a quedar algo? Esos tipos ya han estado aquí.

—Ralph habrá guardado una copia en alguna parte
—Jack siguió hurgando entre aquella nevada de papeles—. ¿Por qué no usaba un ordenador como una persona normal?

Levantándose, se acercó a la mesa y sacó un cajón.
Lo registró, le dio la vuelta, comprobó el fondo y la
parte de atrás y luego lo tiró a un lado y sacó otro. Al
tercer intento encontró un falso fondo.

M.J. se giró al oír que exhalaba un gruñido de
satisfacción y lo vio sacar una navaja y empezar a
hurgar en la madera. Abandonó su búsqueda y se
acercó a él. Por un acuerdo tácito, sujetó el borde
suelto y tiró mientras él seguía hurgando con la
punta de navaja alrededor del cajón, levantando as-
tillas.

—Lo han pegado prácticamente con cemento
—masculló Jack—. Y hace poco.

—¿Cómo lo sabes?

—Porque está limpio. No hay polvo, ni roña. Cuidado con los dedos. Espera, toma la navaja. Déjame...
—se cambiaron las tareas. Él se desolló los nudillos,
lanzó un juramento y siguió tirando de la madera. Y,
de pronto, ésta se soltó.

Jack tomó de nuevo la navaja y cortó la cinta ad-
hesiva que pegaba una llave al fondo del cajón.

—Es de la taquilla de una consigna —masculló
Jack—. Me pregunto qué habrá guardado Ralph.

—¿La consigna de una estación de autobuses? ¿De
trenes? ¿De un aeropuerto? —M.J. se inclinó hacia delante para estudiar la llave—. No lleva nombre, sólo un
número.

—Yo diría que es de una estación de autobuses o de tren. A Ralph no le gustaba volar, y el aeropuerto está a un buen trecho de aquí.

—Aun así, hay muchas taquillas y muchas cerraduras —le recordó ella.

—Lo comprobaremos.

—¿Sabes cuántas consignas puede haber en la zona metropolitana?

Él hizo girar la llave entre sus dedos y sonrió maliciosamente.

—Sólo necesitamos una —la tomó de la mano y, antes de que ella se diera cuenta lo que hacía, volvió a esposarla a él.

—Oh, Jack, por favor...

—Sólo intento cubrirme las espaldas. Vamos, tenemos cosas que hacer.

En la primera estación de autobuses, Jack le quitó de mala gana las esposas a M.J. antes de arrastrarla a una cabina de teléfonos para hacer una llamada anónima a la policía informando del asesinato. Luego limpió cuidadosamente el teléfono.

—Si tienen identificador de llamadas —le explicó—, averiguarán desde dónde fue hecha la llamada.

—Y supongo que tienen tus huellas en sus archivos.

Él le lanzó una sonrisa.

—Sólo fue una desavenencia sin importancia por una partida de billar en mi juventud. Cincuenta dólares y unos trabajillos para la comunidad.

Como él se había movido, M.J. estaba pegada a un

rincón de la cabina, apretada contra la pared por su cuerpo.

—Esto es un poco estrecho.

—Ya lo he notado —Jack alzó la mano y le apartó el pelo de la frente—. Lo has hecho muy bien. Muchas mujeres se habrían puesto histéricas.

—Yo no suelo ponerme histérica.

—No, ya lo sé. Así que dame un respiro, ¿quieres? —le alzó la cara y bajó la cabeza.

—Sólo un minuto —y Jack cerró la boca sobre la de ella.

M.J. podía haberse resistido. Pretendía hacerlo. Pero fue un beso suave, en el que el deseo era sólo un susurro. Un beso casi amistoso. O lo habría sido de no ser porque el cuerpo de Jack, apretado contra el de ella, parecía arder. Y porque un beso suave, casi amistoso, no tendría por qué haberle dado ganas a M.J. de aferrarse a él, de abrazarlo con todas sus fuerzas. Apoyó una mano cerrada sobre la espalda de Jack, sin agarrarse a él, ni apartarlo. Si sus labios se suavizaron bajo los de Jack, si se calentaron y entornaron, fue sólo un instante. Aquello no significaba nada. No podía significar nada.

—Te deseo —murmuró el contra su boca, y de nuevo al besar su cuello—. Éste no es momento, ni lugar, pero te deseo, M.J. Me cuesta mucho olvidarlo.

—Yo no me acuesto con desconocidos.

—¿Quién te lo ha pedido? —él alzó la cabeza y la miró a los ojos—. Nos hemos calado el uno al otro, ¿no crees? Y tú no eres de ésas que necesitan citas románticas y palabras bonitas.

—Puede que no —el fuego que él había encendido en su interior seguía crepitando—. Puede que no haya averiguado aún qué es lo que necesito.

—Entonces, piénsatelo —Jack se apartó y, tomándola de la mano, la sacó de la cabina—. Vamos a mirar las taquillas. Puede que tengamos suerte.

Pero no la tuvieron. Ni en aquella terminal, ni en las dos siguientes. Era casi la una cuando al fin Jack se guardó la llave.

—Necesito una copa.

Ella dejó escapar un suspiro e hizo girar los hombros. Después de doce horas viviendo en una pesadilla, comprendía su punto de vista.

—A mí también me vendría bien. ¿Invitas tú?

—¿Por qué no?

Jack evitó los locales donde podían reconocerlo y eligió un pequeño y oscuro tugurio no muy lejos de Union Station.

—Qué asco de sitio —M.J. arrugó la nariz al ver la mesa pegajosa, del tamaño de un sello, y comprobar la silla antes de sentarse.

—Era éste o un bar de carretera. Cuando hayamos descansado un rato, podemos ir a Union Station. Dos de la que tengáis en el grifo —le dijo a la camarera, y partió un cacahuete.

—No sé cómo siguen abiertos sitios así —M.J. observó con ojo crítico el ambiente del local: aire viciado por el humo de tabaco, olor a rancio, suelo pegajoso cubierto de cáscaras de cacahuetes, colillas y cosas peores—. Unos cuantos litros de desinfectante, una iluminación decente, y este antro subirían unos cuantos peldaños.

—No creo que a la clientela eso le importe —Jack miró hacia el hombre de exprésión hosca sentado a la barra y a la chica trabajadora de ojos cansados que estaba a su lado—. Algunas personas sólo entran en un bar para dedicarse a la trabajosa tarea de beber hasta que están lo bastante borrachos como para olvidar por qué entraron al bar.

Ella asintió con la cabeza.

—Ése es el tipo de gente que yo no quiero en mi bar. Van de vez en cuando, pero rara vez vuelven. No buscan conversación, ni música, ni tomar una copa tranquilamente con un amigo. Y eso es lo que yo ofrezco en mi local.

—De tal palo, tal astilla.

—Podría decirse así —M.J. achicó los ojos, irritada, cuando la camarera colocó sus jarras sobre la mesa dando un golpe, y la cerveza se derramó—. En mi bar no duraría ni cinco minutos.

—Las camareras brutas tienen su encanto —Jack tomó su cerveza y bebió con delectación—. Lo de antes lo decía en serio —sonrió al ver que ella lo miraba achicando los ojos—. Eso también, pero me refería a lo bien que te dominaste en el despacho de Ralph. Era un espectáculo duro de ver para cualquiera.

—Para mí ha sido la primera vez —ella carraspeó y bebió cerveza—. ¿Y para ti?

—Sí, y no me importa decir que ojalá sea la última. Ralph era un capullo, pero no se merecía eso. Yo diría que el que se lo hizo disfrutó con su trabajo. Hay gente realmente mala que va detrás de ti.

—Eso parece —y esa misma gente, pensó, seguramente iba detrás de Bailey y Grace—. ¿Cuánto tiempo crees que tardaremos en encontrar la taquilla en la que encaje la llave?

—No lo sé. Conociendo a Ralph, no creo que se haya ido muy lejos. Escondió la llave en su despacho, no en su apartamento, así que lo más probable es que la taquilla esté cerca.

Pero, si no era así, podían tardar horas, incluso días, en encontrarla. M.J. no estaba dispuesta a esperar tanto. Tomó otro sorbo de cerveza.

—Tengo que ir al servicio —al ver que él achicaba los ojos, le hizo una mueca—. ¿Quieres venir conmigo?

Jack la observó un momento y luego movió los hombros.

—Date prisa.

M.J. no se apresuró al encaminarse hacia el fondo del local, a pesar de que su mente corría a toda velocidad. Diez minutos, calculó. Era todo lo que necesitaba para salir, llegar a la cabina de teléfonos que había visto fuera y llamar a Bailey.

Cerró la puerta del aseo de señoras, observó a la mujer vestida de licra negra que se acicalaba ante el espejo y sonrió al ver un ventanuco en lo alto de la pared.

—Eh, échame una mano.

La mujer se puso una segunda mano de carmín rojo.

—¿Una qué?

—Vamos, enróllate —M.J. enganchó una mano a la estrecha repisa de la ventana—. Empújame, ¿vale?

La mujer cerró lentamente su barra de labios.

—¿Una mala cita?

—La peor.

—Conozco esa experiencia —se acercó caminando sobre tacones de aguja—. ¿De veras crees que vas a poder salir por ahí? Estás flaca, pero es muy estrecho.

—Me las apañaré.

La mujer se encogió de hombros, exudó una vaharada de perfume dulzón y entrelazó las manos.

—Lo que tú digas.

M.J. apoyó un pie en el estribo improvisado y se impulsó hacia arriba hasta que apoyó los dos brazos en la repisa. Un impulso más y apoyó el pecho.

—Otro empujoncito.

—Vale —la mujer apoyó ambas manos en el trasero de M.J. y empujó—. Perdona —le dijo cuando M.J. se dio un golpe en la cabeza con la ventana y lanzó un juramento.

—No importa. Gracias —se retorció y gruñó, contorsionándose, y al fin consiguió meterse por la abertura. Primero la cabeza, luego los hombros. Tomando aire, se abrió paso a través del ventanuco sin hacerse más que un desgarrón en el vaquero.

—Bien hecho, tesoro.

M.J. se apoyó un momento sobre las manos y las rodillas y le lanzó a su ayudante una rápida sonrisa. Luego saltó y echó a correr. Metió la mano en el bolsillo y sacó el cuarto de dólar que siempre llevaba encima. Oyó la voz de su madre: «nunca salgas de casa sin dinero en el bolsillo para hacer una llamada. Nunca se sabe cuándo vas a necesitarlo».

—Gracias, mamá —murmuró, y llegó corriendo a toda velocidad a la cabina—. Que esté allí, que esté allí —musitó, metiendo la moneda y marcando los números.

Al segundo pitido de la línea, oyó la voz fresca y serena de Bailey y masculló una maldición al darse cuenta de que era una grabación.

—¿Dónde estás, dónde estás? —intentó dominar su pánico y respiró hondo—. Bailey, escúchame —comenzó en cuanto sonó el pitido—. No sé qué demonios está pasando, pero estamos metidas en un lío. No te quedes ahí, puede que él vuelva. Estoy en una cabina, frente a un garito, cerca de...

—Maldita idiota —Jack metió la mano dentro de la cabina y la agarró del brazo.

—Quítame de las manos de encima, hijo de... —pero Jack ya había colgado.

Utilizando en su provecho los estrechos confines de la cabina, Jack la hizo darse la vuelta y le sujetó los brazos con las esposas. Luego la alzó y se la echó sobre el hombro.

Dejó que pataleara y se debatiera, y volvió a meterla en el coche antes de que un solo buen samaritano se fijara en ellos. Las amenazas de M.J. rebotaban en él mientras se apartaba de la acera y enfilaba la calle a toda velocidad.

—Menuda confianza —y, donde no había confianza, tenía que haber pruebas, pensó.

Cauteloso, dio la vuelta y escudriñó la zona hasta que encontró un callejón estrecho a media manzana de la cabina. Entró en él y apagó las luces y el motor.

Luego extendió el brazo, agarró a M.J. por la nuca y acercó su cara a la de él.

—¿Quieres ver lo que has conseguido con tu llamadita? Pues siéntate y espera.

—Quítame las manos de encima.

—En este momento, ponerte las manos encima es lo que menos me importa. Cierra el pico. Y espera.

Ella se apartó bruscamente cuando la soltó.

—¿Esperar qué?

—No creo que tarden mucho —y, sumiéndose en las sombras, se puso a observar la calle.

Tardaron menos de cinco minutos. Según el cómputo de Jack, menos de quince desde la llamada de M.J.. La furgoneta se acercó a la acera. Salieron dos hombres.

—¿Los reconoces?

Claro que los reconocía. Los había visto aquella misma mañana. Uno de ellos había entrado en su apartamento. El otro le había disparado. Estremeciéndose, cerró los ojos. De pronto comprendía que tenían pinchado el teléfono de Bailey y que habían localizado la llamada con extrema prontitud y eficacia. Y que, si Jack no hubiera actuado deprisa, tal vez se hubieran apoderado de ella con la misma prontitud y la misma eficacia.

El más bajo de los dos entró en el bar mientras el otro permanecía junto a la cabina, observando la calle, con una mano debajo de la chaqueta del traje.

—Le dará un par de pavos al barman para saber si estuviste aquí, si estabas sola, cuánto tiempo hace que te fuiste... No se quedarán mucho tiempo. Descubrirán que todavía estás conmigo y se pondrán a buscar el coche. Esta noche no podremos usarlo por aquí.

Ella no dijo nada. El segundo hombre volvió a salir y se reunió con el primero. Parecieron debatir algo, discutieron brevemente y finalmente subieron a la furgoneta. Esta vez, enfilaron la calle como un cohete.

M.J. se quedó en silencio un momento, mirando fijamente hacia delante.

—Tenías razón —dijo al fin—. Lo siento.

Jack se enfureció al notar que estaba a punto de echarse a llorar.

—Ahórrate las lágrimas —replicó, y encendió el motor—. La próxima vez que quieras suicidarte, asegúrate de que yo no esté cerca.

—Tenía que intentarlo. No podía hacer otra cosa. Creía que estabas exagerando, que intentabas asustarme. Pero estaba equivocada. ¿Cuántas veces quieres que te lo diga?

—Aún no lo sé. Si empiezas gimotear, voy a cabrearme de verdad.

—Yo no gimoteo —pero tenía ganas de echarse a llorar. Las lágrimas le quemaban la garganta. Le costó casi tanto tragárselas como le habría costado dejarlas correr.

Procuró calmarse mientras salían de la ciudad y tomaban una carretera desierta de Virginia. Las luces de la ciudad dejaron poco a poco paso a una oscuridad tranquilizadora.

—Nadie nos sigue —dijo ella.

—Eso es porque yo soy bueno, no porque tú no seas estúpida.

—Déjame en paz.

—Si me hubiera quedado allí, esperándote, otros cinco minutos, ahora mismo estaría tan muerto como Ralph. Así que considérate afortunada porque no te deje en la cuneta y me largue a México.

—¿Por qué no lo haces?

—Porque eres una inversión —Jack advirtió el brillo húmedo de sus ojos y apretó los dientes—. No me mires así. Me pone enfermo.

Maldiciendo, se apartó al arcén. Se sacó la llave del bolsillo, le quitó las esposas a M.J. y salió del coche con intención de pasear.

¿Por qué demonios se complicaba la vida con aquella mujer?, se preguntaba. ¿Por qué no se libraba de ella? ¿Por qué no se iba en ese mismo instante? México no estaba tan mal. Podía buscarse un lugar agradable en la playa, empaparse de sol y esperar que pasara todo aquel lío. Nada se lo impedía.

Entonces ella salió del coche y dijo suavemente:

—Bailey tiene problemas.

—Me importa un bledo tu amigo Bailey —Jack se giró hacia ella—. Me importo yo, y tal vez incluso me importes tú, aunque Dios sabe por qué, porque no me has causado más que problemas desde que te conozco.

—Me acostaré contigo.

Aquello cortó en seco la diatriba de Jack.

—¿Qué?

Ella cuadró los hombros.

—Me acostaré contigo. Haré lo que quieras, si me ayudas.

Él la miró fijamente. Miró cómo se derramaba la luz de la luna sobre su pelo y cómo refulgían sus ojos. Y la deseó locamente. Pero no así.

—Oh, genial —dijo ásperamente—. Estupendo. Ni siquiera tendré que atarte a las vías del tren —se acercó a ella, la agarró de los brazos y la zarandeó—. ¿Por quién me tomas?

—No lo sé.

—Yo no me aprovecho de las mujeres —dijo él entre dientes—. Y, cuando me llevo a una a la cama, es de mutuo acuerdo. Así que gracias por el ofrecimiento, pero tu supremo sacrificio no me interesa —Jack la soltó y echó a andar hacia el coche. Pero la rabia le hizo volverse—. ¿Crees que tu amigo se sentiría agradecido si supiera que estás dispuesta a acostarte conmigo para ayudarlo?

Ella respiró hondo para tranquilizarse.

—No. Eso no me detendría, pero no —se acercó a él, deteniéndose únicamente cuando estuvo al alcance de sus brazos—. Mi amiga se llama Bailey James. Es gemóloga.

Jack conocía el nombre por el documento falsificado que le había dado Ralph. Pero fue el género del adjetivo lo que lo dejó pasmado.

—¿Es una chica?

—Sí, es una chica. Fuimos juntas a la universidad. Compartíamos habitación. Una de las razones por las que me establecí en Washington fue para estar cerca de Bailey y de Grace. Grace era nuestra otra compa-

ñera de habitación. Son las mejores amigas que
tengo. Las mejores que he tenido nunca. Tengo
miedo por ellas, y necesito tu ayuda.

—¿Bailey es la que te mandó la piedra?

—Sí, y no lo habría hecho sin una buena razón.
Creo que es posible que le haya mandado el otro diamante a Grace. Sería muy propio de ella. Suele trabajar como asesora para el Smithsonian —cansada de
pronto, M.J. se frotó los ojos soñolientos—. No la veo
desde el miércoles por la noche. Se suponía que esta
noche íbamos a vernos en el bar. Le metí una nota
por debajo de la puerta para recordárselo. Yo suelo
trabajar por las noches y ella trabaja de día, así que,
aunque vivimos la una frente a la otra, nos pasamos
muchas notas por debajo de la puerta. Y últimamente, desde que recibió el encargo de autentificar
las tres Estrellas de Mitra para el Smithsonian, hace
muchas horas extra. No me extrañó no verla durante
un par de días.

—Y el viernes recibiste el paquete.

—Sí. La llamé al trabajo enseguida, pero saltó el
contestador. Habían cerrado hasta el martes. Había
olvidado que Bailey me dijo que este puente cerraban, pero que ella seguramente se quedaría trabajando. Me pasé por allí, pero todo parecía cerrado.
Llamé a Grace y me salió el contestador. Empecé a
cabrearme con las dos. Supuse que Bailey tendría sus
motivos y que me los explicaría llegado el momento.
Así que me fui a trabajar. Me fui a trabajar, sin más.

—No tiene sentido que te mortifiques por eso. No
tenías elección.

—Tengo una llave de su casa. Podía haberla usado. Tenemos una especie de acuerdo privado. Por eso nos pasamos notas. No usé la llave por costumbre —dejó escapar un suspiro trémulo—. Pero tampoco contestó al teléfono cuando la llamé desde la cabina, y eran las dos de la mañana. Bailey es muy formal, no anda por ahí a las dos de la mañana. Y, sin embargo, no contesta al teléfono. Tengo miedo... Lo que le hicieron a ese hombre... Tengo miedo por ella.

Jack le puso las manos sobre los hombros suavemente.

—Sólo podemos hacer una cosa —le dio un beso en la frente—. Iremos a echar un vistazo.

Ella dejó escapar un suspiro tembloroso.

—Gracias.

—Pero esta vez tienes que confiar en mí.

—Esta vez lo haré.

Jack abrió la puerta y esperó a que ella entrara.

—¿Y ese otro amigo del que hablabas, ese tipo...?

Ella se echó el pelo hacia atrás y alzó la mirada.

—No tengo ningún amigo.

Jack se inclinó hacia delante y atrapó su boca en un largo y ardiente beso.

—Pues vas a tenerlo.

Jack se arriesgó: regresó a Union Station. Sí, aquellos tipos estarían buscando su coche, pero confiaba en que su viejo Oldsmobile gris, con el rayado techo de vinilo, pasara desapercibido.

Y, además, pensaba darse prisa.

Las estaciones de tren y las de autobuses se parecían mucho en mitad de la noche, pensó. No todas las personas que se acurrucaban en las sillas o se tendían en mantas estaban esperando un medio de transporte. Algunas de ellas no tenían dónde ir.

—Sigue andando —le dijo a M.J.—. Y mantente alerta. No quiero que nos acorralen aquí.

Mientras procuraba mantener el paso de Jack, M.J. se preguntó por qué de madrugada aquellos sitios siempre olían a desesperanza. A aquella hora no quedaba nada del ajetreo, del bullicio, del trasiego de idas y venidas tan evidente durante el día. Los que viajaban de noche, o los que buscaban un sitio seco donde dormir, solían andar escasos de esperanza.

—Dijiste que íbamos a pasarnos por casa de Bailey.

—En cuanto acabe con esto —Jack se fue derecho hacia las taquillas y miró rápidamente a su alrededor—. Algunas veces, hay suerte —murmuró y, al encontrar el número, deslizó la llave en la cerradura.

M.J. se inclinó sobre su hombro.

—¿Qué hay dentro?

—Deja de atosigarme y lo veré. Copias de tus papeles —dijo, y le dio las hojas—. Un recuerdo para ti.

—Vaya, gracias. Me apetecía tener un recuerdo de nuestras pequeñas vacaciones —pero las guardó en su bolso tras echarles un rápido vistazo. Su interés aumentó cuando Jack sacó un pequeño cuaderno forrado de cuero negro—. Eso parece más prometedor.

—¿Dónde está el dinero para huir? —se preguntó Jack, profundamente decepcionado por no encontrar ningún dinero al pasar las manos por última vez por el interior de la taquilla—. Habría guardado algo si tuviera pensado huir.

—Tal vez lo sacara antes.

Él abrió la boca para decirle que no, pero volvió a cerrarla.

—Sí, tienes razón. Puede que quisiera llevarlo encima por si tenía que escapar —frunció el ceño y hojeó el libro—. Nombres y números.

—¿Direcciones? ¿Números de teléfono? —preguntó ella, estirando el cuello.

—No. Son cantidades, fechas... Pagos —decidió Jack—. Me da la impresión de que Ralph hacía chantajes.

—La sal de la tierra, tu amigo Ralph.

—Ex amigo —dijo Jack automáticamente, antes de recordar que era literalmente cierto—. Ex amigo —murmuró—. Si esto hubiera salido a la luz, habría perdido algo más que su negocio. Habría acabado en la cárcel.

—¿Crees que alguien decidió chantajear al chantajista?

—Seguramente. Y no todo el mundo busca dinero —sacudió la cabeza. Según las cifras, Ralph había ganado mucho dinero con aquellas actividades—. Los hay que buscan sangre.

—¿Qué sacamos nosotros en claro? —preguntó M.J.

—No mucho —él se guardó la libreta en el bolsillo de atrás y escrutó de nuevo la terminal—. Pero alguien a quien Ralph le estaba apretando las tuercas le devolvió la pelota. O, más probablemente, alguien que conocía las actividades de Ralph se guardó la información hasta que le fue útil.

—Y entonces lo mató —añadió M.J., sintiendo que se le encogía el estómago—. El que lo hizo está relacionado con ese cuaderno, o con Ralph. Y ellos están relacionados con Bailey a través de los diamantes. Tengo que encontrarla.

—Vamos allá —dijo él, y la tomó de la mano.

VI

M.J. sabía el riesgo que corrían, y se preparó para acatar las órdenes de Jack sin rechistar. No haría preguntas. A fin de cuentas, el experto era él, y ella necesitaba un profesional.

Aquella promesa duró menos de media hora.

—¿Por qué estás dando vueltas? —preguntó—. Deberías haber girado a la izquierda en esa esquina. ¿Es que has olvidado cómo se llega?

—No, no he olvidado cómo se llega. A mí nunca se me olvida cómo llegar a un sitio.

Ella hizo girar los ojos.

—Pues has girado mal.

—No, en absoluto.

¡Hombres!, pensó ella resoplando.

—Te lo estoy diciendo. Yo vivo aquí. Mi apartamento está a tres manzanas de aquí.

Jack había intentando convencerse de que debía ser paciente con ella. M.J. estaba soportando mucha presión, y los dos habían tenido un día muy duro. Pero sus buenas intenciones se fueron al mismo sitio adonde había ido a parar la promesa de M.J.

—Sé dónde vives —replicó—. Estuve dos horas vigilando tu casa mientras tú estabas por ahí de tiendas.

—No estaba de tiendas. Estaba haciendo la compra, lo cual es muy distinto. Y aún no has contestado a mi pregunta.

—¿Es que nunca te callas?

—¿Y tú nunca eres amable?

Él frenó delante de un semáforo y tamborileó con los dedos sobre el volante.

—Quieres saber por qué estoy dando vueltas. Te lo diré. Porque hay dos tipos armados en una furgoneta que nos están buscando, en este coche, en concreto, y, si por casualidad están por aquí, preferiría verlos antes de que ellos nos vean a nosotros. Esta noche no tengo ganas de que me peguen un tiro. ¿Está lo bastante claro?

Ella cruzó los brazos sobre el pecho.

—¿Por qué no lo dijiste desde el principio?

Él respondió rezongando mientras giraba de nuevo. Siguió avanzando lentamente a lo largo de la manzana y luego se acercó a la acera y apagó el motor.

—¿Por qué paras aquí? Estamos a varias manzanas de distancia. Mira, Jack, si tienes la testosterona baja y te has perdido, no te lo reprocharé. Puedo...

—No me he perdido —él se llevó ambas manos al pelo y sintió ganas de tirar—. Yo nunca me pierdo. Sé lo que estoy haciendo —extendió un brazo y abrió la guantera.

—Bueno, entonces, ¿por qué...?

—Vamos a ir a pie —le dijo él, y agarró una delgada linterna y una pistola del calibre 38. Se aseguró de que ella veía la pistola y revisó despacio el seguro. Ella se limitó a mirarla parpadeando.

—Eso no tiene sentido. Si tenemos que...

—Vamos a hacer esto a mi modo.

—Oh, qué sorpresa. Sólo estoy preguntando...

—Pues yo estoy harto de contestar. Muy harto —dejó escapar un suspiro—. Vamos a cruzar esta calle, luego atajaremos entre esos dos patios, rodearemos el edificio de la siguiente manzana y cruzaremos hasta la parte de atrás de tu edificio. Vamos a ir a pie porque será más difícil que nos vean si están vigilando tu edificio.

Ella se quedó pensando un momento y luego asintió con la cabeza.

—Bueno, eso tiene sentido.

—Gracias, muchísimas gracias —Jack agarró su bolso y, mientras ella protestaba, le vació el dinero de la cartera.

—¿Qué estás haciendo? Ese dinero es mío —agarró su cartera vacía mientras él se guardaba los billetes en el bolsillo; luego se quedó boquiabierta al ver que Jack guardaba el diamante junto con los billetes—. Dame eso. ¿Es que te has vuelto loco?

M.J. intentó quitárselo. Jack se limitó a empujarla contra el asiento, la sujetó y, arriesgándose a que le mordiera de nuevo el labio, aplastó su boca contra la de ella. M.J. se retorció, masculló algo que Jack imaginó serían palabrotas, y empezó a darle puñetazos en las costillas. Luego decidió cooperar.

Y a su cooperación, ávida y ardiente, resultaba más difícil resistirse que a sus protestas. Jack se perdió en ella un momento, y experimentó la perturbadora sensación de no poder hacer otra cosa. Era como la primera vez. Abrasador. En su cabeza giraba la idea de que llevaba toda la vida esperando una boca como aquélla. Así de simple. Así de aterrador.

El puño de M.J. se relajó, y sus dedos se abrieron y se deslizaron sobre la espalda de Jack hasta engancharse posesivamente en su hombro. «Mío», pensó. Así de simple. Así de perturbador.

Cuando él se apartó, se miraron el uno al otro en la penumbra, dos personas decididas que acababan de ver cómo su mundo temblaba bajo sus pies. Ella seguía agarrada a los hombros de Jack, y él a ella.

—¿Por qué has hecho eso? —logró decir ella.

—Para hacerte callar, sobre todo —su mano se deslizó por el hombro de M.J. y se introdujo entre su pelo—. Pero luego cambió.

Ella asintió lentamente.

—Sí.

Él sentía ganas de arrastrarla al asiento de atrás y jugar a los adolescentes. La idea casi le hizo sonreír.

—No puedo pensar en esto ahora.

—No, yo tampoco.

Él apartó la mano de su pelo y tomó la mano de M.J. en un gesto sorprendentemente dulce, entrelazando sus dedos.

—Después haremos algo más que pensar en ello.

—Sí —sus labios se curvaron un poco—. Supongo que sí.

—Vamos. No, no te lleves el bolso —al ver que ella abría la boca para protestar, Jack se lo quitó de un tirón y lo lanzó al asiento de atrás—. M.J., esa cosa pesa una tonelada. Puede que tengamos que salir por piernas. Voy a llevarme el dinero y la piedra porque puede que descubran el coche, o puede que no podamos volver a él.

—Está bien —ella salió y lo esperó en la acera. Miró un momento la pistola que Jack estaba guardando en una cartuchera—. Sé que esto es arriesgado. Pero tengo que hacerlo, Jack.

Él la tomó de nuevo de la mano.

—Entonces, hagámoslo.

Siguieron la ruta que habían trazado. Al deslizarse entre los patios, un perro les ladró con ahínco. La luna había salido, una baliza brillante que al mismo tiempo guiaba su camino y los enfocaba. Él deseó por un instante que M.J. se hubiera quitado la camiseta blanca, que relucía en la oscuridad como una bandera fluorescente. Pero ella avanzaba deprisa, con pasos largos y sigilosos. Él sabía que podía correr si era necesario. Tenía que conformarse con eso.

—Tienes que hacer lo que te diga —comenzó a decirle en voz baja mientras escudriñaba la parte de atrás del edificio de M.J.—. Sé que va a costarte, pero tendrás que aguantarte. Si te digo que te muevas, te mueves. Si te digo que corras, corres. Nada de preguntas, ni de discusiones.

—No soy tonta. Sólo me gusta saber por qué hago las cosas.

—Esta vez, haz lo que te diga, y debatiremos las razones más adelante.

Ella procuró ponerse a su paso.

—Su coche está ahí —dijo suavemente—. Ése pequeño, blanco.

—Puede que esté en casa —o, pensó, quizá no hubiera podido llevarse el coche. Pero no creía que a M.J. le conviniera oír aquello—. Vamos a entrar por el lateral, por la salida de emergencia. Subiremos por las escaleras. Nada de ruidos, M.J., ni de conversación.

—Está bien.

Ella fijó los ojos en las ventanas de Bailey mientras andaban aprisa hacia la puerta lateral. Las ventanas estaban a oscuras; las cortinas, echadas. Bailey siempre dejaba las cortinas abiertas, se dijo. Le gustaba mirar por las ventanas y raramente tapaba la vista.

Entraron en el edificio como sombras y se acercaron sigilosamente a la escalera, con Jack medio paso por delante. La luz de emergencia brillaba, iluminando el vestíbulo y las escaleras. Jack miró hacia el portal, manteniéndose a un lado. Si alguien estaba vigilando, pensó, los vería fácilmente con aquella luz. Pero era un riesgo que tenían que correr.

Mientras subían las escaleras, Jack aguzó el oído, pendiente de cualquier sonido, de cualquier movimiento. Era tan tarde que era temprano. El edificio dormía. No se oía ni siquiera el murmullo de una televisión detrás de las puertas por las que pasaron en el segundo piso.

Cuando llegaron al tercero, M.J. inhaló un suspiro

que al instante sofocó. Su puerta estaba cruzada por cinta policial.

—Esa vecina tuya de las zapatillas de conejitos llamó a la policía —murmuró Jack—. Apuesto algo a que ellos también te están buscando —extendió una mano—. ¿La llave?

Ella se dio la vuelta y fijó los ojos en la puerta de Bailey mientras hurgaba en su bolsillo. Le dio la llave a Jack. Él le hizo señas de que retrocediera hacia las escaleras por si tenía que huir, y, sacando la pistola, abrió la puerta.

Agachándose, escudriñó el piso usando la linterna, pero no vio señal alguna de movimiento. Alzando una mano para evitar que M.J. se moviera, entró en el apartamento. Lo que había visto le inducía a pensar que allí no había nadie, pero quería echarle un vistazo al dormitorio y a la cocina antes de que M.J. se reuniera con él.

Había dado los primeros pasos cuando ella dejó escapar un gemido que le hizo volverse.

—Quédate ahí —le ordenó—. No te muevas.

—Oh, Dios. Bailey... —M.J. se abalanzó hacia el dormitorio, saltando por encima de cojines rajados y sillas volcadas.

Él alcanzó la puerta un paso por delante de ella y la apartó de un empujón.

—Cálmate, maldita sea —siseó, y abrió la puerta—. No está aquí —dijo un instante después—. Ve a cerrar la puerta. Echa la llave.

Ella regresó con piernas temblorosas, sorteando los restos del cuarto de estar. Cerró la puerta, echó la llave y se apoyó contra ella débilmente.

—¿Qué le han hecho, Jack? Oh, Dios, ¿qué le han hecho?

—Siéntate. Déjame echar un vistazo.

Ella cerró los ojos con fuerza, intentando dominarse. Las imágenes se agolpaban en su cabeza. Grace y ella sentadas a la sombra de un peñasco mientras Bailey buscaba rocas alegremente. Las tres riéndose como tontas de madrugada, borrachas. Bailey, con una onda de su pelo rubio cayéndole sobre la cara, contemplando muy seria un par de zapatos italianos en una tienda.

—Te ayudaré —dijo, y dejó escapar una bocanada de aire—. Puedo hacerlo.

Sí, pensó él, viendo cómo estiraba la espalda y cuadraba los hombros. Probablemente podía.

—Está bien, hay que darse prisa y no hacer ruido. No podemos arriesgarnos a encender la luz, y no tenemos mucho tiempo.

Jack deslizó el haz de luz de la linterna por la habitación. El contenido de los cajones y los armarios estaba tirado por el suelo. Había un par de cosas rotas. Los cojines, el colchón, hasta el respaldo de las sillas, habían sido rajados de modo que el relleno se salía en una catarata de destrucción.

—No hay modo de saber si falta algo con este lío —inspeccionó los daños aparentes—. Pero creo que tu amiga no estaba aquí cuando registraron la casa.

M.J. se llevó una mano al corazón como si quisiera retener la esperanza.

—¿Por qué?

—Esto no ha sido una pelea, M.J. Ha sido un registro, un registro rápido, chapucero y más bien silencioso. Yo diría que ya sabemos qué estaban buscando. Que lo encontraran o no...

—Bailey lo llevará consigo —dijo M.J. rápidamente—. Su nota decía claramente que llevara siempre la piedra conmigo. Se lo habrá llevado.

—Si eso es cierto, seguramente todavía lo tendrá. No estaba aquí —repitió, pasando la luz por el cuarto de estar—. No se defendió, ni resultó herida aquí. No hay sangre.

A M.J. le temblaron las rodillas otra vez.

—No hay sangre —se llevó una mano a la boca para sofocar un sollozo de alegría—. Está bien. Bailey está bien. Se habrá escondido, igual que nosotros.

—Si es tan lista como dices, sí.

—Es lo bastante lista como para huir si tiene que hacerlo —M.J. miró con más detenimiento la habitación revuelta—. No se ha llevado el coche, de modo que va a pie o está usando el transporte público —su corazón se encogió al pensarlo—. Ella no conoce las calles, Jack. No sabe cómo funcionan las cosas. Es muy inteligente, pero ingenua. Es demasiado confiada, le gusta creer lo mejor de la gente. Es muy dulce —añadió, estremeciéndose un poco.

—Se lo habrás pegado tú —Jack se alegró de que ella sonriera levemente—. Vamos a echar un vistazo rápido aquí, a ver si encontramos algo. Mira su ropa. Seguramente sabrás si ha hecho las maletas.

—Tiene un neceser de viaje muy bien surtido. No iría a ninguna parte sin él —animada por aquel hecho simple, M.J. se dirigió hacia el cuarto de baño para inspeccionar el estrecho armario de las toallas.

Incluso allí habían sacado las cosas, habían vaciado los estantes y habían abierto y vaciado los frascos. Pero M.J. encontró el neceser, lo abrió y, al vaciarlo en el suelo, reconoció parte de su contenido: el cepillo de dientes de viaje, el cepillo plegable, los botecitos de champú y de gel...

—Está aquí —entró en el dormitorio y revisó la ropa de Bailey—. Creo que no se ha llevado nada. Falta un traje. Uno bastante nuevo, de eso me acuerdo. De seda azul. Debe de llevarlo puesto. Demonios, zapatos y bolsos, no sé. Los colecciona como si fueran sellos.

—¿Tiene alguna cosilla guardada por ahí?

Ofendida, ella alzó la cabeza.

—Bailey no toma drogas.

—No me refiero a drogas —«paciencia», se dijo, y fijó los ojos en el techo—. Menuda opinión tienes de mí, nena. Me refiero a dinero en metálico.

—Ah —ella, que estaba agachada, se levantó—. Lo siento. Sí, siempre guarda un poco de dinero —condujo a Jack a la cocina, aunque le molestaba un poco—. Esto le va a sentar fatal. Es muy ordenada. Es casi una obsesión para ella. Y su cocina... —apartó con el pie algunas latas esparcidas por el suelo, junto a la harina, el café y el azúcar que habían volcado de sus recipientes—. Es casi imposible encontrar una miga en su tostador.

—Yo diría que todos tenemos problemas más graves que las tareas domésticas.

—Sí —M.J. se agachó y recogió una lata de sopa—. Es una de ésas falsas —explicó, y desenroscó la tapa—. Tampoco se llevó su dinero de emergencia —dijo ali-

viada–. Seguramente ni siquiera ha vuelto desde el...
¡Eh! –retiró la lata, pero Jack ya había sacado el dinero–. Trae eso aquí.

–Mira, no podemos arriesgarnos a usar las tarjetas,
así que necesitamos dinero. Dinero en efectivo –se
guardó un grueso fajo de billetes en el bolsillo–. Ya se
lo devolverás más adelante.

–¿Yo? Pero si te los has guardado tú.

–Tonterías –masculló él, agarrándola de la mano–.
Vamos. Aquí no hay nada, y no conviene tentar a la
suerte.

–Podría dejarle una nota, por si vuelve. Deja de
arrastrarme.

–Puede que no sea ella la única que vuelva –Jack
la sacó a rastras por la puerta y siguió tirando hasta
que empezaron a bajar por las escaleras.

–Tengo que averiguar qué le ha pasado a Grace.

–Cada cosa a su tiempo, M.J. Vamos a quitarnos de
la circulación un tiempo.

–Podría llamarla desde mi teléfono, o desde tu
móvil. Jack, si Bailey y yo estamos metidas en esto,
Grace también.

–¿Es que lo hacéis todo juntas?

–Sí, ¿qué pasa? –ella corrió hacia la puerta lateral
junto a él, animada por un nuevo temor–. Tengo que
contactar con ella. Tiene una casa en Potomac. No
creo que esté allí. Supongo que estará en su casa de
campo, pero...

–Cállate –Jack abrió la puerta, escudriñó la quie-
tud del aparcamiento, y el barrio aún dormido. De
momento, todo había sido muy fácil. Y eso lo ponía

nervioso—. Cállate hasta que estemos a salvo, ¿quieres? Dios, qué boca tienes.

Jack salió, tirando de ella, y echó a correr.

—No veo cuál es el problema. El que vino buscando a Bailey ya se ha ido.

—Pero eso no significa que no pueda volver —vio el destello de la luna sobre la pintura de la furgoneta cuando ésta entró derrapando en el aparcamiento—. A veces odio tener razón. ¡Corre! —gritó, empujándola delante de sí.

Se giró para cubrirle la espalda y rezó una rápida plegaria para que no los vieran. Pero decidió que Dios estaba ocupado en ese momento cuando las puertas de la furgoneta se abrieron. Agarró la pistola y disparó antes de darse la vuelta y correr tras M.J.

Confiaba en que el disparo les diera que pensar a sus perseguidores.

—¡He dicho que corras! —gritó cuando estuvo a punto de atropellar a M.J.

—He oído un disparo. Pensé...

—No pienses. ¡Corre! —la agarró de la mano y se alegró de que a ella no le costara trabajo seguir su ritmo.

Cruzaron a toda velocidad los patios y, esta vez, el perro profirió un aullido que se oyó en manzanas a la redonda. La luna flotaba ante ellos. Aunque no oían pasos a su espalda, Jack no redujo el paso y, flanqueando a todo correr el lateral de un edificio, doblaron la esquina. Se detuvo un momento para escudriñar la calle y luego echó de nuevo a correr.

—Entra —fue todo lo que dijo al llegar junto al coche.

M.J. abrió la puerta y se tiró al asiento.

—No nos han seguido —jadeó—. Eso es mala señal. Deberían habernos seguido.

—Tienes razón —Jack giró la llave, pisó el acelerador y se apartó de la acera a toda velocidad en el momento en que la furgoneta doblaba la esquina —. Agárrate.

Aunque M.J. no lo creía posible, Jack giró el coche en redondo, poniéndolo a dos ruedas sobre la acera del otro lado. Su parachoques rozó ligeramente el de un sedán, y luego enfilaron chirriando la tranquila calle de las afueras a cien por hora. Jack tomó el primer desvío, con la furgoneta a tres cuerpos de distancia.

—¿Sabes usar una pistola?

M.J. tomó el arma.

—Sí.

—Esperemos que no tengas que hacerlo. Abróchate el cinturón, si puedes —sugirió él mientras doblaban otra esquina. M.J. se golpeó el codo contra el salpicadero—. Y no me apuntes con esa cosa.

—Sé manejar un arma —ella apretó los dientes y procuró calmarse mientras miraba por la ventanilla de atrás—. Tú sigue conduciendo. Se están acercando.

Jack miró por el retrovisor y calculó la distancia que los separaba de los faros que se acercaban.

—Esta vez, no —dijo.

Avanzaba por las calles serpenteando, tocando el freno, pisando el acelerador, girando el volante de tal modo que los neumáticos chirriaban. El desafío, la sensación vertiginosa de la velocidad, le hacía sonreír.

—Me gusta hacer esto con música —dijo, y puso la radio a todo volumen.

—Estás loco —pero ella también sonrió—. Quieren matarnos.

—Y la gente que vive en el infierno quiere helados de cucurucho —tomó una calle de cuatro carriles y puso el coche a ciento treinta—. Este tanque no parece gran cosa, pero se mueve.

—Y la furgoneta también. No los has perdido.

—Aún no he empezado —miró a derecha e izquierda a toda prisa y se saltó un semáforo en rojo. Había poco tráfico, incluso cuando cruzaron a toda velocidad el centro de la ciudad—. Ése es el problema de Washington —comentó—. No tiene vida nocturna. Sólo políticos y embajadores.

—Pero tiene dignidad.

—Sí, ya —Jack tomó una curva a noventa y comenzó a serpear por aquella conejera de estrechas bocacalles y rotondas. De pronto oyó un chasquido metálico. Una bala había dado en su parachoques—. Parece que se están enfadando.

—Creo que intentan reventar las ruedas.

—Pues las acabo de comprar.

Viejas o nuevas, pensó ella, si una bala reventaba la goma, todo se habría acabado. M.J. respiró hondo, contuvo el aliento y, sacando medio cuerpo por la ventanilla, disparó.

—¿Estás loca? —a Jack le dio un vuelco el corazón y estuvo a punto de estrellarse contra una farola—. Mete la cabeza antes de que te la vuelen.

Ella disparó de nuevo.

—¿No querían jugar? —el tercer tiro alcanzó un faro. El ruido de cristal roto disparó su adrenalina. Poco importaba que hubiera apuntado al parabrisas—. Les he dado.

Jack dejó escapar un gruñido, le agarró de las posaderas de los vaqueros y tiró de ella. Por primera vez en su vida, le temblaron las manos al volante.

—¿Quién te crees que eres, Bonnie Parker?

—Se están retirando.

—No, yo les estoy dejando atrás. Deja que yo me ocupe de esto, ¿quieres?

Zigzagueó por las calles hasta salir a la avenida de cuatro carriles, la cruzó a toda velocidad y derrapó en la mediana con una serie de golpes cuyo estruendo hacía crujir los huesos. Saltaron chispas como estrellas cuando el acero rozó el asfalto. Con una habilidad que admiró a M.J., Jack viró describiendo un amplio arco y se dirigió hacia el norte.

—Lo están intentando —ella se giró en el asiento y asomó la cabeza por la ventanilla otra vez, a pesar de que Jack no paraba de rezongar—. Creo que no van a... —lanzó una maldición al oír un ruido de metal que se aplastaba—. Están retrocediendo. Se dirigen al norte por el nudo sur.

—Ya lo veo. No necesito que me hagas la retransmisión. Mete la cabeza. Y abróchate el cinturón.

Jack tomó a cien por hora el puente que llevaba a la autopista de circunvalación. Calculó que había ganado tiempo suficiente para escapar. Tomó derrapando el primer desvío y se adentró en Maryland.

—Los has perdido —M.J. se acercó a él y le dio un beso entusiasta en la mejilla—. Eres genial, Dakota.

—Tienes mucha razón —Jack estaba temblando. En cuanto creyó que podía permitírselo, se apartó al arcén y borró la sonrisa de la cara de M.J. agarrándola por los hombros y dándole un fuerte zarandeo—. No vuelvas a hacer una cosa así. Tienes suerte de que no te hayan volado los sesos.

—Corta el rollo, Jack —su mano se cerró—. Lo digo en serio —entonces él la apretó contra sí y la abrazó con fuerza, y ella se quedó inerte. Él enterró la cara entre su pelo. Su corazón latía a toda prisa—. Eh —conmovida, ella le palmeó la espalda—. Sólo estaba haciendo mi parte.

—Pues no lo vuelvas a hacer —su boca buscó la de M.J. en un beso desesperado—. No lo vuelvas a hacer —y, tan bruscamente como la había abrazado, la apartó de un empujón—. Me has dado un susto de muerte —masculló, furioso por las emociones que se agitaban dentro de él—. Cállate —giró la cabeza bruscamente cuando ella abrió la boca—. Cállate. No quiero hablar de esto.

—Está bien —a ella también le temblaba el estómago. Como si el destino del mundo dependiera de ello, se abrochó meticulosamente el cinturón al tiempo que Jack volvía a la carretera—. Me gustaría llamar a mi amiga Grace.

Las manos de Jack se tensaron sobre el volante, pero su voz sonó tranquila.

—No podemos correr ese riesgo ahora. No sabemos qué clase de equipo tienen en esa furgoneta, y todavía están muy cerca. Mañana veremos qué podemos hacer.

Sabiendo que tendría que conformarse con eso, M.J. se frotó las manos inquietas sobre las rodillas.

—Jack, sé lo mucho que te has arriesgado yendo a casa de Bailey para que me quedara tranquila. Y te lo agradezco.

—Es parte del servicio.

—¿De veras?

Él le lanzó una mirada y se encontró con sus ojos.

—Demonios, no. He dicho que no quiero hablar de eso.

—No estoy hablando de eso —M.J. no sabía qué hacer con los inesperados sentimientos que se agitaban dentro de ella—. Te estoy dando las gracias.

—De nada. Mira, vamos a volver al motel Bates. ¿Qué tienes más: sueño o hambre?

—Hambre.

—Bien. Yo también.

Tenía muchas cosas en que pensar, se dijo M.J. Su amiga había desaparecido, tenía en su poder un diamante azul y la habían perseguido, tiroteado y esposado. Y, además, temía estar enamorándose de un cazarrecompensas de mirada torva que conducía como un maníaco y besaba como un sueño. Un sueño húmedo y caliente.

Y apenas sabía de él más que su nombre.

Aquello no tenía sentido, y aunque en ciertas cosas le gustaba el riesgo, los asuntos del corazón no eran una de ellas. En esos asuntos siempre había actuado con mano de hierro, y le asustaba notar que aquel hombre con el que literalmente había chocado el día anterior se le estaba escapando entre las manos. Ella no era una mujer romántica, ni fantasiosa. Pero era sincera. Lo bastante sincera como para admitir que, fueran cuales fuesen los peligros exteriores que afrontaba, se enfrentaba asimismo a un peligro igualmente grande y real en su fuero interno.

Temblaba de furia. ¡Incompetentes! Era inadmisible hallarse rodeado de tanta incompetencia. Cierto, había contratado a aquellos hombres con prisas y con escasas recomendaciones, pero le ponía furioso pensar que habían fracasado en aquella minúscula tarea, enfrentándose a una sola mujer.

No le cabía duda alguna de que él mismo podría haberse encargado de ella, si hubiera podido correr semejante riesgo.

Ahora que se había puesto la luna y las estrellas iban desvaneciéndose, permanecía en la terraza, aplacando su ira con un vaso de vino del color de la sangre fresca.

Era en parte culpa suya, se dijo. Ciertamente, debería haberle prestado más atención al asunto de Jack Dakota. Pero el tiempo apremiaba, y había dado por sentado que aquel estúpido prestamista era capaz de cumplir sus órdenes y encargarle el trabajo a alguien lo bastante competente como para llevarse a la chica, y lo suficientemente astuto como para entregarla.

Por lo visto, Jack Dakota no era astuto, sino terco. Y aquella chica tenía tanta suerte que le sacaba de quicio. M.J. O'Leary. Bueno, quizá tuviera la suerte de los irlandeses, pero la suerte podía cambiar.

Él se encargaría de que cambiara. Igual que se encargaría de Bailey James. Al final, tendría que salir a la luz. Y él estaría preparado. Y en cuanto a Grace Fontaine... Qué lástima.

En fin, encontraría también la tercera piedra. Conseguiría todas ellas. Y todos aquellos que habían intentado detenerlo lo pagarían muy caro.

Sus dedos quebraron el frágil tallo de la copa. El cristal se estrelló tintineando sobre la piedra. El vino se derramó y formó una mancha. Miró hacia abajo, sonriendo agriamente, y observó cómo se deslizaba el líquido rojo por las grietas.

Algo más que vino se derramaría, se prometió a sí mismo.

Y pronto.

VII

Se sentaron en la pequeña cafetería que había un poco más allá del motel. Primero tomaron café fuerte, servido por una camarera soñolienta provista de un uniforme rosa algodón de azúcar y de una etiqueta de plástico con su nombre, el cual resultó ser Midge.

M.J. se removió en el taburete, enganchándose los vaqueros en el vinilo rajado del asiento, y recorrió con la mirada la carta escrita a mano y metida en una funda de plástico. Luego apoyó un codo en la superficie rayada del linóleo manchado de café que cubría la mesa.

La máquina de discos emitía una canción country muy antigua, y un denso olor a fritanga impregnaba el aire. Allí no se servía estética, pero desayunos, sí. Veinticuatro horas al día.

—Es demasiado perfecto —comentó M.J. después de pedir un copioso desayuno con patatas, huevos y bei-

con—. Incluso tiene pinta de llamarse Midge: trabajadora, eficiente y simpática. Siempre me he preguntado si la gente se adaptaba a sus nombres o viceversa. Como Bailey: fría, estudiosa, inteligente. O
Grace: elegante, femenina y generosa.

Jack se pasó una mano por la barba que empezaba
a crecerle en el mentón.

—¿Qué significa M.J.?

—Nada.

Él alzó una ceja.

—Claro que sí. Mary Jo, Melissa Jane, Margaret
Joan, ¿qué?

Ella bebió un sorbo de café.

—Sólo son iniciales. Y, además, es mi nombre legal.

Los labios de Jack se curvaron.

—Te emborracharé para que me lo digas.

—Dakota, yo desciendo de un largo linaje de taber-
neros irlandeses. Emborracharme es prácticamente
imposible.

—Eso habrá que verlo..., puede que en tu bar. ¿Madera oscura? —preguntó con una media sonrisa—. Mucho bronce. ¿Música irlandesa en vivo los fines de semana?

—Sí. Y ni un helecho a la vista.

—Genial. Y, dado que eres la dueña, puedes invitar a
la primera ronda en cuanto salgamos de ésta.

—Trato hecho —ella tomó de nuevo su taza—. No
sabes qué ganas tengo.

—¿Qué pasa? ¿Es que no te estás divirtiendo?

Ella se echó hacia atrás cuando la camarera colocó
sus platos llenos a rebosar sobre la mesa.

—Gracias —agarró un tenedor y se puso a comer—. Tiene sus momentos —le dijo a Jack—. ¿Puedo ver el libro de Ralph?

—¿Para qué?

—Para admirar su bonita cubierta de plástico —dijo ella dulcemente.

—Claro, ¿por qué no? —él alzó las caderas, sacó el cuadernillo y lo tiró sobre la mesa. Empezó a comerse los huevos mientras ella lo hojeaba—. ¿Conoces a alguien?

El tono burlón de su voz hizo que M.J. alzara la mirada con desafío y sonriera al decir:

—Pues sí.

—¿Qué? —Jack intentó quitarle el cuaderno, pero M.J. lo quitó de su alcance—. ¿A quién?

—T. Salvini. Tiene que ser uno de los hermanastros de Bailey.

—¿Estás de broma?

—No. Hay un cinco y tres ceros detrás de su nombre. Piénsalo. Tim o Tom hacían negocios con Ralph. Tú hacías negocios con Ralph y yo ahora, por decirlo de alguna manera, estoy haciendo negocios contigo —sus ojos verdes como un río se alzaron y se fijaron en los de Jack—. El mundo es un pañuelo, ¿verdad, Jack?

—Eso digo yo —convino él.

—Aquí hay otro pago, de unos cinco mil pavos. Parece que la factura llegó el dieciocho del mes de... Hace cuatro, no, cinco meses —pensativa, ella dio golpecitos con el cuaderno sobre el filo de la mesa—. Me pregunto qué hacía uno de esos capullos, o los dos, que valiera veinticinco mil dólares para que Ralph mantuviera la boca cerrada.

—La gente hace continuamente cosas de las que no quiere que nadie se entere... y pagan por ello, de un modo u otro.

Ella ladeó la cabeza.

—Eres un auténtico estudioso de la naturaleza humana, ¿eh, Dakota? Y un cínico también.

—La vida es un viaje cínico. En fin, tenemos una conexión sólida con Ralph. Puede que tengamos que hacerles una visita a esos tipos.

—Son hombres de negocios —señaló ella—. Unos tramposos, desde mi punto de vista. Pero el asesinato es un gran salto. No creo que lo hayan hecho ellos.

—A veces es un paso mucho más pequeño de lo que crees —él tomó el cuaderno y se lo guardó de nuevo—. En ese viaje cínico.

—Me los imagino amañando los libros —dijo ella, pensativa—. Timothy tiene problemas con el juego. O sea, que le gusta apostar y suele perder.

—¿De veras? Bueno, Ralph tenía muchos contactos en el mundo de, digámoslo así, los juegos de azar. Otro eslabón de la cadena.

—Así que Ralph descubre que ese capullo está jugando sucio, quizá malversando fondos para que no le rompan las piernas, y le aprieta las tuercas.

—Podría ser. Y Salvini le va con el cuento a alguien más fuerte..., alguien que quiere las Estrellas —Jack movió los hombros—. En cualquier caso, no lo has hecho mal del todo, preciosa.

—Lo he hecho genial —lo corrigió ella.

—Digamos que lo has hecho bien. Y estabas muy guapa sacando las caderas por la ventanilla del coche y disparándole a la furgoneta —sumergió sus tortitas en sirope—. Aunque a mí casi se me paró el corazón. Si alguna vez decides cambiar de oficio, creo que serías una buena cazarrecompensas.

—¿En serio? —ella no sabía si tomárselo como un cumplido o como una ofensa. Decidió sentirse halagada—. No creo que pudiera pasarme la vida de caza... o siendo cazada —echó tanta sal a sus huevos que Jack, que era un fanático de la sal, hizo una mueca de espanto—. ¿Cómo lo haces? ¿Y por qué?

—¿Qué tal tienes la presión arterial?

—¿Mmm?

—Es igual. Supongo que uno hace lo que puede hacer. A mí se me da bien seguir pistas, rastrear, deducir lo que hacen otros. Y me gusta la caza —esbozó una sonrisa lobuna—. Me encanta la caza. Da igual el tamaño de la presa, mientras la atrape.

—¿El crimen es el crimen?

—No exactamente. Ésa es la actitud de un poli. Pero, mirándolo desde el ángulo adecuado, es igual de satisfactorio atrapar a un padre moroso que huye para no pagar la pensión de sus hijos que meter en la cárcel a un tío que le pegó un tiro a su socio. Si conoces a tu presa, puedes atrapar a ambos. La mayoría son idiotas. Tienen costumbres que no rompen.

—¿Como cuáles?

—Un tipo mete la mano en la caja del sitio donde trabaja. Lo pillan, lo denuncian y acaba entre rejas. Lo más probable es que tenga amigos, parientes, una novia. No tardará mucho en pedirle ayuda a alguien. No suelen ser tipos solitarios. Creen que lo son, pero no es cierto. Hay algo que siempre los retiene. Hacen una llamada, tienen visitas... Dejan un rastro de papeles. Tú, por ejemplo.

Ella frunció el ceño, sorprendida.

—Yo no había hecho nada.

—Eso es lo de menos. Eres una chica lista, una emprendedora, pero no habrías ido muy lejos sin llamar a tus amigas —troceó los huevos y sonrió a M.J.—. En realidad, eso es lo que has hecho.

—¿Y qué me dices de ti? ¿A quién llamarías?

—A nadie —la sonrisa de Jack se borró. Siguió comiendo mientras la camarera les rellenaba las tazas de café.

—¿No tienes familia?

—No —él tomó una loncha de beicon y la partió en dos—. Mi padre se largó cuando yo tenía doce años. Mi madre se enfrentó a la situación odiando a todo el mundo. Mi hermano mayor se alistó en el ejército el día que cumplió dieciocho años. Decidió no volver. Hace diez o doce años que no lo veo. Cuando entré en la universidad, mi madre llegó a la conclusión de que ya había cumplido y se largó. Podría decirse que no tenemos mucho contacto.

—Lo siento.

Él sacudió los hombros, rechazando su compasión e irritado consigo mismo por habérselo contado. No solía hablar de su familia. Nunca. Con nadie.

—No has visto a tu familia en todos estos años

—continuó ella, incapaz de refrenarse—. ¿No sabes dónde están? ¿No tienen noticias tuyas?

—No estábamos muy unidos que se diga, y no pasamos suficiente tiempo juntos como para considerarnos una familia tradicional.

—Pero aun así...

—Siempre creí que lo llevábamos en la sangre —dijo él, atajándola—. Algunas personas, sencillamente, son culos de mal asiento.

De acuerdo, pensó ella, el tema de su familia quedaba zanjado. Era una llaga fresca, aunque él no se diera cuenta.

—¿Y tú, Jack? ¿Tú también eres un culo de mal asiento?

—Ésa es una de las ventajas de este oficio. Nunca se sabe dónde va a llevarte.

—No me refería a eso —ella escudriñó su cara—. Pero eso ya lo sabes.

—Nunca he tenido razones para establecerme en un sitio —la mano de M.J. reposaba sobre la mesa, a un par de centímetros de la suya. Jack tenía ganas de tocarla, de agarrarla. Y eso lo preocupaba—. Conozco a mucha gente. Pero no tengo amigos. Por lo menos, no como lo son Bailey y Grace para ti. Muchos de nosotros pasamos por la vida prescindiendo de eso, M.J.

—Lo sé, pero ¿tú lo prefieres?

—Nunca me he parado a pensarlo —se frotó la cara con ambas manos—. Dios, debo de estar cansado. Filosofando a las cinco de la mañana en el Café del Crepúsculo mientras desayuno...

Ella miró por la ventana el cielo que empezaba a aclararse por el este y la carretera desierta.

—Y por la larga y silenciosa calle, el amanecer...

—Con sus sandalias de plata, se acerca cauteloso como una niña asustada —acabando la cita, Jack se encogió de hombros.

Ella lo miró pasmada.

—¿Cómo sabes eso? ¿Qué estudiaste en la universidad?

—Todo lo que me apetecía.

Ella sonrió y apoyó los codos sobre la mesa.

—Yo también. Volvía locos a mis tutores. No sabes cuántas veces me dijeron que tenía que centrarme.

—Pero puedes citar a Oscar Wilde a las cinco de la mañana. Sabes disparar un calibre 38, tumbar a patadas a un tipo normal, comes como un camionero, sabes de antiguos dioses romanos y apuesto a que haces unos cócteles maravillosos.

—Los mejores de la ciudad. Así que aquí estamos, Jack, dos personas que muchos considerarían demasiado cualificadas para sus respectivos oficios, bebiendo café a una hora impía de la mañana, mientras un par de tipos en una furgoneta con un solo faro nos buscan, a nosotros, y a esa piedra preciosa que llevas en el bolsillo. Es el Cuatro de Julio, nos conocimos hace menos de veinticuatro horas bajo circunstancias que difícilmente podrían haber sido peores, y la persona que unió nuestros destinos está más muerta que Moisés —apartó su plato—. ¿Qué hacemos ahora?

Él sacó unos billetes de su bolsillo y los arrojó sobre la mesa.

—Irnos a la cama.

La habitación del motel seguía siendo pringosa, estrecha y oscura. La colcha floreada en la que se habían echado hacía sólo unas horas, seguía arrugada.

Hacía sólo unas horas, pensó M.J. Le parecía que hacía días. Una eternidad. Más que una eternidad. Tenía la sensación de que conocía a Jack desde siempre, pensó mientras lo miraba vaciarse los bolsillos sobre la cómoda. Como si hubiera sido siempre una parte esencial de su vida.

Y, por si eso fuera poco, lo deseaba. Tal vez el deseo fuera el mejor modo de aguantar en pie cuando el mundo se volvía loco. No le quedaba nada ni nadie en quien confiar, salvo él. ¿Por qué iba a decir que no? ¿Por qué iba a rehusar la ternura, la pasión? ¿La vida? ¿Por qué iba a huir de él cuando su instinto le decía que Jack necesitaba esas cosas tanto como ella?

Él se dio la vuelta, esperando. Podría haberla seducido. No lo dudaba. Ella seguía aguantando por puro nerviosismo, aunque no lo supiera. De modo que estaba en una situación vulnerable y necesitaba consuelo, y él estaba allí. A veces, sólo con eso bastaba.

Podría haberla seducido, lo habría hecho si no le hubiera importado. Si ella no hubiera sido tan inexplicable y vitalmente importante para él. El sexo habría sido una liberación, una espita, un acto físico primordial entre dos adultos libres. Y eso debería haber sido lo que él deseara. Sin embargo, quería más.

Permaneció donde estaba, junto a la cómoda, mientras ella permanecía al pie de la cama.

—Tengo algo que decir —comenzó Jack.

—De acuerdo.

—Estoy en esto contigo hasta el final porque quiero. Yo acabo lo que empiezo. Así que no quiero nada por gratitud, ni por obligación.

Ella habría sonreído, de no ser porque el corazón le saltaba en el pecho.

—Entiendo. Entonces, si sugiriera que durmieras en la bañera, ¿no habría problema?

Él apoyó la cadera en la cómoda.

—Sería tu problema. Si eso es lo que quieres, puedes dormir tú en la bañera.

—En fin, nunca dijiste que fueras un caballero.

—No, pero no te pondré las manos encima.

Ella ladeó la cabeza y lo observó detenidamente. Parecía temible, pensó, notando que se le aceleraba el pulso. La barba negra que empezaba a asomarle, la salvaje mata de pelo, aquellos ojos grises y duros, tan intensos, en aquella cara torva y huesuda. Él creía que le estaba dando una oportunidad. M.J. se preguntó si alguno de los dos era tan estúpido como para creer que la tenía.

De modo que esbozó lentamente una altiva sonrisa y mantuvo los ojos fijos en él mientras bajaba los brazos y se sacaba la camiseta del pantalón. Notó que la mirada de Jack se deslizaba hacia sus manos y las seguía cuando se sacó la camiseta por la cabeza y la tiró a un lado.

—Me gustaría verte intentarlo —murmuró ella, y se desabrochó los pantalones.

Él se irguió sobre las piernas, que parecían habérsele licuado, cuando ella comenzó a bajarse la cremallera.

—Eso quiero hacerlo yo.

Ella dejó caer las manos junto a los costados.

—Sírvete.

Sus hombros eran largos y deliciosamente curvados. Sus pechos eran pequeños y blancos, y cabían perfectamente en la palma de la mano de un hombre. Pero Jack sólo le miraba la cara.

Se tomó su tiempo, lo intentó, se acercó a ella, tomó la cremallera entre el índice y el pulgar y la bajó lentamente. Y clavó sus ojos en los de ella cuando deslizó la mano bajo el pantalón y tocó su carne. La notó caliente y desnuda. Sintió que ella se estremecía con un temblor rápido y profundo.

—Tenía un presentimiento.

Ella dejó escapar un suspiro cuidadoso y respiró hondo. Pero sus pulmones parecían estar rellenos de algodón.

—Esta semana no he ido a la lavandería.

—Bien —bajó un poco más el pantalón y deslizó las manos alrededor de su trasero—. Estás hecha para la velocidad, M.J., y eso está bien, porque esto no va a ser lento. No creo que pudiera permitírmelo en este momento —la apretó contra sí, excitado—. Pero tendrás que seguir mi ritmo.

Los ojos de M.J. brillaron, y levantó la barbilla, desafiante.

—Hasta ahora no me ha costado seguir tu ritmo.

—Hasta ahora —dijo él, y le arrancó un gemido cuando, alzándola, pegó la boca ansiosa a sus pechos. El choque fue asombroso, deslumbrante, una sacudida eléctrica que atravesó la sangre de M.J. y aceleró su corazón. Echó la cabeza hacia atrás y rodeó la cintura de Jack con las piernas. El roce de su barba contra la piel, sus mordiscos, el deslizarse de su lengua... cada una de aquellas cosas producía un placer único que la hacía tambalearse. Y cada una de aquellas sensaciones atravesaba su cuerpo y la dejaba temblando, pidiendo más.

La caída en la cama: el temerario salto de un precipicio. Las manos de Jack apretando las suyas: otro eslabón en la cadena. Su boca, desesperada, sobre la de ella: una pregunta con una sola respuesta.

M.J. tiró de la camisa de Jack y rodó con él hasta que él consiguió quitársela y los dos quedaron desnudos hasta la cintura. Y M.J. descubrió los músculos, los huesos y las cicatrices del cuerpo de un guerrero. El ardor de la piel contra la piel la atravesaba como una tormenta de fuego. Sus manos y su boca eran impacientes como las de él. Sus deseos, no menos brutales.

Jack la hizo darse la vuelta y, con algo a medio camino entre un juramento y una plegaria, tiró de sus vaqueros. Su boca comenzó a trazar una senda ardiente por el cuerpo de M.J. mientras le quitaba los pantalones. El deseo lo cegaba con golpes de martillo que le quitaban el aliento y le embotaban los sentidos. Ningún ansia había sido nunca tan aguda, tan intensa y voraz. Sólo sabía que, si no la poseía, moriría de deseo.

Aquellas largas piernas desnudas, la energía que latía en cada poro de su piel, los jadeos de su aliento, hacían que la sangre le bullera en las venas y le ardiera en el corazón. Enloquecido, alzó las caderas de M.J. y utilizó su boca.

El clímax gritó a través de ella, una larga oleada caliente de bordes aserrados que la hizo sollozar de asombro y placer. Sus uñas arañaron inconscientemente la espalda de Jack y se hundieron en su densa mata de pelo rubio. Dejó que la arrasara, dio la bienvenida a aquel placer. Y, con el cuerpo aún tembloroso por la acometida, tumbó de espaldas a Jack para arrancarle el resto de la ropa. Sintió cómo latía su corazón, casi podía oírlo. La piel de ambos, húmeda de sudor, resbalaba suavemente cuando se entrelazaron. Los dedos de Jack la encontraron, la penetraron, la llevaron más allá de la desesperación. Si hubiera podido hablar, ella habría suplicado. Pero, en lugar de hacerlo, rodeó a Jack con los muslos y lo tomó dentro de sí, rápida y profundamente.

Él clavó los dedos en sus caderas cuando M.J. se cerró cobre él. Se quedó sin aliento. Se le paró el corazón. Por un instante, al verla alzada sobre él, con la cabeza hacia atrás mientras sus manos se deslizaban sinuosamente por el cuerpo de ella, se sintió indefenso. Era suyo.

Luego ella empezó a moverse a la velocidad de un pistón, montándolo ásperamente, en una carrera febril. Sollozaba y se agarraba el pelo con las manos. En algún rincón de su cerebro, Jack comprendió que ella también estaba indefensa. Y era suya.

Jack se incorporó, buscó ávidamente con la boca sus pechos, su cuello, cualquier lugar donde pudiera saborearla mientras se movían juntos en una cadencia impía y poderosa. Él la rodeó con sus brazos, apretó los labios contra su corazón y bramó su nombre mientras se rompían en pedazos el uno al otro.

Permanecieron abrazados, unidos, temblando. Jack perdió la noción del tiempo. Sintió que los miembros de ella se aflojaban, que sus manos se deslizaban débilmente por su espalda, y depositó un beso suave sobre su hombro. Se tumbó de espaldas, arrastrándola consigo de modo que quedó tendida sobre su pecho. Le acarició el pelo y murmuró:

—Ha sido un día interesante.

Ella consiguió emitir una débil risa.

—A pesar de todo.

Estaban pegajosos, exhaustos, y seguramente locos, pensó. Ciertamente, era una locura que se sintiera tan feliz, tan a gusto, cuando todo a su alrededor era un desastre. Podría haberle dicho que nunca había intimado tan rápidamente con un hombre. O que nunca se había sentido tan en sintonía, tan cerca de nadie, como con él. Pero eso parecía ser lo de menos. Lo que estaba pasando entre ellos estaba simplemente sucediendo. Abriendo los ojos, observó la piedra, que reposaba sobre la cómoda rayada. ¿Resplandecía?, se preguntó. ¿O era simplemente un efecto de la luz de la habitación? ¿Qué poder tenía en realidad, más allá de su valor material? A fin de cuentas, era sólo carbono mezclado con algunos elementos que le daban aquella extraña e intensa coloración. Crecía en la tierra, formaba parte de la tierra, y había sido arrancado en otro tiempo de ella por unas manos humanas. Y antaño había reposado sobre las manos de un dios.

La segunda piedra era el conocimiento, pensó, y cerró los ojos. Quizás algunas cosas sólo las conocía el corazón.

—Necesitas dormir —dijo Jack suavemente. El tono de su voz hizo preguntarse a M.J. hacia dónde habría vagado su mente.

—Puede ser —se apartó de él y se tendió boca abajo, atravesada en la cama—. Mi cuerpo está cansado, pero no puedo apagar mi cabeza —se rió otra vez—. O no puedo ahora que soy capaz de pensar otra vez. Hacer el amor contigo es como un lavado de cerebro.

—Menudo cumplido —Jack se sentó y pasó una mano por su hombro y por su espalda, hasta detenerse junto a la curva sutil de su trasero. Intrigado, achicó los ojos y se inclinó hacia ella. Luego sonrió—. Bonito tatuaje, preciosa.

Ella sonrió contra la colcha caliente y revuelta.

—Gracias. A mí me gusta —hizo una mueca cuando él encendió la lámpara de la mesilla—. ¡Eh! ¡Apaga la luz!

—Sólo quiero verlo mejor —divertido, pasó el pulgar por la colorida figura dibujada en su trasero—. Un grifo.

—Buen ojo.

—Símbolo de fortaleza... y vigilancia.

Ella giró la cabeza y la ladeó para poder ver su cara.

—Sabes unas cosas de lo más extraño, Jack. Pero, sí, por eso lo elegí. A Grace se le ocurrió que las tres nos hiciéramos un tatuaje para celebrar la graduación. Nos fuimos un fin de semana a Nueva York y cada una se hizo un tatuaje en el trasero—su sonrisa se desvaneció al pensar en sus amigas, cuyo recuerdo le pesaba en el corazón—. Fue un fin de semana sensacional. Hicimos que Bailey se lo hiciera la primera, para que no se echara para atrás. Ella eligió un unicornio. Es muy propio de ella. Oh, Dios...

—Vamos, intenta desconectar —Jack temía que se echara a llorar—. Que nosotros sepamos, está bien. No tiene sentido angustiarse de antemano —continuó, masajeando los músculos de la espalda de M.J.—. Bastante tenemos con lo nuestro. Dentro de un par de horas tendremos que levantarnos y largarnos de aquí, a ver si podemos llamar a Grace.

—Está bien —ella intentó refrenarse, poner la emoción en un rincón—. Tal vez...

—¿Hacías fondo en la universidad?

—¿Eh?

Aquel súbito cambio de tema consiguió lo que Jack pretendía. La distrajo de sus preocupaciones.

—¿Hacías fondo? Tienes cuerpo para ello, y velocidad.

—Sí, corría los mil quinientos. Nunca me gustaron los relevos. No se me da bien trabajar en equipo.

—Los mil quinientos, ¿eh? —Jack se tumbó sobre ella y, sonriendo, trazó con la punta de un dedo la curva de su pecho—. Tendrás mucha resistencia.

Ella alzó las cejas.

—Sí.

—Y fuerza —se sentó a horcajadas sobre ella.

—Desde luego.

Jack bajó la cabeza y jugueteó con sus labios.

—Y seguro que sabes cómo dosificar tus fuerzas para tener fuelle para el empujón final.

—Puedes apostar a que sí.

—Qué bien —él le mordió el lóbulo de la oreja—. Porque esta vez voy a ser yo quien dosifique las fuerzas. ¿Conoces ese dicho, M.J.? ¿Ese que dice que con paso lento y firme, se gana la carrera?

—Alguna vez lo he oído.

—¿Por qué no lo comprobamos? —sugirió él, y se apoderó de su boca.

Esta vez, M.J. se durmió, tal y como Jack esperaba. Boca abajo otra vez, pensó Jack mientras la observaba, atravesada sobre la cama. Le acarició el pelo. No parecía cansarse de tocarla, ni recordaba haber sentido nunca aquella necesidad de tocar y acariciar. Sólo un roce en el hombro, un entrelazar de los dedos. Tenía miedo de ponerse ridículamente sentimental, y se alegraba de que ella se hubiera dormido. A un hombre con reputación de cínico y duro, no le gustaba que lo vieran babeando como un cachorro sobre una mujer dormida.

Deseaba hacer de nuevo el amor con ella. Eso, al menos, era comprensible. Perderse en el sexo: en el sexo ardiente y sudoroso, o en el lento y dulce. Sabía que ella aceptaría, si se lo pedía. Podía despertarla, excitarla antes de que se despejara. Se abriría para él, lo recibiría en su interior, cabalgaría con él. Pero necesitaba dormir. Tenía sombras bajo los ojos. Bajo aquellos ojos oscuros, oscuros y hechiceros. Y, cuando el arrebol de la pasión abandonaba su piel, el cansancio hacía palidecer sus mejillas. Tenía los pómulos muy marcados, definidos por una curva de piel sedosa.

Jack se tocó los ojos. «Escúchate», pensó. En cuanto se descuidara, estaría componiendo odas o algo igualmente bochornoso. Así que la apartó ligeramente con el codo y se puso cómodo. Dormiría una hora, pensó, ajustando su reloj interno. Luego, volverían a poner los pies en la tierra.

Cerró los ojos y se desconectó.

A M.J. la despertó un ruido de lluvia que le recordó las mañanas indolentes y los aguaceros de verano, cuando, acurrucada en la almohada, pasaba de sueño a sueño.

Eso hizo, sumiéndose de nuevo en el sueño.

El caballo saltaba sobre un estrecho arroyo en el que el agua somera brillaba, azul. Su corazón saltaba con él, y ella se aferraba con más fuerza al hombre. Olía a cuero y a sudor. A su alrededor, los oteros se alzaban como pálidos soldados al cielo incendiado por un enorme sol blanco. El calor era inmenso.

Él iba de negro, pero no era su caballero. La cara era la misma, la cara de Jack, pero aparecía ensombrecida por un sombrero negro de ala ancha. Una cartuchera le colgaba de las caderas, en lugar de una espada plateada.

La tierra yerma se extendía ante ellos, ancha como el mar, con olas de roca, afiladas como cuchillos. Un mal paso y su sangre mancharía el suelo. Él, sin embargo, seguía cabalgando temerariamente, y ella sentía sólo la excitación de la velocidad. Cuando él tiró de las riendas y se giró en la silla, ella se licuó en sus brazos, salió al encuentro de aquellos labios duros y exigentes, cuya avidez igualaba la suya. Le ofreció la piedra que palpitaba, llena de luz, como la llama azul del fuego más intenso.

—Su lugar está con las otras. El amor necesita el conocimiento, y ambos necesitan generosidad.

Él tomó la piedra y se la guardó en el bolsillo, sobre su corazón.

—Una busca a la otra. Las dos buscarán a la tercera —los ojos de él se iluminaron—. Y tu sitio está conmigo.

A la sombra de una roca, la serpiente se irguió, siseó su amenaza. Atacó.

M.J. se incorporó en la cama con un grito estrangulado en la garganta. Se llevó las manos al pecho y se tambaleó, atrapada todavía en el abismo del sueño. La serpiente, pensó estremeciéndose. Una serpiente con ojos de hombre.

Dios. Procuró calmar su respiración y controlar sus temblores, y se preguntó por qué de pronto sus sueños eran tan nítidos, tan reales y extraños. En lugar de tenderse otra vez, agarró la camiseta de Jack y se la puso. Estaba todavía aturdida, así que le costó un instante darse cuenta de que no era la lluvia lo que oía, sino una ducha. Y el mero hecho de constatar que él estaba al otro lado de la puerta, disipó los últimos jirones del miedo.

Su orgullo se fundaba en su capacidad para enfrentarse sola a cualquier situación. Pero nunca se había enfrentado a una como aquélla. Le consolaba saber que tenía alguien en quien apoyarse.

Sonrió y se frotó los ojos soñolientos. Jack no la dejaría en la estacada, no le daría la espalda. Él permanecería a su lado. Y se enfrentaría con ella a las bestias que estuvieran agazapadas en la maleza, a cualquier serpiente que se ocultara entra las sombras.

Se levantó y se pasó las manos por el pelo al tiempo que se abría la puerta del baño. Jack salió seguido de una nube de vaho. Una toalla blanca le rodeaba la cintura, y las gotas de agua aún relucían sobre su piel. El pelo castaño, empapado y brillante le caía hasta los hombros, lanzando destellos de oro. Aún tenía que afeitarse.

M.J. se quedó parada, con los párpados caídos, despeinada por el sueño, vestida únicamente con la camiseta arrugada de Jack, cuyo dobladillo deshilachado le rozaba los muslos. Por un instante, sólo pudieron mirarse el uno al otro.

Estaba allí, tan real y vivo como ellos mismos en aquella mísera habitación. Y refulgía, brillante y lleno de vida como la piedra que los había llevado hasta allí. Jack sacudió la cabeza como si saliera de un sueño. Tal vez de un sueño tan vívido y perturbador como el que había despertado a M.J. Sus ojos se ensombrecieron.

—Esto es ridículo.

Ella cruzó los brazos y lo miró, ceñuda.

—Sí, lo es.

—No es lo que yo andaba buscando.

—¿Y crees que lo es para mí?

Él podía haberse sonreído al notar el tono ofendido de su voz, pero estaba demasiado ocupado frunciendo el ceño e intentando retirarse a la desesperada de lo que acababa de golpearle directo en el corazón.

—No era más que un jodido trabajo.

—Nadie te ha pedido que sea otra cosa.

Él achicó los ojos y dio un paso adelante con expresión retadora.

—Pero es otra cosa.

—Sí —ella bajó las manos y alzó la barbilla—. ¿Qué vas a hacer al respecto?

—Ya se me ocurrirá algo —Jack se acercó lentamente a la cómoda, recogió el diamante y volvió a dejarlo—. Pensaba que sólo eran las circunstancias, pero no es verdad —se dio la vuelta y observó su semblante—. Habría ocurrido de todos modos.

El corazón de M.J. comenzaba a aquietarse, sus latidos se hacían más densos.

—Yo también lo creo.

—Está bien —asintió él, afirmando los pies—. Dilo tú primero.

—No —ella frunció los labios—. Tú.

—Maldita sea —se pasó la mano por el pelo mojado y se sintió un tonto—. Está bien, está bien —masculló, aunque ella esperaba pacientemente, sin decir nada. Los nervios le cosquilleaban bajo la piel, sus músculos se tensaban como alambres, pero la miró fijamente a los ojos–. Te quiero –ella respondió rompiendo a reír a carcajadas. Jack apretó los dientes hasta que empezó a vibrarle un músculo en la mandíbula–. Si crees que puedes tomarme por un pardillo, nena, te equivocas.

–Perdona –ella sofocó otra risotada–. Es que parecías tan hecho polvo, tan mosqueado... Tu romanticismo me mata.

–¿Qué pasa? ¿Es que quieres que te lo cante?

–Puede que más tarde –se echó a reír otra vez, y su risa llenó la habitación–. Por ahora voy a dejarte en paz. Yo también te quiero. ¿Mejor así?

El estómago helado de Jack comenzó a derretirse.

–Podías intentar ser un poco más seria. No creo que esto sea para reírse.

–Míranos –ella se tapó la boca con la mano y se sentó a los pies de la cama–. Si no es para reírse, no sé para qué es.

Ahí lo había pillado. Sus labios se curvaron con determinación.

–Está bien, preciosa, voy a tener que borrarte esa sonrisa de la cara.

–Vamos a ver cómo se las apaña un tipo duro como tú.

M.J. sonreía como una tonta cuando Jack la empujó sobre la cama y se tumbó sobre ella.

VIII

Tenía que aprender a delegar en él en ciertas cuestiones, se dijo M.J. En eso consistía un compromiso, una relación. El hecho era que Jack tenía más experiencia en situaciones como aquélla. Ella era una persona razonable, se dijo, una persona que podía seguir instrucciones y aceptar consejos.

—Vamos, Jack, ¿tengo que esperar a que llegues a los confines de Mongolia para hacer una absurda llamada?

Él le lanzó una mirada. Llevaba exactamente diez minutos al volante. Le extrañaba que ella hubiera tardado tanto en quejarse. Estaba preocupada, se dijo. Las últimas veinticuatro horas habían sido muy duras. Debía tener paciencia.

Y un cuerno.

—Si tocas ese teléfono antes de que te lo diga, lo tiro por la ventana.

Ella tamborileó con los dedos sobre el pequeño teléfono móvil que tenía en la mano.

—Contéstame a una pregunta. ¿Cómo van a localizarnos a través del móvil? Estamos en mitad de la nada.

—Estamos a menos de media hora de Washington. Y te sorprendería ver lo que pueden localizar.

De acuerdo, tal vez tampoco él estaba seguro de si eso podía hacerse, pero le parecía posible. Si el teléfono de la amiga de M.J. estaba intervenido, y los que lo habían hecho disponían de medios técnicos, no le parecía descabellado que la frecuencia de su móvil dejara algún tipo de rastro. Y él no quería dejar ningún rastro.

—¿Cómo?

Jack había temido que se lo preguntara.

—Mira, esa cosa es esencialmente un radiotransmisor, ¿no?

—Sí, ¿y qué?

—Las radios tienen frecuencias. Se sintonizan en una frecuencia, ¿no es así? —explicó, y se alegró de que ella frunciera los labios y se quedara pensando—. Además, quiero que nos alejemos un poco del motel. Si el FBI nos está siguiendo la pista, preferiría que no nos encontraran.

—¿Y por qué iba a seguirnos la pista el FBI?

—Es sólo un ejemplo —Jack deseó darse de cabezadas contra el volante—. Espera un poco, M.J. Espera un poco.

Ella intentaba hacerlo, intentaba recordarse que, a fin de cuentas, sólo había pasado un día. Un solo día. Pero su vida había cambiado en tan breve espacio de tiempo.

—Al menos podías decirme dónde vamos.

—Voy a tomar la 15, hacia el norte, en dirección a Pennsylvania.

—¿Pennsylvania?

—Cuando lleguemos allí, podrás llamar. Después nos dirigiremos al sureste, hacia Baltimore —le lanzó otra mirada—. Si los Os juegan en casa, podemos ir al partido.

—¿Quieres ir al béisbol?

—Eh, que hoy es Cuatro de Julio. Béisbol, cerveza, desfiles y fuegos artificiales. Algunas cosas son sagradas.

—Yo soy fan de los Yankis.

—Lógico. Pero lo que importa es que un estadio es un buen sitio para perderse durante un par de horas. Un buen sitio para encontrarse, si es que consigues contactar con Grace.

—¿Grace en un partido de béisbol? —ella soltó un soplido—. Sí, ya.

—Es una buena tapadera —comenzó a decir él, y frunció el ceño—. ¿Tu amiga tiene algo contra el deporte nacional?

—A Grace no le interesan mucho los deportes. Pero un desfile de alta costura o una buena ópera...

Ahora fue él quien soltó un soplido.

—¿Y sois amigas?

—Eh, que yo he ido a la ópera.

—¿Encadenada?

Ella se echó a reír.

—Prácticamente. Sí, somos amigas —dejó escapar un suspiro—. Supongo que, a simple vista, es difícil entender por qué. La empollona, el chicazo y la princesa. Pero encajamos.

—Háblame de ellas. Empieza por Bailey, ya que fue ella quien empezó todo esto.

—Está bien —ella respiró hondo y contempló pasar el paisaje. Pedacitos de campo, llenos de árboles y de colinas ondulantes—. Es preciosa, muy delicada. Rubia, de ojos castaños, con la piel como pétalos de rosa. Siente debilidad por las cosas bonitas, por las chucherías absurdas y bonitas, como los elefantes. Los colecciona. Yo le regalé uno labrado en esteatita por su cumpleaños, el mes pasado —al recordar lo normal que era todo entonces, lo sencillo que era todo, frunció los labios—. Le gustan las películas antiguas, sobre todo las de cine negro, y a veces es un poco soñadora. Pero es muy seria. En la universidad, era la única de las tres que sabía exactamente qué quería y se esforzaba por conseguirlo.

Bailey empezaba a gustarle, pensó Jack.

—¿Y qué quería?

—Dedicarse a la gemología. Le fascinaban las piedras, los minerales. No sólo las piedras preciosas. Siempre hablamos de irnos a París un par de semanas, pero el año pasado acabamos en Arizona, buscando minerales. Bailey se lo pasó en grande. Y ha tenido una vida muy triste. Su padre murió cuando era niña. Era tratante de antigüedades. Ésa es otra debilidad de Bailey, las cosas viejas y bonitas. En cualquier caso, adoraba a su padre. Su madre intentó conservar el negocio, pero debía de resultarle muy duro. Vivían en Connecticut. Todavía se le nota el acento de

Nueva Inglaterra. Es muy refinada —guardó silencio
un momento, intentando sobreponerse a la angustia—. Su madre volvió a casarse unos años después,
vendió el negocio y se mudó a Washington. Bailey le
tenía mucho cariño a su padrastro. Él la trataba bien,
le transmitió su interés por las gemas. A eso se dedicaba. Y la envió a la universidad. Su madre murió
cuando ella estaba en la facultad. En un accidente de
coche. Fueron momentos muy duros para Bailey. Su
padrastro murió poco después.

—Es duro perder a gente a diestro y siniestro.

—Sí —ella miró a Jack, recordó que él había perdido
a su padre, a su madre y a su hermano—. Yo nunca he
perdido a nadie.

Él adivinó lo que estaba pensando y se encogió de
hombros.

—Se sale adelante. Uno se acostumbra. ¿No le pasó
eso a Bailey?

—Sí, pero la dejó marcada. Esas cosas dejan cicatrices, Jack.

—Se puede vivir con cicatrices.

M.J. comprendió que no quería hablar del tema y
se puso a mirar el paisaje.

—Su padrastro le dejó un porcentaje del negocio.
Lo cual no les hizo mucha gracia a esos capullos.

—Ah, sí, los capullos.

—Thomas y Timothy Salvini. Son gemelos, por
cierto. Idénticos. Unos tipos muy finos, con trajes caros y cortes de pelo de cien pavos.

—Razón de más para que no me gusten —comentó
Jack—. Pero no es la principal.

—No. A mí nunca me ha gustado su actitud. Hacia Bailey y hacia las mujeres en general. Bailey los consideró su familia desde el principio, pero el sentimiento no era mutuo. Timothy se portaba particularmente mal con ella. Tengo la impresión de que, hasta que su padre murió, casi no le hacían caso. Luego, cuando ella heredó una parte de Salvini, se pusieron furiosos.

—¿Y qué es Salvini?

—Es su apellido, y el nombre de la empresa de gemología. Diseñan, compran y venden gemas y joyas en un sitio muy elegante, en Chevy Chase.

—Salvini... No lo conozco, pero, claro, tampoco suelo comprar joyas.

—Venden algunas alucinantes. Sobre todo, las que diseña Bailey. Y asesoran a fundaciones y museos. De eso también se encarga Bailey. Aunque lo que de verdad le gusta es el diseño.

—Si Bailey se encarga del diseño y del asesoramiento, ¿qué hacen sus hermanastros?

—Thomas se ocupa de la gerencia: la contabilidad, las ventas... Viaja mucho, en busca de proveedores de piedras preciosas. Timothy trabaja en el laboratorio cuando le conviene, y le gusta pasearse por la sala de exposición, dándose importancia —inquieta, extendió la mano para tocar los botones del estéreo, pero Jack le apartó la mano.

—Quieta.

—No te gusta que toquen tus juguetes, ¿eh? —masculló ella—. En fin, Salvini es una empresa muy pija, con mucho renombre. Gracias a sus contactos con el

Smithsonian, les dieron el trabajo de las tres Estrellas. Bailey se puso loca de contento cuando recibió el encargo. Estaba deseando tener las piedras en sus manos, ponerlas bajo esas máquinas que ella usa. Los nosecuantómetros y los queseyoscopios que tiene en el laboratorio.

—Entonces, tenía que verificar su autenticidad y tasar su valor.

—Sí. Se moría de ganas de que las viéramos, así que Grace y yo nos pasamos por allí la semana pasada. Ésa fue la primera vez que las vi, pero casi me parecieron familiares. Eran espectaculares, casi irreales, pero, aun así, familiares. Supongo que es porque Bailey nos había hablado mucho de ellas —giró los hombros para sacudirse aquella sensación, y el recuerdo de sus sueños—. Tú has visto una, la has tocado. Es maravilloso. Pero ver las tres juntas... Se te para el corazón.

—A mí me parece que a alguien le pararon la conciencia. Si Bailey es tan honesta como dices...

M.J. lo interrumpió.

—Lo es.

—Entonces, habrá que echarles un vistazo a sus hermanastros.

Ella alzó las cejas.

—¿Habrán tenido valor suficiente para robar las tres Estrellas? —se preguntó—. ¿Será por eso por lo que Ralph estaba chantajeando a uno de ellos, y no por el juego?

—No.

—¿Por qué no? —luego sacudió la cabeza de un lado a otro, contestando a su propia pregunta—. No puede ser. Los pagos empezaron hace meses, y Salvini recibió el encargo hace muy poco.

—Exacto.

Ella se quedó pensándolo un poco más.

—Pero tal vez estuvieran planeando robar las Estrellas. Si se hubieran largado con ellas, habrían destruido su negocio..., el negocio que a su padre le costó levantar toda una vida —añadió lentamente—. Y eso habría destrozado a Bailey. Ella haría cualquier cosa para impedir que eso ocurriera.

—Como, por ejemplo, enviar las piedras a las dos personas de las que más se fía.

—Sí... y enfrentarse a sus hermanastros. Sola —sintió que el miedo le ceñía la garganta—. Jack...

—Utiliza la lógica —replicó él ásperamente, intentando contener el temblor de la voz de M.J.—. Si esos tipos están metidos en esto, y yo diría que así es, eso significa que tienen un cliente, un comprador. Y necesitan las tres Estrellas. Ella está a salvo mientras no las consigan. Está a salvo mientras nosotros estemos fuera de su alcance.

—Pero estarán desesperados. Puede que la estén reteniendo en alguna parte. Puede que le hayan hecho daño.

—Sí, pero de eso a matarla hay un buen trecho. La necesitan viva, M.J., hasta que consigan los tres diamantes. Y, por lo que acabas de contarme, tu amiga puede que tenga un lado frágil, y puede que sea ingenua, pero no es tonta.

—No, no lo es —intentando dominarse, M.J. miró el teléfono que tenía sobre el regazo. La llamada, se dijo, no era sólo un riesgo para ella, sino para todos ellos—. Si quieres seguir hasta Nueva York antes de que use esto, no me importa.

Él extendió un brazo y le apretó la mano.

—No vamos a ir al estadio de los Yankis, por más que te empeñes.

—Ahora no estoy en deuda contigo sólo por mí. Debería haberme dado cuenta antes. Estoy en deuda contigo por Bailey, y también por Grace. Las he puesto en tus manos, Jack.

Él retiró la mano y agarró con fuerza el volante.

—No te pongas sentimental, cariño. Me saca de quicio.

—Te quiero.

El corazón de Jack describió un salto mortal en su pecho, haciéndole suspirar.

—Demonios. Ahora supongo que querrás que yo también te lo diga.

—Supongo que sí.

—Te quiero. ¿Qué significa M.J.?

Ella sonrió, como él esperaba.

—Mira, Jack, la pasión y las declaraciones de amor son una cosa, pero aún no te conozco lo suficiente para decirte eso.

—Martha Jane. Estoy convencido de que es Martha Jane.

Ella dejó escapar un soplido.

—Te equivocas. Has perdido este asalto. Espero que la próxima vez tengas más suerte.

Tenía que haber una partida de nacimiento en alguna parte, pensó él. Y él sabía cómo buscarla.

—Está bien. Háblame de Grace.

—Grace es una chica complicada. Es absoluta, increíblemente guapa. Y no exagero. He visto a hombres maduros convertirse en bobos balbuceantes con sólo un destello de sus ojos azules.

—Estoy deseando conocerla.

—Seguramente tendrás que tragarte tus palabras, pero no importa, no soy celosa. Y eso que es un fastidio ver cómo se derriten los tíos en cuanto ven a Grace. Estuviste viendo las fotos de mi cartera cuando me registraste el bolso, ¿no?

—Sí, eché un vistazo.

—Pues hay un par en las que estamos las tres.

Él intentó recordar. Y prefirió no decirle que apenas se había fijado en la rubia, ni en la morena. La pelirroja era la que le había llamado la atención.

—La morenita..., ésa que lleva un absurdo sombrero en una de las fotos.

—Sí, eso fue el año pasado, en ese viaje a Arizona. Nos la hizo un turista. En cualquier caso, Grace es preciosa y creció entre algodones. Y huérfana. Perdió a sus padres muy joven y se fue a vivir con una tía. Los Fontaine son asquerosamente ricos.

—Fontaine... Fontaine... —su mente giró en círculo—. ¿Los de los grandes almacenes?

—Los mismos. Son ricos, rancios, engreídos y pretenciosos. A Grace le encanta escandalizarlos. Esperaban que Grace acabara sus estudios en Radcliffe, hiciera el viaje preceptivo por Europa y se casara con algún tipo convenientemente rico, rancio y vanidoso. Pero ella no estaba dispuesta a cooperar, y dado que tiene montones de dinero, le importa un comino lo que piense su familia —hizo una pausa, pensativa—. Pero creo que también le importaría un carajo si estuviera arruinada. A Grace no le importa el dinero. Disfruta de él, lo gasta a manos llenas, pero no siente respeto por él.

—La gente que trabaja para ganar dinero sí lo respeta.

—Grace no es una de esas ricachonas que no hacen más que crear fundaciones —dijo M.J., poniéndose de inmediato a la defensiva—. Pero no le importa lo que piense la gente de ella. Hace muchas obras benéficas..., pero discretamente. Para ella, es un asunto privado. Es una de las personas más generosas que conozco. Y es muy leal. Pero también es contradictoria y caprichosa. Cuando se le antoja, desaparece unos días sin decirle nada a nadie. Simplemente, se va. A Roma..., o a Duluth. Simplemente, siente la necesidad de largarse. Tiene una casa al oeste de Maryland. Supongo que podría decirse que es una casa de campo, pero es pequeña y muy linda. Tiene un montón de terreno y está muy aislada. No hay teléfono, ni vecinos. Creo que este fin de semana pensaba irse allí —cerró los ojos e intentó recordar—. No sé si sabría encontrar el sitio. Sólo he ido una vez, y conducía Bailey. En cuanto salgo de la ciudad, todas esas carreteras rurales me parecen la misma. Está en las montañas, cerca de un parque forestal.

—Puede que valga la pena averiguarlo. Ya veremos. ¿Acudiría a su familia si estuviera en un lío?

—Puede que en última instancia.

—¿A algún hombre?

—¿Para qué iba a depender de alguien que se hace un lío en cuanto le sonríe? No, no acudiría a ningún hombre.

Jack se quedó pensando en eso un momento y luego, recordando, parpadeó y sonrió.

—Grace Fontaine..., Miss Abril de la Liga de la Hiedra. Fue el sombrero de la foto lo que me despistó. Nunca olvidaría esa... cara.

—¿De veras? —dijo ella con la voz tan seca como el polvo, y se volvió a mirarlo por encima de las gafas de sol—. ¿Pasas mucho tiempo babeando encima de pósters de chicas, Dakota?

—Babeé con el de Miss Abril —reconoció él alegremente, y se pasó una mano por el corazón—. Dios mío, eres amiga de Miss Abril.

—Se llama Grace, y posó para ese póster hace años, cuando estábamos en la universidad. Lo hizo para pinchar a su familia.

—Alabado sea Dios. Creo que todavía tengo esa foto en alguna parte. Ahora tendré que mirarla más detenidamente. Qué cuerpo —recordó calurosamente—. Las mujeres así son un regalo para la humanidad.

—Quizá deberías apartarte al arcén para que tengamos un momento de reflexión.

Él la miró y sonrió.

—Vaya, M.J., tienes los ojos más verdes. Y decías que no eres celosa.

—No lo soy —normalmente—. Es una cuestión de dignidad. Estás teniendo pensamientos lascivos y repugnantes con mi mejor amiga.

—Repugnantes, no, lo prometo. Lascivos, quizá, pero no repugnantes —Jack aguantó el puñetazo en el brazo sin rechistar—. Pero es a ti a quien quiero, cielo.

—Cállate.

—¿Crees que me firmará la foto? Puede que encima de...

—Te lo advierto.

Una broma era una broma, pensó Jack, pero no había que tentar la suerte. Salió de la 15 y se dirigió hacia el este.

—Espera, creía que íbamos a Pennsylvania a llamar.

—Acabas de decir que Grace tiene una casa al oeste de Maryland. No sería sensato dirigirse hacia allí en este momento. Cambio de planes. Vamos a ir primero a Baltimore. Adelante, haz esa llamada. Creo que nos hemos despedido para siempre de nuestro pequeño paraíso en el motel —le sonrió y le dio una palmadita en la mano—. No te preocupes, cielo, encontraremos otro.

—Pero no será igual. Espero —añadió, y marcó atropelladamente—. Está sonando.

—Date prisa, y no le digas dónde estás. Dile sólo que vaya a un sitio público, a una cabina, y que te llame.

—Yo... —lanzó una maldición—. Su contestador. Me lo temía —se golpeó con impaciencia la rodilla con el puño mientras la voz grabada de Grace fluía a través del aparato—. Grace, contesta, maldita sea. Es urgente. Si llamas para oír tus mensajes, no vuelvas a casa. No vayas a casa. Ve a una cabina pública y llámame al móvil. Estamos metidas en un lío. En un lío muy gordo.

—Cuelga, M.J.

—Oh, Dios. Grace, ten cuidado. Llámame —desconectó y dejó escapar un pequeño suspiro—. Estará en las montañas..., o a lo mejor se le ha antojado irse a Londres a pasar el puente. O estará en la playa, en las Bahamas. O... o tal vez la hayan encontrado.

—No parece fácil seguirle la pista. Yo me inclino por la primera opción —se desvió hacia la autopista interestatal, en dirección norte—. Vamos a dar unas cuantas vueltas. Luego pararemos a llenar el depósito. Y compraremos un mapa. Veremos si consigues recordar dónde está el escondite de Grace en las montañas.

La idea aplacó los nervios de M.J.

—Gracias.

—Conque es un sitio aislado, ¿eh?

—Sí, está en medio del bosque, y el bosque está en medio de la nada.

—Mmm. Supongo que no se paseará por allí desnuda —se echo a reír cuando ella le dio un puñetazo—. Sólo era una idea.

Encontraron una gasolinera, y un mapa. Pararon a comer en un bar de camioneros, al lado de la autopista. Con el mapa extendido sobre la mesa, se pusieron manos a la obra.

—Bueno, sólo hay una media docena de parques forestales en la parte oeste de Maryland —comentó Jack, mientras pinchaba con el tenedor un trozo de carne—. ¿Te suena alguno?

—¿Qué diferencia hay? No son más que árboles.

—Eres una auténtica urbanita, ¿eh?

Ella se encogió de hombros y le dio un mordisco a su sándwich de jamón.

—¿Tú no?

—Supongo que sí. Nunca he podido entender por qué la gente quiere vivir en el bosque, o en las montañas. Quiero decir... ¿dónde comen?

—En casa.

Se miraron el uno al otro y sacudieron la cabeza de un lado a otro.

—Y por las noches también —continuó—. ¿Y dónde van cuando quieren divertirse, o relajarse un rato después del trabajo? Al jardín. Es horripilante.

—Nada de gente, ni de tráfico, ni de restaurantes, ni cines. Nada de vida.

—Lo mismo pienso yo. Pero está claro que nuestra amiga Grace, no.

—Mi amiga Grace —dijo ella arqueando una ceja—. A ella le gusta la soledad. Y los huertos.

—¿Los huertos? ¿Tomates y esas cosas?

—Sí, y flores. En cuanto se levanta se pone a escarbar en la tierra, a plantar cosas... No sé, petunias y cosas así. A mí me gustan las flores, pero no hay más que comprarlas. Nadie dice que haya que plantarlas. En el bosque había ciervos. Eso era tremendo —recordó—. Bailey disfrutó de lo lindo. Está bien para un par de días, pero allá arriba ni siquiera tiene tele.

—Qué espanto.

—Ni que lo digas. Lo único que hace es escuchar CD's y fundirse con la naturaleza. Hay una tiendita, pero está por lo menos a ocho kilómetros de distancia. Se puede comprar pan y leche, y también clavos y cosas así. Creo que también había un banco y una oficina de correos.

—¿Cómo se llamaba el sitio?

—No lo sé.

—Intenta imaginarte la ruta, más o menos. Supongo que subiríais por la 270.

—Sí, y luego tomamos la 70 cerca de... ¿cómo era? Frederick. Estaba un poco amodorrada. Creo que hasta me dormí. El viaje se hace interminable.

—Supongo que pararíais —insistió él—. Las chicas, cuando viajan, hacen un montón de paradas.

—¿Eso es una puntada?

—No, es un hecho. ¿Dónde parasteis? ¿Qué hicisteis?

—Paramos en algún sitio junto a la 70. Yo tenía hambre. Quería parar en un sitio de comida rápida —cerró los ojos, intentando recordar.

Sigues comiendo como una adolescente, M.J.

¿Y qué?

¿Por qué no pruebas una ensalada, para variar?

Porque un día sin patatas fritas, es un día perdido y triste.

Sonrió al recordar cómo había alzado Bailey los ojos al cielo y se había echado a reír.

—Oh, espera. Tomamos algo rápido, pero luego Bailey vio el cartel de un sitio de antigüedades. Un sitio enorme como un establo. Se puso como loca y se empeñó en ir a verlo. Estaba lejos de la autopista y tenía un absurdo nombre rural. ¿Cómo era? —se esforzó

por recordarlo—. Rabbit Hutch, Chicken Coop... No,
no, no era así. Trout Stream... ¡Beaver Creek! —recordó—. Paramos a ver antigüedades en un enorme
mercadillo, en Beaver Creek. Se habría pasado allí el
fin de semana entero si no me la hubiera llevado a rastras. Compró un cuenco y una jarra para Grace, para
agradecerle la invitación. Yo le compré una mecedora
para el porche. Nos costó un montón meterla en el
coche de Bailey.

—Está bien —asintiendo, él dobló el mapa—. Acabaremos de comer y luego nos iremos a Beaver Creek.
Después, ya veremos qué hacemos.

Más tarde, cuando estaban en el aparcamiento del
almacén de antigüedades, M.J. bebió un sorbo de una
lata de refresco y, al recordar que había hecho lo
mismo en aquel viaje con Bailey, confió en que su
memoria se despertara.

—Sé que volvimos a la 70. Bailey no paraba de hablar de cristalería... De cristalería de la época de la
Gran Depresión. Decía que iba a volver y a comprar
la tienda entera. Quería también una mesa, y estaba
cabreada por no haber podido llevársela. Yo gané la
apuesta de la música.

—¿La qué?

—La apuesta de la música. A Bailey le gusta la clásica. Ya sabes, Beethoven y esas cosas. Cuando salimos
de viaje en coche, tiramos una moneda al aire para
ver quién elige la música. Gané yo, así que pusimos a
Aerosmith.

—Creo que estamos hechos el uno para el otro.
Esto empieza a darme miedo —se inclinó hacia de-

lante y le dio un rápido beso–. ¿Qué llevaba puesto ella?

—¿Por qué de pronto tienes tanto interés por saber cómo visten mis amigas?

—Sólo quiero que lo recuerdes todo. Completar la fotografía. Cuanto más detalles haya, más clara estará.

—Ah, ya entiendo —apaciguada, ella frunció los labios y observó el cielo–. Llevaba pantalones de vestir, de un color parecido al beige. Bailey huye de los colores vivos. Grace siempre se está metiendo con ella por eso. Una blusa de seda muy bien cortada, de un color rosa pálido. Llevaba unos pendientes preciosos. Los había hecho ella. Grandes pedazos de cuarzo rosa. Yo me los probé mientras ella conducía. Pero no me sentaban bien.

—Claro, con ese pelo...

—Eso es un mito. Las pelirrojas podemos ir de rosa. Dejamos la autopista interestatal y tomamos una carretera que iba hacia el oeste. No me acuerdo del número, Jack. Bailey se lo sabía de memoria. Lo llevábamos escrito, pero no hizo falta que le diera indicaciones.

Él consultó el mapa.

—La 68 se dirige al oeste a partir de Hagerstown. Vamos a ver si te resulta familiar.

—Sé que estaba a un par de horas de aquí —dijo ella mientras volvían a montarse en el coche–. Puedo conducir un rato, si quieres.

—No, no puedes.

Ella paseó la mirada por el coche, notando que la puerta trasera estaba sujeta con un alambre.

—No tendrás miedo por este cacharro, ¿no, Jack?

Él apretó la mandíbula. Aquel cacharro había sido, hasta hacía muy poco, su único amor verdadero.

—Hay más posibilidades de que recuerdes si nos ceñimos al plan.

—Está bien —ella estiró las piernas mientras salían del aparcamiento—. ¿Nunca has pensado en darle una mano de pintura?

—Este coche tiene carácter tal y como está. Y lo que cuenta es lo que hay debajo del capó, no las apariencias.

—Lo que hay debajo del capó —dijo ella, y lanzó una mirada al equipo de música—. Y en el salpicadero. Apuesto a que ese chisme te costó cuatro de los grandes.

—Me gusta la música. ¿Qué me dices de ese Tinkertoy que llevas tú?

—Mi MG es todo un clásico.

—Es un coche de juguete. Hay que doblar las piernas para meterse detrás del volante.

—Por lo menos, cuando aparco, no es como si atracara un buque en el puerto.

—Presta atención a la carretera, ¿quieres?

—Ya lo hago —ella le ofreció el resto de su refresco—. Sé que lo parece, pero no vives en este coche, ¿verdad?

—Cuando hace falta, sí. Si no, tengo un sitio en la avenida Massachusetts. Un par de habitaciones.

Muebles polvorientos, pensó. Montañas de libros, pero sin alma. Nada de raíces, nada que no pudiera dejar atrás sin pensarlo dos veces. Así había sido toda su vida, hasta el día anterior.

¿Qué demonios estaba haciendo con ella?, pensó de pronto. Su vida no tenía cimientos. No había nada sobre lo que construir. No tenía nada que ofrecerle.

Ella tenía amigos, familia, un negocio que había levantado con sus propias manos. ¿Qué tenían en común, aparte del atolladero en el que estaban, gustos musicales parecidos y preferencia por la vida urbana?

Y el hecho de que estaba enamorado de ella.

Le lanzó una mirada de soslayo. Notó que estaba concentrada. Inclinada hacia delante en el asiento, miraba ceñuda por la ventanilla, intentando reconocer algún mojón del paisaje.

No era guapa, pensó. Podía estar ciego de amor, pero nunca le habría aplicado un término tan simple. Aquella cara extraña y zorruna llamaba la atención..., la de los hombres, al menos. Era atractiva, única, con aquel contraste de planos y ángulos y la curva exuberante de la boca. Su cuerpo estaba hecho para la velocidad y el movimiento, más que para la fantasía. Sin embargo, él se había perdido en aquel cuerpo, en ella. Era consciente de que, al conocerla, su vida había dado un giro, pero ignoraba dónde los llevaría aquel camino.

—Éste es el camino —ella se giró y le lanzó una sonrisa radiante que a Jack le paró el corazón—. Estoy segura.

Él pisó el acelerador. Al menos, uno de ellos estaba seguro, pensó.

IX

La carretera atravesaba la montaña. M.J. imaginaba que era una elegante obra de ingeniería, pero la ponía nerviosa. Sobre todo, todas aquellas señales que advertían de desprendimientos de rocas, y las paredes altas y aserradas de los precipicios a ambos lados de ellas.

Los ladrones eran previsibles, pensó, pero ¿quién podía predecir lo que haría la Madre Naturaleza? ¿Qué iba a impedirle enfurruñarse de repente y lanzar un par de peñascos contra el coche? Y, dado que el coche era tan grande que cabían ocho, era un blanco perfecto.

M.J. miraba con recelo por la ventanilla, deseando que las rocas se estuvieran quietas hasta que hubieran cruzado el puerto.

Delante de ellos, las montañas se alzaban, ondulantes, con el verde exuberante del verano. El calor y la humedad se mezclaban, dejando el aire denso como sirope. Las ruedas zumbaban sobre la carretera.

De vez en cuando, M.J. vislumbraba casas detrás de los árboles que flanqueaban la carretera, como si estuvieran escondidas a los ojos de los curiosos. Se preguntaba por aquellas casas apartadas, sin duda provistas de pulcros jardines custodiados por perros ladradores, adornadas con huertos y balancines y dotadas de terrazas con porches y patios para las barbacoas y las sillas de secuoya.

Era una forma de vivir, suponía. Pero había que atender el huerto y segar el césped. Ella jamás viviría en una casa. Los apartamentos se avenían mejor con su modo de vida. Para algunos, imaginaba, un apartamento era como un caja metida dentro de otra caja. Pero a ella siempre le había gustado disponer de su propio espacio y, al mismo tiempo, sentirse parte de la colmena. ¿De qué servía una pradera de césped y un balancín si no se tenían niños?

De pronto sintió un leve cosquilleo en el estómago. ¿Había pensado alguna vez en tener hijos? En acunar a un niño, en verlo crecer, en atarle los cordones de los zapatos y sonarles la nariz...

Era Grace a quien le gustaban los niños, pensó. No es que a ella no le gustaran. Tenía un montón de primos que parecían empeñados en poblar el mundo, y M.J. había ido muchas veces de visita a ver a un nuevo bebé, o jugado en el suelo con un crío, o le había tirado la pelota a un pequeño bateador en ciernes.

Suponía que no era lo mismo cuando el niño era tuyo. ¿Qué se sentía, pensó, teniendo un niño que apoyara su cabecita en tu hombro y bostezara, o que te tendiera las manos para que lo abrazaras? ¿Y qué demonios hacía pensando en críos en un momento como ése? Cansada, deslizó los dedos bajo las gafas de sol y se frotó los ojos. Luego lanzó una mirada pensativa a Jack. ¿Qué pensaría él de los niños?, se preguntó.

De pronto sintió que se ponía colorada y giró la cara hacia la ventanilla. «Idiota», se dijo. «Acabas de conocerlo y ya estás pensando en patucos y pañales».

Eso, pensó amargamente, le pasaba a una mujer cuando se colaba por un hombre. A una se le ablandaba el seso.

Entonces dejó escapar un grito que los sorprendió a ambos.

—¡Ahí! ¡Ésa es la salida! Ahí fue donde nos desviamos. Estoy segura.

—La próxima vez, pégame un tiro —sugirió Jack mientras se desviaba hacia el carril de salida—. Puede que así no me dé un ataque al corazón.

—Lo siento.

Jack tomó la salida y le dio tiempo para orientarse mientras salían a una carretera de dos carriles.

—A la izquierda —dijo ella al cabo de un momento—. Estoy casi segura de que fuimos a la izquierda.

—Está bien, de todos modos tengo que poner gasolina —se dirigió a la gasolinera más cercana y se detuvo junto a los surtidores—. ¿En qué estabas pensando, M.J.?

—¿En qué estaba pensando?

—Te has quedado distraída un rato.

A ella le desconcertó que se hubiera dado cuenta. Se removió en el asiento y se encogió de hombros.

—Estaba concentrada, nada más.

—No, no es cierto —él puso una mano bajo su barbilla y volvió su cara hacia él—. Todo lo contrario —pasó el pulgar por sus labios—. No te preocupes. Encontraremos a tus amigas. Todo va a salir bien.

Ella asintió con la cabeza y sintió una oleada de vergüenza. Debía estar pensando en Grace y Bailey, y, en vez de hacerlo, se ponía a soñar con bebés, como una idiota enamorada.

—Grace estará en su casa. Lo único que tenemos que hacer es encontrarla.

—Sí, recuérdalo —Jack se inclinó hacia delante y la besó suavemente—. Y ve a comprarme una chocolatina.

—La pasta la tienes tú.

—Ah, sí —él salió, se metió la mano en el bolsillo y sacó un puñado de billetes—. Gástate lo que quieras —dijo—, y cómprate una para ti también.

—Vaya, gracias, papá.

Él sonrió mientras M.J. se alejaba contoneando sus estrechas caderas bajo el pantalón ceñido. «Vaya culo», pensó al tiempo que metía el surtidor en la abertura del depósito. No iba a cuestionar el giro del destino que la había hecho caer en su vida, y en su corazón. Pero se preguntaba cuánto tiempo tardaría ella en hacerlo. La gente no se quedaba mucho tiempo con él. Iba y venía. Así era desde hacía tanto tiempo que había dejado de esperar que eso cambiara. Tal vez incluso había dejado de desearlo. Aun

así, sabía que, si ella decidía largarse, jamás lo supera-
ría. Así que tendría que asegurarse de que no se iba.

Mientras llenaba el depósito sediento del Olds, la
vio salir de la tienda y acercarse a la máquina de refrescos. Y advirtió que no era él el único que la estaba
mirando. Un chaval que estaba poniendo gasolina en
una camioneta oxidada en el surtidor siguiente tampoco le quitaba ojo.

«No te lo reprocho, chaval», pensó Jack. «Es un
bombón, sí. Puede que cuando crezcas tengas suerte
y encuentres una mujer así de perfecta para ti».

Y, bendiciendo su suerte, Jack cerró la tapa del depósito y se acercó a M.J. Ella tenía las manos llenas de
chocolatinas y refrescos cuando la atrajo hacia sí y le
dio un largo y apasionado beso. Cuando la soltó, M.J.
dejó escapar un largo suspiro.

—¿Y eso?

—Porque puedo —se limitó a decir él, y se fue pavo-
neándose a pagar la gasolina.

M.J. sacudió la cabeza y vio que el chaval estaba
boquiabierto y que se le estaba saliendo la gasolina
del depósito.

—Yo que tú no encendería una cerilla, chaval —le
dijo al pasar a su lado, y se montó en el coche.

Cuando Jack se reunió con ella, M.J., dejándose
llevar por un impulso, hundió las manos entre su pelo
y, atrayéndolo hacia sí, lo besó apasionadamente.

—Eso también porque puedo.

—Sí —Jack creyó notar que le salía humo por las
orejas—. Menuda pareja hacemos.

Tardó un momento en despejar la lujuria que le

nublaba la mente y recordar cómo se giraba la llave. Divertida y emocionada por su reacción, M.J. le tendió una chocolatina.

—¿Quieres?

Él dejó escapar un gruñido, tomó la chocolatina y le dio un mordisco.

—Mira la carretera —le dijo a ella—. Intenta encontrar algo que reconozcas.

—Sé que no estuvimos mucho tiempo en esta carretera —comenzó a decir ella—. Nos desviamos y dimos muchas vueltas por carreteras comarcales. Ya te he dicho que Bailey se sabía el camino de memoria. ¡Bailey...! —se llevó las manos a la boca al ocurrírsele una idea.

—¿Qué pasa?

—Me estaba preguntando adónde iría. Si estuviera metida en un lío, si tuviera que huir, ¿adónde iría? —sus ojos se iluminaron y se giró para mirarlo—. Y tenía la respuesta delante de mis narices. Ella sabe cómo llegar a casa de Grace. Le encanta ese sitio. Allí se sentiría a salvo.

—Es posible —dijo él.

—No, no, seguro que iría a casa de una de nosotras —sacudió la cabeza enérgicamente—. Y a mí no ha podido encontrarme. Eso significa que habrá venido aquí. Puede que tomara un autobús o un tren, o que alquilara un coche —se animó un poco al pensarlo—. Sí, es lógico, y muy propio de ella. Están las dos aquí, en el bosque, sentadas, intentando averiguar qué hacer y preocupándose por mí.

Jack también estaba preocupado por ella. M.J. estaba poniendo todas sus esperanzas en una posibilidad incierta, pero Jack no tenía valor para decírselo.

—Si están allí —dijo con cautela—, aún tenemos que encontrarlas. Piensa, intenta recordar.

—Está bien —ella escudriñó el paisaje con renovado entusiasmo—. Era primavera —dijo—. Era precioso. Todo estaba en flor: los cornejos, creo, y ese arbusto amarillo que parece de neón. Y unas cosas que Bailey llamaba ciclamores. Había un vivero —recordó de pronto—. Bailey quiso pararse para comprarle a Grace un arbolito o algo. Y yo le dije que primero teníamos que llegar allí y ver qué tenía.

—Entonces, tenemos que buscar un vivero.

—Tenía un nombre flipante —cerró los ojos un momento, intentando recordarlo—. Muy cursi. Estaba a la derecha de la carretera, y lleno de gente. Por eso no quise que paráramos. Habríamos tardado una eternidad. Capullos y Flores —dio una palmada al recordarlo—. Después de pasarlo, recorrimos unos dos kilómetros.

—Así me gusta —él la tomó de la mano y se la llevó a la boca para besarla. Y los dos fruncieron el ceño al considerar aquel gesto. Él no había besado a una mujer en la mano en toda su vida.

Dentro del estómago de M.J., cobraron vida las mariposas. Aclarándose la garganta, puso una mano sobre su regazo.

—Bueno, eh... En todo caso, Grace y Bailey volvieron al vivero. Yo me quedé en casa. Ellas se lo pasan bomba comprando. Lo que sea. Supuse que comprarían la tienda entera... y casi lo hicieron. Volvieron cargadas de bandejas de plástico llenas de flores, y de flores en tiestos, y con un par de arbustos. Grace tiene una camioneta en su casa. Me imagino lo que escribirían en la sección de estilo del Post si supieran que Grace Fontaine conduce una camioneta.

—¿A ella le importaría?

—Se partiría de risa. Pero esta casa es un secreto. Sus parientes, así llama ella a su familia, ni siquiera saben que la tiene.

—Eso nos conviene. Cuanta menos gente lo sepa, mejor —sus labios se curvaron cuando vio un indicador—. Ahí está el vivero, nena. Parece que el negocio va bien, incluso a estas alturas del año.

M.J. se sintió encantada al ver la fila de camiones y coches estacionados a un lado de la carretera y el gentío que se paseaba alrededor de las mesas repletas de flores.

—Estarán de rebajas. Diez por ciento en ramilletes azules, blancos y rojos, los colores de la bandera.

—Que Dios bendiga América. ¿Un par de kilómetros más o menos, dijiste?

—Sí, y era a la derecha. De eso estoy segura.

—¿A ti no te gustan las flores?

—¿Qué? —ella lo miró, distraída—. Sí, claro, están bien. Me gustan las que huelen. Ya sabes, como esas cosas, las clavellinas. No son empalagosas, y tampoco se marchitan a los dos días.

Él se echó a reír.

—Son flores fuertes. ¿Ése es el desvío?

—No..., creo que no. Es un poco más lejos —inclinándose hacia delante, M.J. se puso a tamborilear con los dedos sobre el salpicadero—. Es ése de ahí, el siguiente. Estoy casi segura.

Jack redujo la marcha y torció a la derecha. La carretera se alzaba y se curvaba. A su lado había cercas que la madreselva iba abrazando lentamente, y tras ellas vacas pastando.

—Creo que vamos bien —ella se mordió el labio—. Aquí todas las carreteras parecen iguales. Sembrados, rocas y árboles. ¿Cómo se entera la gente de dónde va?

—¿Os quedasteis en esta carretera?

—No, Bailey giró otra vez —¿a la derecha o a la izquierda?, se preguntó—. Seguimos metiéndonos en el monte, y subiendo. Puede que aquí.

Él frenó y la dejó pensar. El cruce era angosto, flanqueado a un lado por una casa de piedra, en cuyo jardín, a la sombra de un arce moribundo, dormitaba un perro. Patos de cemento chapoteaban en la hierba.

—Podría ser aquí, a la izquierda. Lo siento, Jack, estoy perdida.

—Mira, tenemos el depósito lleno de gasolina y bastante día por delante. No te preocupes.

Jack torció a la izquierda y siguió avanzando despacio por la sinuosa carretera que subía y bajaba. Las casas estaban dispersas, y el maíz de los sembrados llegaba a la cintura. Allí donde acababan los campos de labor, tomaban el relevo los bosques, donde crecían árboles densos y verdes, arqueando sus ramas sobre la carretera hasta formar un túnel umbrío por el que pasaba el coche.

Al llegar a la cima de una colina, el mundo se abrió de pronto. Una repentina extensión de montes verdes y campos de cultivo ondulaba ante ellos.

—Sí. Bailey estuvo a punto de estrellar el coche cuando llegamos a lo alto de esta colina. Si es que es la misma, claro —añadió—. Creo que pertenece al parque forestal. Se quedó alucinada cuando llegamos aquí. Pero volvimos a desviarnos. Por uno de esos caminitos que cruzan el bosque.

—Lo estás haciendo muy bien. Dime cuál quieres que probemos.

—En este momento, tu opinión vale tanto como la mía —ella se sentía inútil, estúpida—. Todo está distinto. Los árboles están en flor. Cuando nosotras vinimos, estaban retoñando.

—Probaremos por éste —decidió él, y, echando mentalmente una moneda al aire, giró a la derecha.

Tardaron sólo diez minutos en darse cuenta de que estaban perdidos, y otros diez en encontrar la salida y regresar a la carretera principal. Atravesaron un pueblo que M.J. no recordaba y volvieron sobre sus pasos. Al cabo de una hora, M.J. sintió que su paciencia empezaba a agotarse.

—¿Cómo puedes estar tan tranquilo? —le preguntó—. Hemos recorrido hasta el último camino en cien kilómetros a la redonda. Cada calle, cada carretera, cada camino de vacas. Voy a volverme loca.

—Mi oficio requiere paciencia. ¿Nunca te he contado lo que me pasó cuando seguí a Big Bill Bristol?

—Ella se removió en su asiento, convencida de que jamás recuperaría la sensibilidad del trasero.

—No, no me lo has contado. ¿Vas a inventártelo?

—No hace falta —para darse un respiro, salió de la carretera. Había un pequeño apartadero junto a una poza en la que, supuestamente, se podía nadar. Las copas de los árboles colgaban sobre el agua oscura, dejando pasar pequeñas salpicaduras de luz que se reflejaban sobre la superficie del agua—. Big Bill estaba acusado de agresión. Perdió al póquer y quiso que su oponente se comiera las cartas. Eso fue después de romperle la nariz y dejarlo K.O. Big Bill mide como un metro noventa y pesa unos doscientos kilos, y tiene las manos del tamaño de Minneapolis. No le gusta perder. Lo sé por experiencia, porque alguna noche la he pasado jugando con él a las cartas.

M.J. sonrió maliciosamente.

—Cielos, Jack, estoy deseando conocer a tus amigos.

Él se limitó a lanzarle una mirada de soslayo.

—En cualquier caso, Ralph le adelantó la fianza, pero Big Bill se enteró de que había una partida clandestina en Jersey y no quiso perdérsela. A la ley no le gustan las partidas clandestinas, ni que los delincuentes se salten la libertad bajo fianza, así que le revocaron la condicional. Bill apareció en la lista de busca y captura.

—Y tú fuiste tras él.

—Sí, así es —Jack se frotó la barbilla y pensó fugazmente en afeitarse—. Debería haber sido coser y cantar. Localizar la partida, recordarle a Bill que tenía que presentarse en el juzgado y traerlo de vuelta.

Pero, por lo visto, Bill había ganado mucho dinero en Jersey, y se había largado a otra partida. Debería añadir que Bill es muy grandullón, pero tiene poco cerebro. Iba dejando un rastro de pistas, yendo de partida en partida, de estado en estado.

—Con Jack Dakota, cazarrecompensas, como loco siguiéndole los pasos.

—Siguiéndole los pasos, al menos. Si el muy capullo hubiera intentado despistarme, no lo habría hecho mejor. Me crucé de punta a punta el Noreste, estuve en cada partida que había.

—¿Cuánto perdiste?

—No tanto como para que merezca la pena hablar de ello —respondió con una sonrisa—. Llegué a Pittsburg a medianoche. Sabía que había una partida, pero no conseguí sobornar a nadie para que me dijera dónde era. Llevaba cuatro días detrás de Bill, durmiendo en el coche y jugando al póquer con tipos con nombres como Murciélago o Charlie el Gordo. Estaba cansado, sucio y me quedaban menos de cien pavos. Entré en un bar.

—Qué raro.

—Déjame contar la historia —dijo él, tirándole del pelo—. Lo elegí al azar, sin pensarlo. Y adivina quién estaba en la trastienda.

—Déjame pensar... ¿Big Bill Bristol, tal vez?

—En carne y hueso. La paciencia y la lógica me habían llevado hasta Pittsburg, pero fue el instinto lo que me hizo entrar en ese bar.

—¿Cómo conseguiste que volviera contigo?

—Tenía varias alternativas. Pensé en romperle una

silla en la cabeza, pero era más que probable que sólo
hubiera conseguido cabrearle. Consideré la posibilidad de apelar a su buen talante y recordarle que estaba en deuda con Ralph. Pero seguía en racha y le
habría importado un bledo. Así que me tomé una
copa y me uní a la partida. Al cabo de un par de horas, le expliqué la situación a Bill, y le hablé de tú a
tú. Una sola mano. Si gano, te vienes conmigo sin rechistar. Si ganas tú, te largas.

—¿Y ganaste tú?

—Sí, gané —se rascó la barbilla otra vez—. Naturalmente, tenía un as en la manga, pero, como te decía
antes, Bill no tiene mucho cerebro.

—¿Hiciste trampas?

—Claro. Era el mejor modo de afrontar la situación, y todo el mundo acabó tan contento.

—Excepto Big Bill.

—No, él también. Se lo había pasado en grande y
había ganado suficiente dinero como para untar al
tipo al que le partió la cabeza. Se retiraron los cargos.
Y tan frescos.

Ella ladeó la cabeza.

—¿Y qué habrías hecho si se hubiera negado a ir
contigo?

—Le habría partido la silla en la cabeza y habría
confiado en salir vivo.

—Qué vida tan movidita, Jack.

—A mí me gusta. Y la moraleja de la historia es que
siempre hay que seguir buscando, seguir la lógica. Y,
cuando la lógica se agota, seguir el instinto —diciendo
esto, se metió la mano en el bolsillo y sacó el dia-

mante–. La segunda piedra es el saber –la miró a los ojos–. ¿Qué sabes tú, M.J.?

–No te entiendo.

–Sabes cómo son tus amigas. Las conoces mejor de lo que yo conozco a Big Bill, al menos –de pronto se dio cuenta de que la envidiaba por eso. Y decidió que ya lo pensaría más tarde–. Forman parte de ti, de quién eres, y, supongo, de lo que serás.

Ella sintió una tirantez en el pecho.

–Te estás poniendo filosófico otra vez, Dakota.

–A veces funciona. Confía en tu instinto, M.J. –le agarró la mano y se la cerró sobre la piedra–. Confía en lo que sabes.

Ella sintió de pronto los nervios a flor de piel.

–¿Esperas que utilice esta cosa como una especie de brújula? ¿Como una vara de zahorí?

–Tú también lo sientes, ¿verdad? –para él también resultaba perturbador, pero sus manos permanecían firmes sobre el volante, y sus ojos fijos en los de ella–. Es como respirar. Ya sabes lo que pasa con los mitos. Si se escarba en ellos, se saca la verdad. La segunda piedra es el conocimiento –se echó hacia atrás, apoyando las manos sobre el volante–. ¿Por dónde quieres ir?

Ella se quedó fría, estremeciéndose. La piedra, sin embargo, era como un astro que ardía en su mano.

–Al oeste –se oyó decir, y le pareció extraño que, siendo de ciudad, se hubiera referido al punto cardinal, en lugar de decir sencillamente a la derecha o a la izquierda–. Esto es una locura.

–Ayer nos despedimos de la cordura. No tiene

sentido intentar encontrar esa vía muerta. Dime solamente por dónde quieres ir. Por qué lado te parece
mejor.

Ella siguió agarrando con fuerza el diamante y
guió a Jack por las carreteras sinuosas flanqueadas de
árboles y afloraciones rocosas, a lo largo de un arroyo
que la falta de lluvia había dejado casi seco, y más allá
de una casita marrón tan cercana que su puerta se
abría al camino.

—A la derecha —dijo con la garganta rasposa y tensa
como un tambor—. Ten cuidado. Nosotras nos pasamos el desvío. Tuvimos que dar la vuelta. El camino
es muy estrecho, sólo una senda entre los árboles.
Apenas se ve. Grace no tiene ni siquiera buzón.
Cuando está aquí, baja al pueblo a recoger el correo.
Ahí —su mano tembló al señalar—. Es ahí.

Jack tomó el desvío. El camino era, en efecto, muy
estrecho. Las ramas rozaban y arañaban los flancos del
coche mientras avanzaban despacio sobre la grava y
doblaban una curva sombreada por los árboles. Y allí,
en el centro del camino, quieto como una estatua de
piedra, había un ciervo cuyo pelaje relucía, dorado, al
sol.

Debía ser una cierva blanca, pensó Jack tonta-
mente. Una cierva blanca era símbolo de búsqueda.

El ciervo miró acercarse al coche con la cabeza er-
guida y los ojos muy abiertos y fijos. Luego, agitando
la cola, con una rápida sacudida de su hermoso
cuerpo, saltó entre los árboles sobre sus finas y elegantes patas. Y desapareció con apenas un rumor de
hojas.

La casa era exactamente como M.J. la recordaba. Recostada en la colina, sobre un pequeño y fragoroso arroyo, era un pulcro edificio de dos plantas que se fundía con el telón de los árboles. Era de madera y cristal, de líneas sencillas, con un largo porche delantero pintado de azul vivo. En él había dos mecedoras y unos cuantos cacharros de cobre que rebosaban flores colgantes.

—Le ha cundido —murmuró M.J., observando el jardín. Las flores se abrían por todas partes, asilvestradas, como al desgaire. Aquella oleada de colores y formas descendía por la colina como un río. Grandes escalones de madera atravesaban aquel estallido de color, giraban hacia la izquierda y luego bajaban hasta el camino.

—Para la casa de Potomac contrató a un paisajista profesional. Sabía lo que quería, pero hizo que otro se encargara de ello. Aquí, quería hacerlo todo ella misma.

—Parece un cuento de hadas —Jack se removió, molesto por sus propias sensaciones. No estaba para cuentos de hadas—. Ya sabes lo que quiero decir.

—Sí.

Al final del camino había aparcada una reluciente camioneta azul. Pero no había ni rastro del coche con el que Grace tendría que haber llegado a su casita de campo. Ni del polvoriento coche de alquiler que habría anunciado la presencia de Bailey. Se habrían ido a la tienda, se dijo M.J. Volverían enseguida.

No podía creer que hubieran llegado hasta allí y que Grace y Bailey no estuvieran. En cuanto Jack paró junto a la camioneta, ella salió del coche y corrió hacia la casa.

—Espera —Jack la agarró del brazo y la hizo pararse—. Vamos a echar un vistazo primero —le abrió suavemente los dedos y agarró el diamante. Cuando lo hubo guardado en su bolsillo, la tomó de la mano—. ¿Dices que la camioneta la deja aquí?

—Sí. Ella conduce un Mercedes descapotable, o un Beerme pequeño.

—¿Tu amiga tiene tres coches?

—Grace casi nunca tiene una cosa de cada. Dice que nunca sabe qué le va a apetecer.

—¿Hay puerta trasera?

—Sí, la de la cocina. Y otra en un lateral —señaló a la derecha y procuró ignorar la presión que sentía en el pecho—. Da a un pequeño patio y al bosque.

—Vamos a dar la vuelta primero.

Había un cobertizo para las cosas del jardín, ordenado y lleno de herramientas, palas y azadas, además de una segadora. Allí donde acababa el césped, se habían colocado piedras para pisar, entre las cuales crecía el musgo. Junto a la pared en sombras crecía un lecho de flores y de hierba, y, más allá, el terraplén estaba cubierto de hiedra. Un picaflor cuyas alas iridiscentes emborronaba la velocidad, revoloteaba sobre un depósito de pienso pintado de rojo brillante. Al acercarse ellos salió despedido como una bala. Su revoloteo era lo único que se oía.

Jack no vio ninguna ventana rota, ni signo alguno de que hubieran forzado la entrada, mientras rodeaban la parte de atrás de la casa y pasaban junto a un

jardincillo de hierbas aromáticas que olía deliciosamente a romero y hierbabuena. Junto a la puerta trasera colgaban en silencio móviles de viento. No se
movía ni una hoja.

—Da escalofríos —ella se frotó los brazos—. Mero-
dear por aquí así.

—Sólo es un momento.

Doblaron la esquina más alejada, que daba al pequeño patio, donde había una mesa de cristal, una silla con cojín y más flores en jardineras de cemento y
tiestos de barro. Más allá había un pequeño estanque
con hierba ornamental joven.

—Eso es nuevo —M.J. se detuvo a observar el estanque—. No lo tenía antes. Pero habló de ello. Parece re-
cién plantado.

—Yo diría que tu amiga ha estado sembrando esta
semana. ¿Crees que habrá alguna planta o alguna flor
que no haya plantado?

—Seguramente no —pero la sonrisa de M.J. era débil cuando volvieron a la parte frontal de la casa—.
Quiero entrar, Jack. Tengo que entrar.

—Vamos a echar un vistazo —él subió los escalones
del porche y comprobó que la puerta estaba cerrada—. ¿Esconde la llave en algún sitio?

—No —a pesar del bochorno que hacía, M.J. se
frotó los brazos helados—. Antes tenía una llave extra
en la casa de Potomac, en un tiesto junto a la puerta.
Pero su prima Melissa lo descubrió y se instaló en la
casa mientras Grace estaba en Milán. Se cabreó muchísimo.

Jack se agachó y examinó las cerraduras.

–Son buenas. Será más fácil romper una ventana.

–No vas a romperle ninguna ventana.

Él suspiró, levantándose.

–Temía que dijeras eso. Está bien, lo haremos de la manera más difícil.

Ella lo miró con el ceño fruncido mientras Jack regresaba al coche y abría el maletero. Éste estaba lleno de herramientas, de ropa, de libros, botellas de agua y papeles. Jack revolvió entre aquellas cosas y eligió lo que necesitaba.

–¿Tu amiga tiene alarma?

–No, que yo sepa –M.J. observó el estuche de cuero de Jack–. ¿Qué vas a hacer?

–Forzar las cerraduras. Puede que tarde un rato. Estoy desentrenado –pero se frotó las manos, anticipando aquel desafío–. Puedes darte una vuelta y comprobar las puertas y las ventanas, por si acaso se ha dejado alguna abierta.

–Si cerró una, las habrá cerrado todas. Pero está bien.

M.J. rodeó de nuevo la casa, deteniéndose en cada ventana. Cuando al fin dio la vuelta completa, Jack estaba intentando abrir la segunda cerradura. Intrigada, ella lo observó trabajar. Allí hacía más fresco que en la ciudad, pero el calor seguía siendo pegajoso. El sudor humedecía la camisa de Jack y le brillaba en el cuello.

–¿Puedes enseñarme a hacer eso? –preguntó ella.

–Chist –Jack se secó las manos en los pantalones y agarró con más fuerza la ganzúa–. Ya lo tengo –se levantó y se pasó un brazo por la frente–. Una ducha fría —murmuró—.Y una cerveza fría. Le besaré los pies a tu amiga si tiene ambas cosas.

—Grace no bebe cerveza —dijo M.J. mientras empujaba la puerta delante de él.

El cuarto de estar era acogedor, muy ordenado pero hogareño, con su sofá de grandes rayas y sus mullidos butacones azules. En la chimenea de ladrillo, un exuberante helecho rebosaba de un caldero de bronce.

M.J. inspeccionó rápidamente las habitaciones, pisando la tarima de anchas planchas de madera de nogal y las alfombras Berber; entró en la soleada cocina, con sus encimeras verde bosque y sus azulejos blancos, y cruzó el acogedor salón que Grace había convertido en biblioteca. La casa parecía resonar a su alrededor mientras subía las escaleras, miraba en las habitaciones y en los baños.

La cama de reluciente bronce de Grace, cuya colcha de encaje hecho a mano había comprado en Irlanda, estaba pulcramente hecha y cubierta de almohadones de alegres colores. Sobre la mesita de noche había un libro de jardinería. El cuarto de baño estaba vacío; el lavabo de marfil, restregado y limpio; y la encimera azul reluciente. Las toallas estaban meticulosamente dobladas sobre las repisas de una alta estantería de mimbre.

Aun sabiendo que era inútil, M.J. miró en el armario del dormitorio. Estaba absurdamente lleno y toscamente organizado.

—No están aquí, M.J. —Jack le tocó el hombro, pero ella se apartó.

—Ya lo veo —replicó ella secamente, con voz crispada—. Pero Grace estuvo aquí. Hace poco. Todavía
noto su olor —cerró los ojos y respiró hondo—. Su
perfume. No se ha disipado aún. Ése es su olor. Un
magnate de los perfumes que se enamoró de ella lo
diseñó especialmente para Grace. Aquí huele a ella.

—Está bien —él también notaba aquel olor sensual y
elegante, con leves matices silvestres—. Puede que
haya ido al pueblo a hacer la compra, o haya salido a
dar un paseo en coche.

—No —M.J. se apartó de él y se acercó a la ventana—. No habría cerrado la casa con llave. Siempre
comenta lo maravilloso que es no tener que cerrarlo
todo a cal y canto aquí. Sólo lo hace cuando cierra la
casa y se va a alguna parte. Bailey no está aquí. Ni
Grace tampoco, y no piensa volver en algún tiempo.
La hemos perdido.

—¿Crees que habrá vuelto a Potomac?

Ella movió la cabeza de un lado a otro. La opresión
que sentía en el pecho era insoportable, como si unas
manos ávidas le estrujaran el corazón y los pulmones.

—No es probable. Nunca se queda en la ciudad el
Cuatro de Julio. Demasiado tráfico, demasiados turistas. Por eso yo creía que se quedaría aquí hasta mañana, al menos. Pero podría estar en cualquier parte.

—Lo cual significa que aparecerá en alguna parte
—Jack comenzó a acercarse a ella, pero al ver un brillo
en sus mejillas, se detuvo en seco como si hubiera
chocado contra una pared de cristal—. ¿Qué haces?
¿Estás llorando? —era una acusación, proferida con
una voz ribeteada de abyecto terror.

M.J. se limitó a cruzar los brazos sobre el pecho y se abrazó los codos. Toda la excitación, la tensión, la frustración de la búsqueda se había convertido en pura desesperación. La casa estaba vacía.

—Quiero que dejes de llorar. Ahora mismo. Lo digo en serio. Lloriquear no va a hacerte ningún bien —ni a él tampoco. Aquello lo aterrorizaba, le hacía sentirse estúpido, torpe y molesto.

—Déjame en paz —dijo ella, sofocando un sollozo—. Vete.

—Eso es justamente lo que voy a hacer. Si sigues así, me marcho. Hablo en serio. No voy a quedarme aquí, viéndote hacer pucheros. Domínate. ¿Es que no tienes orgullo?

En ese momento, a M.J. le importaba bien poco el orgullo. Rindiéndose, apoyó la frente contra el cristal de la ventana y dejó que las lágrimas rodaran.

—Me voy, M.J. —gruñó él, y se volvió hacia la puerta—. Voy a tomar una copa y a darme una ducha. Así que, cuando te hayas calmado, pensaremos qué hacer.

—Pues vete. Anda, vete.

Él llegó hasta el umbral y, luego, lanzando un juramento, dio media vuelta.

—Esto no me gusta —masculló.

No sabía cómo enfrentarse al llanto de una mujer, sobre todo tratándose de una mujer fuerte que, obviamente, había llegado al límite de sus fuerzas. Maldijo otra vez y la estrechó entre sus brazos. Siguió maldiciendo mientras la levantaba en brazos y se sentaba con ella en un sillón de respaldo ancho. La acunó y la acarició sin dejar de maldecir.

—Cálmate, por favor —le besó la frente—. Me estás matando.

—Tengo miedo —sollozó ella, escondiendo la cara en su hombro—. Estoy muy cansada y tengo miedo.

—Lo sé —él le besó el pelo y la estrechó con más fuerza—. Lo sé.

—No podría soportar que les pasara algo. No puedo soportarlo.

—No, por favor —Jack la agarró con más fuerza, como si pudiera detener su llanto ardiente y aterrorizado. Pero su boca se deslizó por la mejilla de ella y buscó sus labios tiernamente—. Todo va a salir bien. Todo va a salir bien —le enjugó suavemente las lágrimas con los pulgares—. Te lo prometo.

Ella lo miró con ojos llorosos.

—Estaba segura de que estarían aquí.

—Lo sé —Jack le apartó el pelo de la cara—. Es normal que estés hecha polvo. No conozco a nadie que hubiera llegado hasta aquí sin derrumbarse. Pero no llores más, M.J. Me saca de quicio.

—Odio llorar —ella se sorbió los mocos y se enjugó las lágrimas con los nudillos.

—Celebro oírlo —Jack la tomó de las manos y se las besó—. Piensa en eso. Grace ha estado aquí hoy, puede que hace sólo una hora. Ha recogido la casa y ha cerrado. Lo cual significa que estaba bien cuando se fue.

Ella dejó escapar un suspiro tembloroso.

—Tienes razón. No pienso con claridad.

—Porque necesitas darte un respiro. Una comida decente, un poco de descanso.

—Sí —apoyó la cabeza de nuevo contra el hombro de Jack—. ¿No podemos quedarnos aquí un rato? ¿Quedarnos así sentados, sin hacer nada?

—Claro —era fácil rodearla con los brazos, estrecharla contra sí.

Y quedarse allí sentados.

Jack la convenció de que no tenía sentido volver a la ciudad y enfrentarse a los atascos provocados por los aficionados a los fuegos artificiales. Sobre todo, teniendo en cuenta que disponían de un lugar perfecto para pasar la noche.

El hecho era, pensó él, que, si M.J. se había derrumbado una vez, podía volver a hacerlo fácilmente. Y una comida decente y una buena noche de descanso recompondrían en parte su compostura.

En cualquier caso, ese día habían pasado ya más de cinco horas en el coche, después de dormir poco más de una. Si regresaban de inmediato, ambos se sentirían como si el esfuerzo de buscar la casa de Grace no hubiera servido para nada. Y, además, Jack necesitaba tiempo para concretar el plan que empezaba a formarse en su cabeza.

—Date una ducha —le dijo a ella—. Ponte una camisa o algo de tu amiga. Te sentirás mejor.

—No me vendrá mal —ella logró esbozar una sonrisa—. Pero pensaba que tú querías ducharte. ¿No quieres que ahorremos agua?

—Bueno... —era tentador. Podía imaginarse metiéndose bajo el chorro fresco con M.J., enjabonándose y enjabonándola a ella, y dejando que la naturaleza siguiera su curso. Pero era consciente de que M.J. no disfrutaba de un momento de intimidad desde hacía horas—. Voy a servirme una copa. Y a ver si tu amiga tiene por aquí alguna lata que podamos abrir —le besó cariñosamente la punta de la nariz—. Anda, empieza sin mí.

—Está bien. A mí también puedes ponerme una copa, ya que estás, pero no vas a encontrar cerveza en la nevera. Y sabe dios las latas que tendrá Grace —M.J. se dirigió al baño, pero de pronto se detuvo y se dio la vuelta—. Jack..., gracias por dejar que me desahogara.

Él se metió las manos en los bolsillos. Los ojos de M.J., aquellos ojos exóticamente rasgados, como los de un gato, estaban todavía hinchados por el llanto, y sus mejillas estaban pálidas por el cansancio.

—Supongo que lo necesitabas.

—Sí, y no me has hecho sentir como una idiota. Así que gracias —repitió ella, y entró en el cuarto de baño.

Se desnudó, aliviada, separando la camiseta de algodón y los vaqueros de su piel pegajosa y recalentada. El estilo sencillo que Grace había elegido para la casa no incluía el cuarto de baño principal, que era un auténtico capricho. Las baldosas eran de un azul

suave y de un verde brumoso, de modo que entrar
era como pisar un prado fresco a la orilla del mar. La
bañera era blanca y enorme, estaba provista de hidro-
masaje y enmarcada por un ancho reborde en el que
crecían, lustrosos, los helechos en tiestos de color
ocre suave.

La enorme encimera estaba provista de un tocador
y sustentaba un espejo de bronce de maquillaje. Sobre él había una profusión de lámparas en forma de
tulipa, con cristal esmerilado. Los espejos de las puertas del armario, lleno de ropa blanca y toallas tamaño
sábana, devolvían la imagen de la habitación, produciendo la ilusión de que la estancia era enorme y
opulenta.

A pesar de que por un instante pensó en meterse
en la bañera de burbujas, al final se metió en la ducha
rodeada de mamparas de cristal. Las alcachofas estaban colocadas en tres lados, a distintos niveles. M.J. las
abrió todas al máximo y, tras expeler un profundo
suspiro, se sirvió un poco del carísimo gel y del
champú de Grace. Y la fragancia la hizo llorar otra
vez. Le recordaba tanto a Grace...

Sin embargo, se negaba a llorar. Ya lamentaba haber llorado antes. Aquello no servía de nada. Las cosas
prácticas, sí. Ducharse, comer, descansar un poco,
todo ello serviría para despejar su cabeza. Sin duda
necesitaba unas cuantas horas de sueño para recargar
las pilas. Imaginaba que no había sido únicamente el
berrinche lo que la hacía sentirse aturdida y débil.

Había que hacer algo, dar algún paso, y rápido.
Para conseguirlo, necesitaba estar alerta, preparada.

Daba igual que apenas hubiera pasado un día. Cada
hora que pasaba sin poder contactar con Grace o
Bailey se le hacía eterna.

Había que arreglar las cosas, tenía que poner en
orden su vida de nuevo. Y luego afrontaría lo que estaba ocurriendo, y lo que pudiera ocurrir, entre Jack
y ella. Estaba enamorada de él, de eso no había duda.
La prontitud con que se había enamorado sólo contribuía a acrecentar la intensidad de aquella emoción.
Nunca había sentido por un hombre lo que sentía
por Jack: aquella emoción que le llegaba hasta los
huesos. Y, mezclada con la pasión, había también una
sensación de absoluta confianza, un extraño y profundo afecto, un respeto lleno de orgullo, y la certeza
de que podía pasar toda su vida con él..., si no en ar-
monía, al menos sí feliz.

Ella comprendía a Jack, se dijo mientras alzaba la
cara bajo el chorro más alto. Dudaba que él lo supiera, pero era absolutamente cierto. Comprendía su
soledad, su dolor encostrado y lo orgulloso que se
sentía de sus facultades.

Jack era amable y cínico, paciente e impulsivo. Tenía una inteligencia penetrante, un toque de poeta...
y algo más que un toque de inconformista. Vivía a su
modo, inventando sus propias normas, que rompía
cuando se le antojaba.

Ella no pedía menos en un compañero de por
vida. Y eso era precisamente lo que le preocupaba:
hallarse pensando en el matrimonio, en la estabilidad
y en fundar una familia con un hombre que, obviamente, llevaba toda su vida huyendo de aquellas tres

cosas. Pero quizá, dado que aquellos conceptos habían aflorado en ella hacía muy poco tiempo, podría
cortarlos en agraz. Ella tenía su negocio, su vida propia. Desear que Jack formara parte de ella no tenía
por qué cambiar básicamente las cosas.

O, al menos, eso esperaba.

Cerró los grifos, se secó y se dio un poco de crema
corporal de Grace. Y volvió a sentirse casi humana de
nuevo. Frotándose el pelo con una toalla, entró desnuda en el dormitorio, dispuesta a saquear el armario.

Por suerte, en el campo, el vestuario de Grace tendía hacia la sencillez. M.J. se puso una camisa de
manga corta de diminutos cuadros blancos y azules, y,
un par de pantalones cortos de algodón que encontró en la cómoda. Le quedaban un poco grandes.
Grace seguía teniendo el mismo cuerpo que en el fa-
moso póster, y M.J. no tenía prácticamente caderas.
Además, le quedaban cortos, pues M.J. tenía las piernas algo más largas que su amiga. A pesar de todo,
eran frescos, y, al ponérselos, dejó de sentir que llevaba dos días con la misma ropa puesta.

Hizo amago de tirar la toalla al suelo, pero giró los
ojos al pensar en lo que pensaría Grace si lo hacía.
Volvió de mala gana al cuarto de baño y la colgó sobre la percha. Luego, con los pies descalzos y el pelo
todavía húmedo rizándosele alrededor de la cara, se
fue en busca de Jack.

—No sólo he empezado sin ti —dijo cuando lo encontró en la cocina—. He acabado sin ti. Eres muy
lento, Dakota.

Sin dejar de mirar, ceñudo, la pequeña jarra que sostenía en la mano, él se dio la vuelta.

—Lo único que he encontrado ha sido... —y se calló de pronto, anonadado.

Se había dicho que M.J. no era guapa, y era cierto. Y, sin embargo, era preciosa. El impacto de aquel rostro afilado y provocativo y de aquellas larguísimas piernas enfundadas en unos pantalones cortos azules lo golpeó con renovado vigor. Ella llevaba los pulgares metidos en los bolsillos delanteros del pantalón, tenía una sonrisa burlona en la cara, y su pelo húmedo y oscuro se rizaba al azar sobre sus orejas. A Jack se le hizo la boca agua.

—Qué bien te has lavado, nena.

—Sería difícil no hacerlo, con la ducha de Grace. Espera a probarla —ladeó la cabeza y sintió que un agradable cosquilleo comenzaba a subirle por los pies—. No sé por qué me miras así, Jack. Me has visto desnuda.

—Sí. Será que tengo debilidad por las mujeres altas en pantalones cortos —alzó una ceja—. ¿Le has tomado prestada ropa interior a Grace?

—No. Hay cosas que ni las mejores amigas comparten. Sobre todo, los hombres y la ropa interior.

Él relajó la mandíbula.

—En ese caso...

Ella levantó una mano y la apoyó sobre su pecho.

—Espera un momento, colega. En este momento no hueles precisamente a rosas. Y, además, tengo hambre.

—Vaya, en cuanto te lavas, te pones puntillosa —pero

Jack se pasó de nuevo una mano por la barbilla y se recordó que tenía que sacar del maletero la máquina de afeitar—. Aquí no hay mucho donde elegir. Tu amiga tiene una botella de champán francés en la nevera y más vino francés en el estante de ese armario. Hay algunas latas de galletas y algunos frascos llenos de pasta. He encontrado un poco de salsa de tomate, que supongo que será salsa de espaguetis en embrión.

—¿Significa eso que uno de los dos tiene que cocinar?

—Me temo que sí —se miraron el uno al otro durante diez segundos—. Está bien —decidió él—. Lo echaremos a suertes.

—Muy bien. Cara, cocinas tú —dijo ella mientras Jack sacaba un cuarto de dólar—. Cruz, cocino yo. De todos modos, tengo la sensación de que vamos a tener que buscar los antiácidos de Grace —M.J. dejó escapar un siseo cuando la moneda cayó en cruz—. ¿No hay nada más? ¿Nada que podamos sacar de una lata o de un frasco y comérnoslo?

—Cocinas tú —dijo él, pero le tendió un frasco—. Y hay huevas de pescado.

Ella exhaló un suspiro al mirar el frasco de caviar.

—¿No te gusta el caviar?

—Una buena trucha frita está de muerte. Pero ¿para qué demonios iba a querer comerme las huevas que pone un pez? —le lanzó el frasco a M.J.—. Sírvete. Yo voy a ducharme mientras tú haces algo con esa salsa de tomate.

—Seguramente no te gustará —dijo ella sombríamente, pero sacó una sartén cuando Jack se alejó.

Media hora después, él volvió a entrar en la cocina. Tenía el pelo mojado echado hacia atrás y la cara afeitada. El olor que salía de la sartén puesta al fuego no estaba tan mal, se dijo. La puerta de la cocina estaba abierta, y allí estaba M.J., sentada en el patio, zampándose una galletita salada cubierta de caviar.

—No está mal —dijo mientras masticaba al ver a Jack—. Si uno finge que es otra cosa y lo hace pasar con un trago de esto —bebió un sorbo de champán y se encogió de hombros—. A Grace le encantan estas cosas. Siempre le han gustado. Creció así.

—El entorno puede malograr a una persona —comentó él, y abrió la boca para que M.J. le metiera dentro una galletita. Hizo una mueca, le quitó el vaso y lo apuró de un trago—. Un perrito caliente y una buena cerveza negra.

Ella suspiró, sintiéndose en perfecta sintonía con él.

—Sí, bueno, a caballo regalado, no le mires el diente. Se está bien aquí fuera. Ha refrescado un poco. Pero ¿sabes cuál es el problema? Que no se oye nada. Ni coches, ni voces, ni nada. Me pone los pelos de punta.

—A la gente que vive en sitios así no le gusta la compañía —Jack tenía tanta hambre que se sirvió otra galletita con caviar—. Tú y yo, M.J., somos animales sociales. Damos lo mejor de nosotros mismos en una habitación llena de gente.

—Sí, por eso yo trabajo en el pub casi todas las noches. Me gustan las horas punta —se quedó pensativa, mirando hacia lo lejos, donde el sol se hundía rápidamente detrás de los árboles–. Esta noche habrá poco movimiento. El domingo es fiesta. Todo el mundo se estará preguntando dónde me he metido. Pero tengo una encargada muy buen. Se las arreglará –se removió, inquieta, y tomó su vaso–. Supongo que la policía se habrá pasado por allí, habrá hablado con ella y con los camareros. Incluso puede que con algunos clientes habituales. Estarán preocupados.

–No tardaremos mucho –él había estado definiendo su plan, buscando sus puntos flacos–. Tu bar podrá funcionar un par de días sin ti. Alguna vez te tomas vacaciones, ¿no?

–Una par de semanas de vez en cuando.

–Las próximas serán a París.

A ella la sorprendió que se acordara.

–Sí, ése es el plan. ¿Tú has estado alguna vez?

–No, ¿tú sí?

–Qué va. De pequeña fui a Irlanda, y a mi padre le entró la morriña. Creció en el West Side de Manhattan, pero cualquiera hubiera dicho que se había criado en Dublín y lo habían raptado unos gitanos. Aparte de eso, nunca he salido de Estados Unidos.

–Yo he estado en Canadá y en México, pero nunca he sobrevolado el océano –sonrió y le quitó de nuevo el vaso a M.J.–. Creo que se te está quemando la salsa, cielo.

Ella masculló una maldición, se levantó de un salto y entró corriendo. Mientras rezongaba, Jack miró la etiqueta de la botella. Normalmente no recomendaba el alcohol como tranquilizante, pero la situación era desesperada. Había visto la mirada de tristeza de

M.J. cuando él había mencionado París y le había recordado a sus amigas. Durante algunas horas, aunque fuera sólo por esa noche, él la haría olvidar.

—He llegado a tiempo —le dijo ella, saliendo otra vez y retirando su silla—. Y he puesto el agua para la pasta. No sé en cuánto tiempo tiene que hacerse esa salsa..., seguramente tres días, pero vamos a comérnosla medio hecha.

Él sonrió y le tendió el vaso que acababa de llenar.

—Por mí, bien. Había otra botella de esto enfriándose, ¿no?

—Sí. Se las traje yo, por cierto. A mi distribuidor le encanta —bebió un sorbo y se echó a reír al sentir las exquisitas burbujas—. No sé qué dirían mis clientes si les pusiera Brother Dom en la carta.

—Yo empiezo a acostumbrarme a su sabor —Jack se levantó y le pasó una mano por el pelo—. Voy a poner un poco de música. Esto está muy silencioso.

—Buena idea —ella miró hacia atrás, pensativa—. ¿Sabes?, creo que Grace dijo que aquí había osos y cosas así.

Él miró receloso hacia el bosque.

—Creo que también voy a sacar la pistola.

Sacó algo más que eso. Para sorpresa de M.J., llevó velas a la cocina, encendió el equipo de música con el volumen bajo, encontró una emisora que emitía blues y le puso a M.J. detrás de la oreja una flor rosa que se parecía más o menos a una clavellina.

—Sí, creo que a las pelirrojas os sienta bien el rosa —decidió tras observarla con una sonrisa—. Estás guapísima.

Ella se apartó de un soplido el pelo de los ojos y se puso a escurrir la pasta.

—¿Qué pasa? ¿Te ha dado un ataque de romanticismo?

—Lo tenía reservado para un momento especial —inclinándose hacia delante, Jack le besó la nuca—. ¿Te molesta?

—No —ella ladeó la cabeza, disfrutando del estremecimiento que le recorría la espalda—. Pero, para rematar la escena, vas a tener que comerte esto y fingir que está bueno —frunció el ceño un poco cuando él sacó otra botella de champán del frigorífico—. ¿Sabes cuánto cuesta una botella de eso, tío? ¿Incluso a precio de coste?

—A caballo regalado, no le mires el diente —le recordó él, e hizo saltar el corcho.

En cuanto a la comida se refería, los dos habían probado cosas mejores... y peores. La pasta estaba sólo ligeramente pasada y la salsa estaba sosa, pero resultaba inofensiva. Y, dado que estaban hambrientos, repitieron sin rechistar. Jack procuró apartar la conversación de cualquier tema que pudiera angustiar a M.J..

—Seguramente debería haber puesto alguna de esas hierbas que Grace tiene plantadas ahí fuera —dijo M.J.—. Pero no sé qué es cada cosa.

—No importa —Jack la tomó de la mano y le dio un beso en la palma, haciéndola parpadear—. ¿Qué tal te encuentras?

—Mejor —ella alzó su copa—. Y llena.

¿Estaba nerviosa? Qué curioso, pensó él. No se había puesto nerviosa cuando la había esposado, ni cuando había conducido como un loco por las calles de Washington, con dos asesinos en potencia pisándoles los talones. Y, sin embargo, le besaba la mano y parecía azorarse como una virgen en su noche de bodas. Jack se preguntaba hasta qué punto podía ponerla nerviosa.

—Me gusta mirarte —murmuró.

Ella bebió atropelladamente, dejó el vaso y lo alzó de nuevo.

—Llevas dos días sin quitarme el ojo de encima.

—No a la luz de las velas —Jack volvió a llenarle la copa—. Hace que te brille el pelo. Y los ojos. Con un fuego como de estrellas —sonrió lentamente y le tendió la copa—. ¿Cómo es ese verso? «Hermosa como una estrella que brillara sola en el cielo».

—Sí —ella se tragó el champán y lo sintió burbujear en su garganta—. Creo que es así.

—Eres única, M.J. —Jack apartó los platos para poder besarle los dedos—. Te tiembla la mano.

—No, qué va —el corazón, sí, pero ella apartó la mano, por si acaso él tenía razón. Bebió de nuevo y luego achicó los ojos—. ¿Intentas emborracharme, Dakota?

Él esbozó una sonrisa lenta y maliciosa.

—Intento que te relajes. Y lo estabas, M.J., antes de que empezara a seducirte.

Un ardiente nudo de deseo se alojó en la boca del estómago de M.J.

—¿Así es como tú lo llamas?

—Estás lista para la seducción —le dio la vuelta a su

mano y le rozó con los dientes la parte interior de la muñeca—. Estás aturdida por el vino y tienes el pulso acelerado. Si te levantaras ahora, tendrías las piernas débiles.

Ella no tenía que levantarse para saber que le flaqueaban las piernas. Hasta sentada le temblaban las rodillas.

—No necesito que me seduzcas. Ya lo sabes.

—Lo que sé es que voy a pasármelo en grande. Quiero que tiembles, que te sientas débil, que seas mía.

Ella temía serlo ya, y se apartó, turbada.

—Esto es absurdo. Si quieres ir a la cama...

—Ya llegaremos... al final —Jack se levantó, tiró de ella para que se pusiera en pie y deslizó las manos sobre su cuerpo—. Te preocupa lo que pueda hacerte.

—No, no me preocupa en absoluto.

—Sí, claro que sí —la apretó contra sí, su boca revoloteó sobre la de ella un instante, y luego descendió para rozar suavemente su barbilla—. Ahora mismo te preocupa muchísimo.

Ella respiraba trabajosamente.

—Le haces la comida a un hombre y le entran delirios de grandeza —él se echó a reír; su aliento cálido rozó la mejilla de M.J., y ella se estremeció—. Bésame, Jack —alzó la cara, buscando su boca—. Bésame.

—No te asusta el fuego —él esquivó sus labios y la oyó gemir mientras le rozaba el cuello con los labios—. Pero el calor te turba. Puedes tener ambos —sus labios rozaron los de ella y se apartaron—. Esta noche, tendremos las dos cosas. No habrá elección.

Ella estaba aturdida por el vino, tal y como Jack

había dicho. Su cabeza giraba en círculos chispeantes. Estaba temblando, como él suponía. Se estremecía en rápidos y sutiles temblores. Y se sentía débil.

Al tender los brazos hacia el fuego, la llama se apartó, danzando, de su alcance. Sólo quedó el calor, turbador, dulce, embriagador. Ella contuvo el aliento y luego lo soltó de golpe cuando Jack la alzó en brazos.

—¿Por qué haces esto?

—Porque lo necesitas —murmuró él—. Y yo también. Jack calentó su piel con ávidos besos mientras la sacaba de la habitación. El olor de su piel, ajeno a ambos, saturaba su cabeza y acrecentaba el misterio. La casa estaba a oscuras, vacía. Los rayos plateados de la luna iluminaban el camino de Jack por la escalera. La depositó en la cama y la cubrió con su cuerpo. Y finalmente su boca descendió sobre ella.

Los miembros de M.J. se aflojaron. Los besos de Jack la absorbían, la hacían flotar. Intentó defenderse un momento, encontrar tierra firme. Pero él la besaba cada vez más profundamente, despacio, con tanta destreza y ternura que ella se deslizó en la trampa de terciopelo que había tendido para ella. Murmuró el nombre de Jack, oyó resonar el eco de su murmullo en la cabeza. Y se rindió.

Él notó su dulce y completa rendición. Aquel regalo resultaba poderosamente excitante, hacía que su sangre bullera con un oscuro temblor. Su boca se deslizó más abajo, rozando suavemente la vena que palpitaba con fuerza en el hueco de la garganta de M.J.

—Relájate —dijo con suavidad—. Olvídate de todo y deja que te haga mía.

Sus manos la acariciaban suavemente, rozando las curvas y ángulos de su cuerpo, trazando sus contornos. «Esto», pensaba, «la hace suspirar. Y esto otro la hace gemir». Como si tuvieran todo el tiempo del mundo, Jack se regodeó en los placeres que ofrecía el cuerpo de M.J. La curva recia de su hombro, los largos músculos de sus muslos, la línea sorprendentemente frágil de su garganta.

La desnudó lentamente, apretando los labios contra las manos de ella, que lo buscaban, hasta que quedaron flojas otra vez. Él la dejó sin nada a lo que agarrarse, salvo la confianza. No le dio nada que experimentar, salvo placer. La ternura la destrozaba hasta el punto de que su mundo quedó reducido a la tormenta que se alzaba despacio dentro de su cuerpo.

El fuego estaba allí, aquel relámpago, aquel calor furioso, el latigazo del viento y la oleada poderosa. Pero él lo contenía con sus diestras manos y su boca llena de paciencia, conduciéndola lentamente por el camino que había elegido para ella.

La hizo darse la vuelta y acarició los músculos de sus hombros, convirtiéndolos en líquido. Trazó con la boca la línea de su espalda y la hizo jadear al tiempo que su mente se nublaba.

Ella oía el fragor de las sábanas cuando Jack se movía sobre ella, sentía el susurro de sus promesas, notaba el cálido fulgor que ocultaban sus palabras. Y, desde el exterior, de la noche que caía, les llegó la larga llamada de un búho.

Jack no pasó por alto ninguna parte de su cuerpo. No descuidó ningún aspecto de la seducción. Ella yacía, inerte, bajo él, abierta a sus demandas. Y, cuando al fin él le impuso sus exigencias, ella dejó escapar un gemido largo y gutural. Jack hundió la cara entre sus pechos, refrenando el deseo de apresurarse ahora que la había llevado hasta el orgasmo.

—Quiero más de ti —murmuró—. Te quiero entera. Lo quiero todo.

Cerró la boca sobre su pecho hasta que ella se movió de nuevo bajo él, hasta que empezó a jadear otra vez. Cuando ella pronunció con voz entrecortada su nombre, Jack se deslizó dentro de ella y la penetró lentamente.

M.J. se arqueó hacia él. Sus ojos se clavaron en los de él al tiempo que sus manos se unían. Sólo veía su cara a la luz de la luna, sus ojos oscuros, su boca firme, el hermoso fluir de su pelo dorado...

Barrida por una repentina oleada de amor, ella alzó la mirada hacia él, sonriendo.

—Toma cuanto quieras de mí —sintió que los dedos de él temblaban—. Tómame entera —advirtió el destello de triunfo y deseo de sus ojos—. Tómalo todo.

Y el fuego les tendió los brazos a ambos.

Mientras ella dormía, Jack la apretaba con fuerza al tiempo que le daba los últimos toques a su plan. Tenía la impresión de que tenía tantas posibilidades de funcionar como de estallarle en la cara. Lo cual no estaba mal del todo.

Estaba dispuesto a correr riesgos mayores por ella, para evitar que las lágrimas volvieran a correr por sus

mejillas. Había esperado treinta años para enamo-
rarse, razón por la cual, concluyó, se había enamorado tan de pronto y tan locamente. A no ser que
quisiera tomar la senda más mística y creer que todo
era cosa del destino: el momento, el diamante, y M.J.
En cualquier caso, la conclusión era la misma. Ella era
la única persona a la que había amado, y estaba dispuesto a hacer cualquier cosa para protegerla. Incluso
si ello significaba traicionar su confianza.

No podría quejarse, aunque aquélla fuera la última
vez que yacía a su lado. Ella le había dado más en dos
días de lo que le habían dado en toda su vida.

M.J. lo quería, y eso bastaba para despejar todas sus
dudas.

En el mismo instante en que Jack yacía en la
profunda oscuridad del campo, contemplando su
vida y preguntándose por su futuro, otro hombre
permanecía sentado en una estancia bañada de luz.
Había tenido un día ajetreado, y estaba cansado.
Pero su mente no se apagaba, ni podía permitirse la
fatiga.

Había visto los fuegos artificiales surcar el cielo.
Había sonreído, conversado, bebido buen vino. Pero,
entre tanto, la rabia lo reconcomía como un cáncer.

Al fin estaba solo, en aquella habitación que apaci-
guaba su espíritu. Su mirada se regodeaba en la con-
templación del Renoir. Qué colores tan bellos, tan
sutiles, pensó. Qué pinceladas tan exquisitas. Y sólo él
miraría ya tanto esplendor.

Allí, la caja puzzle de un emperador chino. De reluciente lacado, el dragón rojo de su tapa se alzaba hacia un cielo negro. De valor incalculable, llena de secretos. Y sólo él tenía la llave.

Aquí, un anillo de rubíes que antaño había adornado el regio dedo de Luis XIV. Se lo deslizó en el dedo meñique y, volviendo la gema hacia la luz, observó cómo despedía fuego. De la mano del rey a la suya, pensó. Con unos cuantos rodeos por el camino. Pero al fin le pertenecía a él.

Por lo general, aquellas cosas le producían un profundo y exquisito placer. Pero esa noche, no.

Algunos habían recibido su castigo, pensó. Otros ya no podían recibirlo. Sin embargo, no era suficiente.

Su cámara de los tesoros estaba llena de cosas deslumbrantes, únicas, antiquísimas. Sin embargo, no le bastaba.

Las tres Estrellas eran lo único que podía satisfacerlo. Cambiaría cualquiera de aquellos tesoros por poseerlas. Pues, con ella en su poder, no necesitaba nada más.

Los necios creían que las comprendían. Creían que podían dominarlas. Y esquivarlo a él. Pero las Estrellas le estaban destinadas a él, naturalmente. Su poder siempre le había estado destinado.

Y su pérdida era como cristal en su garganta.

Se levantó, se arrancó el rubí del dedo y lo arrojó al otro lado de la habitación como un niño que tirara un juguete roto. Recuperaría los diamantes. Estaba seguro de ello. Pero había que hacer un sacrificio. Al dios, pensó con una lenta sonrisa. Un sacrificio al dios, desde luego.

Un sacrificio de sangre.

Salió de la habitación dejando las luces encendidas. Y su cordura tras él.

XI

Jack pensó en dejar una nota. Cuando ella despertara, estaría sola. Al principio, seguramente pensaría
que había salido a buscar la tiendita de la que ella le
había hablado, para comprar algo de comida. Se im-
pacientaría, se enfadaría un poco. Al cabo de una
hora, más o menos, empezaría a preocuparle la posibilidad de que se hubiera perdido en aquellas carreteras comarcales. Pero no tardaría mucho en darse
cuenta de que se había ido.

Mientras bajaba sigilosamente las escaleras, justo
en el momento en que amanecía, Jack imaginó que
al principio montaría en cólera. Recorrería la casa
maldiciéndole, profiriendo amenazas contra él. Seguramente le daría alguna patada a algo.

Casi lamentaba perdérselo.

Quizás ella incluso lo odiara durante un rato,
pensó. Pero allí estaría segura. Y eso era lo que importaba.

Salió fuera, a la apacible bruma matutina que amortajaba los árboles y enturbiaba el cielo. Un par de pájaros se habían despertado con él y tensaban sus cuerdas vocales. Las flores de Grace perfumaban el aire como un sueño, y la hierba estaba cubierta de rocío. Jack vio un ciervo, seguramente la misma hembra que habían encontrado en el camino el día anterior, de pie junto al lindero de los árboles. Se miraron el uno al otro un momento con interés y recelo. Luego, desdeñándolo, la cierva avanzó con un leve susurro a lo largo de la linde del bosque, hasta que los árboles se la tragaron poco a poco.

Jack volvió a mirar la casa donde había dejado dormida a M.J. Si todo salía como esperaba, volvería a por ella antes del anochecer. Sabía que le costaría, pero confiaba en convencerla de que había sido lo mejor. Y, si se sentía dolida, en fin, los sentimientos heridos no eran mortales de necesidad.

Consideró de nuevo la posibilidad de dejar una nota, algo escueto y conciso. Pero decidió no hacerlo. Ella se daría cuenta muy pronto. Era una chica muy lista.

Su chica, pensó mientras se deslizaba tras el volante. Pasara lo que pasase ese día, ella estaría a salvo.

Como soldado preparado para la batalla o un caballero con la lanza en ristre, se armó de valor para dejar a su amada y perderse entre la niebla. Tal era su estado de ánimo cuando giró la llave de contacto y el motor respondió con un sordo chasquido.

Su ánimo se desinfló como una vela sin viento. Estupendo, genial, pensó. Salió del coche, resistió las ga-

nas de dar un portazo y se acercó al capó. Mascu-
llando un juramento, lo abrió y metió la cabeza debajo.

—¿Has perdido algo, lince?

Jack sacó lentamente la cabeza de debajo del capó.
Ella estaba en el porche, con las piernas separadas, los
brazos en jarras y la mirada envenenada. Jack sólo había tenido que echar un vistazo para darse cuenta de
que faltaba la tapa del delco. No hizo falta que la mirara a ella para concluir que lo había pillado.

Pero él tenía temple. A lo largo de su carrera, se
había enfrentado a cosas peores que una mujer enfurecida.

—Eso parece. Te levantas temprano, ¿eh, M.J.?

—Tú también, Jack.

—Tenía hambre —le lanzó una sonrisa deslumbrante... y mantuvo la distancia—. Pensaba ir a buscar
algo de desayuno.

Ella alzó una ceja.

—¿Llevas a tus amigos en el coche?

—¿A mis amigos?

—Eso era lo que hacían los Neandertales, ¿no? Se
iban con sus amigos al bosque, a ver si cazaban un
oso para comer.

Mientras ella comenzaba a bajar los escalones del
porche, Jack mantuvo la sonrisa pegada a la cara y se
apoyó contra el capó.

—Bueno, yo pensaba en algo más civilizado. Huevos y beicon, o algo así.

—¿Ah, sí? ¿Y dónde ibas a encontrar huevos y beicon a estas horas?

Ahí lo había pillado.

—Eh... Pensé que podía, ya sabes, buscar una granja y... —el aire escapó de sus pulmones cuando el puño de M.J. se hundió en su estómago.

—A mí no me mientas. ¿Es que me tomas por tonta?

Él tosió, intentó recuperar el aliento y consiguió incorporarse.

—No, escucha, yo...

—¿Creías que anoche no me di cuenta de lo que estabas tramando? ¿Pensabas que me habías engañado, que no iba a enterarme de que todo eso no era más que una gran escena de despedida? ¡Serás cabrón! —le lanzó otro puñetazo, pero esta vez Jack se agachó, y ella no le dio en la mandíbula por poco.

Jack empezaba a enfadarse. Nunca había tratado a una mujer con tanta delicadeza como a M.J. la noche anterior, y ella se lo echaba por cara.

—¿Qué hiciste, bajaste aquí a escondidas en mitad de la noche para sabotearme el coche? —Jack advirtió la respuesta a su pregunta en la fina sonrisa de satisfacción que se extendió por el semblante de M.J..—. Oh, qué bonito. Muy bonito. Se nota que confías en mí.

—¡Cómo te atreves a hablar de confianza! Ibas a dejarme aquí.

—Sí, tienes razón. Ahora, ¿dónde está la tapa del delco? —la agarró de los brazos con firmeza antes de que ella pudiera lanzarle otro puñetazo—. ¿Dónde está?

—¿Dónde crees que vas a ir? ¿Qué clase de estúpido plan has diseñado con ese cerebrito de pacotilla?

—Voy a ocuparme de un asunto —dijo él ásperamente—. Volveré a por ti cuando haya acabado.

—¿Que volverás a por mí? ¿Qué crees que soy? ¿Una mascota? —M.J. se sacudió, pero no logró desasirse hasta que clavó el tacón en el empeine de Jack—. Vas a volver a la ciudad, ¿verdad? Vas a buscarte líos.

Jack estaba tan enfadado que sólo se preguntó un momento cuántos huesos del pie le habría roto.

—Yo sé lo que hago. Me dedico a esto. Y tú vas a devolverme la tapa del delco y luego vas a esperarme.

—Y un cuerno. Empezamos esto juntos, y vamos a acabarlo juntos.

—No —Jack la hizo darse la vuelta y la apretó de espaldas contra el coche—. No pienso ponerte en peligro.

—¿Desde cuándo das tú las órdenes? Yo soy quien decide. Quítame las manos de encima.

—No —Jack se inclinó y le esposó una mano a una de las suyas—. Por una vez en tu vida, vas a hacer lo que te dicen. Vas a quedarte aquí. Sin ti voy más rápido, y, además, no quiero distraerme preocupándome por ti.

—Nadie te ha pedido que te preocupes por mí. ¿Qué demonios piensas hacer?

—Ya he perdido bastante tiempo dejando que me busquen. Es hora de hacerles salir a la luz, en mi terreno, en mis términos.

—¿Vas a ir en busca de esos dos maníacos de la furgoneta? —M.J. sintió el corazón en la garganta y tragó saliva con dificultad—. Bien. Buena idea. Voy contigo.

—Tú te quedas aquí. No han encontrado este sitio, ni parece que vayan a encontrarlo. Aquí estarás a salvo —la hizo incorporarse y la zarandeó—. M.J., no puedo ponerte en peligro. Eres lo único que me importa. Te quiero.

—¿Y se supone que tengo que quedarme aquí sentada como una mujercita inútil, mientras tú te pones en peligro?

—Exacto.

—¡Maldito cabrón arrogante! ¿Y qué se supone que debo hacer si te matan? Por si lo has olvidado, éste es mi problema. No vas a ir a ninguna parte sin mí.

—Serás un estorbo.

—Eso es mentira. He aguantado muy bien todo este tiempo. Voy a ir contigo, Jack, y, a menos que quieras volver a Washington haciendo dedo, no hay más que hablar.

Él se apartó rezongando. Luego dio media vuelta y se puso a andar de un lado a otro. Pensó en dejarla esposada dentro de la casa. El forcejeo sería duro, pero ganaría él. Sin embargo, si las cosas se torcían, no sabía cuánto tiempo tardarían en encontrarla. No, no podía dejarla sola y esposada en una casa aislada en mitad del monte.

Podía mentir. Fingir que se rendía y escabullirse luego. No sería fácil quitársela de encima, pero era una posibilidad. O podía intentar una táctica completamente distinta. Dio media vuelta y sonrió triunfalmente.

—Está bien, preciosa, pongamos las cartas boca arriba. Ya me he cansado.

—¿Ah, sí?

—Ha sido divertido. Muy aleccionador. Pero se está volviendo aburrido. No vale la pena arriesgar el cuello ni siquiera por los cincuenta mil que me prometiste. Así que se me ocurrió irme al norte un par de semanas y esperar a que se calmara el ambiente —se encogió de hombros con descuido mientras ella lo miraba fijamente—. Esto se está volviendo una lata. Ése no es mi estilo. Así que pensé en largarme y evitar una escenita. Si yo fuera tú, llamaría a la policía, entregaría la piedra y consideraría todo esto simplemente uno de los puentes más interesantes que has pasado nunca.

—Vas dejarme plantada —dijo ella con una vocecilla que hizo que Jack se sintiera un canalla.

—Digamos que voy a seguir mi camino. Uno tiene que aspirar a lo mejor.

—Todas las cosas que me dijiste...

—Eh, preciosa, que los dos somos libres. Los dos sabemos lo que es ligar. ¿Sabes qué te digo? Te dejaré en el pueblo más cercano y te daré un par de pavos para que tomes un autobús.

Ella echó a andar hacia el porche tambaleándose. Cada uno de sus pasos atravesaba el corazón de Jack. Cuando ella se derrumbó y escondió la cara entre las manos, Jack deseó que se lo tragara la tierra.

Ella estaría a salvo, se recordó. Lo que importaba era que ella estaría...

La miró boquiabierto cuando M.J. echó la cabeza hacia atrás y rompió a reír a carcajadas, cruzando los brazos sobre la tripa para no partirse de risa.

—Será idiota —logró decir—. ¿De veras creías que iba a tragármelo? —apenas podía pronunciar palabra entre carcajada y carcajada. Cuanto más se ensombrecía el semblante de Jack, más se reía ella—. Supongo que ahora tendría que darte compungida la tapa del delco y dejar que me llevaras a alguna parte para restañar las heridas de mi pobre corazón —se enjugó los ojos llorosos—. Estás tan enamorado de mí, Dakota, que no piensas con claridad.

Desde luego que pensaba con claridad, se dijo él con decisión. Se preguntaba si le haría mucha gracia que le rodeara el cuello con las manos y le diera un amoroso apretón.

—Puedo superarlo —masculló.

—No, no puedes. Te ha dado justo entre los ojos, igual que a mí. Estamos atados el uno al otro, Jack. No lo podemos ignorar —respiró hondo y se pasó una mano por las costillas, que empezaban a dolerle—. Debería darte una patada en el culo, pero ha sido tan gracioso... Tan dulce...

Él metió las manos en los bolsillos y se sintió estúpido. No había conseguido engañarla, se dijo. La cólera y las amenazas no hacían mella en ella, y las mentiras sólo conseguían que se mondara de risa. De modo que tendría que decirle la verdad, decidió. La simple y llana verdad.

—Está bien, me has pillado —se acercó y, sentándose a su lado, la tomó de la mano—. Nunca le había dicho a nadie que lo quería. Ni a una chica, ni a un familiar, ni a un amigo.

—Jack... —conmovida, ella le apartó el pelo de la frente—. Es sólo que nunca has tenido oportunidad de hacerlo.

—Eso no importa —dijo él con firmeza, apretándole la mano—. Lo de anoche lo dije en serio. Eres única, M.J. Se llevó el dorso de la mano de ella a los labios y lo sostuvo allí un momento—. Tú no lo entiendes en realidad. Tú cuentas con otras personas, con gente importante para ti.

—Sí —ella se inclinó hacia delante y le dio un beso en la mejilla—. Hay gente a la que quiero. Puede que no sólo estés tú, Jack. Pero estás. Y lo que siento por ti es distinto a todo lo demás.

Él miró sus manos unidas un momento. Encajaban tan bien, ¿verdad?, se dijo. Se deslizaban y se amoldaban como si llevaran toda su vida esperándose.

—Hace mucho tiempo que vivo solo y hago las cosas a mi manera —continuó—. Siempre he evitado complicarme la vida. Ha sido fácil evitar compromisos. Hasta ahora —la miró a los ojos mientras le acariciaba la mejilla—. Ayer lloraste por esas personas a las que quieres. Eso me dejó hecho polvo. Y, cuando te abracé y estabas llorando, comprendí que era capaz de hacer cualquier cosa por ti. Déjame que haga esto.

—¿Pensabas dejarme aquí porque lloré?

—Porque, cuando lloraste, por fin me di cuenta de lo que significan tus amigas para ti, y de lo mal que lo has pasado. Necesito ayudarme. A ti y a ellas.

Ella desvió la mirada un momento. A ninguno de

los dos les haría ningún bien que se echara a llorar otra vez. Y sus palabras, y la serena y profunda emoción que emanaba de ellas, habían conmovido una parte hasta entonces intacta de su corazón.

—Ya te quería, Jack —dejó escapar un largo suspiro—. Pero ahora casi te adoro.

—Entonces, te quedarás.

—No —M.J. tomó su cara entre las manos—. Pero ya no estoy enfadada contigo.

—Genial —él se levantó de los escalones y se puso a andar arriba y abajo otra vez—. ¿Es que no has oído nada de lo que te he dicho? No puedo ponerte en peligro. No podría soportar que te ocurriera algo.

—¿Y se supone que yo tengo que aguantarme si te pasa algo a ti? Las cosas no son así, Jack —se levantó y lo miró de frente—. Yo no soy así. Lo que tú sientes por mí, yo lo siento por ti. Estamos juntos en esto. En el mismo barco —alzó una mano antes de que él pudiera decir nada—. Y espero que no cometas la estupidez de decir que tú eres un hombre y yo una mujer.

En realidad, Jack lo había tenido en la punta de la lengua.

—Total, para lo que serviría.

—Entonces, trato hecho —ella ladeó la cabeza—. Y déjame añadir algo, por si acaso tienes la brillante idea de dejarme tirada por el camino. Si lo intentas, iré al teléfono más cercano y llamaré a la policía. Les diré que me secuestraste y me forzaste. Les daré tu descripción, la descripción de eso que tú llamas tu coche, y hasta el número de tu licencia. Y te encontrarás dándole explicaciones al sheriff Bubba y a sus chicos antes de haber recorrido veinte kilómetros.

Los ojos de Jack se encendieron.

—Serías capaz, ¿verdad?

—Desde luego que sí. Y lo haría tan bien que seguramente te harían papilla la cara antes de arrojarte a una celda. Ahora, ¿está clara la situación?

—Sí —Jack se debatió, impotente, en la esquina en la que ella lo había arrinconado—. Está clara. Te cubres bien las espaldas, preciosa.

—Puedes contar con ello —ella se acercó a él y puso las manos sobre sus hombros tensos—. Y también puedes contar conmigo, Jack. Voy a quedarme contigo —sin esperar respuesta, le dio un rápido beso en los labios—. No pienso dejarte —añadió, y advirtió un destello de entendimiento en su mirada—. Y no te defraudaré —le besó de nuevo suavemente en los labios—. No me marcharé y te dejaré tirado.

Jack comprendió que era muy intuitiva. Mucho más, quizá, que él mismo.

—No se trata de mí.

—Sí, claro que sí. Nadie se ha quedado contigo, pero yo sí. Nadie te ha querido lo suficiente, pero yo sí —deslizó las manos por sus hombros hasta agarrarle la cara—. Se trata de nosotros. Estaré a tu lado incluso cuando intentes hacerte el héroe y librarte de mí.

Jack comprendió que la batalla estaba perdida.

—Podías empezar por estar ahí mañana.

—Lo estaré. Ahora, ¿vas a besarme o no?

—Tal vez.

Los labios de M.J. se curvaron al encontrarse con

los de él. Luego se suavizaron y se abrieron. Jack sintió que se deslizaba dentro de ella, en su boca dulce,
excitante y acogedora. El beso subió de temperatura
antes incluso de que ella deslizara las manos bajo su
camisa y empezara a arañarle suavemente la espalda.

—Te deseo —murmuró, frotándose contra él—.
Ahora, antes de que nos vayamos... —giró la cabeza y
hundió los dientes en su cuello—. Nos traerá suerte.

Él echó la cabeza hacia atrás cuando ella introdujo
la mano entre sus cuerpos y buscó su sexo.

—Siempre viene bien un poco de suerte.

Ella se echó a reír y lo apartó del coche. Cayeron
junto al suelo y rodaron por la hierba, todavía húmeda de rocío.

Fue rápido, y un tanto desesperado. Mientras el sol
se hacía más fuerte, abriéndose paso entre la bruma,
se despojaron de la ropa y se tocaron ansiosamente.

—Deja... —jadeó él, tirándole de los vaqueros—. No
puedo...

—Espera —sus manos se enredaron con las de él,
apartaron al fin la tela—. Date prisa. Dios...

M.J. rodó de nuevo, se incorporó y pasó la boca
sobre el pecho desnudo de Jack. Quería regodearse
en él, necesitaba saborear su piel, su textura, saciarse
con ellas. Le pareció que la tierra temblaba cuando él
le dio la vuelta y, hundiendo los dientes en su hombro, tomó con una mano su pecho y con la otra...

—¿Qué estás...? ¿Cómo puedes...? —ella echó la cabeza hacia atrás cuando Jack la condujo abruptá-
mente hasta el borde del placer. Jadeando, ella alzó los
brazos, rodeó el cuello de Jack y se dejó llevar.

Estaba con él, a su lado. Su cuerpo era fuerte y ágil. Su deseo era tan ávido y primigenio como el de él. Tal vez las manos de Jack la arañaban en su precipitación, pero las suyas no eran menos ávidas, menos toscas. Giró la cabeza y se apoderó de su boca con un ansia que sabía a oscuridad y secreto. Luego se revolvió y tiró de él.

—Ahora —ordenó, y sus ojos brillaron como los de un gato—. Ahora —y, rodeándolo con sus miembros, lo tomó dentro de sí.

Jack golpeó con fuerza, hundiéndose en ella. Ella siguió cada una de sus salvajes embestidas con los ojos de gata fijos en él. Su ardor alimentaba el de Jack, y a través de la turbia violencia del deseo, él sintió que una emoción igualmente intensa hacía añicos su corazón.

—Te quiero —se apoderó de su boca y bebió de ella—. Dios, te quiero.

—Lo sé —y, cuando Jack apretó la cara contra su pelo y se estremeció al derramarse dentro de ella, M.J. no necesitó saber nada más—. Jack... —le acarició el pelo. Le daba el sol en los ojos; notaba el peso de Jack sobre sí, y la hierba le humedecía la espalda. Pensó que era uno de los momentos más felices de su vida—. Jack... —repitió, suspirando.

Él casi había recuperado el aliento.

—Puede que la vida en el campo tenga su aquél, después de todo —dejando escapar un pequeño gruñido, se apoyó sobre los codos. Y sintió que se le encogía el estómago—. ¿Y ahora por qué lloras? ¿Es que quieres matarme?

—No estoy llorando. Es que me da el sol en los ojos —sintiéndose tonta, se enjugó una lágrima—. En todo caso, no es esa clase de llanto. No te preocupes, no voy a empezar a hacer pucheros.

—¿Te he hecho daño? Mira, lo siento, yo...

—Jack... —ella dejó escapar otro suspiro—. No es esa clase de llanto, ¿vale? Y ya se acabó.

Él observó con recelo sus ojos brillantes.

—¿Estás segura?

—Sí —ella sonrió—. Eres un cobarde.

—En efecto —y no le daba vergüenza admitirlo. Le besó la nariz—. En fin, será mejor que nos vayamos.

—No intentarás darme esquinazo, ¿verdad?

Él pensó en cómo había tomado ella su cara entre las manos y le había dicho que iba a quedarse con él. Nadie le había hecho nunca aquella promesa.

—No. Supongo que somos un equipo.

—Supones bien.

M.J. aguardó hasta que estuvieron de nuevo en la autopista, camino de la civilización, para preguntar:

—Está bien, Jack, ¿cuál es el plan?

—Nada complicado. La sencillez tiene menos inconvenientes. En mi opinión, hay que llegar hasta el que mueve las cuerdas. Nuestro único vínculo con él, o con ella, son esos tipos de la furgoneta y tal vez los Salvini.

—Hasta ahora, estoy de acuerdo contigo.

—Quiero tener una pequeña charla con ellos. Para conseguirlo, tengo que hacerles salir a la luz, jugar bien mis cartas y convencerlos de que es de sumo interés para ellos que pasen cierta información.

—Está bien, tenemos dos tipos armados, uno de ellos aproximadamente del tamaño del monumento a Washington. Y vas a convencerlos de que charlen contigo —le lanzó una sonrisa radiante—. Me admira tu optimismo.

—Todo es cuestión de jugar con ventaja —dijo él, y le explicó cómo pensaba llevar a cabo su plan.

Los truenos retumbaban en un cielo oscurecido cuando Jack paró en el aparcamiento de Salvini. Se trataba de un edificio señorial, separado de un centro comercial por un extenso aparcamiento. Estaba cerrado por la fiesta del lunes. En el aparcamiento de Salvini, más pequeño y cuidado, había un solo Mercedes sedán.

—¿Sabes de quién es?

—De uno de esos capullos. De uno de los hermanastros de Bailey. De Thomas, creo. Bailey me dijo que este puente cerraban. No sé por qué estará dentro Thomas.

—Vamos a echar un vistazo —Jack salió del coche y se acercó al sedán. Estaba cerrado y la luz de la alarma parpadeaba. Jack comprobó primero las puertas delanteras del edificio, escudriñó la tienda en sombras y no vio signos de vida—. ¿Las oficinas están arriba? —le preguntó a M.J..

—Sí. La de Bailey, la de Thomas y la de Timothy —su corazón empezó a acelerarse—. Puede que ella esté aquí, Jack. No suele venir a trabajar en coche. Vive muy cerca de aquí.

—Ya —aunque no formaba parte de su plan, la preocupación que advirtió en la voz de M.J. le hizo apretar el timbre de la puerta, dejándose llevar por un impulso—. Vamos a echar un vistazo a la parte de atrás —dijo al cabo de un momento.

—Puede que la estén reteniendo dentro. Tal vez esté herida. Debería haberlo pensado antes —hacia el oeste, los relámpagos hendían el cielo como hojas aserradas—. Puede que esté ahí dentro, herida y...

Jack se dio la vuelta.

—Escucha, si quieres que salgamos de ésta, tenemos que conservar la calma. No hay tiempo para retorcerse las manos y hacer especulaciones.

Ella echó la cabeza hacia atrás y cuadró los hombros.

—Está bien. Lo siento.

Tras observar brevemente su cara, Jack asintió con la cabeza y echó a andar hacia la parte de atrás, donde miró detenidamente la puerta blindada.

—Alguien ha tocado las cerraduras.

—¿A qué te refieres? —M.J. se inclinó sobre su hombro mientras él se agachaba—. ¿Quieres decir que las han forzado?

—Sí, y hace muy poco. No hay óxido, ni polvo en los arañazos. Me pregunto si quien sea habrá entrado —se levantó y observó el marco de la puerta—. No hay señales de golpes. Yo diría que ese tipo sabía lo que hacía. En otras circunstancias, podía ser un simple robo, pero no creo que sea una casualidad.

—¿Puedes entrar?

Aquello tampoco formaba parte del plan inmediato, pero Jack se quedó pensando.

—Seguramente. ¿Sabes qué clase de sistema de alarma tienen?

—Hay un cajetín al lado de la puerta. Está codificado. No sé la clave. Hay que pulsar unos números —se dominó antes de empezar a retorcerse las manos—. Jack... —procuró mantener la voz en calma—, Bailey podría estar ahí dentro. Podría estar herida. Si no lo comprobamos y le pasa algo...

—Está bien. Pero, si no puedo desactivar la alarma, nos vamos a meter en un buen lío —sin embargo, sacó del maletero sus herramientas y se puso manos a la obra—. Cúbreme la espalda, ¿quieres? —le dijo a M.J.—. Asegúrate de que la gente que está comprando ahí no se fija en nosotros.

Ella se giró, escudriñó el aparcamiento y el centro comercial que había más allá. La gente iba y venía, demasiado enfrascada en sus compras como para fijarse en un hombre agachado junto a la puerta blindada de un edificio cerrado.

La tormenta iba acercándose, y, la lluvia, largo tiempo esperada, empezó a caer a cántaros. A ella no le importaba mojarse, y, por otra parte, le parecía que el aguacero les favorecía. Pero se estremeció, aliviada, cuando Jack le dijo que había acabado.

—Una vez abra esto, tendré seguramente un minuto o minuto y medio antes de que salte la alarma. Si no puedo desconectarla, tendremos que irnos a toda prisa.

–Pero...

–Nada de peros, M.J. Si, por casualidad, Bailey está aquí, la policía llegará en cuestión de minutos y la encontrará. Nosotros observaremos desde lejos, en alguna parte, ¿de acuerdo?

¿Qué otra opción había?

–De acuerdo.

–Bien –él se apartó el pelo mojado de los ojos–. Tú quédate aquí. Si te digo que corras, vete al coche –tomando su silencio por un asentimiento, entró en el edificio. Vio de inmediato el cajetín de la alarma y alzó una ceja–. Qué interesante –murmuró, y le indicó a M.J. que entrara–. Está apagada.

–No lo entiendo. Siempre la dejan puesta.

–Es nuestro día de suerte –Jack le guiñó un ojo y, tomándola de la mano, encendió con la otra mano su linterna–. Primero probaremos arriba, a ver si volvemos a tener suerte.

–Por las escaleras –dijo ella–. El despacho de Bailey está al fondo del pasillo.

–Bonita oficina –comentó Jack, observando la lujosa alfombra, los colores elegantes, mientras aguzaba el oído, atento a cualquier ruido. No se oía nada, salvo el tamborileo de la lluvia. Impidió el paso a M.J. estirando un brazo y deslizando el haz de la linterna dentro del despacho.

Éste era discreto, elegante, ordenado, y estaba vacío. Jack oyó que M.J. exhalaba un áspero suspiro.

–No hay signos de lucha –dijo él–. Vamos a revisar el resto de esta planta. Luego bajaremos y pondremos en marcha el plan A –Jack avanzó por el pasillo y, antes de llegar a la siguiente puerta, se detuvo—. Vuelve al despacho de Bailey y espérame allí.

—¿Por qué? ¿Qué pasa? —entonces notó la pesadez del aire, y reconoció aquel olor—. ¡Bailey! ¡Oh, Dios mío!

Jack la empujó contra la pared y la sujetó hasta que dejó de debatirse.

—Haz lo que te digo —dijo entre dientes—. Quédate aquí.

Ella cerró los ojos y, reconociendo que había cosas que no estaba preparada para afrontar, asintió con la cabeza. Él se apartó, satisfecho. Avanzó sigilosamente por el pasillo y abrió despacio la puerta.

Aquello era una de las peores cosas que había visto, y la muerte rara vez es hermosa. Pero aquello, pensó, deslizando la luz de la linterna por el desorden causado por una lucha a vida o muerte, aquello era una locura.

Se apartó de allí y regresó junto a M.J. Ella estaba pálida como la cera, apoyada contra la pared.

—No es Bailey —dijo él de inmediato—. Es un hombre.

—¿No es Bailey?

—No —le puso una mano sobre la mejilla y la notó helada. Sin embargo, los ojos de M.J. comenzaban a perder su brillo cristalino—. Voy a comprobar las otras habitaciones. No quiero que entres ahí, M.J.

Ella dejó escapar el aire que había estado reteniendo. No era Bailey.

—¿Es igual que lo de Ralph?

—No —su voz sonó llana y dura—. Es mucho peor. Quédate aquí.

Jack recorrió todas las habitaciones y comprobó

los rincones y los armarios, teniendo cuidado de no dejar huellas. Sin decir nada, llevó a M.J. escaleras abajo e inspeccionó rápidamente el piso inferior.

—Alguien ha estado aquí —murmuró, agachándose para iluminar un pequeño hueco bajo las escaleras—. El polvo está movido —se frotó la barbilla, pensativo—. Yo diría que, si alguien fuera listo y necesitara un escondrijo, se metería aquí.

A M.J. la ropa le colgaba, empapada, sobre la piel. Pero no temblaba por eso.

—Bailey es muy lista.

Él asintió con la cabeza y se levantó.

—Recuérdalo. Vamos a hacer lo que teníamos previsto.

—Está bien —ella echó un último vistazo por encima del hombro, imaginando a Bailey escondida en la oscuridad. Pero ¿por qué?, se preguntaba. ¿De quién se escondía? ¿Y dónde estaba?

Ya fuera, Jack cerró la puerta y limpió cuidadosamente el pomo.

—Supongo que, si hiciera falta, podrías llegar corriendo a ese centro comercial en unos treinta segundos.

—No voy a salir corriendo.

—Lo harás, si te lo pido —él se guardó la linterna en el bolsillo—. Vas a hacer exactamente lo que te diga. Sin preguntas, ni discusiones, y sin vacilar —le lanzó una mirada ardiente, haciéndola estremecerse—. Quien haya hecho lo que he visto ahí arriba, es un animal. Recuérdalo.

—Lo recordaré —ella procuró refrenar sus temblores—. Y tú recuerda que estamos en esto juntos.

—La idea es atrapar a esos tipos, cada uno a su tiempo. Si puedes llegar a la furgoneta mientras yo los distraigo, bien. Pero no corras ningún riesgo.

—Ya te he dicho que no lo haré.

—Una vez los haya dejado fuera de combate —continuó él, ignorando la impaciencia de M.J.—, podemos usar su furgoneta. Quiero tener una pequeña charla con ellos. Creo que conseguiré sacarles algún nombre —examinó su puño y sonrió maliciosamente, mirándola a los ojos—. Algún dato de interés.

—Ooooh... —ella agitó las pestañas mojadas—, ¡qué macho!

—Cierra el pico. Dependiendo de la información que nos den, y de la situación, o iremos a la policía, cosa que yo preferiría no hacer, o daremos el siguiente paso.

—De acuerdo.

Jack abrió la puerta de su coche y aguardó hasta que ella se sentara en el asiento. Luego tomó el teléfono móvil de M.J..

—Haz la llamada. Alárgala más o menos un minuto, por si acaso.

Ella marcó y luego empezó a balbucear, dejando un mensaje en el contestador de la casa de Grace en Potomac. Mantenía los ojos fijos en los de Jack, y, cuando éste asintió con la cabeza, ella colgó.

—¿Fase dos? —preguntó, procurando calmarse.

—Ahora toca esperar.

Quince minutos después, la furgoneta entró en el aparcamiento de Salvini. La lluvia había amainado, pero seguía cayendo con fuerza. Desde su posición junto a un viejo coche ranchera, Jack se agazapó y observó la escena.

Los dos hombres salieron, se separaron y rodearon lentamente el edificio. Su objetivo era el más grande de los dos.

Utilizando los coches del aparcamiento para cubrirse, Jack se acercó y vio que el hombre se agachaba y recogía el teléfono de M.J. del suelo. Era una buena táctica, pensó Jack, darle algo que pensar a aquel cerebro suyo del tamaño de un guisante. Mientras al grandullón le daba vueltas al teléfono, Jack corrió hacia él a toda velocidad y le golpeó en los riñones como una bola de cañón. Su presa cayó de rodillas, y Jack le esposó una muñeca antes de que aquel tipo se lo sacudiera como si fuera una mosca.

Sintió un escozor intenso cuando su carne arañó el asfalto húmedo y granulado, y se apartó rodando antes de que un pie enorme le aplastara la cara. Agarró la pierna del tipo y tiró de ella.

Desde su sitio, M.J. observaba la lucha, haciendo una mueca cada vez que Jack golpeaba el suelo, y rezando cada vez que se levantaba. Se acercó despacio a la furgoneta y miró hacia atrás para ver cómo progresaba la pelea.

Jack estaba perdiendo, pensó, desesperada. Aquel tipo iba a romperle el cuello. Cuando se disponía a correr en su ayuda, vio que el otro hombre doblaba la esquina más alejada del edificio. Se abalanzaría sobre ellos enseguida, pensó. Y el plan de Jack de sorprenderlos por separado y dejarlos fuera de combate se iría al garete. M.J. tomó aire para gritar y advertir a Jack, pero luego achicó los ojos. Tal vez todavía hubiera un modo de salvar el plan.

Salió corriendo de detrás de la furgoneta y corrió hacia Salvini, alejándose de Jack. Se detuvo al ver que el segundo hombre la había visto, y abrió mucho los ojos, fingiéndose sorprendida y asustada. El tipo metió la mano bajo la chaqueta, pero ella se dominó y aguardó hasta que el hombre comenzó a acercarse. Luego echó a correr entre la lluvia, alejándolo de Jack.

Jack y su oponente oyeron un grito. Los dos giraron la cabeza instintivamente y vieron a una chica pelirroja que se alejaba corriendo, y a un hombre que la perseguía.

«Nunca me hace caso», pensó Jack, y sintió una punzada de terror. Luego miró hacia atrás y vio que el grandullón le estaba sonriendo. Jack le devolvió la sonrisa, y su ojo izquierdo, hinchado, brilló con malicia.

—Tengo que dejarte fuera de combate, y pronto —dijo con naturalidad mientras le lanzaba un gancho a la boca—. Ésa a la que perseguía tu amigo es mi chica.

El gigante se quitó la sangre de la cara.

—Te voy a hacer picadillo.

—¿De veras? —no había tiempo que perder. Rezando porque M.J. aguantara y él conservara el pellejo, agachó la cabeza y embistió como un toro enloquecido. El hombre cayó hacia atrás por la fuerza del golpe y se golpeó la cabeza contra la puerta blindada.

Ensangrentado, magullado y exhausto, Jack alzó la rodilla y oyó, satisfecho, el siseo de un globo que se deshinchaba. Parpadeando para quitarse el sudor picajoso y la lluvia cálida de los ojos, Jack retorció el brazo del hombre hacia atrás y le puso la otra esposa.

—Enseguida vuelvo —le dijo, y, quitándole el teléfono, salió en busca de M.J.

XII

Jack le había dicho que, si algo salía mal, corriera hacia las tiendas y se perdiera entre el gentío. Que gritara, si era necesario.

Pensando en eso, M.J. viró en aquella dirección, intentando apartar al pistolero de Jack y darle a éste una oportunidad. Pero, mientras corrían hacia el centro comercial, con sus brillantes carteles de «Rebajas», vio parejas, familias, niños que iban de la mano, bebés en carricoches. Y recordó cómo el tipo que la perseguía había deslizado la mano bajo su chaqueta. Pensó en lo que podía ocurrir si comenzaba a disparar en medio de la multitud. Y dio media vuelta, cambió de dirección y corrió hacia el extremo opuesto del aparcamiento.

Lanzó una mirada hacia atrás. Había dejado muy atrás a su perseguidor. Seguía corriendo tras ella, pero renqueaba, sofocado, suponía ella, por la americana ancha y los zapatos de piel. Suelas resbaladizas sobre pavimento mojado. Pero ¿cuánto tiempo seguiría persiguiéndola, se preguntaba, antes de cejar en su empeño y volver a ayudar a su amigo?

Y abalanzarse sobre Jack.

M.J. aminoró deliberadamente el paso y dejó que aquel tipo se acercara a cierta distancia para que no perdiera el interés en la persecución. Le preocupaba en parte que usara la pistola y le pegara un tiro en la pierna. O en la espalda. Con aquellas imágenes agolpándose en su cabeza, se metió entre una fila de coches aparcados.

Oía el silbido de su propia respiración. Había corrido el equivalente a un campo de fútbol en medio del bochorno de una tormenta de verano. Agachándose tras una pequeña furgoneta, se limpió el sudor de los ojos e intentó pensar. ¿Podría dar la vuelta, encontrar un modo de ayudar a Jack? ¿Le habría dejado fuera de combate el gorila y se habría ido en busca de su colega para ayudarlo? ¿Cuánto duraría su suerte antes de que alguna familia inocente, completada la búsqueda de rebajas, apareciera corriendo entre la lluvia y se pusiera en la línea de fuego?

Concentrada en el silencio, rodeó agazapada la furgoneta y se deslizó alrededor de un coche pequeño. Tenía que recuperar el aliento, necesitaba pensar. Tenía que ver qué estaba pasando ante el edificio Salvini.

Armándose de valor, puso una mano sobre el guardabarros del coche y se arriesgó a echar un vistazo rápido. El tipo estaba más cerca de lo que pensaba. Cuatro coches a la izquierda, y acercándose.

M.J. se agachó a toda prisa y pegó la espalda al parachoques. Si se quedaba donde estaba, ¿pasaría de largo aquel tipo, o la vería? Mejor morir corriendo, pensó, o con los puños en alto, a que la atraparan acurrucada detrás de un cochecito económico de importación.

Respiró hondo, rezó una breve plegaria por Jack, y echó a correr. Un chasquido en el asfalto, a su lado, le paró el corazón. Sintió que una esquirla de piedra rebotaba en sus pantalones.

Aquel tipo le estaba disparando. El corazón le saltaba del estómago a la garganta y viceversa como una pelota de ping-pong. Se deslizó alrededor de un coche aparcado. Un centímetro más, dos como mucho, y la bala se habría incrustado en su carne.

El matón la había encontrado. Ahora sólo era cuestión de agotarla, de acorralarla como un conejo. Pero ella no estaba dispuesta a que eso ocurriera.

Apretando los dientes, se tumbó de tripa bajo el coche, ignoró la gravilla mojada, el olor a gasolina y aceite, y se deslizó como una serpiente bajo la carrocería. Contuvo el aliento y se arrastró por el estrecho espacio que la separaba del vehículo de al lado, bajo el cual se metió.

Ahora podía oír a aquel tipo, que jadeaba con fuerza, emitiendo un soplido cada vez que inhalaba y un silbido cuando exhalaba. Veía sus zapatos. Pies pequeños, pensó con sorna, adornados con relucientes punteras negras y calcetines de licra.

Cerró los ojos un instante, intentando imaginárselo frente así. Un metro setenta, como mucho, tal vez setenta y dos kilos. Treinta y tantos años. Ojos agudos, nariz bien definida. Sarmentoso, pero no atlético. Y sin aliento.

Bueno, pensó, envalentonándose. Podía con él.

Se arrastró unos centímetros más, preparándose para hacer su siguiente movimiento, cuando vio que aquellos zapatos de puntera charolada se elevaban del suelo. Allí, frente a sus ojos, había un par de botas arañadas. La alegría y el miedo emborronaron su visión cuando oyó la detonación amortiguada de la pistola con silenciador.

Arañándose los codos y las rodillas, salió de debajo del coche a tiempo de ver al matón corriendo para ocultarse y a Jack tras él.

—¡Jack! —él se detuvo, dio media vuelta, y la alegría cubrió su rostro desencajado. Y fue entonces cuando ella vio la sangre que manchaba su camisa—. ¡Oh, Dios! ¡Oh, Dios! Estás herido —a M.J. se le aflojaron las piernas y se precipitó hacia él tambaleándose. Jack miró hacia abajo distraídamente y se llevó una mano al costado.

—Demonios —notó vagamente el dolor mientras abrazaba a M.J.—. El coche —logró decir—. Vete al coche. Ese tipo va a volver —sus manos, húmedas de sangre y lluvia, se aferraron a las de ella.

Más tarde, M.J. recordaría que había echado a correr. Pero, mientras ocurría, nada de aquello le parecía real. Los pies golpeando el pavimento, resbalando, el golpeteo agitado de su corazón, la creciente oleada del miedo y la furia, los ojos enormes, asombrados, de una mujer cargada de bolsas a la que casi atropellaron en su carrera. Y Jack maldiciéndola con firmeza por no haber hecho lo que le decía.

La furgoneta salió chirriando del aparcamiento mientras ellos resbalaban por el terraplén.

—¡Maldita sea! —a Jack le ardían los pulmones, su costado despedía fuego. Sacó desesperadamente las llaves del bolsillo—. Al coche. ¡Ahora!

Ella se arrojó prácticamente de cabeza por la ventanilla, y apenas había recuperado el equilibrio cuando Jack arrancó a toda velocidad.

—Estás herido. Déjame ver...

Él le apartó las manos y giró el volante.

—Se ha llevado también a su amigo. Después de tantas molestias, no van a escaparse —el coche patinó, derrapó, y luego las ruedas se deslizaron sobre la carretera—. Saca la pistola de la guantera. Dámela.

—Jack, por favor, estás sangrando...

—¿No te dije que corrieras? —pisó el acelerador, siguiendo a la furgoneta—. Te dije que corrieras hacia la gente, que te perdieras. Podría haberte matado. Dame la pistola.

—Está bien, está bien —ella golpeó con el puño la puerta pegajosa de la guantera hasta que se abrió—. Van hacia la autopista de circunvalación.

—Ya lo veo.

—No vas a dispararles. Podrías darle a algún coche.

Jack le quitó la pistola, giró para tomar el desvío y se deslizó por el carril mojado.

—Yo le doy a lo que apunto. Ahora, ponte el cinturón y cierra el pico. Ya me ocuparé de ti luego.

M.J. tenía tanto miedo por él que ni siquiera parpadeó al oír sus palabras. Jack zigzagueaba entre el tráfico como un loco y se pegaba al parachoques de la furgoneta como un amante. Cuando alcanzaron los ciento cincuenta, un frío aturdimiento se apoderó de M.J., como si le hubieran inyectado unan dosis de novocaína.

—Vas a matar a alguien —dijo con calma—. Puede que ni siquiera seamos nosotros.

—Yo sé manejar el coche —eso, al menos, era cierto. Jack se deslizaba entre los coches, dirigiéndose hacia su objetivo como un misil térmico. Los gruesos neumáticos del coche se pegaban al asfalto mojado. Estaban tan cerca que podía ver al grandullón encorvado en el asiento del acompañante, removiéndose y maldiciendo.

—Sí, voy a por ti, hijo de puta —masculló—. Te has quedado con mis esposas.

—Estás manchando de sangre el asiento —M.J. se oyó hablar, pero sus palabras parecían proceder de fuera de su cabeza.

—No te preocupes, tengo más —y, con la pistola en el regazo, Jack giró el volante y ganó algunos centímetros por el costado de la furgoneta. Les cortaría el paso, pensó, les empujaría hacia el arcén. El grandullón iba esposado, y del otro podía ocuparse.

Y, luego, ya verían.

Sus ojos se achicaron al ver que el conductor de la furgoneta giraba la cabeza. Oyó chirriar las ruedas. La furgoneta vibró, se estremeció, y luego giró violentamente hacia la siguiente salida.

—No puede hacer eso —Jack pisó los frenos, se apartó

medio metro de la furgoneta y se preparó para tomar el desvío—. No puede tomar esa curva. Perderá el control.

Lanzó una maldición cuando la furgoneta se tambaleó, patinó sobre el pavimento mojado y se estrelló contra el quitamiedos a ciento cuarenta. El choque fue tremendo. La furgoneta se elevó y cayó como una saltador de trampolín borracho. Dio un giro en el aire. Y en medio del chillido de los frenos de los demás conductores horrorizados, aterrizó sobre el terraplén, varios metros más abajo.

Jack tuvo tiempo de apartarse al arcén y de salir del coche antes de que la explosión lo apartara como una enorme mano caliente. M.J. lo agarró del hombro mientras se alzaban las llamaradas. El aire apestaba a gasolina.

—No puede ser —masculló él—. Los hemos perdido.

—Métete en el coche, Jack —a M.J. la sorprendió lo fría, lo calmada que sonó su voz. Los coches empezaban a vaciarse de conductores y pasajeros. La gente corría hacia el desastre—. En el asiento del pasajero. Ahora conduzco yo.

—Después de tanto esfuerzo —dijo él, aturdido por el humo y el dolor—, los hemos perdido.

—Al coche —M.J. tiró de él, ignorando los gritos de la gente. Alguien sin duda llamaría a la policía desde su móvil. Allí no había nada que hacer—. Tenemos que salir de aquí.

Ella se dirigió hacia su apartamento dejándose llevar por la intuición. Segura o no, era su casa, y Jack necesitaba cuidados urgentes. Conducir el coche de Jack era como manejar un barco, pensó, intentando concentrarse en la velocidad y la dirección mientras una lluvia fina golpeaba el parabrisas. Un barco viejo y muy grande. Con una vaga sensación de sorpresa, se detuvo junto a su MG.

De pronto se dio cuenta de que nada había cambiado. Su coche seguía allí, el edificio permanecía en pie. Un par de críos a los que no les importaba mojarse estaban jugando al disco en el patio lateral, como si fuera un día corriente de sus corrientes vidas.

—Espera a que dé la vuelta —ella recogió su bolso y buscó las llaves. Él, naturalmente, no le hizo caso, y estaba de pie en la acera cuando M.J. rodeó el capó—. Apóyate en mí —murmuró ella, rodeándole la cintura con un brazo—. Apóyate en mí, Jack.

—Supongo que aquí estaremos seguros —dijo él—. Al menos, un rato. Puede que tengamos que mudarnos pronto —se dio cuenta de que cojeaba y sintió un dolor en la pierna derecha que no había notado antes.

El corazón de M.J. había dejado de resquebrajarse y permanecía abotargado.

—Vamos a adecentarte un poco.

—Sí. Me vendría bien una cerveza.

—Te traeré una —le prometió ella mientras entraban en el edificio. A pesar de que normalmente tomaba las escaleras, M.J. condujo a Jack hacia el ascensor—. Vamos dentro —y luego, al hospital, pensó. Primero tenía que ver si la herida era grave. Después de hacer cuanto pudiera, tiraría la toalla y llamaría a la policía, a los médicos, al FBI, adonde hiciera falta.

Elevó una pequeña plegaria de acción de gracias al ver que el pasillo estaba vacío. Nada de vecinos ruidosos, pensó, ignorando la cinta policial mientras abría la puerta. Nada de preguntas indiscretas.

Apartó de un puntapié una lámpara rota al entrar y condujo a Jack alrededor de un sofá volcado, hacia el baño.

—Siéntate —le ordenó, y encendió las luces—. Vamos a echar un vistazo —sus manos temblorosas desmintieron la serenidad de su voz cuando le sacó cuidadosamente la camisa ensangrentada por la cabeza—. Dios, Jack, ese tipo te ha dado una buena paliza.

—Sí, pero lo dejé con la cara en el polvo y las manos esposadas a la espalda.

—Sí —ella apartó la mirada de los morados hematomas de su pecho y mojó un paño—. ¿Te habían disparado alguna vez?

—Una vez, en Abilene. Me dieron en la pierna. Estuve cojo una temporada.

Aunque fuera absurdo, a M.J. le pareció un alivio que no fuera la primera vez. Apretó el paño contra el costado de Jack, por debajo de las costillas. Las lágrimas le hacían arder los ojos, pero no las refrenó.

—Sé que duele.

—Ibas a traerme una cerveza —¿no estaba guapa, pensó él, haciendo de enfermera, con las mejillas pálidas, los ojos oscurecidos y las manos frescas como la seda?

—Dentro de un momento. Ahora estate quieto —se arrodilló a su lado, preparándose para lo peor. Luego se puso en cuclillas y siseó—. Maldita sea, Jack, sólo es un rasguño.

Él sonrió, sintiendo cada golpe y cada arañazo como un festín de dolor.

—Se supone que eso tenía que decirlo yo.

—Pensaba que tenías un enorme agujero en el costado. Sólo te ha rozado.

Él bajó la mirada, pensativo.

—Pero sangra mucho —tomó el paño y lo apretó contra le herida alargada y somera—. Respecto a esa cerveza...

—Ahora te la traigo. Aunque debería darte en la cabeza con ella.

—Ya hablaremos de quién tiene que darle a quién después de que me tome un frasco de aspirinas —Jack se levantó, haciendo una mueca, y se acercó al armario que había sobre el lavabo—. Podías sacarme una camisa del coche, preciosa. Creo que la otra no podré volver a ponérmela.

—Me has dado un susto de muerte —la rabia, las lágrimas y una alegría desesperada bullían en el estómago de M.J.—. ¿Tienes idea del susto que me has dado?

Él encontró las aspirinas, cerró el armario y la miró a los ojos a través del espejo.

—Sí, la tengo, teniendo en cuenta cómo me sentí cuando te vi correr delante de ese zopenco armado. Me prometiste que correrías hacia el centro comercial.

—Pues no lo hice. Demándame —ella le hizo sentarse otra vez, irritada, e ignoró su gemido amortiguado de dolor—. Oh, cállate y deja que acabe aquí. Tengo antiséptico en alguna parte.

—Podías darme una tira de cuero que morder mientras echas sal sobre mis heridas.

—No me des ideas —ella mojó otro paño, se agachó y empezó a limpiarle la cara—. Tienes un ojo morado, los labios hinchados, y un enorme chichón aquí —él gritó otra vez cuando apretó el paño contra su frente—, nene.

—Si vas a hacer de la enfermera Nancy, podías anestesiarme primero —dado que ella no parecía inclinada a darle agua, se tragó las aspirinas a palo seco y siguió quejándose mientras le aplicaba el antiséptico y le colocaba los vendajes.

Exasperada, M.J. le dio un beso en los labios, lo cual le causó igual cantidad de dolor que de placer.

—¿Vas a besarme en todas las partes donde me duele? —preguntó él.

—A lo mejor, si tienes suerte —luego apoyó la cabeza sobre su regazo y dejó escapar un largo suspiro—. No me importa lo enfadado que estés. No sabía qué hacer. Ese tipo se estaba acercando. Te habría matado. Sólo sabía que tenía que alejarlo de ti.

Jack se ablandó, le acarició el pelo.

—Está bien, ya hablaremos de eso más tarde —notó que ella tenía el codo arañado—. Eh, tú también tienes unos cuantos rasguños.

—Escuecen un poco —murmuró ella.

—Anda, nena, ahora me toca a mí ser el doctor —le cambió el sitio, sonriendo—. Puede que esto escueza un poco.

—Te va a encantar, ¿eh? ¡Ay! Maldita sea, Jack.

—Nena —él besó la piel desollada y luego la vendó delicadamente—. Si vuelves a darme un susto así, te esposaré a la cama un mes.

—Promesas, sólo promesas —M.J. se inclinó hacia delante y lo rodeó con los brazos—. Están muertos, ¿verdad? No pueden haber sobrevivido.

—Es casi imposible. Lo siento, M.J., no conseguí sacarles nada. Absolutamente nada.

—No lo conseguimos —lo corrigió ella—. Pero hicimos lo que pudimos —intentó ocultar su preocupación e irguió los hombros—. Pero todavía están esos capullos —empezó a decir, y luego palideció, recordando lo ocurrido. Era probable que al menos uno de los hermanos Salvini estuviera muerto. Pero Bailey no estaba allí, se dijo, y respiró hondo varias veces—. Bueno, al menos ahora puedo cambiarme de ropa y recoger algo de dinero. Y voy a llamar al pub —lo cual era una osadía—. Esperaré hasta que estemos listos para marcharnos otra vez, pero voy a llamar para decirles que estoy bien y darles el horario del resto de la semana.

—Muy bien, tú ocúpate de tus negocios —Jack se levantó y la sujetó con firmeza—. Encontraremos a tus amigas, M.J., te lo prometo. Y, aunque me duela, es hora de llamar a la policía.

Ella dejó escapar un tembloroso suspiro de alivio.

—Sí. Tres días es suficiente.

—Harán muchas preguntas.

—Pues las contestaremos.

—He de decirte que los de mi oficio no les gustamos mucho a los polis honrados. Tengo un par de contactos, pero, a medida que subes en el escalafón, el nivel de tolerancia baja en picado.

—Nos las apañaremos. ¿Quieres que llamemos desde aquí o que nos presentemos en comisaría?

—Llamaremos desde aquí. Las comisarías me dan escalofríos.

—No voy a darles la piedra —apoyó los pies con firmeza en el suelo, preparándose para la discusión—. Es de Bailey. O, al menos, es ella quien debe decidir. No pienso dársela a nadie más que a ella.

—Está bien —dijo él despreocupadamente, haciéndola parpadear—. Intentaremos soslayar la cuestión. Grace y ella son lo primero. Y nosotros dos, claro.

La sonrisa de M.J. se hizo más amplia. Y el timbre del teléfono les hizo dar un respingo a ambos.

—¿Qué pasa? —ella bajó la mirada hacia su bolso como si de pronto hubiera tomado vida y la hubiera atacado—. Es mi móvil. Está sonando.

Jack se llevó una mano al bolsillo para asegurarse de que aún llevaba la pistola.

—Contesta.

Sin respirar apenas, M.J. hurgó en el bolso, que había tirado al suelo, y descolgó el aparato.

—O'Leary —se dejó caer al suelo y sus ojos se llenaron de lágrimas—. ¡Bailey! ¡Oh, Dios mío, Bailey! ¿Estás bien? ¿Dónde estás? ¿Estás herida? ¿Qué...? ¿Qué? Sí, sí, estoy bien. En mi apartamento, pero... —alzó la mano y tomó la de Jack—. Bailey, deja de hacerme preguntas y dime dónde estás. Sí, lo tengo. Llegaremos dentro de diez minutos. No te muevas de ahí —colgó—. Lo siento —le dijo a Jack—. Tengo que hacerlo —y rompió a llorar—. Ella está bien —logró decir mientras él hacía girar los ojos y tiraba de ella para que se levantara—. Está bien.

Era un barrio tranquilo y elegante, lleno de hermosos y viejos árboles. Con las manos unidas sobre el regazo, M.J. miraba los números de las casas.

—Veintidós, veinticuatro, veintiséis... ¡Ahí! Ésa es.

Mientras Jack giraba hacia la entrada de una linda casa de estilo federal, ella echó mano al tirador de la puerta del coche. Jack enganchó una mano en la cintura de sus vaqueros y la sujetó.

—Espera a que pare.

Cuando el coche se detuvo, Jack vio que una chica rubia, de constitución delicada, salía corriendo por la puerta delantera y cruzaba la hierba húmeda. M.J. salió del coche a todo correr y se lanzó en sus brazos.

«Menuda estampa», pensó Jack mientras salía del coche cuidadosamente. Las dos detenidas bajo la luz acuosa del sol, abrazándose como si quisieran fundirse la una en la otra. Se tambaleaban, enlazadas, sobre la lustrosa hierba, llorando, hablando al mismo tiempo y abrazándose.

Y, pese a que la estampa era ciertamente conmovedora, no había nada que Jack evitara más que dos mujeres llorando. De pronto vio a un hombre de pie junto a la puerta y notó que tenía una sonrisa en los ojos y un vendaje en el brazo. Sin vacilar, Jack pasó de las mujeres y se dirigió hacia la puerta.

—Cade Parris.

Jack tomó la mano extendida y calibró a aquel hombre. Cerca de metro noventa, guapo, pelo castaño, ojos de un verde más soñador que el de M.J. Una mano fuerte que compensaba su refinado aspecto.

—Jack Dakota.

Cade observó sus heridas y sacudió la cabeza de un lado a otro.

—Creo que te vendrá bien una copa.

A pesar de que tenía los labios doloridos, Jack sonrió, agradecido.

—Hermano, acabas de convertirte en mi mejor amigo.

—Vamos, pasa —le invitó Cade, lanzando una última mirada a Bailey y M.J.—. Ellas necesitan tiempo. Mientras tanto, nosotros podemos ponernos al día.

Le costó algún tiempo, pero al fin Jack comenzó a sentirse más relajado, con los pies apoyados sobre una mesita baja y una cerveza en la mano.

—Amnesia —murmuró—. Habrá sido duro para ella.

—Ha pasado unos días muy malos. Vio cómo ese cerdo de su hermanastro mataba al otro cerdo de su hermanastro y luego iba a por ella.

—Nos pasamos por Salvini. Vi los resultados.

Cade asintió con la cabeza.

—Entonces, ya sabes cómo fue. Si Bailey no se hubiera escondido... Pero, en fin, lo hizo. Sigue sin acordarse de todo, pero ya había mandado uno de los diamantes a M.J. y otro a Grace. Yo llevo trabajando en el caso desde el viernes por la mañana, cuando Bailey se presentó en mi oficina. ¿Y tú?

—Desde el sábado por la tarde —le dijo Jack, y se refrescó el gaznate con un trago de cerveza.

—Hemos estado muy ocupados —Cade frunció el ceño y miró hacia la ventana—. Bailey estaba asustada, confundida, pero quería averiguar qué había pasado y pensó que un investigador privado podía ayudarla. Hoy hemos tenido un pequeño incidente.

Jack alzó una ceja y señaló el vendaje.

—¿Y eso?

—El Salvini que quedaba —dijo Cade con mirada firme y fría—. Está muerto.

Lo cual significaba otro callejón sin salida, pensó Jack.

—¿Crees que fueron ellos quienes lo planearon todo?

—No, tenían un cliente. Aún no he dado con él —Cade se levantó y se acercó a la ventana. M.J. y Bailey seguían en el jardín, hablando atropelladamente—. La policía también está trabajando en ello. Tengo un amigo, Mick Marshall.

—Sí, lo conozco. Es un tipo raro. Un poli con corazón y cerebro.

—Ése es Mick. Pero Buchanan está por encima de él. Y no le caen bien los detectives privados.

—A Buchanan no le cae bien nadie, pero es bueno.

—Querrá hablar contigo, y con M.J.

Jack suspiró ante la idea.

—Creo que me vendrá bien otra cerveza.

Riendo, Cade se apartó de la ventana.

—Voy a por otras dos. Ahora me cuentas cómo habéis pasado el fin de semana —sus ojos se pasearon por el rostro de Jack—. Y cómo quedó el otro tipo.

—Timothy... —dijo M.J. con sorpresa—. Nunca me cayó bien, pero no imaginaba que fuera capaz de matar.

—Fue como si hubiera perdido el juicio —Bailey agarraba la mano de M.J. como si temiera que su amiga se desvaneciera si la soltaba—. Yo lo olvidé todo, bloqueé el recuerdo. Luego empecé a recordar pequeños fragmentos, pero no lograba retenerlos. No lo habría logrado sin Cade.

—Estoy deseando conocerlo —miró especulativamente los ojos de Bailey—. Parece que trabaja deprisa.

—¿Se nota? —preguntó Bailey sonrojándose.

—Como si llevaras un enorme rótulo de neón encima.

—Hace sólo unos días —murmuró Bailey—. Todo ha pasado tan rápido... No parece que haga sólo unos días. Tengo la impresión de que lo conozco desde siempre —sus labios se curvaron y sus ojos castaños se enternecieron—. Me quiere, M.J., así de sencillo. Sé que parece una locura.

—Te sorprendería saber las pocas cosas que me parecen una locura últimamente. ¿Te hace feliz? —M.J. le puso un mechón de pelo detrás de la oreja—. Eso es lo que cuenta.

—No me acordaba de ti, ni de Grace —una lágrima se abrió camino entre los párpados cerrados de Bailey—. Sé que sólo fueron un par de días, pero me sentía tan sola sin vosotras. Luego, cuando empecé a recuperar la memoria, no recordaba cosas concretas, sino sólo impresiones. Tenía la sensación de que había perdido algo importante. Después, cuando al fin lo recordé todo y fui a tu apartamento, ya no estabas. Alguien lo había destrozado todo y no pude encontrarte. Todo ocurrió tan deprisa después de eso... Fue sólo hace unas horas. Luego me acordé de que llevas el móvil en el bolso. Me acordé y llamé. Y ahí estabas.

—Fue la mejor llamada que he recibido nunca.

—Y la mejor que yo he hecho —sus labios temblaron—. M.J., no logro encontrar a Grace.

—Lo sé —M.J. rodeó los hombros de Bailey con el brazo—. Tenemos que confiar en que esté bien. Jack y yo estuvimos en su casa de campo esta mañana. Había estado allí, Bailey. Todavía se notaba su olor. Y nosotras nos hemos encontrado. También la encontraremos a ella.

—Sí, es verdad —caminaron juntas hacia la casa—. Y Jack, ¿te hace feliz?

—Sí. Cuando no me cabrea, claro.

Riendo, Bailey abrió la puerta.

—Entonces, yo también estoy deseando conocerlo.

—Me cae bien tu amiga —Jack estaba en el patio de Cade, contemplando el barrio después de la tormenta.

—Tú también le caes bien a ella.

—Tiene clase. Y lo ha pasado muy mal. Parris parece un tipo muy listo.

—La ha ayudado mucho, así que a mí me cae genial.

—Ya nos hemos puesto al día el uno al otro. Tiene la cabeza fría. Y mucho ingenio. Y está loco por tu amiga.

—Creo que eso ya lo he notado.

Jack le agarró la mano y se la miró fijamente. No era una mano delicada, como las de Bailey, pensó, sino estrecha y eficaz. Y fuerte.

—Cade tiene mucho que ofrecer. Clase, dinero, una casa bonita. Supongo que seguridad, en definitiva.

Ella observó su cara, intrigada.

—Sí, supongo que sí.

Jack no había pretendido precipitarse. Pero, por muy rápidas que fueran ciertas cosas, había decidido que la vida era demasiado corta como para andar perdiendo el tiempo.

—Mi viejo era un holgazán —dijo bruscamente—. Mi madre servía copas a borrachos cuando le apetecía trabajar. Yo me pagué los estudios poniendo ladrillos y haciendo cemento para un albañil, lo cual me proporcionó una licenciatura en literatura inglesa completamente inútil, con una asignatura secundaria en antropología. No me preguntes por qué. En aquel momento, me pareció lo mejor. Tengo un par de miles de pavos guardados para las épocas de vacas flacas. En mi oficio hay muchas. Tengo también un par de habitaciones alquiladas por meses —esperó un instante, pero ella no dijo nada—. No puedo ofrecerte precisamente seguridad.

—No.

—¿Es eso lo que quieres? ¿Seguridad?

Ella se lo pensó un momento.

—No.

Jack se pasó una mano por el pelo.

—¿Sabes qué me parecieron esas dos piedras cuando Bailey y tú las pusisteis juntas? Me parecieron espectaculares, claro, todo ese brillo y esa energía en un único lugar. Pero, sobre todo, me pareció que debían permanecer juntas —la miró a los ojos, intentando ver en su interior—. Algunas veces, es sencillamente así.

—Y, cuando eso sucede, no hay que buscar las razones.

—Puede que no. No sé qué estoy haciendo aquí. No sé por qué esto es así. He pasado toda mi vida solo, y me gusta. ¿Lo entiendes?

Ella sonrió, divertida por la irritación que notaba en su voz.

—Sí, lo entiendo. El lobo solitario. ¿Quieres aullar a la luna esta noche o qué?

—No intentes hacerte la graciosa conmigo cuando intento explicarme.

Jack dio una rápida vuelta alrededor del patio. Había una hamaca colgada entre dos grandes árboles, y en alguna parte, entre las hojas verdes y mojadas, un pájaro cantaba con fuerza.

Su vida, pensó Jack, no había sido nunca tan sencilla, tan serena, tan bonita. No tenía nada que ofrecer, salvo lo que era, y lo que sentía por ella. M.J. tendría que decidir si con eso le bastaba.

—El caso es que no quiero seguir viviendo solo

—alzó la cabeza y su ojo amoratado brilló bajo la cicatriz de la ceja arañada—. ¿Lo entiendes?

—Claro, ¿por qué no iba a entenderlo? —ella siguió sonriendo firmemente—. Estás loco por mí, chaval.

—Tú sigue así, sigue así —él dejó escapar un suspiro y se pasó una mano por el costado dolorido—. No se trata de mis sentimientos, y puede que tampoco de los tuyos. A la gente que se ve sometida a traumas muy fuertes, se les descolocan las emociones.

—Ya se está poniendo filosófico otra vez. Debe de ser por esa asignatura en antropología.

Él cerró los ojos, intentando conservar la paciencia.

—Estoy intentando poner las cartas boca arriba. Tú tienes un origen muy distinto al mío, y puede que no quieras seguir mi camino. Puede que quieras aflojar un poco el ritmo, tomarte las cosas con más calma. De manera más... tradicional.

Ella dejó escapar un bufido.

—¿Te parezco tradicional?

Él frunció aún más el ceño.

—Puede que no, pero eso no cambia el hecho de que hace una semana estabas sola y te iba genial. Tienes derecho a hacerte preguntas, a buscar las razones. Un par de días conmigo...

—No voy a hacer preguntas, ni a buscar razones, Jack —dijo ella, interrumpiéndolo—. Dejé de estar genial sola el día que te conocí, y me alegro de ello —diablos, pensó ella, y se armó de valor—. M.J. significa Magdalen Juliette.

A él se le escapó la risa. Era lo último que esperaba.

—¿Bromeas?

—Significa Magdalen Juliette —repitió ella entre dientes—. Y las únicas personas que lo saben son mi familia, Bailey y Grace. En otras palabras, la gente a la que quiero y en la que confío, lo cual te incluye a ti.

—Magdalen Juliette —repitió, haciendo rodar aquel nombre sobre su lengua—. Menudo nombrecito, nena.

—Es M.J. Legalmente M.J., porque yo quise. Y, si alguna vez se te ocurre llamarme Magdalen Juliette o algo parecido, yo personalmente, y con gran placer, te arrancaré la piel a tiras.

Era muy capaz, pensó él con una rápida sonrisa ladeada.

—Si no quieres que te llame así, ¿por qué me lo has dicho?

M.J. dio un paso hacia él.

—Ya te lo he dicho. Porque me llamo M.J. O'Leary y sé lo que quiero.

Los ojos de Jack centellearon, disipando su sonrisa.

—¿Estás segura?

—La segunda piedra representa el saber. Y yo sé. ¿Tú no?

—Sí —él respiró hondo—. Es un gran paso.

—El más grande.

—Está bien —notó las manos sudorosas y se las sacó de los bolsillos—. Tú primera.

Ella esbozó una sonrisa radiante.

—No, tú.

—De eso nada. Yo lo dije primero la última vez. Ahora te toca a ti.

Ella supuso que tenía razón. Ladeando la cabeza, lo miró detenidamente. Sí, pensó. Estaba segura.

—Está bien. Vamos a casarnos.

Él sintió un arrebato de alegría y enganchó los pulgares en los bolsillos.

—¿No se supone que tienes que preguntar? Ya sabes, declararte. Uno tiene derecho a un poco de romanticismo en los momentos estelares.

—Estás tentando tu suerte —M.J. se echó a reír y le rodeó el cuello con los brazos—. Pero qué demonios... ¿quieres casarte conmigo, Jack?

—Claro, ¿por qué no?

Y, cuando M.J. se echó a reír otra vez, Jack la apretó contra su cuerpo vapuleado.

Como anillo al dedo.